CANG
CI

沧慈

廖天琪 ◎ 著

时代出版传媒股份有限公司
安徽文艺出版社

图书在版编目（CIP）数据

沧慈/廖天琪著. —合肥：安徽文艺出版社, 2020.4
ISBN 978-7-5396-6773-7

Ⅰ. ①沧… Ⅱ. ①廖… Ⅲ. ①长篇历史小说－中国－当代 Ⅳ. ①I247.5

中国版本图书馆 CIP 数据核字(2019)第 201386 号

出 版 人：段晓静
责任编辑：姚爱云　　　　　　装帧设计：张诚鑫

....

出版发行：时代出版传媒股份有限公司　www.press-mart.com
　　　　　安徽文艺出版社　　　www.awpub.com
地　　址：合肥市翡翠路 1118 号　邮政编码：230071
营 销 部：(0551)63533889
印　　制：安徽新华印刷股份有限公司 (0551)65859551

....

开本：710×1010　1/16　印张：23.75　字数：350 千字
版次：2020 年 4 月第 1 版　2020 年 4 月第 1 次印刷
定价：59.60 元

....

（如发现印装质量问题，影响阅读，请与出版社联系调换）

版权所有，侵权必究

目　录

序章　　　永巷之光 / 001

第一章　　琴音将起 / 002
第二章　　独步寻念 / 016
第三章　　危机四伏 / 025
第四章　　再现希冀 / 037
第五章　　初到畿和 / 044
第六章　　各路心思 / 058
第七章　　阴山风紧 / 071
第八章　　无辜少儿 / 089
第九章　　暗流涌动 / 105
第十章　　大祸突降 / 109
第十一章　否极泰来 / 119
第十二章　盐场之谜 / 131
第十三章　契丹之迹 / 150
第十四章　缠缘斗绣 / 159
第十五章　悲情王子 / 172

第十六章　　胜利而归／182

第十七章　　输尽朝光／192

第十八章　　前路漫漫／205

第十九章　　命悬一线／222

第二十章　　弥月无情／241

第二十一章　别离离别／262

第二十二章　千乘万骑／278

第二十三章　硝烟鏖战／289

第二十四章　迟迟泪眼／312

第二十五章　双凫一雁／321

第二十六章　嫁与山河／332

第二十七章　宝剑及地／366

第二十八章　一曲终了／370

序章　永巷之光

魏宫，大殿。

檐上的鸱吻昂首眺望，它以孤傲的模样，踩着这片土地上最为华丽的殿宇。

那些龙与凤，天上地下，唯它们独尊，却甘于经年都冲着大殿上目光不定的鸱吻。

狮、马，稀稀疏疏的十余只，都是这般地桀骜不驯……有些狮兽，却愿意终年都守在凤凰的后面。

而鲜有人知道，辉煌的魏宫之内一角，还有这样一个永巷。

永巷的屋檐空空如也，没人愿意望着它，它也没有人望着，因为就连那只有一只行什的屋檐，都与它相隔甚远……

她站着，遥远地看着，眼见破败的远处，一个妇人沧桑走来。她身后的宫墙，冰冷、坚硬，高过天际。

"我和母亲，曾经就住在这样破败不堪的地方，直到现在，我还清楚记得她慈爱而又揪心的目光……我想我的一生，都在不自觉地给周围所有人投去这样的目光……"

"我的一生始终都伴着纠结的痛楚……沧海桑田，我跌落、爬起，再次跌落的人生，都源于我明明放不下这份痛楚，却还想着用慈爱的目光注视着身边所有我在意的人。到最后，我还是不知，这种入骨的揪心，究竟是母亲留给我的，还是命运留给我的……"魏宫，大殿上的鸱吻四处眺望，孤傲的模样。

第一章　琴音将起

魏国。

盛乐城外草木萧瑟,广阔的树林中突然发出了一声巨响,震耳欲聋。

城门的守军心知有异,连忙让士兵取出弓箭,并拉弓作势……

那一声之后便没了动静,这边人怒目注视,眼球都快要瞪出来了,那草木依旧未动。半晌后,林中些许火星渐渐燃起,越燃越高。

"走水,走水了!"

一个士兵往树林中间奔去,还未跑到那火星处,耳畔掠过一声啸叫,惊见对面山上立起无数人马,紧接着射出了带着火把的箭雨。

箭雨落地,霎时红遍半天,其间有火团突起,被套着车辕的嘶嘶烈马拖动,飞一般滚了几周,火蛇蜿蜒,伴随阵阵硝烟漫天而至……

城门上的众人见所未见,皆瞠目结舌。

"有人攻城,快放箭!"

这边人们便齐齐放出利箭,可惜在硝烟弥漫之下,丝毫看不清前方。

正是北魏始光年间,战事总是不断,魏国北部边境的百姓最怕的就是见到柔然兵马刀光剑影、骏马长嘶的模样。

这日听说外头大战,有胆子大的人把头伸出窗外或者走到街上,想一探究竟,却见了硝烟,硝烟之后是无数马蹄震得地动山摇,呼喊声惊天动地,最后才是刀剑拼刺的声音。见闻此番情景,城中百姓人心惶惶。

也不怪百姓视守军无用,那高鼻梁八字胡的柔然郁久闾可汗通过英明指挥,将盛乐城层层包围,守军毫无办法,只抵抗得几轮就落荒而逃,对方排山倒海的骑兵从四面八方拥入,斧凿朽木一般所向无敌,长驱直入直逼城中。

天的另一边,柔然京都,畿和。

你看草原上的那些绵羊见到得胜归来的马兵却毫不惧怕,反而仰头高叫,这才是安平一方该有的模样。

天地相接,一派堂皇富丽的可汗王庭之外,一身海蓝色底纹华丽月白长袍的男子骑着一匹黑马嘚嘚而来,两旁士兵见了便躬身行礼,他径直沿王庭甬道入,随后下马推帘而进。

这名男子如他父汗一般的高鼻梁,浓浓的眉毛、鬓角上扬,下有卷睫毛加深邃的双目,长须发在头上分梳成弓形,耳后插着两根若隐若现的狐毛,胸前垂下的余发则被两条缀满碧玉的丝带缠住。

站在帐外,他左手放置胸口处行礼,低沉道:"父汗。"

听声音,自然是二王子木伦。

木伦踏进殿中,迎面看见三人——父汗郁久间、右相步鹿真和左相纪由。本是大举获胜,满载而归,但大座上的郁久间可汗并非满面笑容,这让木伦心中生疑。

盛乐大胜后,郁久间可汗便回到畿和,留下主将陟斤与他的长子秃鹿愧守城。木伦原以为,这史无前例的胜利,会抵消父汗的忧虑,眼下看来不尽然了,当有更大的顾虑在困扰着他。

果然,他刚走到郁久间面前,还未来得及行礼,就听见父汗问道:"儿子,我与两位丞相正商量要不要将战线再往前推进,你有何看法?"

木伦并不直接回答,而是边行礼边道:"儿臣先为父汗与王兄盛乐大胜道喜!"头一句,他言笑晏晏,后一句,声音低了下去,"得知盛乐大胜,儿臣便与右相商量,胜仗是喜也是功,但是目前是否该继续打下去,还想与父汗商榷。"

郁久间盯着他道:"说下去。"

木伦再行一礼:"父汗,盛乐易主,城内百姓人人自危,而我军远征疲惫。儿臣以为这时候,宜息兵内养,外定民心,以守为稳。"

郁久间皱皱眉头,看着步鹿真,口中调侃道:"右相,平日道你老谋深算,依本汗看,你满脑子都是小聪明。"

步鹿真听罢，一脸乐呵呵地看着郁久间可汗，他摸着自己似有似无的胡子，似笑非笑："可汗莫怪臣授意二王子殿下，臣与二王子殿下其实内心都非常想立即乘胜追击，去攻打魏国首都平城。可事实是，平城的确不是那么容易打下来的。"

说起右丞相步鹿真这人，也是大有来头，他原是当今郁久间可汗的老师，之前扶持可汗登基，后又奉命教导二王子木伦。在充斥着权力与倾轧、深不见底的柔然权贵中，世子们自幼就有朝中权势之臣担任导师，这无疑是权力之争的又一手段。木伦王子虽然不及其兄长战功赫赫，却也是足智多谋，有着异于草原游牧人的沉着冷静，为此深受步鹿真丞相的喜爱。

右丞相步鹿真在郁久间可汗继位之后便被封为正一品丞相，自然先占得了选择权，他可在两位皇子中选一个，便毫不犹豫地选择了二王子木伦。

但是后来者也不觉吃亏，来年可汗又封了一位从一品的左丞相，名为尔绵升纪由。此人自有老成圆滑的心思和高深莫测的手段，他被册封后便教导大王子。

步鹿真话音刚落，一直站在他身旁的左丞相尔绵升纪由上前一步，只听他正色道："大汗，臣以为二王子与右丞相之言颇有见地。"

郁久间可汗眉头皱得越发紧："为何？"

尔绵升纪由："经盛乐一战，魏国各城池防备只会增不会减，若按一个方向出兵，即便可能有所突破，也是一支孤军深入中原，万一失利，没有增援，想要全身而退是不可能的。更何况，在魏国土地上，魏军人多势众，我们只能硬拼，而此刻，刚刚吃了大亏的魏帝正等着我们硬拼，所以，再继续打只怕是下下策。"

郁久间可汗直直地看着尔绵升纪由，接着又看了看步鹿真："哦，左丞相与右丞相的意见是一致的？"

步鹿真与纪由不自然地看了对方一眼，陆续点了下头。

"这倒是难得。"郁久间心里说。

在场的所有人都巴不得今日取下盛乐，明日便攻下平城，后日即占领魏国，三日收复中原！这种不切实际的愿望，在四人中，郁久间可汗是最强烈的，所以即便是听见他们二人所言很有道理，他内心也不免有些失望。

"你呢?"他问木伦。

木伦当然知晓父汗的心思,缓缓开口道:"父汗,平城是一定要收复的,不过,目前还需要等待。"

郁久闾可汗显然已经有些不悦:"你说!究竟要等到何时?我们大胜在前,现在却这么空等?"

"儿臣岂会空等?"木伦言道,"取得中原的方法不一定非得打仗,平城乃是魏国京都,商贸繁盛之地,儿臣早已经有了学习中原经济之心,此刻既然不论战争,不如就让儿臣去魏都平城,也好早日学习,早做准备。"

这话突兀而出,连尔绵升纪由都愣了。郁久闾可汗也半晌没吭声。他先想了一阵,这才语重心长地对儿子道:"木伦啊,父汗知道你早有去中原见识的心思,但是此时两方战事刚停,时局不稳,还是等等吧。"

木伦听出了父汗话中别有意味,于是忙回道:"父汗深思熟虑,若是王兄那边有任何需要儿臣的地方,儿臣听凭指派,绝不推辞。"

郁久闾可汗点点头,还是暗叹口气:"但是……"

"但是现在战事平矣,又没有继续打的打算,儿臣若是这时候跑到盛乐去,就有点坐享其成的嫌疑了……"

"坐享其成?"郁久闾不解道,"本汗认为你倒是能够守住盛乐的不二人选,你却说是罪过?哪里来的罪过?"

尔绵升纪由站在一旁,只字未语,就连步鹿真也没言语,只是微微一弓腰,默默退在一旁。

木伦慢慢向他解释:"父汗,眼下刚刚取得了盛乐,儿臣认为守城才是重中之重,可是如何守得住盛乐,却是我们最大的困顿。盛乐由柔然人驻扎,却是中原城池,倘若不用中原的方式管理,必会大乱,柔然人与中原人都无法在那边生存。我们既然已经有了并吞中原城池的决心,下一步就不得不学习他们的管理方式,用魏人的方式管理魏人,才能将魏国的城池真正收入囊中——儿臣这么想,您认同吗?"

郁久闾可汗目光有些游动,以马蹄得天下的他虽不完全认同,但中原的某些方面,譬如商业、文化比草原繁盛先进许多,这一点,他是承认的。

"再者,王兄已有了战功,儿臣也该有所准备,我们二人一个主战事,一个主经济,到时准备充分,再由您英明策划,即使是平城,也是一举成功!"木伦再下一剂猛药!

正在郁久闾可汗深度思虑时,步鹿真悄悄瞟了一眼一旁的尔绵升纪由,已经年过四十的纪由脸上此刻呈现的是一丝素淡的浅笑,看起来有着与年龄不符的雅俊淡然。这抹笑容在步鹿真眼里,意味着他的老对手对于木伦请命去平城的态度,是袖手旁观与置之不理。

郁久闾可汗正努力克制自己得陇望蜀的野心,他不得不承认他的子臣之言十分正确,这时候再启战事,战局必会有新的变化,而在这种变化中,失掉盛乐或者腹背受敌比推进战线的可能大太多了。

"如此……便罢了。"郁久闾可汗蹙眉沉声,几乎是一字一字咬牙吩咐,"木伦既然不去,那就让大将陡斤去吧。让秃鹿愧好生在盛乐待着,守城不比攻城那么容易,安顿上下都是麻烦,他性子急躁,交给他磨炼正好,叮嘱他仔细处理,等过些日子,城内安稳了,他再回来。"

纪由点头:"大汗说得是,两个王子如今正是需要好好历练的时候。"

郁久闾可汗又道:"你去平城,带多少人马?"

木伦立刻答道:"就儿臣一人,撑死了再带上贺术也。"

即使郁久闾可汗知晓木伦要乔装打扮,但听见"撑死了"几个字,他还是吃惊不小,一时摸不准这个儿子究竟是太聪明还是太愚笨。

"殿下,再带上老臣一个,应该不会撑死吧?"步鹿真在旁边悠悠地道。

"不必多说了!你们二人一起去,我也放心些。"郁久闾可汗此刻没有心情开玩笑,他大手一挥,示意他们退下,接着便靠在他的宝座上,闭目歇息。

四下皆悄然退下。

三人出了大帐,分道散去。

纪由与随从举步归家,行走了好一段路以后,纪由方才开口:"给魏国启老大去个信,就说两只肥羊不日将赶到平城,要他好好处理,事成之后,必有重赏。"

要说最了解尔绵升纪由的人,莫过于他身边的管家约突,此刻约突听了纪由的话却大惊失色。启老大是他遵循纪由的意思在中原安插的探子,显然这一遭如果得手,那位启老大得到的,怕是他余生几十载都享用不尽的金银,只是这两个人物非同一般……

"老爷,这事怕是太大,可汗那边……万一有所察觉可怎么办?"

纪由面无表情,反问道:"你方才在殿外近处听得真真切切,我问你,他们二人要去平城,可是我在可汗面前出的主意?"

约突迟疑了下:"您在可汗面前当然没提……"

纪由打断他的话,接着问道:"二王子独自去平城,可是我出的主意?"

"不是,当然不是。"

纪由大眼一瞪:"既如此,那你还不快去?"

约突似有所悟,没敢耽搁,行罢礼转身即走。

草原上,几匹快马奔腾,马蹄声响彻半边天。

这是木伦与丞相步鹿真带着护卫队正快马加鞭地赶往魏国。

"丞相,"木伦不满道,"既然说了就咱们二人,你还带那么些人做什么?"

步鹿真的一双眸子深似大海:"殿下看看自己身后,既然不是千军万马,那就和自己来没什么区别。"

木伦侧头看到他一脸警觉:"您到底是在担心什么?"

步鹿真面无表情地道:"殿下担心的就是臣担心的。"

纪由是一个阴险狡诈且很有野心的丞相,木伦稍稍皱了下眉头:"王兄攻占了盛乐,他自然不希望我去分一杯羹,我说不去盛乐,他便顺水推舟。他是个聪明人,成全了我,其实也成全了他。"

"不过,"木伦思忖道,"他若不想我瓜分王兄的胜果,也必定想把我拦在平城。所以我在大帐中当他的面明示父汗,让他无法阻拦。"

步鹿真顿了下,然后道:"殿下,柔然的大帐内他无法阻拦,出了柔然呢?"

木伦吸了一口气,脸色变得相当凝重,他自然明白步鹿真的猜测。虽然目前还只是猜测,但他们二人都明白,这种猜测非常有可能……

五更半,当他们抵达平城的时候,正是魏国朝臣上朝的时候。

执勤的卫兵擂响了鼓楼上的大鼓,鼓声首先自北魏王宫中传出,接着所有鼓依次响起,连绵起伏,半刻就传到了城门。

一个面貌俊美的男子走过城门,仰望天空,用清澈睿智的目光审视着这座与草原上截然不同的城邦。初次踏入中原大国,他的心中充满着喜悦与激动……

此时,木伦换了一身颜色亮丽的衣衫,又执一扇在手,两鬓头发垂了下来。

"我们来得太是时候了!老师。"木伦冲着步鹿真笑道,碍于身份不能轻易暴露,他唤敬如师长的步鹿真丞相为老师。

由于天还没有放亮,朝官们都是带着奴仆出发,这时候进城,就可以看见那些地位举足轻重的大臣骑着马慢行,左右侍从为他们在夜色中掌灯。

"老师!"定睛一看,木伦愣了,"中原大臣怎么穿成这样?一身布衣也就罢了,居然没有领子,领口大敞……"

步鹿真因为年迈深陷进去的双目此刻充满慈爱:"公子,这些骑着马的,有些是朝臣,有些就不是了。"

"那是农民?"木伦抬眼看天空还是漆黑一片,"是商贩吧?"

"算是吧。"

"老师,商贩和朝臣都要早起,只有农民,靠着太阳吃饭,所以可以起得比太阳晚,对吧?"

"哦……"步鹿真想了想,觉得新鲜又有道理,点了点头,"也算是吧……"

"既然这样,人人都想去耕地了,为什么中原还有那么多的商贾?"

"公子,耕地需要付出的艰辛可比商人们多多了。况且,哪一块田地长粮食,哪一块只能长杂草,这也是由上天决定的。"

"什么都是看天气,这倒是有点像我们草原。"他转悠脑袋,望了一圈,"这样看来,中原女子是最幸福的,这个时辰竟没有一个出来。"

背后有人轻轻一笑:"我可是在书中瞧过,上面写着中原女子手如柔荑,肤若凝脂,美目盼兮……只可惜,还未见过真容。"

木伦转头看了一眼他的侍卫长贺术也,就是这一看,让他还看见几个与他体型相近之人在远远跟着，目光一直锁定在他们几人身上。

一行人分开而行，不久天就开始放亮，金光灿烂的太阳照耀着这片大地，街市上农商奔走，僧侣流动，还有女子美丽的容颜也完全暴露在了炽热的阳光下。

木伦不停地打量行人，美景犹如群马过江一般让他目瞪口呆。

两个时辰以后，一行人会合，找到落脚的客栈，那里离魏宫不远，从窗边望去，正好能够望见魏宫叠嶂屋檐的一角。

平城西市中最大的药店老板走在街头，步履稍快，在他身后不远不近的地方，跟着一个稚气未脱的圆脸姑娘。她叫合达安，一身汉人布衣裳，鼻梁高耸、双目圆亮，是北魏、柔然的混血。

木伦悠悠地坐在桌旁，看着两个人走进来，一前一后皆垂头低目。他刚要开口问话，只见前头一人抬起头，客气地问道："几位客人，你们远从柔然来，实在辛苦了，今早进城可还顺利？"

木伦面无表情："你疏通得不错，我们自己也有熟人打点，还算省事。"

老板有些尴尬地冲他笑道："现在时局不稳，你等贵人面相与中原人相差甚远，所以怕是只能多散些钱财。"他干笑两声，"咳咳，几位，见谅见谅啊！"

木伦并不与他多言，歪着头看了眼药店老板身后，因为老板身宽体胖，他还刻意又歪了下身子，才看清楚稍后几步一个十五六岁模样的姑娘。

坐直身子后，他问："我们要的人呢？可来了？"

老板脸上依然挂着笑容："那当然，客人们的吩咐，我们不敢怠慢。"

木伦点点头："那么，叫进来吧。"

老板有些愣住，朝旁边迈了一步，伸出食指指指后面。

"哦……"木伦看着她，"一声不吭的，我还以为就是个丫鬟呢。"

还是十数日以前，就在柔然畿和城内及可汗王庭弥漫着攻占盛乐的喜乐时候，步鹿真亲自去了一趟魏国平城。虽说盛乐战败人心惶惶，但毕竟还在千里之外，正是中秋前后，平城一扫先前的萧条，街坊市区到处布满了小商小贩，都想利用节日发点财。

与步鹿真相见的正是在平城住了许多年的一个药店老板,他还有另一重身份,就是柔然的探子。

见面后,步鹿真就道:"你找一个懂行的人,最近我会带着我家公子来一趟平城,想让他见识一下平城的买卖交易,学些商道回去也能派上用场。"

老板点头,也松了口气。比起以往的活,这事要轻松许多,平城中稍微有些名气的商贩,他识得大半。

"你记着方才那位姑娘的模样了吗?"步鹿真突然问道。

老板赶紧回头看去,虽只是一个背影,他却眼熟得很:"那姑娘并不是哪家商号的大人物……"老板不知为何步鹿真看上了她,想要劝说时,被步鹿真毅然打断。

"找那些大人物做什么?我家公子对商号出了多少货物,能赚多少银两毫无兴趣,他要学的是商道,是民生,是最基础的经营之道。"

老板表面上点头,仿佛明白了他的意思,其实内心不解。此时正好经过盛乐一战,柔然大胜,最为得意的就是他们的政治对手左丞相纪由与木伦的哥哥秃鹿愧。他不明白为何他的主人要弃掉马踏天下的成功大道,而走这条赚取蝇头小利的路上来。

步鹿真回去后,将此决定告诉了木伦。

在步鹿真眼中,盛乐这一仗不是不该打,而是守不住。所以步鹿真劝谏木伦对此战不闻不问,继而转向平城。

步鹿真回到柔然,将此决定告诉木伦后,木伦觉得新鲜有趣,笑问道:"学经济之道?这倒是个不去理会盛乐战事的好借口。你许了他们多少?"

步鹿真丞相捋着胡须道:"不多,少则一个月,多则三个月,我便许了三十两银子。"

此刻,木伦盯着面前的年轻姑娘,三十两银子的价钱不算低,怎么就来这么个小丫头?站了半天,一声不响。

合达安低头暗喜,丝毫未留意面前人的神色,只是盘算着等待日后把三十两银子抱回家,至于这个陌生人……

步鹿真开口道："既然是请来的人,不让她说话的时候,自然是不能说的。"

老板连忙打圆场："自然是,自然是。"

木伦冷冷道："就这乳臭未干的丫头,你以为我来这里是做什么的?"他本以为是一个年过四十的精明商人,怎么也没有想到就是个身量都嫌纤细的小丫头。

老板一听,连忙摇头："客人,您千万别动气,别小看这丫头,她从小在街市里头打滚,很有些门道的,可比那些锦衣遍体的老商人通透多了。"

木伦面无表情,依旧冷漠。

"从小在街市打滚? 都做过什么?"他终于开始问合达安。

"卖绫绸,卖花样什么的……也卖过草药。"

"前些日子盛乐在打仗,你听说了吧? 若你是盛乐的太守,盛乐城里一贫如洗,你该怎么办?"

"啊?"合达安一愣,她连太守是什么都不知道,如何回答得出来,"自……自然是想办法赚银子。"

"你说,怎么赚?"木伦盯着她,视线如同一把狼刀般锋利,且光芒四射。

这三十两银子就这样溜走了? 合达安什么都说不出来,无奈地摇摇头:"我不知道。"

木伦看看步鹿真,意思已经很明确。步鹿真这才开口:"不急,公子,容我多问几句。"他看向合达安,问道:"接着方才公子的话,我问你,如果你是盛乐城里的流民,无家可归一路逃到平城,你该如何?"

像是有了转机,合达安仔细想着,这个情景倒是似曾相识:"我家只有我与老母亲,若是知晓要打仗了,我们只能拿了行李逃命。到了平城,可以做些鞋垫、毡垫还有帽子什么的,费不了多少时间就可以拿出来沿街叫卖,能换些衣食。"

闻言,木伦看向她的眼神温和了些,倒是什么也没说。

步鹿真又问:"要是身上没有这些物件,你该如何活命?"

"回这位大人,我还会刻笔管,能挣上钱活命。"

"刻笔管是啥?"没忍住的木伦接了一句。

"回公子,就是一种帮人在羊毫上刻字的活,我小时候读过几本书,能写得几个字。"

深吸一口气,木伦暗自已经有些佩服,却道:"那能挣几个钱?"

听到他的话,又见他一副不以为然的模样,合达安白了他一眼,心里默想:钱鬼!嘴上却说:"那要看刻什么内容,多少字,刻在哪种笔管上。我并不会要高价,但有些字,是一字千金的不是吗?"

姑娘的眼睛闪亮,木伦倒吸了一口气,心中已经大致有数。

"公子,你觉得如何?"步鹿真看到了他眼里的光芒,却淡淡地问,"若是您真想要一个精通算学、熟知行商的商使,我这就着人去寻,只是多花些银子多耽误些工夫的事。"

木伦笑道:"不必了老师,您为什么找上她,我已经明白了大半。姑娘,有礼了,你叫什么?"后一句问的是合达安。

半个多月前,正是中秋。

街市上行人满满,有一位乍一看就与众不同。他叫晋浩,是冯夷亲王的儿子,富贵人家的公子爷。这位少爷有一身功夫,却待人谦厚,在外对自己的家门只字不提。今日他正要陪着宫中的小妹出来买东西,特意一身半旧衣裳,除了腰间的束带上面有块璞玉以外,并无旁的华贵物品。

俩人出宫后一左一右走在街头,时不时嘻嘻哈哈。

晋浩突然想起一事,提醒她道:"前些日子爹爹跟我说道,最近抓出城的柔然商人抓得可多了,守城侍卫不论有无钱财,只要发现来自那儿的,一律关押起来。你可切记莫要冒险,记住了吗?"

他垂头一看,小妹此时正在街上的丝绸摊探头细察,对他的话似乎充耳不闻。

"你杵着干吗?"他问,"不是要去卖草药吗?"

她依旧没听见,问丝绸摊商贩:"老板,您这布料卖多少钱?"

那老板下意识摸着下颌,伸出来时是两根手指,举起来的却是三根手指头:"这个数。"

一看他的手,合达安恼得快要跳起来:"这么好的绣工怎么就值这些?"

那老板一愣,转过脑袋上下打量着她。

"您瞧这丝边的滚绣,是得绣娘熬上半夜才能弄出来的,还有这中间的缂丝,挑经显纬,犹如雕琢镂刻一般,怎么才卖得二三两?"她尖锐的目光刺向那商贩,"虽是丝料差些,可就是这绣工,也不止这个价。"

旁人不懂,这是她与母亲辛劳几日的成果,怎可能就卖那点银子? 她说:"一寸缂丝一寸金,你不会不晓得吧?"

"嫌少,那你给多少?"

"我……我就是问问……"她语气不稳,歉意地看着他。

"二两半,我要了!"

听到这句话,合达安表情微怒,半怒半感慨地看着他……

"你看什么? 我就是喜欢这个。"晋浩收好钱袋,高举丝帕朝前走,"你瞧这上头的人,双目犹似清泉,顾盼之际,更有一股轻灵之气,就像空行母。"

"行! 二两半。"合达安笑道,"回头那边付了工钱,我请你吃大餐!"

他俩正说着,一抬头,一个笑脸盈盈的老人正对她笑,正是药店的老板。

今日很奇怪,合达安弄来的草药他向来都不屑一顾,但是今日他不仅收了她的草药,还请他二人进药坊中小坐。

"你做生意没多久吧?"老板问。

哪里算什么生意? 只是永巷生活不如意,做些小买卖而已。合达安想了想:"六年零七个月多吧。"

老板愣住,看看她旁边的公子,晋浩只是唉声叹气,合达安的遭遇,他都知道。老板接着道:"那我问你,一年能赚多少?"

"七八两吧。"她回道,一双大眼睛莫名其妙地看着他。

"现在有个活,给你三十两,你做不做?"

"自然是做的!"

知道她缺钱,晋浩无奈瞟了她一眼,插嘴道:"是什么活?"

"有个来自高昌的公子,需要一个人花上一到三个月的时间,带着他在平城的街市走上一遭。"

"就这？这算是什么活？"晋浩不解，看向合达安，她同样不解。

老板并不明说，以他多年当探子的经验，这个晋浩绝对不是普通的富家公子，此事不能说与他听。他只道："此人只是一个富家公子，家中历代从商，只是想要学些门道，回去好用得上。"

待半炷香后，二人出了药店，并肩往回走。

"你想去，是不是？"走了一段路，晋浩直截了当地问。

合达安想了片刻，最终还是诚恳地点了点头："三十两啊，为什么不赚？"

晋浩不回答，他听说过这种活，有些门道、手艺的人会被人请去教传技艺，可是合达安在街口摸爬滚打的小伎俩，真能让他们看上吗？他觉得这事有些不对劲，却又不知哪里不对劲，正在思虑时，又听见合达安道："我以前听说过这活，不过就是带着富家公子玩些日子。他们不学无术，没什么可担心的，你切记不要让我娘知道。"

"行，为了安全，你得答应我，一不能告诉别人你的身世，二不能告诉别人你住在宫内，三……合达安，你叫什么？"

凭着两人相识多年的默契，合达安一下就明白他最末一句的意思，还是不要随意暴露自己的真名为好。更何况，她有个异族人的名字。

"你说呢？"她问。

晋浩靠她近一些，小声说："前些日子夫子给你的那些书，你还留着吗？"

那些无聊的诗书，她早已将它们送到当铺，换了银钱，她道："在家里好好的，怎么了？"

晋浩冷哼了一声，也不拆穿她，道："我记得其中有个《归田赋》，落云间之逸禽，悬渊沉之鲨鳎，于时曜灵俄景，继以望舒……"他略一思虑，"你不如就叫俄景，怎么样？"

合达安大喜，拍手道："行！就叫俄景。"

一听她说自己的名字，木伦忍不住粲然大笑："真叫俄景？"

合达安睁着眼说瞎话："真的。"

"你正是佳龄，怎把自己比作西斜的太阳？"他问。

想不到他还读汉书!合达安咽了咽口水,暗悔自己当初为了几枚铜钱偷卖了诗书。她抬眼偷看木伦,只见他侧耳倾听,一旁的老者有意压低声音,两人不知在交谈什么。

看出她胡编了假名,木伦稍疑,转向步鹿真低声道:"这丫头什么身份,您查实了吗?"

"这倒是大意了,想来只是穷苦人家的孩子,没什么可防的。"

"可我怎么见她似有难言之隐,这是什么缘故?"

"公子,此人生于小街小市中,生路不多,再加上我们都是异族人,不愿报上实名也是正常。"

"罢了!"木伦点点头,"丫头,明早日出的时候,你在客栈门口等我,不能来早了,也不能迟了,此事你应该也清楚,绝不能和旁人提起,记住了吗?"

"记住了!"一想起三十两算是有着落了,合达安毫不犹豫地回答。

"我叫作逸禽。"木伦谎称。

不知道她在高兴什么,木伦有些无奈,他打了个送他们出去的手势,并没再说什么。

贺术也不敢耽搁,立即引着他俩出去。

合达安与药店老板再次垂目低头,跟着贺术也快步走了出去。

第二章 独步寻念

散朝的钟声终于迟迟地响起了。

钟声之后,像天色一样,市面上的景象渐渐暗沉下来。

合达安抱着斗筐,快快地走回,她已粗粗地抹净了手脸,但发髻还是松的。侍女婉儿远远地迎上。

"有客人吗?谁来了?"

"大公主今日来了。"婉儿道。距离上一次大公主来,到现在已经记不清有多少时日了。

禁喧阁久居的是大公主称作"妹妹"的人,曾经的魏国公主,现在人们总是习惯称呼她为"翊氏"。这位先帝之女一生没有嫁人,膝下却有一对儿女,她的身世离奇飘忽恐怕只有上一代人和她自己才清楚。

大公主进来朝四周横竖一看:"合达安又跑出去了吗?"

翊氏拿过自己身下一个厚垫子递上:"是了。"

"我听人说,她总是灰头土脸的在街上,到底是……是你的女儿,皇家的血脉还是有的,这样不顾头面的在外面,不好……"

翊氏软绵绵地说道:"是晋浩公子带她出去的,不过是一点儿草药和针线的贴补罢了,我身子弱,又出不去这永巷,万事只能靠她。"

大公主脸上赧然:"我前阵子风寒腰疼,也是有阵子没能来了,妹妹这里窘迫,以后偶尔也可差人去说一声。"

翊氏垂下脸低声道:"姐姐操心,可日子长久,还是要自己过的。"

侍女婉儿送上热茶。

大公主道:"妹妹出不去,还不知道外面已经乱了天吧?"

翊氏故作不知,问:"能有什么事吗?"

大公主看着她的模样,忽而想到了她当初青葱水意的眉眼,话未出口就咬了牙齿:"算了,你不知道也好。"

"谢姐姐为我考虑。"翊氏说,"王兄自小聪颖,熟读兵书典籍,更是战功赫赫,又有数位重臣鼎力相助,想来无论什么危机定能化解,长姐切勿过于忧心。"

大公主确实忧心,话语中还连带着有些责怪:"妹妹,你若是当年嫁过去了,这和亲怎么也可以让风波暂缓许多年。就算今日的战争不可避免,可是这魏国……也不会遭遇连番的动荡啊……"

类似的话,大公主已经不知重复了多少年,不论时光怎样流转,这都是难以解开的心结。

大公主知道翊氏心里难受,没再说下去,又像是突然想起什么:"前两日派来给合达安教书的夫子过来找我,给我磕了三个响头,说这差使他无论如何办不好了。"她神色带有几分担忧,"妹妹,女子岂能没有才学?我作为她的姨母,这些年送来教她的夫子也不少了,她却是一点没有学进去。夫子说她不愿读他的那本《归田赋》,可是旁的好书,她也没读下来。你再不管管,等过了及笄,恐怕就晚了。"

"姨母。"一个小小身量的人影略略探出身子,正厅屋檐门隙洒进来的阳光下,女孩容颜略显了出来,她的乌发虽然还是有些凌乱地覆在肩边,脸上的污垢却已经洗去,"那夫子没有耐性,只因为我弄丢了他一本书册,就弃了我这个学徒,这样的老师我还不如不学。倒是晋浩哥哥说他过两日给我找一个稀奇人物来,据说那位老先生已经年登古稀,更是通晓医理、商贸、战事,是个大才人!"

大公主又道:"我听你母亲说你爱外出卖些刺绣、草药,你若是想学些医商儒文之道,尽管学便是,晋公子请来的老先生应该错不了,无论是否合你的脾气,都要好生听教。你只管好好学就是,至于银钱方面全归我这里,我能帮你们的,也就只有这些了。"

合达安眼睛一亮,连声带鞠躬地应了好几回。

大公主又喜又忧:"你天资不错,喜欢什么就干什么,怎么说,又不是你犯了错……"

听到她这么一说,翊氏心里咯噔了一下,埋着头,没再多言。

夜色落下的时候,灯花跳着,一桌锦绣摊开,合达安随母亲在殿中刺绣,一针一线来回穿梭,甚为精巧。

翊氏检查着针脚,满意地道:"你绣的针线真是很合眼。听说锦华缎前儿开市了,明日你再送些去吧。"

合达安耐不住性子,还是问道:"娘,等卖了绣品,我们去找爹好不好?"

"你又来了。"翊氏面淡无色,手里不紧不慢地整理着丝绸。

"娘!"她强憋住眼泪,"明天是什么日子?明天我就及笄了,你从前允诺我的,到了这一天,我们就去找爹。"

"怎么找?"

"去求大公主,偷偷把我们送出去……"

翊氏无奈地看着她,一双羸弱的手拂过她的脸庞:"我出不了宫,你可以。如果你能够找到,我又何必留你?草原那么大,你去哪里找?"

"再大,十年二十年也走得完,还怕找不到?"

翊氏的目光几乎绝望:"你父兄在柔然,你如何过得去?两方常年争战,前些时日盛乐还在打仗,边境检查极其严格,只怕你一脚刚刚踏进柔然境内,就会被抓了处死。"

她不想听了,甩开绸料跑了出去。她在永巷中跑着,也哭着,永巷里到处都是可怜人,过路的宫人都见怪不怪,他们漠然走近又走过,连一个怜悯的眼神都不舍得丢下,由着她就这样凄惨地徘徊在永巷中。

日出时刻,木伦自客栈楼上徐徐走下,但还未踏出大门,他突然止住了脚步。

侍卫在旁边不知说什么,而木伦还是像昨日一样侧耳旁听,表情甚是冷酷,但是当他走出来和合达安问候时,表情却还算得上满意。

"俄景姑娘,我们去哪里?"

合达安愣了愣:"早市……"

木伦点点头,朝着备好的马车行去,临上车,朝车架处指去,要她带路。

"我听说做生意一般都挑人多的地方,是吗?"

坐在车架上,隔着车帘,她回头和里头人说:"人多确实好做买卖,不过重点还是东西好不好。"

马车沿着道路向白桃街的早市走去,在临近街口处正欲拐弯时,合达安赶紧拉住车夫手中的缰绳:"停停停,先停下。"

车夫将马车稍避在一旁,这才勒住缰绳,让迎面拐过来的人马先过。

木伦原是没在意,听见外头的车夫和小姑娘都在笑,不免好奇,撩开车帘看去,谁知,刚刚朝外一瞅,他也跟着大笑起来。

只见一人拉着马走在路上,一身粗布一看就是家仆模样,他牵的马上坐着穿着朝服的官人。这人衣服华丽,怀中抱着一个大盒子,用大红裹布隆重包着,宝贝一样地用双手捧着,只能两腿死死夹在马上,摇摇晃晃的身躯一副喜滋滋的模样。

"他抱着的也不知是什么稀罕物件,明明带着家仆也不愿假手与人。"木伦笑道。

"应该是给家中妻房的中秋节礼。"合达安也笑着摇摇头,"平日里也常有朝臣过来转转,他们钱袋里头银两称手,又抹不下面子讲价,咱们大伙都盼着他们来。"

"物价多与少,都由商人决定?"

"物以稀为贵。"她点点头,"每日卖的货物早晚价钱都不同,不同的买主、不同的时间,又不同。"

"这样啊?"木伦觉得自己明白了些。

安静了会儿,她又听见里头问:"这些官人时常来?"

"称不上日日都来,倒是有几个混个脸熟。就方才那胖子,街市都晓得他疼爱老婆,至今没有娶二房,凡是年节,就看见他从街头逛到街末,给他老婆寻稀罕的好东西。"

她在前头说得正在兴头上,木伦却根本没在听,他此刻更关心另一件事:物以稀为贵,的确,倘若有些货物是中原所需而只有草原才产,那将会是赚银两的最好机会。在草原只值一个铜板的东西,在中原能翻不知多少倍。

黄豆再加上小米,加水磨成稠汁,盛一勺倒在平圆的铛上,接着用小竹耙拨平,摊得薄薄的,铛底下烧着明晃晃的火,眨眼的工夫,就烙成了饼状。

街口一个煎饼摊子,轿子正停在旁边,木伦从轿上下来,眼见正在烙饼的大婶,浑厚的粗音,硕大的身材,一身裹得死死的,没有半点曲线与姿态。

"这薄如纸片的饼,好吃?"木伦问。

"好吃好吃。"合达安连连点头,"而且只有日出与日落才开张。"

木伦微微诧异:"为何?"

"做买卖的人辛苦,日出时出来摆摊,日落时才收摊回去。大婶把摊位搭在集市的入口处,早起晚归的人路过可以在这用食,久而久之,很多人会固定在这里食过之后,再去劳作或者回家歇息。每日只是来几个时辰,收入很可观的。"合达安盯着煎饼看,一只饼就要五个铜板,于她而言,太浪费。

"吃不吃煎饼?"

木伦摇摇头,他不是不吃,是不习惯,也不放心那个胖妇人粗黑的手指。他唤车轿回去,转身继续问:"可有贩马的?"

"往前百步估衣店与糕点铺子中间路西侧越过小胡同后就见着了。这东西草原上见不着的。"

后一句她说的是煎饼,木伦根本不入眼,抬脚就朝前走去,合达安留恋地看了眼摊子,赶紧跟上去。

刚刚走了百余米,合达安上前抓住他:"进里头买件衣服怎么样?"

"这是何地?"

"估衣铺子。"

估衣?眼看着面前一处狭小而简陋的店铺,看着眼前那些衣衫,木伦微微蹙眉:"可为何衣服都这样旧?"

"这些都是别人穿过的旧衣,从当铺还有别的小市买来的。一会儿路过胡同,里边都是些食不果腹、衣少身冻的穷人,你是外乡人,去那种地方还穿得这样讲究,不好。"

木伦打量了她一眼,心里既存疑惑,又有感激,并没有多说,进去从一众旧衣裳中选了件稍白的夹衣与灰袍,姗姗入内更换。

本来合达安的任务,只是给他讲讲在这些小街市里头,小人物都是如何赚银子的,可相处到现在,她的疑虑越来越浓烈——他怎么看也不像是个能商会算的人。正当她在面对他换下来的衣服苦想无果时,突然觉得身旁不远处似乎有个熟悉身影,朝侧边望去,又发觉什么也没有。

寻到了那贩卖马的地方,木伦走上前,选择棚内最外一匹,先看了看牙口,再向老板询问脚力快慢。

木伦这一日里几乎都冷着脸,这会儿对马倒是亲热。合达安在旁边念叨,不知为何看着他总是能想起脑海中的某个身影。

木伦将马眼处抵着自己的额头,亲热了好一会儿才瞥向合达安:"他们的牛羊何处来的?"

"起初是从你们草原买来的,买来后不卖,等到繁衍多了之后再卖。"

又到一家铁铺。

木伦再问:"为何这家铁铺能够做得如此之大?"

"这家店老板原是北凉人,北凉盛产铁,可是铁在魏国很少见,所以他搬来此处卖铁,才没几年,铺子就做大了。"说完,她意味深长地看了看木伦,而木伦也同样意味深长地看着那门面高大的铁铺。

响午早已过去许久,木伦终于开口问道:"寻个近些的地方用点饭吧。"

就盼着他开这口,合达安乐呵呵地问:"公子,就在附近吃?"

木伦点点头。

"想吃实惠点的,还是好吃的?"

木伦无奈地瞟了她一眼,抬手示意她看隔壁的面摊子。

摊主熟练地将面揉成团,又撒上些玉米面,接着将面片叠起如扇子一般,切成粗细一般的条状,放进锅中大煮。才半炷香时间,面已上桌,似乎没料到这么快,木伦微微惊诧,满怀期待地将面夹起,吹了吹,放进口中。

才吃了一口,他立刻皱起眉头,那面条硬得着实让他吃不惯,刚想叫伙计过来训斥几句,就听见合达安在旁边念叨:"这儿的人下面都是滚一遭就捞出来,要是面煮得太软,没一会儿就消化了,不顶饿,又要再吃,费钱。"

"哦。"木伦低头继续吃面,过了好一阵儿,他才又抬头道,"这硬面其实也不错啊,牛筋一样!"

合达安笑了:"我们叫作筋道!你且凑合吃点,明儿我带你去京城南部最受欢迎的酒盏走一遭!你一定喜欢。"

"京城南部?"

"是。"合达安点点头,"京城南边,离郭城不差二里地有一处专门卖酒的庄子。"

木伦低头暗想,来中原之前他曾经看过魏国的城图,平城由三部分组成,分别是:皇城、京城以及郭城。平城从城北面引入浑水,又从城西面引了武川水入城,使得平城中心皇城大街西岸有潺潺流水,美轮美奂之景色让他暗叹。而她口中的京城,距离皇城有二十里左右,是平城中除了皇宫所在的皇城第二繁华之处。"为何要去那么远的地方?"木伦不解,"难道这十几里没有一家卖酒的?"

合达安意味深长地朝他笑道:"在平城,有两样东西难买,一个是盐,还有一个就是酒。"

"嗯?"木伦眉毛一挑,等着她继续说。

"所以,想要做酒买卖的一般都是家财万贯或者是有大背景的。京城边上的那家酒庄,平城闻名,赚的银子不比这边的少,可是稀奇的是,那家酒庄的老板,既不是家中富足,也没有什么大人物支撑。你猜猜,这是什么缘故?"

木伦一时没想出缘故,低头默默思索,合达安只在一旁等着。

过了不久,他突然抬头,目光如炬,嘴唇上扬,欣喜不已:"你是说,挣同样银子的人,没有背景的更加厉害?"

"做小买卖的人聪明,因为他们懂得如何在富贵商家中间生存,今天看到的就是这个道理。而明天要看的,就是明明开始只是小生意,却凭着精明的头脑自己闯出了一片天地。"

"我现下只恨一日只有这些个时辰。"木伦面怒心喜,初次远眺异乡,他发现魏国其实与草原大不同,这个国家的贵门公子、富家商贩毕竟只是少数,绝大多数是普通人,这些普通人是根本无法想象那种挥手就是银锭,转身就是奴仆的生活。这也是为什么步鹿真会让一个市街的小丫头带着自己钻研经济之道的缘故。

俗世之中也有许多的门道,而想要学会绝非是一日两日可行的。

"酒庄其实也不必急着看,我就是想要你吃好点。"合达安口不对心地抿抿嘴唇,手朝着侧边指去,"京城市宅紧挨,那边还有些街坊自家晒的干肉,听说你们草原先祖打仗时候总是带着那样的风干肉,一会儿你可去尝一尝,看看中原的味道地不地道。"

"想不到你倒是读过些书。"木伦笑道,朝她手指的方向看去,然而,就在他朝右边看去的当口,一个黑影翻身一跃,离开了可视的范围。

时近黄昏,天边鲜红的晚霞给了市集四周淡淡的光色,把不远处的皇宫照得若隐若现,在这暮霭沉沉之中,宫殿上的屋檐已经看不大清,檐上顶角的蹲兽已经藏在了黑暗之中。

才刚刚转过十字街口,离客栈还有一段路时,木伦就下轿独自返回。一日下来,总有几双眼睛死死盯着他们二人,这他知道,但令他不解的是,在一天的时间里,自己只和合达安二人在一起,身边故意没有安置侍卫,为什么这些人不曾动手?

他下了马车,自己徒步走回,这时候,就连合达安也没在旁边。

才行了几步,他突然止住脚步,多年来行军的经验让他十分警觉,同时也让他的想法得到了印证——那些人不曾动手,并不是因为畏惧自己,一定是因为那个根本不叫俄景的姑娘。

俄景究竟是什么人?他一时之间来不及思考,在他的视线之内,可以看见客栈就在前方百米处,让俄景跟着轿子离开,窥探的人自然也会离开,那么要杀自己的人也就有了机会。

选择在此处给他们机会,是因为客栈里面的人可以出来帮他一把。木伦想着,果然一个影子悄无声息地飞快接近,虽然背对着对方,却因为距离较近,他能够听见身后左右二人拔出匕首时瞬间的轻响。

木伦转瞬侧身,从二者中间擦身而过,一边躲过二人的匕首,一边手脚并用地将二人隔开些距离,接着腿部加了力道,其中一人重重倒地。

木伦来不及缓一口气,倒地之人猛地一撑,重新直立起来,另一人再次将匕首朝他后背处刺去……

即使对方对木伦的身手始料未及,但是直到贺术也与两个侍卫从中隔开他们二人时,木伦才有种如释重负的感觉。

步鹿真细瞧着被押进屋的二人,问道:"你猜得出,他们是谁派来的吧?"

"自然是纪由。"木伦点点头,今早上出发前,探子便将情报告诉了木伦:左丞相纪由安插在魏国的探子是一个代号叫启老大的杀手。但就今晚上看,那位启老大并不知晓纪由想要杀掉的这两个猎物的真实身份,否则,他断断不会只派出这两个人来。步鹿真留在客栈里不出现,就是故意给对方留下机会,引狼现身。

"这两个人今天一天都没有动手,却在你的住处前动手,岂不愚蠢?"步鹿真问道。

"老师说得是,今日一天他们不行动,是因为另外还有人也盯着,他们二人才迟迟没有找到机会,直到那位自称为俄景的姑娘离开我之后,那一拨人离开,他们二人才会冒险动手。"

听了他这番话,步鹿真深眯着双眼:"你是说那个姑娘身份不一般?"

"一定不一般。"他说,"一整天下来,那个启老大的手下一直在伺机杀人,但是有另外一拨魏国人,不知为何盯上了他们,恐他们会对俄景不利,便与启老大的手下上演了一出螳螂捕蝉,黄雀在后的戏码。"

"殿下恕罪!"步鹿真惭愧施礼道,"是老臣疏忽了,臣立刻命人去查。"

"不急,我们既然没有暴露,借助魏国人挡一挡左丞相的人,也不是不可以。"木伦微微一笑,他和那个叫作俄景的姑娘,就像是两只蝉,因为黄雀的出现而避免了死在螳螂的手下。

第三章　危机四伏

永巷之中,深邃而阴冷,外面的冷热丝毫不能传进来,空气中散发出一股难闻的沉闷气味,这里的人或陷于无尽的空虚寂寞,或陷于某种痛苦久久不能自拔。

暮色降临的时候,天边会有一抹红霞夹杂着些许暖意透进来,每每望着那道光,合达安的眼睛总会湿润一回。

"彼彼牵挂,相隔甚远,远得如同天地之遥。"

先前,当战争的天平又一次偏向北方的柔然,北魏需要喘息的时候,出生于皇亲宗室的公主,必须成为牺牲品,和亲远嫁,忍辱负重,背井离乡,远赴异域,生死难料。

母亲没有遵从这条路,她的逃避让一家人从此分裂,令她和自己的生活从此陷入永远的贫困与讽刺。

但是将一个国家的安危强加给一个女子,让她承担一个女子根本不能够承担的责任,这也是一种不公平。

想到这里,一种伤感、无奈还有痛恨的心情油然而生。娘亲就这样如同笼中之鸟被永远困在永巷,即使自己拥有自由又能如何?

翊氏从厨间走出来,望见暗黑的大厅中女儿一个人坐在门前发呆,几支蜡烛已经燃尽,要不是窗外的一抹余霞这里早就漆黑一片。

"晋浩方才来找过你。"点起几盏火烛之后,翊氏朝她道。

"哦,应该是来送及笄礼的吧。"合达安原本冲着晚霞的面庞转了过来,逆着黑暗,朝母亲道。

"大姑娘了。"翊氏满眼爱意,指着桌上的木盒,"女孩子不能没有首饰,这是你父亲过去送给我的,我特意在今天转送给你。"

合达安一听父亲送的,两眼瞬间放出了光芒,疾步跑上前,小心打开桌上陈旧的木盒。

是一条鲜红的宝石手串。

她开心地、激动地流着泪:"娘——这是爹留给你的?"

翊氏点点头:"唯一的了。"

手串戴在她白皙的手上显得格外鲜红,她像是做出了什么重大的决定一样,目光炽热,虽然在昏暗中并不明显。

"娘……"

翊氏正要回厨房,转头问道:"怎么了?"

她笑得很开心:"我昨日看您采了许多槐花。"

用槐花和着面做出来的槐花面,是合达安最喜爱的吃食。

翊氏笑着点头:"做了很多,够我们吃一阵了。"

第二日太阳再次升起,木伦便听从合达安的安排,和她一起去了昨日说的那个酒庄。可是与昨日不同的是,他居然没有搭乘轿子,而是自己一步步往京城南部走去。

路程真不近,合达安只能在后面默默跟着,对于他为何不坐轿子一事满心懊恼,但是一想到她的三十两银子,就只能硬跟着。

两人就这么一路走着,也不知走了多少路,终于望见酒庄前的招子时,合达安欣喜若狂地朝前拉着他道:"我们到了!您快请里头歇息!"

木伦却不以为然,悠悠走到门前并未打算进去:"不急,既然来了,先看看周围的情况,你不是说这里市宅紧挨吗,我们往里头走走。"

还走?!这个男人当真要把人逼疯!合达安想着,脸上赔着笑:"您不累吗?还是歇一歇,喝点酒再上路吧!"

木伦看向她,瘦弱的身板体力倒是颇好,埋头思忖片刻,道:"也行,那就先喝点酒吧。"

小二端上铜樽,酒坛才开启,闻见酒香,木伦大喜,即刻满上一杯就开饮,一连三杯都不带换气的。

看着他的模样,合达安愣了愣:"你真是好酒量!"

木伦朝她笑道:"这酒大好!"

合达安惊异道:"你们那草原上的马奶酒,不才是最上等的烈酒吗?"

木伦摇摇头,皱眉看着手里头的空杯:"那东西是好,可日饮千壶,没什么新鲜感。"说完,他摇摇脑袋,想接着再说,看她连菜也不吃了,愣愣地盯着他看。

"怎么了?"

合达安疑惑地看着他:"能说出日饮千壶这种话,您怕不只是一般的贵家公子吧?"

木伦犹豫了一下,没有回避,他知道眼前这个俄景姑娘知道了也没多大用处,就含蓄地说道:"我家中有些权势,有几个当官的,我就是觉着官场残酷,想琢磨些别的,游山玩水罢了。"

合达安"哦"了一声,低头接着吃饭,面上风轻云淡,看不出来是信还是不信。

"你头回做这交易吗?"木伦突然问了个别的问题。

合达安点点头:"头一回。"

木伦盯着她,问道:"在这里吃一个月的饭,大抵要花多少银两?"

合达安想了想:"我和我娘是晨起一顿,晚间一顿,二两银子就可以过一个月。"

木伦看着她道:"就为了省钱,晌午就不吃?"

她点了下头。

木伦蹙着眉头接着问:"你这么精明,连顿饭钱也要省?在平城生存果真就这般难?"

"难……"她说着,伸手也去取铜樽。

这里面其实有个大大的缘故,母女两个日子苦,翊氏虽然出不了宫门,她却可以例外,但这例外便是花费大量银钱给永巷后门的看守。她要喂饱的,除了她和她娘,还有胃口不断增加的那几个看守。

"若平城生活这般难,为何不搬到其他地方?"

"听说外头到处战争,我和我娘两个人,哪里来的安全保障?"

似没料到她的处境,木伦微微诧异:"其他家人去了哪里?"

"我也不知道,可能在阴山那头吧。"她觉得心头一阵悲苦,当年她和双亲、哥哥就住在阴山北部不远的柔然边境之外,周围都是天地两色的草原,茫茫无边,自由自在,如今却是孤独凄惨。

阴山那头紧挨着的不就是柔然吗? 木伦默了默:"是战争把你们分开的?为何不过去找找?"

"找人得有银子吧?"她讨好地看着木伦,"等这活干完,我就去寻一寻。"

木伦看了她一眼,摇摇头,难怪这丫头眉宇间永远有股散不去的忧愁,他曾经听说经历过生离死别打击的脸上的忧愁才会久久不散去。他解下腰间的玉佩,塞在她手里,说:"姑娘,我帮不了旁的忙,这个,收下吧!"

合达安接过来,是和他手心一样温度的玉佩,温润雪白,美得不忍直视。她呆呆地看着这天大的馅饼,惊喜之余有种说不出的感动:"这……这不妥吧……"

"今天一天走了这么远,累了吧?"木伦不再答,反问道。

想不到他居然越来越有人情味了,合达安摆摆手做不在意状:"小事,小事。"

木伦侧头倒酒,佯装喝醉的模样朝外头一瞥,果然有几个家伙在外面探头探脑,他轻轻一笑,暗想那帮人终于坐不住了。

"我看你是疲累了,在这多坐会儿吧,我自己出去逛逛,一会儿便回,你不必跟着。"

"你认得路?"合达安话还未说完,木伦已经起身朝外头走去,还是醉醺醺的模样。

走出酒庄没几步,木伦突然停下脚步,好奇般地看着庄子外边的小路,随即闪身朝后转去。

似乎没料到他会回头,墙角处蜷缩的启老大来不及躲避目光,只能惊诧地望着他。

两人四目相对,启老大面沉如水。

木伦也不靠近他,眼角瞅见庄外的情况,微微一笑,转身再次走进酒庄。

合达安见他走进来时,神色完全没有醉样,反而极为严肃。

"俄景,记着,一会儿躲在桌子下面。"

合达安自然不明白他突然的话,就听见外头窗外"哐!哐!"的几声巨响,三个人像山顶的滚石般朝他们二人扑过来。

木伦两只手掌同时迎上二人,已经腾不出手对付后面的第三人,好在他前面嘱咐过,在第三人扑上前来的时候,合达安心里头一瞬的念头并不是逃走,而是就势缩在木桌下端。就在她蹲下身子的那一刻,一把短刀不知从谁身上掉下,正落在桌旁。

最初的两人避开了木伦的一掌,却在同一时间被擒住了手臂,木伦稍稍用力,将此二人手臂反扭在他们身后。

窗外又跃进两个人,训练有素,步履轻快,用的是同样的短刀,朝木伦的头身投掷。

木伦见状,手上不再留有力气,迅速拧断二人臂膀,那两人痛彻骨髓般倒地,随之被木伦避开的一刀直直插着其中一人,另外一刀已经逼近木伦头部,被长剑挡了下来。

晋浩一身紧袖短袍,动起手来轻便矫健,先是一刀砍下准备猛力掀开木桌的伙计,再折回身顺道挡下刺向木伦的匕首。

躲在桌下一动不敢动的合达安眼睁睁地看着刀剑直逼对方喉咙,又有两人闻声倒地,鲜血四溅。

剩下的一人就是启老大,他胸口被划出一道口子,鲜血涌出,一手捂着伤口,一手仍在奋力抵抗,他的目标自然还是木伦,可是任凭如何卖力也渐渐落了下风,直到全身布满血口,再站不起来。

合达安惊恐交加,但同时,令她奇怪的是,晋浩与这位叫作逸禽的年轻公子二人就好像是商量好的一般,配合十分默契。她再愚钝也看得出来,方才两人中任何一人没有配合好,那加上自己他们三人就得命丧于此。

酒庄早已经乱成一片,客人趁乱离开,只余下几个伙计,颤颤巍巍躲在墙角,见平息下来后,才缩手缩脚地探头过来,看见满地血迹与死人后,还是吓软了腿。

"莫慌张,快去报官,有强盗来此!"

一听"强盗"一词,合达安满不自在地看了眼晋浩,后者此时已经行到木伦面前。

"多谢勇士相救。"木伦脸上不惧不畏,朝晋浩拱手行礼。

"此地盗匪盛行,看贵人模样像是外地人,要多加小心。"

"咳咳……"合达安不自在地掸掸身上的灰迹,"那个……那个谁,你怎么在这?"

"今日十五,我在此约了朋友喝酒。"晋浩淡淡地道,"看见你和贵人在此,刚要过来问候,就看见那些歹人。你们二人来此做什么?"晋浩佯装不知,问道。

"只是来坐坐。"

晋浩听了她的话,思忖片刻,瞥向被绑在地上的启老大:"贵客远道而来,诸事不熟悉,不如就将此人交给我吧,正好,我也有好友在军中。"

木伦拱手笑道:"有劳勇士。"

晋浩再次看向合达安,面上风轻云淡:"此处想必不安全,还是带着客人先回去吧,以免再生事端。"

"哦……"

晋浩付了银两,木伦和合达安乘着酒庄安排的轿子往京城里赶。

轿辇中,木伦与合达安相向而坐。

"那位公子,英俊善辩,身手也不错,是你什么人?"

合达安嘻嘻一笑,一副刚刚躲过死神的神情:"朋友!朋友!"

木伦偏头看她:"能和这样的人交上朋友,你倒是有些能耐,怎么交上的?"

"就是……他就是个商人之子,偶尔找我买点药材,就……就熟了。"觉得话多必有失,合达安岔开话道,"方才你身手也真是好!你是经商之人,家里也要求你练武?"

"哦……自己练的,"木伦答道,"一介商贾,也有打仗报国之心。那人什么来历?"

"贵家公子。"

"只是贵家公子?"

"也有打仗报国之心。"

"……"

一路返回,天还明亮,抬眼望去魏宫屋檐上的蹲兽清晰可见,屋檐下方的斗拱密密麻麻,金碧辉煌……合达安自客栈出来,并不急着回宫,今日之事慢慢想来蹊跷太多,遂去了冯亲王府邸,不敢从正门进去,只能小心翼翼从侧门过。

一个奴仆从内而出,看见这个年轻姑娘,眼神颇为熟悉,问道:"尊驾是来自宫内的永巷?"

"来见贵府大公子。"

仆人会意,引着她从小路走进廊道,最后进入尽头一间待客用的静室。

合达安慢慢在客椅坐下,背靠木椅,从口袋拿出那块玉佩,在手里把玩。这是多好的一块羊脂玉呀!她不禁感叹,手指划过上面眼生的图案,那玉面光滑无比,已不知贴身带过多少个年头。

晋浩抱臂而立,默不作声在后面看着她,最后才走过去,拍了下她的肩膀:"哪得来的?"

合达安乐呵呵回头,却见晋浩脸色十分不好看,心里立刻明白了大半:"白日抓的那个人,可是有眉目了?"

"我正是来告诉你这事的。"晋浩面色又凝重了些,"但在我告诉你这事之前,我还有另外两件事告诉你。其实这两日我一直跟着你。"

合达安面上毫无触动,连眉毛也未皱一下:"我知道。"

"你知道?"

"头回你陪我去药店时你就担心,特意留了个心眼。"合达安耸耸肩,"能跟着我的人也就是你了。"

晋浩点点头:"那我再告诉你第二件事,那个与你一块的男人,叫作木伦。"

"木伦?"合达安没听过这个名字,但她看见晋浩脸上的担忧一点点变了,取而代之的是从未见过的严肃。

"我跟你说……"长吸一口气后,他声音很低,"按我们的说法,那家伙应该算是柔然的王子。"

合达安的脸色唰地变得煞白:"你是怎么知道的?白日里那个人说的?"

"没,他已经死了,并且,我确定他什么也不知道。"

合达安的脸彻底白了,望着他,再次问了一遍:"你到底是怎么知道的?"

这话一出来,周遭都陷入了可怕的安静,可怕得甚至可以听见晋浩的呼吸声。

"你是不是脑子少根筋?我怎么知道的关你什么事!你应该知道的是,如果那家伙是柔然人,你就死定了!"

合达安沉着脸:"你确定他是柔然人?"

"对。"晋浩紧皱眉头,"喂,你可不能再去见他们,他们不会帮你,那帮人现在自顾不暇,哪里还会帮你?若是让宫里知道你和柔然人勾结,你和翊公主都是死罪!知道吗?回去以后,对翊公主什么也别说,知道吗?"

看着他的样子,合达安愣在原地,纠结了半天,最后才吐出两个字:"知道——"

和晋浩分开以后,合达安一如往日地朝北面苑囿走出,一如往日地从宫殿苑囿折进后向东拐去,走进永巷的小门,进了门内便是那条再熟悉不过的巷路。两旁高墙矗立,天空只余下一道窄窄的蓝天,每日只有三四个时辰能够看见太阳,看不见时,尤其到了夜晚,那里更是阴森可怖。

进了永巷门,侍女婉儿正在巷路口等着她,她记得她与母亲被送进来时,也是一群人在这等着,从此她俩住在这只有一道光亮的永巷。而在家散人离之前,她本该还有父亲还有哥哥,后来从母亲翊氏口中得知,他二人应该逃去了柔然。

她慢悠悠朝着住处走去,与婉儿的脚步声在宫墙间回响,寂寞而沉重。

合达安抬头看看天空,婉儿也止步望着她,随后,她飞快往里走去,步履快而稳健,一言不发。婉儿只是愣愣地看着她的背影,最后匆匆跟上。

支起客栈窗,木伦嫌屋内太亮,缓步过去就要熄掉烛台的烛火。

步鹿真闷哼一声,把烛台递给他:"你今天太过唐突,你怎知道那魏国人会来救你？"

"他一定会救我的，还未到鱼死网破的地步嘛，更何况小姑娘还在。"

步鹿真没理会他的玩笑："若是转手将你交给官兵，你怎么办？"

"小姑娘和那魏国官人很熟。"木伦肯定道，"救我只为了帮小姑娘掩护，绝非道义，又怎么会让我被官兵抓走？"

步鹿真定定地看着他，语气依旧很严肃："启老大在他们手上，过了今夜，一切就说不好了。"

木伦点点头，侧头看着窗外景色，似乎在思考什么，然后十分佩服地朝着步鹿真道："以老师之才，总会比我多思考几步，却还不直言教我，只是步步引着，小姑娘人小却有大用，您为何选她，我已经完全能够明白，奈何只有两日，若再多些日子就好了。"

"打探小姑娘身世的人在你回来之前已经来过。"步鹿真道。

"嗯？"木伦看向他，"如何？"

目光只停留在眼前未来得及熄掉的烛台，步鹿真慢慢开口道："那是十几年前的一个故事，当时还是先可汗在位，魏先帝在世时，他们曾经达成过一段婚姻，嫁当时的魏国公主与柔然，可是公主在大婚前几日突然不见踪影，回来时已有了身孕——"

木伦难掩惊讶："她……就是那个孩子？"

来不及点头，侍卫贺术也匆匆迈步进来，冲着二人施礼后道："公子，药坊店主带了个人来，说要见您。"

木伦皱皱眉头，偏头看了眼窗外夜景，外边一轮亮堂而圆润的月亮挂在当头。这个时辰，本该赏月闲谈，可今夜免不了会有些事坏了他的兴致。

"何事要此时见我？"他问。

贺术也稍弯了下腰："公子，是畿和那边来的人，问什么也不说，只道要当面见您。"

听罢，木伦还未开口，步鹿真的脸顿时沉了下去，两道目光刀锋一般，他用手指着贺术也说道："少废话！去！立刻把他叫进来！"

"是，是！"贺术也双腿战栗了一下，边往后退便道。他跟着木伦殿下有些年头了,从未见过有他在场时,右丞相动过如此大怒。

眼见着门外进来一人,躬身施礼后即刻就道:"二王子,可汗命您立刻返回,一时一刻不可耽搁。"

这下,连木伦的目光也极其骇人,父汗为何突然叫他回去?太不寻常,他看向步鹿真,后者长长叹了口气,像是预料之中。

盛乐丢了!

夜幕完全降临的时候,城门前格外热闹,一支较为庞大的商队,载着丝绸布料向城外驶去。

商队有十余人,均骑着马,后面跟着的两辆马车里面全装着货物。

十余人全是游牧人,大家笑容满面。

商队自平城出发,绕过盛乐城,往阴山方向走去。

马车中的姑娘抱着一大裹袋的槐花面,蜷缩在丝绸布料中。她通过马车缝隙,双眼瞪着外面,看着前面队伍中最后一个大汉的背影。

她先是一刻不放松地望着,渐渐疲累了,就悄悄吃些槐花面,母亲为她生辰所做的食物,她几乎全都带着了。藏在马车中的一日里,她还在担忧母亲看见自己所留下的书信会何等焦虑。

她差点睡去,听到前方大汉说道:"前面就是魏国边境了,都打起精神来!"便一下子清醒了,再次瞪圆双眼望着外头。

边境的士兵一手执剑,一手执盾,一个个面无表情地逐个查验过往者的通关文书与随身行李货品。

商队前方还有一队人马,隔着一段距离并不能看得太清,带队的是一位年纪稍长的老商人。

老商人笑呵呵地从口袋抓出了一小把碎银子,往正行检查的士兵怀中塞去。

合达安看见这一幕,心下暗暗害怕。自从年幼时候知道父兄在柔然生活,自己就不知道多少次想要竭力通过这道边关,但一次又一次被母亲拦住了,就连大公主也再三警告过,切勿想着用金银贿赂边境的士兵,金银在他们眼中一文不值,他们就是杀人如麻的狂魔。更何况现在双方正在交战,那老商人会如何?

隔着百来米,听不清任何声音,只见那几小块碎银被侍卫放在手上掂了掂,然后如同石头一般被摔在了地上,随之,那老商人也跟着倒地……

刀还插在他的身上,他队伍中的另几人疯狂逃窜,但也无济于事,所能够想象的最为惨痛的悲剧发生在眼前,她吓得不忍直视,身体瑟瑟发抖。

马车继续前行,就像是方才的事没有发生一样,老商人及同伴的尸体横七竖八地躺在周边,下一个会不会就是木伦了?她想到他精致的衣衫和鼓鼓的钱袋。千万不可啊,他还那样年轻。

不,不会的,至少他不会用收买这一招。且不提方才老商人已经是个教训,倘若他真的是柔然人,他应该知道如何进得平城,就如何出得去。

可眼前发生的一切还是令她大吃一惊。

木伦如方才的老商人一般,笑呵呵地走过去,从口袋取出一样东西——那锭无比硕大的白银格外显眼。

银锭太重了,士兵双手将银锭抱在怀中,头低下了,这么大的银锭足以让他们这群人全体富足地过上十年。他犹豫了一瞬间,向周遭人点点头,马车便破例通行了。

合达安一颗心落了下来。

马车前方的将士破箱而入,将丝绸车中的丫头提溜出来已经是过了魏国边境大半日之后。

商队已经到达了武川草原,这里是柔然境内。

马车终于到了草原的时候,外面的景致大变,一望无际之下多了几分放荡少了几分压抑,可是合达安不会去留意这些,她被人恶狠狠地从一堆丝绸中拖了出来,像一只幼小并且待宰的绵羊一般被丢在了草地上。

那个将士身形健美,四肢如同树干一般粗壮,看上去年纪不过二十岁,目光与木伦一样深不见底,还带着几分杀气。

合达安并不知自己是何时被发现的,这些跟着木伦来到魏国的人,必定都是经过精挑细选的,她开始后悔自己莽撞的举动,内心觉得自己终究还是太傻了些。

一个暗影向她罩过来,是另一个年长的男人,他上下前后左右看了看,向年轻将士点了点头,年轻将士将手中的长刀子挥起。

"娘,我对不起你。"眼看大刀快要落下的时候,她绝望地喊道。

熟悉的声音再次传来,依旧那样冰冷:"慢着!"

年轻将士来不及反应,下意识地收了一点力道。刀口是擦着她的喉咙而过的,虽未重伤,但白皙的脖颈处还是有了一道红印,接着血流而下。刀伤不深,看起来却是触目惊心。

"你傻吗?见了刀不躲?"

中原深巷长大的姑娘哪里有这样的意识?她吓得不轻,呆滞地坐于地上。

"你还真是有胆。"木伦走上前几步,蹲下道,"丫头,你一个人去柔然找人,你怎么找?"

"母亲说过,十几年前父亲他是到访魏国的特使,只要去畿和的官府查存档……"

"你一个魏国人去柔然都城的官府查存档?"木伦大笑,"你是去找死吧!"

"这与你无关,至少我不是探子,又没做坏事,你就没有理由杀我。"

"有没有理由杀人,不是你说了算。"

"殿下还是早做决定吧!"一旁的步鹿真终于开口,"你总不能带一个莫名其妙的魏国人回来吧?"

步鹿真说得对,这样带一个魏国人回去,要是让纪由或者大王子秃鹿愧知道了怕是麻烦。

木伦快步过来,提起她,径直向树林外走,走到树林边,将她向地上一丢,用剑指着她说:"快走,回你们魏国。现在就走。如果让我再看见你,就杀了你。"

说罢,一甩衣袖朝身后走去,留下的人都听见了他阴冷的笑。

步鹿真摇摇头。叫作什锦的兵士收了刀,上马,紧紧跟上木伦。

合达安坐在落满树叶的地上,直到他们一行人走得再听不见声音时,她才放声大哭起来。

第四章　再现希冀

夏秋之交,盛乐城外风景不错,归去的将士内心却异常悲壮……

柔然郁久闾可汗面色铁青,在案上写诏:"大王子秃鹿愧,狂妄焦躁,延误战机,为惩戒族人,重整士气,今革去其所有职位,一应优待取消!"

其座下的左丞相尔绵升纪由面上露出狡猾与阴冷的表情:"大汗,众将士还未归来,现在惩处是不是有些早?"

"这个逆子!他到哪里了?"

"探马来报,他们快到武川了。"纪由道,"此战损失不小,死伤数千人,不得不停下休整,所以回来得慢了些。"

"那木伦呢,他在哪里?"

"木伦殿下已经到了粟水,大约只有一日路程就到。"

可汗双目紧闭,悔恨交加:"秃鹿愧打仗空有胆量,却无把握,此战若是木伦去……"

纪由心中暗恨:"可汗,在臣看来,这并不是大王子举轻骑兵南下不利的主要错失,大王子殿下远途疲累,而大将军陟斤作为守城将领,本应该元气充沛,况且重骑兵也在他手里,不过此次不知为何却未大加施展……"

"你想说什么?"

纪由貌似难言,犹豫几下,说道:"可汗,臣听说在大王子出发南征期间,盛乐城中一直都是歌舞升平……"

老可汗怒道:"丞相,你说的可是实话?"

"臣说的当然是实话,大王子南下两日后,魏帝拓跋焘就率军亲征盛乐,陟斤将军所料未及,大王子只得再度返回作战,无奈马疲人乏。可汗,此战虽然败了,可是好在陟斤将军的重骑兵伤亡不重,也算是不幸中的万幸了。"

可汗更是惊怒交加:"原来如此,我让秃鹿愧带领轻骑兵,现在轻骑兵伤亡惨重,而他陟斤的重骑兵精锐却还在。那陟斤都在干什么?饮酒作乐?敌人来了就带着队伍跑吗?"

纪由慢道:"这个,臣就不知道了。不过可汗您也知道,我对陟斤将军平时所知不多,只知道他素与木伦王子交好,二王子常夸他有谋有略,是个能征善战之人……"

可汗撕了手中的诏书:"能征善战,有谋有略!左相,你立刻着人去处理。"他说完重新下笔写道:"陟斤,杀!"

那几笔画在宣纸上,比殷红的鲜血还要可怕……

清和初夏,微风拂过草原,一眼望去如绿海。时不时跑出几匹黑色马驹,震响了安静的草地。

一个卫兵慌忙跑进帐内:"殿下,可汗传信催促,您必须马上赶回!"

临时搭建的帐内坐了两人,正在饮酒对话,听到消息后,年迈者面上风平浪静,年少者虽是愁眉不展,但也并无惊讶。

"知道了,下去吧。"年少者说道。

卫兵因为丞相与木伦王子的不惊,反倒有些惊讶,事态明明已经很紧急了,这二人却像是什么事也没有一样。

木伦瞟了他一眼:"你还杵着干吗?"

卫兵清了下嗓子后,放大了声音:"殿下,还有一事,上头说了,除了大将军陟斤之外,部队将于三日后返回畿和,请您也抓紧回去,路上切莫耽搁。"

"大将军为何不回?"

"大将军已被处死。"

木伦惊了一下:"陟斤被处死了?为何?"

"这是可汗下的诏令,属下不知。"

他突然就坐不住了,语气重了许多:"什么时候的事?"

"他的尸体已经在武川城头悬挂了一日。左相说,要挂上十日才能取下。"

年迈者这时候终于开口了:"如果你该说的说完了,就回去吧。"

卫兵走了许久,木伦才深深地吐出胸口的一股怨气,他双目气得血红,握紧的拳头猛地捶向了桌案。剧烈的声响之后,桌案裂开一道缝隙,接着散架倒地。

陟斤与木伦,是自幼的交情。

"混账东西!"他不能忍受,"那个老家伙怎么可以这般狠毒?丞相,我要回去,陟斤已经冤死了,我不能再让他的尸体悬挂在武川。"

步鹿真死死拽住了木伦,他知道木伦不是在征求自己的意见。

"陟斤触碰到了大汗的死穴,既然要悬挂十日,你就不能提前将他放下来,否则可汗知道后,会狠狠处置你的。你也知道盛乐城对柔然有多重要。"

"怎么处置都无所谓。"他坚毅果敢的面孔上,眼神如同刀剑一般刺向步鹿真。

年老的步鹿真无可奈何,只得撒了手:"罢了,你去吧。有些时候,情谊远比利益重要。"

一阵马蹄声从远处传来,合达安循声望去,一辆灰篷四辕的马车行于前方,侧后依稀可见几个骑士与驮着货物的马队。

被丢下后,合达安并未离去。她不知道期盼了多少年,才踏上了柔然的土地,她不会走,哪怕是付出生命的代价,也必须赌上一把。

她冲上前去,隔着老远的距离便开始呼喊、招手。

走在马车周遭的骑士察觉有异样,定睛细看却是一位姑娘,便侧头朝车篷说话。

随着车帘拉开,领头人的面目露了出来,神情严肃,黑白相间的头发被大风吹起:"姑娘,何事?"

这人颧骨颇高,眉眼与木伦有几分相似,十有八九也是柔然人。合达安看着他:"叔伯,我想去畿和,可否载我一程?"

领头人歪着头,打量了她两下,想要表达的意思很清楚:只要价钱对,我可以帮你。

合达安掏出怀中仅剩的几枚铜钱,却在上面放了木伦的那块玉佩。她捧上这些说:"叔伯,我自己有食物,您只要带上我就行。"

领头商人拿起玉佩翻到另一面,上面的铜钱形状映入他眼时,他双目定定地锁住了一会儿,紧接着抬头继续打量她,说出了对于合达安而言最为动听的旋律:"上来!"

吩咐伙计继续前行后,领头人依旧反复琢磨那块玉佩,脸上难掩疑惑之色。

看着他的模样,合达安也有些紧张,她听见他问:"孩子,你是什么来历?怎么拿到这块玉佩的?"

"我哪有什么来历,不过就是街边混口饭吃罢了。至于这东西,别人送的……"

"何人所送?"

初次听闻逸禽的真名是从晋浩口中,合达安细细想了片刻:"木伦。"

领头商人脸色顿时阴了下去,身上不由得打了一个寒战。他揉了揉脸,赶紧将玉佩塞回给她:"我等尚在柔然的土地上,既然是木伦王子的贵客,能顺路搭载也是荣幸。"

合达安压抑住内心的震惊,接过玉佩,小声问道:"叔伯不是柔然人,那来自哪里?"

"高车。"他道,"你知道高车吗?"

"听说过。"

"你喝过那里的奶茶吗?"他用沙哑的声音问,顺势拿了水袋递给她。

疲惫交加的合达安感激地摇摇头,接住他的奶茶后便喝了一小口:"味儿不错!"

领头商人望着她继续问:"你一个人出来的吗?"

合达安脸上已经全无畏惧之色,但还是思考了很长一段时间:"走到这里,就只有我一个了……"

"这样。"他摇了摇头,"幸好你有这个信物,幸好我正好识得。"

"叔伯,看您的模样,是经常游走在柔然境内,那您去过畿和吗?"

"去过,何止啊,我在那里生活了整整三年,还差点找一个柔然女子,定居下来。只可惜柔然不是一个经商的好地方,他们那里的人,整日只知道骑射、喝马奶酒,丝毫不知道银子与货物之间的那些交易。你说说,他们是不是被马奶酒给灌傻了?"

合达安笑道:"我从书中得知,柔然以弓马定天下,不靠那些,他们还能靠什么?"

领头商人皱皱眉头:"小姑娘,你的思维不要仅仅局限在书本当中,文字不变,人却可变。你见过柔然人耕作吗?你知道他们也住土堆房吗?你知道柔然有一种名为'帐庭'的屋子吗?我就曾经见过。"

"帐庭是……是帐中带有殿宇吗?不然柔然人怎么将王宫称为可汗王庭,您见过可汗王庭吗?"

在这个游历了半辈子的商人眼中,合达安一双硕大眼睛中隐含的新奇,就像是幼童上夫子的第一堂课一般,无知而又充满着期待。

"当然!"他才真正乐了起来,努力在狭小的空间挪动着他硕大的身躯,转过来正对着她盘腿而坐。

"我曾经踏进过柔然的可汗王庭,那里是皇室成员居住的地方,我收到王庭的邀请,去送他们最爱的狐皮大衣。"他高兴得满脸放着光芒,"我从门外走进去的时候,整个人就像是从荒地走到仙境一般。我曾想过最华丽的屋子无外乎是用金子打造的宫殿,可是去了那里我才明白,用金子打造出来的,也不过是浮华而刺眼的地方罢了。"

她惊异地扬起眉毛:"叔伯,您认为可汗王庭美还是魏国的皇宫美?"

他摆摆手:"我发誓,我见过最美的屋子,就是那里的可汗王庭。那是柔然可汗处理国事的地方,在五层高的大台上面搭建的帐庭,里头可以放上百匹的成年马。金贵的白色骆驼皮,我原先只在书中见过,可那里却从帐顶一直铺到脚下。珠宝镶嵌在桌案上,象牙安放在桌椅后,还有,太多了,琳琅满目,看得我直流口水。"

"那叔伯,我如果想找一位从前当过使节的官员,应该去哪里找?"

"我一眼就看出来了,你可不是去做生意的。"他声音自是低了几分,"找人,可以去官府,可是柔然官员流动性非常大,你别忘了他们是游牧民族,除了能够住在可汗王庭的,就只有三品以上的官员可以长久居住在畿和。"

"其他人会去哪里?"

"这个怕是谁也说不清。"

两人交谈之间,马车时断时续走了好久,突然停了下来。

一个年轻的伙计撩开马车帘子:"东家,外面死人了,还是个大人物。"

领头商人脸一侧:"谁死了?"

"叫什么陟斤的,好像是个将军,他死得好惨,被悬尸于众了。"

合达安听了一阵作呕:"死就死了,怎么还能这样对待死人?"

"姑娘,我刚才就想问,给你玉佩的人——木伦殿下是你的相好吗?"

她一惊,刚想否认,又觉得他话中有话,便没有把话说死:"算是个朋友吧。"

"这陟斤大将军和木伦王子是自幼的交情,可不是一般人,人物风采不必说,畿和城中每年年节,姑娘们争相张望的就是他们俩。这陟斤死了还被悬挂起来,怕是有人算计。"

武川草原上,柱梁悬挂的尸体不见了。

木伦来到武川时,那里只有一摊触目惊心的血迹。

"尸体已经被埋在了百米之外的土地中。"

木伦扫过去,面色顿时大变。合达安穿着汉人的衣服,白皙的皮肤在碧色的草原上格外刺眼。

"你做的?"

"当然是我。"

"我从未见过比你更不怕死的,你知道他是谁吗?"木伦望着百米外,惊喝道。

"有人说是你的朋友,说你回来带走他的尸体,然后你就会被你的父汗惩罚。虽然我不明白这有什么可罚的,人都已经死了。"

木伦双眼一抬,微微变了脸色:"你帮我就是为了让我也来帮助你?"

"帮我到畿和,帮我寻家人。"

映着残阳,木伦脸上寒意全无,他走到陟斤的墓前,肃然鞠了一躬,接着对合达安道:"上来吧……"

他声音洪亮,仿佛还带着笑意,一把将她拉上了马背。

第五章　初到畿和

魏宫中政局动荡,不知道多少人人头落地。那些人被处死的地方,离着永巷不远,凄惨的叫声在翊氏耳中,化作了惶恐与不安。

"婉儿——"她唤着贴身侍女的名字,"合达安走了有四五天了吧?"

"五天了,公主。"

翊氏颤颤巍巍地望着门外:"我就知道她总有一天会去的,只是千万别出什么事。只有她活着,我才能活着。"

天空中第一抹阳光出现了,合达安默默仰望着前方的茂林,在彻明之后,他们将踏上通往北方的道路。

这里南北沟通武川草原与溪山南侧,东西连接高车与库莫两族,中间还有一条水图音河自北向南流下。溪山丰沛的雨水充盈着南下的水图音河,使得河流附近马群遍布。

涉世不深的合达安在与木伦同行的途中,初见这里得天独厚的美景,胸口像在翻江倒海,久久无法平息。她从未想到南边的魏国与北部柔然之间的景象居然如此截然不同。

木伦在此更换了马匹,两人依然同骑一匹。

"丫头,"他说,"你对柔然了解多少?"

合达安想起昨日的高车商人:"有位朋友与我说到过一些。"

"他怎么说的?"

"他说那里的人就像是喝马奶酒喝傻了一样,丝毫不知变通,整日只知道骑马射箭,喝酒高歌。他们以为弓马能够定天下,却对商贸之事一窍不通,更不明白银钱与物件之间的那些交易。他们整日骑马射箭,却并不耕作劳动。他们整日住在牛毛毡中,丝毫不知净土明瓦房中的敞亮生活。"

木伦看不见她窃喜的神情,只以为她真的是实话实说。

"那我幸亏没有杀你,不然你的想法可就得带到坟墓里去了。"

合达安心中一沉:"那你为什么没杀了我?"

"当然不是因为看上你了。"木伦边笑边说,"我这个人一向杀伐果断,虽绝对不会滥杀无辜,可我也不会当救世主,从你躲车里那会儿我就发现了,我已经默许你跟着我过了魏国的边境,你还想借我的商队去畿和,天下哪有这么美的事?"

"木伦,我不是草原上生活的人,可我也知道你们的信仰,我帮你埋了你朋友的尸首,也算是用意甚善,说了帮我寻人的,你可得说到做到。"

"做到!"他指了指前方不远处,"你听到什么没有?"

"什么?"

"我饿了,你也饿了吧?"

她立刻满怀好意地将自己的布袋递过去:"这是我母亲做的槐花面,没剩下多少了,你尝尝。"

木伦根本不接,他的眼睛敏锐地盯着前方:"我又不是兔子,我要吃肉!"

她气不过:"那你就饿着到驿站吧。"

木伦哈哈大笑:"这里是草原,遍地的猎物,谁还非要到驿站找吃的?"

他伸出左手向后挽去,有力的手臂半抱住了合达安,让她直接贴在自己的后背。她一怔,大叫:"你干吗?"

"打猎是要先围后打的,可我们只有一匹马,只能追捕了,你抱住我了,机灵点,马会跑得很快。"

合达安还来不及回应,马就飞奔了起来,剧烈地摇晃、抖动。她的身体在马上控制不住地往后仰去,他从背后用左手一把搂住了她。

不远处的雪兔飞速地逃跑着,距离二人越来越远。

"我松手了,抱住了啊!"

木伦收去左手的下一瞬,弓箭就已上弦,他宽厚的肩膀撑开了,眼睛死死盯着猎物。

马跑得越发快,她便跟着疯狂地舞动,每一次颠得厉害了,就要从马鞍上摔下去时,木伦便腾出一只手将她重新抱住,直到一箭射出,前面的雪兔一动不动了,他才勒马停住。

"还好吗?"木伦回头问道。

合达安已经累得说不出话,趴在他的背上快速喘息。

将兔子提溜起来的时候,木伦脸上流露出满足:"你牵着马,我去生火!"

树枝,干草,火镰。一把短刀三下两下剥皮。一个时辰之后,就泛起了兔肉的清香味。

木伦吃了一口,连连拍着大腿:"过瘾!过瘾!"

"我爹说过的,草原上的人都是长在马背上的,你是我见过骑马骑得第二好的!"

"哎哟,"他不甘心地看着她,"谁第一啊?你爹?"

"晋浩哥哥,我们魏国的武将!"

这已经是他第二次听见她说起这个人,他立马接了一句:"也是你的相好?"

"当然不是!"她快速反驳。

"不是你脸红什么?还有,草原上有一个人能够一箭射死一只老鹰,一刀砍死一只豺狼,他能够对抗敌人三四倍的兵力,能够把西边的高车和东边的契丹制得服服帖帖的。"木伦一副得意扬扬的模样,"你知道他叫什么吗?"

"知道,叫木伦对吧?就坐在我眼前。"

"对!"

她本以为他是一个冷酷无情的人,谁知道进了柔然后,每次遇见些有趣的事,他冷酷的外表就立刻粉碎了,可爱的模样让人忍不住放下了心中的防备。

合达安也忍不住笑了,两人都笑着,清亮的目光交会处,气氛变得温馨了许多。

畿和城的城门大敞,两列官兵相继排开而立,百姓站于其后,纷纷探头仰望。一阵急促的马蹄声传来，越发响亮，最后犹如就在面前一般震天动地。

也只有辽阔的草原，会拥有如此贵重的汗血宝马，以及可以随意驾驭它的人。

那骑着马的男子高且挺立，英武轩昂，奔驰而过时目不斜视，面对众人的喝彩没有半分犹豫迟疑。这样的风头气势，除了柔然高贵的大王子秃鹿愧，还能是谁呢？

木伦没有沿大路走，他载着合达安在集市左拐右穿地溜达了好久。

黄昏时分，他们在叫作元君坊的地方停住。

元君坊位于畿和都城以南的第二条街口，西面毗邻柔然左相府中的围猎场，那里同时也是城中最大的一处狩猎场，是左相之子什锦创建的，其中珍禽宝马无数，可见左相府土地之广，财富之多。

数年前，为了来往各国的使臣能够有一处方便歇脚的地方，所以元君坊特意搭建在了王庭附近。这里搭建的帐篷整齐划一，并未有大小之别。

元君坊前，一个伙计上来牵马，木伦顺手给了他五两银子："准备一间干净的帐室，再买些女子平日穿戴的服饰给这位姑娘。"

"我自己去买就行。"

"不，"木伦断然拒绝，"你不能离开！"

合达安抿紧了嘴唇，没有坚持。

"三天，最多三天，我一定帮你找到那个叫作顿珠的特使。"他说完就走了，且走得很快，七尺高的身材在人群中甚为出众。

可汗王庭此时已经到了点灯的时刻，烛火晃动下一个熟悉的脚步从后面跑来："木伦殿下，你回来了？"

木伦回头望去，一个细眉凤眼、身形灵巧的少女蹦蹦跳跳地跑上来。

"索居，是索居吧？"

过去几年间，木伦得空常常独自去看望步鹿真，两人在右相府谈话的时候，总有一个小姑娘在旁边蹑手蹑脚地递上茶水，活泼而不失端庄的模样一直留在木伦的记忆中。

索居面露喜色:"我爹说您因为大王子殿下刻意躲了一日才回来。知道您心情郁闷,我特意请贺术也帮着在您帐中放了些檀香,当是为您静心。"

他刻意后退几步,与索居又多了几步距离,细细打量她。

索居见他难得地仔细端详自己的身形模样,羞涩地垂下了头。

"不错啊,"他轻笑道,"长成亭亭玉立的大姑娘了。"

索居眉头突然拧在了一起:"殿下,我们才几日不见?"

"不是这个。"他柔声说,"前几日什锦大将与我说想寻个可以照顾他的人,你觉得他怎么样?"

索居听了脸色煞白:"殿下,您怎么能将我随意送人?"

木伦心下一紧,送人?为什么说送人?原本你就不是我的啊?

索居悲痛得几近大哭,木伦看着满是无奈:"索居妹妹,我只是想帮你寻个好姻缘,你若不喜欢什锦,就罢了,只当我没说。"

"我不要什锦!殿下,您难道不知道我的想法?"索居委屈一般地蹭上前去想硬拉着他。

木伦并未回答,背着双臂一动不动,索居落空的手呆滞了半天,才缓缓收回。

索居对他抱有什么想法,他不是没察觉,但是他本身没有任何想法。

王庭里的灯都已点亮,四处皆明,亮晃晃的一片,木伦朝着自己的帐庭走去。

大臣社檀在木伦的帐庭中,他是先可汗还在时就在礼部负责记录出访各地使臣的老臣。

由于被突然叫来,他没有带上名册,只是略略提及几个官位较大的人物。

年迈而不失机智的他将自己能够想到的人一一阐述。

木伦坐着,用手划着面前的几案,并不表态。

"还有……"快结束的时候,他的口气有些迟疑,"听说左丞相纪由曾经出访过魏国,只是那时候他师出无名,我这里没有记录,只是听他自己说的。"

木伦有些踌躇,偏着头向帐窗外望去,外面刮起了大风,凉爽惬意,这种惬意甚至掩盖住了他心中的暗流。

难道,会是……他吗?

木伦横下心来,跑了一趟左相府。

刚刚迈进左相府正门几步,里面一个年纪尚轻、身材高大、样貌端正的男子笑呵呵地迎了出来,毫不客气地一手搭在木伦的肩上。

"我想着你也快来了,我这刚进了些品相好的黑马驹。"

什锦似乎很满意那几匹新进的宝马,可惜一旁的木伦只望了他一眼,就径直向纪由的大帐走去。

什锦把落空的手搭在半空,身上一阵寒战,立在原地大吼:"爹在里面招待别人……"

木伦立刻站住了脚,回头瞅了他一眼:"那我等等。"

"你不是来找我的?"他未说出口的意思本来应该是,"你即使不来找我,也不应该来找我爹吧?"

果然一壶茶的工夫,纪由与秃鹿愧便并肩走了出来,他们的眼睛一双明亮,另一双却凝成一股冷冰冰的光芒。

后者见了木伦,甩了脸就走。

倒是纪由,一副老态龙钟的模样,连忙殷勤地将二王子引进去。

纪由一面满脸含笑地请木伦进去,一面赶紧让人更换茶水,加摆吃食。

"丞相,"他直奔主题,"你昔年去往魏国,是否认识一位叫作顿珠的人?"

纪由认真思考了很久,却并不回答他的话:"谁告诉你的?"

"我今儿找了礼部的社檀。"

"他说这些做什么?"

"我只问他知不知道谁出访过魏国,他肯定知道,就告诉我了。"木伦毫不掩饰,"不过我只问了这个,他也没说别的。"

纪由想了许久:"不错,是有这么个人。"

木伦转眼一喜:"他现在在哪里?"

纪由的视线不断变化,最终有些倦意地落在木伦身上。

在外面徘徊不定的什锦,猛地听见一句,他想要进去,帐内却突然安静了下来,让他不得不再次停住脚步。

纪由望着木伦的侧脸,许久没有说话。

二人沉默了许久。

"此人留在了魏国,后来怎么样了我也不得而知。"

"真的?"

"是的。"他的语气充满着肯定,"都是久远的往事。"纪由说着,面上的倦色更加浓郁了几分。木伦点着头,神态有些落寞,但还是慢慢站起身来,略略鞠了一个礼,就抬步朝外走去。

木伦出去故意没抬头看,他知道什锦会偷听,他等着这家伙追过来。

什锦果然三两步赶上木伦问:"你们聊啥了?是在说我吗?"

木伦没工夫搭理他:"没什么,聊一些往事。"

"什么往事?"

"丞相不说。"

"不说你可以问我。"他见木伦没有留步的意思,使劲拽着他,"我爹的事我都知道。"

"那时候你大概还没出生呢。"

"那我也听说过,你说说。"什锦铁了心要问,一路追到府门外,快一步拉住马缰,"你说说!"

十五六岁时两人也是在狩猎场,什锦一把抓住他的马缰,已在坐骑上的木伦没多犹豫,两腿一夹,巨大的马匹险些踏上什锦的身体,幸好木伦手中的缰绳被死死拽着,两人同时倒在地上。

"我从没见过你这么蠢的人!"他不顾身份,趴在草地上冲木伦大吼。

在木伦的记忆中,什锦从来没有如此固执地拦住他的去路,除了上次。

他还是摇摇头,不说。

自出了可汗王庭合达安就一路直行,王庭外的街道原本宽敞通畅,几乎没有障碍,可绣房、旅店、食坊全部拥挤在这里,只剩下中间一条单匹马儿能够驰过的地方。

起初几步感到阴凉沁人,越走越远,骄阳就逐渐顶在头顶。

在骄阳下面走了将近一个时辰,直到体力有些支撑不住,她才转身折回。

"这里是柔然,你可是只有我。"木伦禁不住目光一拧,"瞎跑什么呢?"

因为一个人走了太久,合达安满面大汗,体力已经有些支撑不住。

两人一起进了客栈,合达安凝视着他的眼睛,头一句就问:"可有消息了?"

木伦抿了抿嘴唇,不知道该答还是不该答,等他做足了回答的准备,那边已经猜到了七八分。

"一般来说,是一定找不到的。"

"如果找到了呢?"他问,"要不要留下来?"

"不留下,看一眼,就回去陪娘。"她眼中无限委屈,"我娘病了。"

"回去的日子过得不好,在这里你可以过得很好的,毕竟你还是挺有脑子的。"他嬉笑,"也很好看,草原上的男子喜欢中原女子。"

合达安随口笑着,说:"中原有美女,草原有骏马,可是两边还是打仗了,美女来不了,骏马过不去。"

木伦笑看了她一眼,她继续说:"仗不打了,就要和亲,我娘不愿和亲,偷偷和我爹在一起了,还要被迫分离。"

"你娘一直过得不好吗?"

"她很想我爹,还有我哥……"

还有个哥?木伦颇为诧异。

合达安这会儿笑得可开心了,她说:"我哥儿时可淘气了,总是跌跌撞撞,什么也不怕。他也算天才了,六岁会骑马,八岁会上树,还为我摘果子把腿摔伤了,可惜十岁就分别了,没再见了。"

木伦正跟着笑得开心,神情突然僵住了,愣愣地看着合达安。

"你说谁腿上有伤?"他边问边向外望去,外头立着的马,什锦刚才就抓着它死死不放。

他回忆着方才左相明明是一副肯定的模样,可是什锦他太反常了,他从来没有阻止过自己去左相府,想走的时候更不会拦着,除非他听见了自己与纪由的谈话。

合达安惊异地注视着木伦那闪闪发光的黑色眼睛,他晃动的目光使她局促不安。

刹那间,木伦已经出了客栈,沿着来时方向飞奔而去。

夜里,低头已经看不清楚草地,置身于天地之间,一切都无足轻重。木伦急急找到合达安。

木伦眼中无限疼惜,他说:"什锦从前向我提过一次他的母亲,当时没说两句,他就落了泪。"

木伦说:"他帮我渡过一次难关,我要去找我王兄算账,他拦住了我,我的马差点伤了他,那之后我就知道,他腿上一直都有一条疤。"

木伦还说:"你父亲现在不叫作顿珠,他叫尔绵升纪由,是柔然从一品的丞相。虽然我和他一向不和,不过和你哥,我们就像是兄弟。"

合达安只觉得心头发烫!泪水涌上眼眶,又如雨般落下。

她怎么会是纪由的女儿?木伦有些失望,那是他的政敌,不过她还真是什锦的妹妹,仔细一看,眼睛居然一模一样,连哭的模样都一样。

合达安哭得泣不成声,他也不便就这样直直看着,只能站起身子,往后一仰,望着帐顶端,心中多少还有些犹豫与混乱。

"我去偷偷见他们一眼。"

合达安的话打断了他的思绪,同情与不忍占据了他的心头:"我会告诉什锦的,他肯定会乐坏了。"

"你可千万别说,他们一直以为我死了。"

"可你还活着。"

"可我娘永远离不开魏宫,我离不开她。所以你不能说啊,让他知道我还活着,却又不能生活在一起,还不如不知道。"

木伦被说得赫然大怒,指着她呵斥道:"你不让我说,就凭你,你见得到他们吗?"

合达安理也不理:"那就是我的事了。"

木伦被她气得差点跳起来:"要不是因为什锦,我才懒得管你!"

草原上起伏的山坡间夹杂半边太阳,残阳如血。

木伦看出了合达安平静外表下内心汹涌的波涛,一个时辰前,他刚带着她去了一趟左相府,毫无理由地在那里待了一会儿。她认出了那个矫健男子就是在过境时向自己挥刀的年轻将士。

他居然是自己的哥哥,只这一眼,她对他之前所有的怨愤都消除了。

对于两次的突然造访,纪由一直感到匪夷所思,拟出了各种假设。木伦丝毫不在意他的误解,他眼中只看见身旁这个姑娘正努力压制着自己所有的不舍和隐忍,心疼之余却没有点破。

"其实,"他最终还是有些不舍,"如果你是左相的女儿,那你就是草原上的格格,和你母亲以前一样。"

合达安觉得嗓子眼冒火,干裂的双唇张开了半天也没有发出声来:"我娘可怎么办呢?亲情置于这天地之间,是任何身份都不可代替的。"

"你可要想好了,柔然和魏国再起硝烟的时候,可就真的见不到了。"巍峨的城门就在不远处,木伦望着那边,目光怯怯,"你要不要留下来?"

城门口矗立着几个大汉,一看便知是在等他们。

合达安看向木伦的眼神中充满了感激,心情沉重,鼓着眼睛,脸上对他猛然一笑:"我也不知道……何年何月还会回来,你这玉佩我是留不得了。"她不顾推辞,将玉佩使劲往他怀里一塞,迎头骑上黑马。

木伦也算是领教了她的固执,没有多说:"那好,这几人会送你到柔然边境,不过路远,还是一路珍重!"

她再次露出一个满意的笑容,挥手与他告别。

她一边骑着马,用衣袖抹去自己的眼泪,一边一遍遍回想,我哥长这样,我爹长那样。

夕阳山外山,少女思绪久久不断。

两人在官道中间碰面时,木伦脸上已经没有了异态。

"你到底在搞什么啊?"一见面,什锦既不行礼,也不寒暄,一针见血,"木伦,你肯定有事,你有何事不能和我说?"

"什锦,有个人的固执真的和你有的一比。我不愿告诉你,是因为我怕你受伤。"

"你第一天认识我吗?我哪有那么脆弱。"什锦再也按捺不住了,"好,我告诉你吧,你说的那个顿珠,其实就是我爹。"

木伦静静看着什锦:"我已经知道了。"

什锦越来越不安:"木伦,你想对我爹做什么?"

木伦心中一瞬惊讶,接着是一阵失望:"什锦,正因为是与你休戚相关的事我才多嘴询问,也就只是问了问,你何必这样揣测我?我一定要对他做什么吗?"

什锦觉得自己失言,低声说了一句:"抱歉。"

木伦无奈地看了他一眼:"你怎么从汗元帐中出来?父汗找你做什么?"

"木伦,"什锦仔细寻找着木伦脸上微妙的变化,"别告诉我你不怀疑盛乐丢得太容易了。"

"我当然不怀疑。"木伦禁不住冷笑一声,"我从魏国一路回来,到达盛乐时集市不见,粮仓紧闭,难民四处逃窜,他要有心情享乐,不丢倒是怪了。"

"是吗?"什锦长叹一声,"我爹气得够呛。"

两人都不是小气之人,刚才的赌气这时候已经烟消云散,气氛霎时回到了平常。

"不打仗还不好呀?打起仗来家人分离,血缘隔断。"

什锦没有注意到木伦此刻眼中轻闪过的悲伤:"木伦,这还是你吗?以前提起打仗,你全身都是劲儿!今儿个是怎么了?"

木伦迟疑了一下,方问:"父汗找你有什么事吗?"

"哦,"什锦脸色剧变,默然半刻才道,"陟斤将军死了,跟着他在盛乐城中荒淫的那些副将通通都得下狱,可汗命我去办。"

木伦听完有些不忍,这样下狱,怕是难再见天日了,但同时他又觉得那些个荒淫之人是罪有应得,所以他只淡淡说了一句:"别耽搁了,快去吧。"

"不是啊,我不用去了。"什锦表情更加沉重起来,"方才我刚要出来,探子就进来禀报,说魏国那边正在满城抓捕柔然人,抓到了格杀勿论。可汗听完就命令我哪也别去,留在畿和待命,这差事就给别人了。"

一双大手这时候死死地抓住了什锦的衣袖,攥得他疼得直叫,什锦竭力地想要挣脱,口中大喊:"你抓我做什么?快给我放开!"

木伦的表情令人毛骨悚然,他脱口而出:"魏宫中的柔然人也会被赐死吗?"

没来由的一句话听得什锦一阵蒙,他看着木伦的样子又惊又怕,颤颤巍巍地说道:"应……应该吧。"

魏国表面一片宁静,看不出任何破绽。平城就像是三伏天一般,沿街的达官贵人、市井商贩全都低头疾走,商铺外面搭上了凉亭,里面的人依旧落汗如雨。

这样炎热的日子,一碗凉茶都可以卖上一两纹银,合达安走过街边的时候,自是一边拉着缰绳,一边举起水袋遮着太阳,大口大口地喘着气。

她走进宫侧门的时候,身后一声高喊:"站住!干什么的?"

合达安满眼郁闷地望着他,不知道该喜该乐,自己从这里进出这么多回,头一回被人留意。

那人走过来,锐利的目光扫过她身上的每一处:"报上名来!"

后面又有两人此时朝这里走来,满眼的凶悍。

合达安望着这几人觉得脸生,这里驻守的士兵不知什么时候换了一批。

"阿景,你跑这里来干什么?"

她回头一望,后面一人朝这里跑来,越跑越快,直到拉住她的手腕:"这里不能进的。"

脸生的士兵忙问:"晋浩公子,这是您的人吗?"

那两个后来的士兵不知不觉中退回到原来的位置,晋浩死死抓住合达安的手腕往另一边走去:"是我府里的人,头一回进宫,不识路,你们忙。"

晋浩只管拉着她走。她不解,想要挣脱开来,手往回一缩,晋浩就拉得更使劲了。

他们终于停了。回头一看,方才的偏门已经望不见。

"究竟怎么了?"她又问了一遍,还一边转动着被攥得生疼的手腕。

晋浩看了她半天不知道怎样说出口:"你去哪了?"

合达安对晋浩并无顾忌,脱口而出:"去柔然看我爹和我哥了。"

"你疯了!"

她一愣:"出什么事了?"

"你是不是疯了?"

合达安心里阵阵恐惧:"晋浩哥哥,你若是再不告诉我发生了什么,我恐怕就真的要疯了!"

晋浩眼神晃动了几下,低声一句:"你娘……走了……"

一阵寂静,合达安不信地一笑:"你说什么呢?"

"你娘……"他又重复了一遍,"不在了。"

她双膝一软,瘫坐在地上,依旧不愿相信:"你说什么呢?"

"皇上下旨取了很多柔然人的性命,其中就有你娘。本来是有你的,可是你娘去求大公主,保住了你,却没有保住她自己。"

晋浩还没有说完,合达安就轰地站了起来,内心就如针扎一般疼痛,推开晋浩就往回跑。

晋浩急得脸色发白,赶紧拉住了她:"你现在再去已经来不及了。"

她不听,拼命拉扯着,泪流不止。推拉中撕坏了她的衣袖,她并不自知,只顾着泪流满面,晋浩看着她的衣袖手中力气松了些,却还是不敢放手。

合达安力气已经用完,却还是不肯停下,嘴里不断说着:"不会……不会……"

晋浩没有办法,本想留着过些时候再拿出来的锦包此时慢慢取了出来。

合达安颤抖着身子,悲痛地接过锦包。

翊氏怕是走得很急,包中信件字迹潦草,还包有一株白芷,一定是她临走时随手抓了放里面的。

她没有时间去找别的,只有那些草药是合达安素日随手乱放的。

脸上连绵的泪水已经干涸,只剩下眼中的无助与悲痛:"娘让我走,让我好好活着。"

晋浩看着她,无法再说什么,觉得心脏被什么东西紧紧钳住。胳膊从后面轻轻拥上她,想给这个可怜的姑娘一点儿依靠。

窗外一晃而过的黑影,令他警醒,他一把捂住她的嘴,蹲下。

第六章　各路心思

什锦眼神慌了,脸上的肌肉开始抽搐:"木伦殿下,你当时为什么没有告诉我?"

木伦脸上没有一丝忧虑,尽管他实际上并非毫无感觉:"你妹妹不让说,就算让说,也不该由我来说。"

什锦气急败坏,一只手停在半空中,就是不敢打下去。

整整十日,合达安都陷入了一种无法言说的痛苦之中,无力自拔,若不是翊氏最后那句"好好活着……"总是浮现在脑海,她恐怕早就坚持不住了。

晋浩把她藏在这里,此处离平城尚有几十里,是他消夏或者外出游玩时偶尔歇息之地,平素少有人至。婉儿也接来了。

婉儿是服侍翊氏最久的宫女,也是翊氏生前最后陪伴着她的人。

合达安缓缓与她对视,像是找到了久违的亲切感:"我娘临死前还说什么了吗?"

婉儿默然,一旁的晋浩眼中全是悲悯:"合达安,你总是问她,每次问完就更加伤心,这样下去会成心病的。"

她沉默片刻:"今后我该怎么办?"

"别担心,"晋浩终于不再充满怜悯地看着她,"大公主会好好安排你的。"

一听到"大公主"合达安心中又多了几分愤怒,她到底没能保住母亲,还有那个皇帝到底杀了自己的妹妹,杀掉了作为帝女的母亲。

她不想再想了,昏昏沉沉倒了下去,在悲痛中又一次睡去。

睡梦深处,竹林中有两个小儿,穿着一致的衣服,打闹于满室生光的屋子前。他们嬉闹半晌后,小女孩稍觉疲倦,两人就一起进屋小憩。

"娘,家里可还有粟米?"那小儿眨着一双鹿一般的眼睛问道,他平日就喜弄拳脚,兼好骑射,与他父亲极为相像。

"你们先用些剩下的豆汁,晚点爹会带粟米回来的。"一个眉目细尖、肌肤泛白的女子疼惜地回道。

两小儿乖巧极了,不声不响地等着父亲回来。

夜里,几人一起用了晚膳便去歇息,唯留下桌案上的一盏残灯,是他们临睡前忘了吹熄的。

余光犹存下,小女儿醒了:"娘,外面是不是下雨了?"

她娘回道:"这雨不大,一会儿也就停了。"

于是小女儿又蒙眬地睡去。

大梦初醒,她望着手上的红珠链,内心又是一阵绞痛。

婉儿进来的时候端了些菜粥,她不知饱,也不知饿,随意吃了一些。

"婉儿……"合达安说了这几日来最清醒的一句话,"和我一起走吧,去柔然,去找我爹。"

婉儿非常冷静地说:"小姐,您去哪里我都跟着,只求您别再这样伤自己的身子了。"

合达安看着她,眼中终于有了些温度。

晋浩帮了她大忙,然而最近几日当中,他却很少来。

今儿是他停留最久的。

"大公主今日问起你的近况,我说你哭得伤心,已经病了几日了。"

"罢了,如何难过我也挺过来了。"她这样说着,心中的怨恨自是浓烈了几分。看着他拿来了去西北时得来的鱼胶,知道他是来送别昔日的朋友的。

仲秋将至,秋游就要进行,此处是不能再留她了。

晋浩小心看着她的神态:"大公主她说魏国危险,让你好好在那边,别再回来。"

去那边? 他们是要把自己送到柔然去。

合达安思索片刻,问他:"大公主送我去柔然,那就是知道我爹还有我哥,她是怎么知道的?"

晋浩眼神晃动了一下:"许是你母亲说的吧。"

婉儿煮了鱼胶端来,正好听见他们的谈话:"姑娘,您许久没有好好用餐了。"

"她说得对。"晋浩很配合地补充道,"北上的路这么长,你要养好精神再上路。"他坐得离合达安近了些,"晚些时候有人会来接你,你去了那边,把不开心的事全都忘掉,但是不要忘了我。"

合达安想冲他笑笑,可惜笑不出来,隔了好久,才轻声地、温柔地回了他一句"好"。

晋浩走了之后,她独自躺着,才开始想起从前他教她骑马,教她射箭,她还曾经问他会不会和自己成亲,他笑了半天不答,她就气得瞪着眼睛指着他的鼻子一阵大骂。

他本可以袖手旁观,但还是尽力拉了她一把,其他的他也实在无能为力。她闭上眼睛,不再乱想。

门一把被推开,一个狄民装扮的人踏了进来,浓厚而颤抖的声音唤她的名字。

她转头一望,本来干涸的双眸又一次湿润,像个饿极了的孩子一般朝他跑去。什锦进来时看见合达安,多少有些犹豫和胆怯,可是当听见她呜咽地唤一声"哥哥",本来的顾忌也消失得无影无踪,抱着她一阵抽泣。

就如同隔世一般,好长时间,什锦都在恍惚。

马车一摇一晃,向城外驶去。

什锦是沙场征战之人,从他儿时第一次跨上马开始,就再也没有坐过马车。但是今天情形太不同寻常,他坚持与合达安挤在了一个车厢之中。

马车到城门口时,一个拿着门契的士兵撩起帘子朝车厢中探了探头,接着引着马车出城。

城门外,什锦递了银子给他,拧着眉头,口中却柔声对合达安说:"要不要再看看?"

合达安虽没有缅怀的意思,但还是坐到车窗前看了看,好半天后,她才回过神来。

什锦默默地等着她望完最后一眼,闭上双眼时,才示意马夫启程。

婉儿不便挤在车厢中,便与车夫坐在外面。她自十四岁入宫开始便没再见过宫外的场景,今日景象,惹得她一阵欢喜,一阵担忧。

马车过了边境之后,颠簸得就更加厉害了,沿路还依稀听见轿外人们劳作的嘈杂声,虽然仅隔一轿之遥,却隐约觉着已相隔千里。

尔绵升纪由是畿和城中权势与财力并存的大贵族之一,他的一位千金从天而降,稀奇地从魏国而来,是最近几日许多人茶余饭后的谈资。

百米之外,一队人马前面杵着一个满身锦衣的男子,望着马车过去,长长地舒了一口气。

马车停在左相府外,此时天刚擦黑,从府门往内看,尽是密彩点金,上百帐户竟然无一错乱。四周的帐篷虽然小了一点,却也不失富贵气派,中间有条大道直通府内最大的一顶帐篷。典型柔然国贵族府邸的规格,门内最宽敞的道路直接通着府邸主人的帐篷,称为大帐,家属居住在东西两侧。

门口侍卫见到什锦,将左手置于胸口,躬身行礼。几个面目清秀、长发后梳的姑娘从门内走出,将欲下轿辇的合达安扶下。

进入府邸后,左右两排站满了人,合达安有意不去正眼看他们,一来对身边万事皆不熟,二来总是有种威严告诫她要如此。

一路走下去,进了大帐,外面还有些许余晖,但大帐中,已是明烛晃眼。

帐中迎面十几米处有一棕色蟠龙的案桌,桌后有一人,坐于铺满狐皮的座上,这人身后一硕大的缀满白色象牙的红色大弓格外显眼,除此之外就是他面前装墨笔的白玉笔筒,光华璀璨。

这人此时正好从白玉笔筒中取一支笔,准备写些什么,见有人进来,立刻放下笔走上前来。

他颤巍巍地伸出已经布满皱纹的双手,捧住合达安的脸,泪水蓦然而下:"你都这么大了。"

合达安一双泪眼从纪由的手指缝中露出,眼泪滑过他的双手:"爹。"

他将她领到案旁一木制镶金银的小桌,直至她坐下,又唤过侍女为她倒水,举止充满了宠爱。一旁的什锦呵呵应道:"父亲您今日大不同往日了。"

三人坐在帐中,这样的情境,许多年未曾有过,他拉着合达安的手,她手上的珠链异常醒目:"我的女儿,这么多年,你真是受了不少苦。"

"有母亲在,女儿没有吃太多苦。"

听到女儿提起母亲,纪由更是伤心不已,哽咽道:"她……她……她一定待你很好。"

而一旁的什锦,更是忍不住思母的泪水。

三人没再多说,纪由便牵着合达安来到她的住处,这是一顶白色的帐篷。在柔然,白色象征尊贵,而这便是纪由送给久别重逢的女儿的第一件礼物。

走进帐庭,只见里面由四根木柱支着,十分宽敞。帐篷四处点着蜡烛,陈设更是华美,红纹毛皮的地毯一直铺到帐的那一头,毯上是檀木案桌,桌上放置着与纪由一样规格的白玉雕花笔筒,案旁小桌上还多了一套莲纹的瓷壶,想必是饮茶水之用。

帐庭分为前后两厅,中有青纱挑白线绣出的木兰花样屏风隔着。前厅待客,后厅起居。屏风略透,模糊地将两厅隔开。

纪由拉着合达安走到帐庭侧面,这是他为女儿另外搭建的木台,木台有高高的两层。"左相府位于可汗王庭西北处,站在木台上面,正好能将整个王庭尽收眼底。"纪由说,"为了让你看得清楚,这木台是近日才特意搭建的。"

"为何要看那么清楚?"

"你瞧那边的可汗王庭,不美吗?"

"美。"她说道,可总觉得父亲话中有话。

看罢,父女回到帐庭,纪由向外喊一声:"乙旃、莫桑。"

便有两人挪步躬身走了进来,先一步的是一位男子,眼睛看起来不大,却黑亮沉静,个儿高,体略宽,虽一看便知是习武之人,但眉目露出稳重端厚之态。

后一步进来的女人,相较之下显得瘦小许多,年纪看起来颇大,看她不同于其他侍女扎两个旁髻而是头发往后梳起来,就知已是妇人辈。她只低头默默不语,看来也是一个安静之人,比不得婉儿灵气,倒也喜欢。

两人进来向帐中人行礼,从纪由的吩咐中得知两人是侍卫与侍女。

纪由看着两人走进并行礼,他拍着合达安的肩膀说:"女儿啊,之前你受了很多苦,现在你回到我身边,我一定会好好照顾你,要弥补回来。"

如何弥补?她想问,却没有问,父亲对自己的温情就像是迷雾山林中的水井,那样深不见底。

纪由一双大手从肩膀处移开,又道:"合达安的名字是你娘亲为你取的,你喜欢就留着,只是我来这之后,更名为尔绵升纪由,现在是这里的左相了,你就是这柔然草原上的格格,知道了吗?"

"爹,要是没有木伦我是找不到您和哥哥的,我明天能见他一面吗?"

纪由面无表情:"行,不过你不能只见他,王庭是贵族才能进出的,一来你要去见一见人,二来只见木伦殿下怕是别人会多心。"

合达安恍然大悟:"那让哥哥陪着我吧。"

"这是当然。时辰不早了,早些休息吧。"说完,纪由便离开了。合达安一直望着他出去,目光之中,既有爱意,也有陌生。

夜已深,侍卫乙旃便也退了出去。

侍女本也应该退下,可她端了一个精致的大木盒上来,里面看似装着金银或者珠宝。

"这是些珠宝,是丞相命奴婢准备的,里面还有王庭里娘娘们赏赐的。"

合达安看了一眼,抬头道:"你叫莫桑?"

"是的,格格。"

合达安从珠宝中取出一只最显眼的玉镯递给她:"辛苦你了。"

莫桑连忙跪下:"格格,这是奴婢分内之事。"

合达安实在是累了,她示意婉儿将玉镯递给莫桑,又取一锭银子让她顺带交给乙旃,便命她们退下了。此刻她很想自己待着,即使躺在那无比舒适的床上,也忍不住再度挂念天上的生母。

哭了好久后,她又想着,明天,能见到他吧?想着想着便觉面上微微发烫,于是侧身睡了。

一早醒来,隔着屏风,只看见前厅有人忙慌慌的,隐约传来几声器物的碰撞声。

为了庆祝格格回来,左相府今日备下的新鲜的羊奶羹,是柔然人在重大节日时必不可少的餐点之一。合达安吃得香甜,下人们送了好几轮。

用完早点,合达安便前去什锦的帐庭找他。什锦在帐中专注地擦拭他的精弓,听到外头有人问道:"哥哥醒了吗?"

是一个女孩的娇声,什锦大喜:"醒了,进来进来。"

合达安穿着中规中矩的宝蓝色绸衣,厚重的鞋履,像是已经一切收拾妥当。什锦反倒穿着与昨夜一样的衣服。

"妹妹这么早就起来了啊?"什锦说道。

"哥!爹他老人家不是让你陪我出去吗?"

"哦,爹说你想见木伦。"什锦半开玩笑地问起,"你若想去我带你去便是。"

合达安浑身一震:"你说什么?我才没有。"

"好好,没有,我什么都没有讲。"他说,"我们半个时辰后启程怎么样?"

合达安应道:"昨日父亲送了好些东西给我,我都好喜欢,唯独兄长没有送礼物给我,让妹妹夜不能寐。"

什锦听后,笑个不停,挥手便道:"妹妹随便看,看上的拿去便是。"

她说:"马!我想要匹马!"

什锦又一次大喜:"好!像我妹妹,就送你匹好马!"

合达安为兄长什锦赠予她的马起名为白驹。

当她骑着心爱的白驹与哥哥什锦停在可汗王庭前面时,她心里猛地一紧,不知今天是什么日子,王庭大路两旁居然黑压压地站满了士兵,士兵身上却没有醒目的刀弓,即使这样,他们一个个高大壮硕、目光寒彻,依然让人心里害怕。

"吓着了?"

她立刻挺着胸膛,摇晃着脑袋,故意做出无所谓的样子说:"才没有!"

与之前在元君坊住时看到的模样不太相同,当时这里一片空地,只是觉得大而华丽,现在走过的时候,旁边的人个个垂手目视自己,神态四分是恭敬,六分却是冷峻。

合达安咬牙走过长长的庭道,方才暗吐口气。虽然已进入初冬,但天气还是晴朗和暖。什锦信步在前，带她先去拜见郁久间王后，这是必要的第一步。

合达安随兄长在王庭中穿梭，脑中开始想象郁久间王后的模样，她身份尊贵，又是年纪最长的两位王子的生母。合达安有一丝丝期待的便是，郁久间王后一定同母亲一样端庄温柔。她回忆起娘亲在世时那一头几乎垂地的黑发，王后也一定有的，她想着。

走到后帐前不远处，合达安开始蹑手蹑脚，尽力躲在什锦后面。当她听见有姑娘的轻声，才悄悄探头瞧她，那姑娘声细脸圆，带着似有似无的微笑："将军、格格，请。"

后帐的陈设明亮辉煌，虎皮地毯一直延到座前。郁久间王后已经坐在案桌后面，乌黑油亮的长发由后面绕到肩处，如同绵厚的披肩。合达安跪下、立起，又跪下、立起，认真地朝她行礼。

郁久间王后点点头，慈祥而平静地对合达安说道："近日战事方停，你从远方回来，一切劳累了。"

合达安心里一阵感动，回答道："王后关怀备至，臣女感激不尽。"

郁久间王后又望着什锦，感慨般说道："有她在左丞相身边，他老人家心里可有宽慰许多？"

什锦再拜一礼："自然是，自然是。多谢王后！"

"那便是最好的。"王后点点头，目光移至一旁侍女手中的宝盒，"这是我提前就准备好的，我知道你会来……"

王后递过来的是个首饰盒，翻开盖子，一只血色玉镯显眼明亮。

走出后帐已经日上中天，二人方行了不远，什锦便冲合达安道："还有一人你得见见，这也是爹的意思。"他摸着下巴，凑近言道，"这个人吧，不似郁久间王后身份珍贵，目前并没有诞下王子，是从外族嫁进柔然的，但是是目前郁久间可汗最钟爱的人。"

合达安向什锦投去诧异的目光，不知为何，听见什锦这般说，她心里不自在地打了一个寒战。

此人正是乐浪别妃，从前是北燕的公主，嫁与郁久间可汗的父亲蔼苦盖可汗，后蔼苦盖可汗暴毙，她又按照柔然习俗嫁与现任可汗，因为深受可汗宠爱，后来便诞下了一女。从年纪上说,这个乐浪别妃比郁久间王后还要年长些。

兄妹二人见到乐浪别妃时,合达安面色已经恢复了正常,她同样规矩地准备行礼,心里想着这位妃子真是太美了!

视线才刚刚低下,案上的人就麻溜地招手:"来,来来,过来。"

她赶紧靠近。

"我问你,王后送了你什么?"

合达安没想到她这么一问,瞟着旁边的什锦,什锦也惊了惊,但是他是知道缘故的,很快就低着脑袋阵阵发笑。

乐浪视线一扫,指指后边的婉儿:"拿上来我瞅瞅。"

别妃看着王后送的玉镯,乐呵呵道:"没看出来,她还真大方。"接着又对合达安说,"既然她送你这个,我便送些其他的吧,免得和她冲突。"

这是一个已经历经两朝的女人吗?合达安就这样看着好似孩童一般的乐浪别妃拿起方才王后所送的血玉镯,端详了几下,向她的侍女嘀咕了几声,又道:"你这般认祖归宗,木伦王子出了不少力,想不到,你这丫头还真是厉害。"

"娘娘,索居公主求见!"

"哟,真是巧了。"乐浪越发不顾身份地大笑,"赶一块了,快请她进来。"

原本乐呵呵的索居公主进来一见到合达安,脸立刻沉了下去,细细的眉毛挤在了一起。

什锦倒是冲她客气地笑了笑,三人就坐在乐浪的帐中。

"我方才狩猎时打了两只野兔,想要送给别妃,不料在这里看见什锦将军,还有尔绵升家的格格。"索居的眼睛落在合达安身上,眉头有意舒展了些,"常听别人说什锦将军一双鹿一样的眼睛漂亮极了,没想到这位格格也有,真是漂亮极了。"

乐浪仔细看看什锦,再看看合达安,感慨地说道:"我还是孩子的时候,父母亲说过中原的血统中大眼睛的人偏多,你们还真走运,眼睛很像中原的母亲吧?"

"是,是!"

什锦说完,瞟了一眼合达安,就连乐浪也抱歉地看着她,连忙说:"哎呀!

都怨我,说了不该说的,惹得你们伤心,快把我准备的东西端上来。"

她让人取了三个银制的酒杯做礼物,算是贺喜他们三人久别重逢,又道:"公主,你的野兔既有两只,可否送一只与尔绵升的格格?就当我借花献佛。"

索居咬着牙点点头,不过是一只野兔。

什锦问:"公主,同木伦殿下一块打猎的吗?"

"不是,木伦殿下去了陟斤府。"

什锦惊惧地小声问道:"他去陟斤府?"

"是。听说那里很乱……"索居欲言又止,面对合达安说道,"陟斤的事,我听殿下说了,殿下好像特别感激你。"

乐浪与什锦都不知是什么事,两人好奇地望着索居,索居却不肯移动视线,看着合达安,语气中像是含着嫉妒,又像是含着愤怒。

那股视线一直到合达安出了乐浪的帐庭,依旧在合达安脑海中环绕。她问什锦:"索居既然是公主,为何会称呼乐浪为'娘娘'?"

"她是右丞相的女儿,并不是王室的血脉,只是因为立了大功被封为公主。"

合达安叹了口气:"难怪。不过立了大功封了公主,身份就不一样了,也更好嫁人了。"

"妹妹!妹妹!索居可是可以听政的,她想嫁给谁都可以。"

"她是女人!可以听政吗?"

什锦并不奇怪她如此惊讶:"可以,可以呀。"

听到他这样说,合达安在惊讶与敬佩中,脑海里第一次闪过一个朦朦胧胧的念头,连她自己也不太清楚,那是一个多么有野心的念头。

回头看着乐浪别妃的帐庭,合达安问:"兄长,乐浪别妃和郁久间王后,她们关系不好吗?"

什锦笑了,摸摸妹妹的头:"也好,也不好。"

合达安不解:"什么意思?"

什锦道:"这里面都是大有文章的,以后慢慢你就会懂。"

什锦有事,让侍卫送合达安回府。

在回左相府的途中，合达安让侍女侍卫们先回去，自己要去个地方。乙旖道："属下奉丞相之命保护小姐，不敢疏忽。"合达安道："此刻我要去见木伦王子，你也要跟着吗？"乙旖这才退下。婉儿说道："那我陪着格格去吧？"

合达安摆摆手："不用，你们都回去吧。"

打发了下人，合达安来到木伦王子的帐庭前，看着他住的地方，内心一阵热腾。这几个月来发生了太多事，但好像每一件事都和他有关，也都多亏了他，才挺过来。她想着，他的恩该如何还得清，他大概也不要自己还吧。

门口的侍卫说王子陪可汗去狩猎了，要好些时候才回来。合达安便留下话，明日再来，之后便转身离开。

她不知道，远远地，索居公主一直盯着她看。

戌时，合达安回到左相府邸，一个侍女走来，道："格格，丞相正在大帐里等您。"

进了帐门，只见父亲正坐在桌前等候，桌上佳肴未动一筷。

合达安走上前道："女儿回来晚了，父亲生气了吧？"

纪由拉着合达安的手道："以后无论去哪，都让乙旖跟着你，你现在是柔然的格格了，万事要注意。"

合达安看着纪由，答道："是。"

纪由见女儿这样，又补了一句："为父会担心的。"

合达安这才微微一笑道："女儿记住了。"

吃完饭，喝过茶，合达安起身准备回帐庭，纪由却唤她坐下，又屏退了下人。

大帐里一片安静，纪由问道："这些年来吃苦，你可曾憎恨过你母亲？"

父亲没来由的这一问，合达安惊道："自然从来没有。"

纪由道："既如此，以后和木伦王子，就不要再有干系。"

合达安越发不解："您这是何意？"

"当日，你母亲虽说是为了救你牺牲了自己，但若是她没看见你身上带着的王子的玉佩，她也不会有此念头，还好，你已将那玉佩还回，否则，连你自己，也是不保。"纪由说着，愤怒着。

合达安听着情绪也是激动："母亲之死，和玉佩有何关联？又与我有何关联?"

纪由说道:"当日你被认定通敌,魏王拓跋燕怕你再与我有联系,这才对你下手。你母亲为救你而自尽。你可知,引起拓跋燕怀疑的,正是那块玉佩。他怎知那是王子的,只一心以为是我的,便认定你是来找我的,这才起了杀心。"

合达安反驳道:"这不可能,他是皇帝,若要取母亲性命,何必多此一举,一道圣旨便是。"

纪由说道:"就算是皇帝,也不可随意取自己亲妹妹的性命。在他面前,江山社稷为重。在木伦王子面前也是一样,他再三帮你,已经让王庭上下议论纷纷,更是让那些辅佐和爱慕他的人心生不满,你若想要保全自己,最好听我的,与他不要再有干系。"

纪由说完,合达安已经泪流满面,她恨,又痛。纪由见此,拍拍女儿肩膀:"现在只有为父和你兄长,值得你相信。"

这一夜,合达安辗转难眠。

第二日过了晌午,纪由从大帐出来,进了合达安的帐庭,见她正一本正经地写着东西。他拿起一看,道:"你写这个做什么?"合达安答道:"我从王庭回来时,顺路买了点医书看看。"婉儿更是在一旁应和:"格格从前的个性总是没变,总是当了首饰去买些医书回来。"纪由听后,忍不住笑道:"怎么,王妃的梦不做了,便开始做假大夫了?"合达安有些恼怒,道:"我不是大夫,我也是个病人,只是会自己医治自己罢了。"说完,她拿起放在一边的药水递与纪由,"这是我用车前草煮的,前儿个听您咳嗽了几声,喝这个正好。"纪由接过来问:"怎么,这也是卖了首饰的钱买的药?"合达安冷不丁地回道:"车前草不用特意花钱,我去过兄长的军营,那里喂马的草里,就有车前草。"纪由听后,端着药顿在半空,硬是不敢入口。合达安见状,说道:"您放心,这草药我洗干净了。"

"女儿要是缺钱,问为父要就是了。"

合达安接过父亲手里的药:"您信不过就算了,这药和药店买的没两样,从前在魏国,老板从我这买了车前草,那些大贵族买回去,还不是喝得舒服得很,只是不知道这草药的出处罢了。"说罢,她回座接着写字。

纪由上前,坐在女儿身边,看着她的字,点点头道:"这字,倒也清秀,你读过书?"合达安答:"从前在永巷,母亲教过我几年书。"纪由笑笑,道:"难为她了,看得出你根本不是读书的料啊。"接着他端过车前草水,喝了下去。

"前些日子去可汗王庭,你可见着索居公主了?"纪由问道。

合达安隐瞒答道:"没有,索居公主没有住在王庭里。"

纪由说道:"她虽没住在王庭,但因前些年,她立下了大功,可汗封她为公主,赏了她不少金银、锦衣,如今,她便可以自由出入王庭。"

合达安听得明白:"父亲的意思,可是让我像她一样,立下大功,谋个一官半职?"

纪由拍拍合达安的背,道:"为父不勉强你,只是我看你这性格,也是闲不住,更是不会甘愿一直待在这府上等着出嫁。这样,回头我让人拨些银子给你,你要是有心,可以开个医馆,请几个大夫,看看你的药理;要是无心,这笔银子,也就是你的嫁妆了。"

合达安可乐了,道:"好!"

过了半个时辰,丞相便命人将银票送了来,合达安看了一惊,真是大方,一出手就是一万两。

子时,奉合达安之命去打探父亲、兄长喜好的莫桑,这会儿正该来汇报了。合达安见她进来,放下正在整理的银票,问道:"打听清楚了?"她答:"是,都记好了。"便呈上,合达安看了几眼,夸奖道:"做得很好。"

莫桑正要退下,合达安叫住了她,问起:"你家里是做什么的?住在哪里?可有什么人?"

莫桑答道:"回格格的话,家中有一女,刚满五岁,和我一起住在府上的营帐里。"

合达安又问:"孩子的父亲呢?"

"在外面帮人干活,只是两三个月来送点东西给奴婢。"

合达安明白了,唤她退下。

第七章　阴山风紧

木伦大步流星地走进汗元帐,却让纪由大感惊讶,他小心翼翼地问道:"殿下,你来这里做什么?"

木伦冷冷地回道:"丞相,我来这当然是为了见父汗。"

纪由用同样的语气说道:"殿下,老臣的意思是,没想到会在这里见到你。"

郁久闾可汗听到纪由的话脸色铁青:"丞相,不要为难我的儿子了。他去陟斤府邸是得了我的允许的,阴山那边的战况,陟斤是最清楚的,现在他死了,木伦想看看他过去打仗的笔记,这没什么忌讳的!说到底,当时就不该那么快杀了他!"

纪由脸上逐渐浮现出失望,嘴上却邪恶地笑道:"是,老臣不该为了陟斤的死而抓着殿下不放,这毕竟不是殿下的错。"

可汗不耐烦地望了一眼纪由,然后转向木伦,颇为急躁地说道:"儿子,阴山那边该怎么打,你心里有主意没有?"

"父汗,咱们打了这些年的仗,终究最熟悉的还是草原和平原作战,山路陡峭,实在不是我们骑兵可以轻松跨越的。"

纪由心中默想,未胜先料败,这就是木伦。

"不过,"木伦接着说,"我们还是可以试一试,我们并没有其他的选择。"

"哦?你不反对战线转移到阴山?可是阴山以南有魏国三座重要城池——安州、怀远以及桑夷,全都至少有数千名士兵把守,只要山上稍微有点动静,他们便可马上做好准备。"

"殿下,老臣这一句绝不是针对你。"纪由在老可汗说完之后补了一句,"要在山上把上千的人马隐藏起来,几乎是不可能的。"

木伦没立刻言语,他拿出一个竹简,让侍从递给可汗:"父汗,这是陟斤的笔记,您打开看看。"

虽然木伦并不是有意为之,但此时纪由再一次感到恼怒,还多了几分尴尬,他硬着头皮问郁久闾可汗:"可汗,上面写的什么?可是解决方案?"

陟斤的那幅图传到纪由的手中,他看见上面流水的箭头。

"父汗,如果儿臣没有理解错的话,陟斤这幅图的意思就是,三座城池的士兵是流动的。"

郁久闾可汗明白地点了点头:"如果安州、怀远以及桑夷这三城在我手里,我会派几千大军过去守着,但是要我每座城池都派这么多人是没有办法的。"

木伦接道:"因此,最好的办法就是派人流动式地驻守,毕竟三座城池之间是平原,如果某一城发现山上有异,只要发个信号,其他两座城的士兵就能在很短的时间赶到……至少,比骑兵下山的速度要快多了。"

"所以我们只要声东击西,或者三座城池同时攻打,他们就无法互相支援,若是一定要支援,就只能舍弃其中一座城。"可汗越说越激动,"只要攻下其中任何一城,我们与魏国的战线就可以从阴山推到平原,只要推到了平原,就是骑兵的天下了。到那时候,我们就可以攻到洛阳,甚至平城!"

可汗说话的时候,双目都要喷出火来,但是他低头看陟斤的地图,所以并没有留意到纪由与木伦此刻并没有同他一样地兴奋。

木伦望着郁久闾可汗,再次说出一句颇为意外的话:"父汗,虽然儿臣目前有同时攻打三座城池的想法,可是儿臣没有把握。"

可汗没言语,纪由反倒赞同:"简单,太简单了!"

"不错!"木伦与纪由在这一刻毫无征兆地说到了一起,"当魏帝拓跋焘派遣大军轮流驻守那三座城池的时候,不可能没有考虑这一点,除非他认为我们不会派遣那么多人就为了边境的一座小城,但是现在不同了,我们两方在盛乐僵持了这么久,他不会没有想到我们会将目标转移,而我们只要转移了目标……"

"就肯定会盯着边境的那三座城池,"可汗的目光又再次暗了下来,"这是傻子都想得到的。"

面对刚才一连串的希冀,此刻再次的失落在可汗看来已经不算什么,起码比一开始毫无办法的境况要好太多了!郁久闾可汗提了提气,走到木伦跟前:"我的儿子,你快回去吧,回去再想想!"

从汗元帐出来之后,纪由打道回府,与以往不同的是,这次纪由并没有骑马,他将马交给自己的亲随,然后便徒步走着。

这一路上,他都紧锁着双眉,目光焦虑而又茫然地望着脚下的路,整个人看起来颇为焦躁。

此时天几乎完全黑了下来,埋着脑袋苦苦寻思的纪由,只要将头抬起,就可以看见天边月色发出的夺目光华。

今天正是团圆节,纪由不愿抬头看看天空的圆月,还有一个重要的原因在于今天正是他的老对头——右丞相步鹿真的生辰。

当他走到左相府门前的时候,府里的大管家约突已将两大院装饰得明艳无比。

纪由想起了合达安,虽然她与自己已经团圆,但翊氏与她天人永隔,相比之下,她应该不会想要过什么团圆节的。

正当他想要跨进女儿的白帐时,身后一阵马蹄声传来。

约突管家对纪由说:"老爷,他们来了。"

如果说右丞相生辰,畿和城中稍微有点名望的官吏有谁敢不登门祝贺,除了纪由,就是大王子秃鹿愧,还有大臣社檀。

社檀是朝中从四品的官吏,这个品级在外人眼里,已经可以成为左丞相的党羽了,他今日特意带了新鲜马奶酒作为中秋的礼物,礼品的附言写道:"恭喜尔绵升格格与纪由大人相认,祝千金早日寻得佳婿!"

虽然这个礼物名义上是送给合达安的,她本人却并没有见到这坛子美酒,社檀与左丞相还有大王子坐下来之后,社檀就立刻打开了酒坛,笑容满面地为另外两位倒了一杯,接着再为自己也倒上。

秃鹿愧因为打仗失败的事烦心,根本没心思喝酒,反倒是社檀一杯接一杯地喝,酒劲上来了就开始没完没了地絮叨,气得秃鹿愧冲他大吼:"社檀,你要是再说废话,我就用马鞭抽你!"

社檀吓得一哆嗦,赶紧歉意地说道:"大王子别生气,今日中秋,臣只是一时兴起。"

纪由看也不看社檀,对秃鹿愧说道:"殿下,今日木伦殿下已经提议要将战线转移到阴山一带,只是他还没有具体的计划,你得赶紧想一个好办法,也好让你父汗看重你。"

"看重我?"秃鹿愧滴酒未沾,眼角此时却微微有些泛红,"父汗从来没有看重过我,他眼里只有木伦。"

"殿下不用介怀,您只要有我,一切都不是问题!"

"对!"社檀及时插了一句,"只要有左丞相在,一切都不是问题!"

"不瞒您说,丞相,我已经有主意了!"秃鹿愧深深地吸了一口气,一字一句清晰地言道,"丞相,先前我已经让父汗失望了,如果木伦真的占据了阴山一带,那在父汗眼里,我这个儿子怕就无足轻重了,以后在其他人眼里,我这个王子怕也是形同虚设了!所以这一次……我一定不能让木伦占尽风头,我要风风光光地赢他!"

社檀惊异地看着他:"大王子,究竟什么主意?"

"木伦想要打阴山,我偏偏和他对着干!我要请父汗允准我再次出兵盛乐。"

纪由并没有立刻反对,他静静地望着秃鹿愧,像是非常期待他的妙计一般,这让秃鹿愧信心倍增:"当然,我不能盲目出兵,现在盛乐城中防守严密,但是我们可以分三拨人马。"

纪由马上接道:"两拨引人注意,一拨真枪实战?"

"是的!"秃鹿愧点点头,"盛乐的东面是安州,安州的东面是怀远,怀远的东面是桑夷,我们完全可以先派一拨人打怀远,接着往桑夷方向跑,怀远的守军就会追到桑夷守城,我们再派第二拨打安州,然后往怀远方向跑,怀远的驻军已经去了桑夷,这时候他们会怎么办?不想等着怀远失守就只能把盛乐的守军调出来支援怀远。"

"妙!"社檀鼓起掌来,他是由衷地赞叹!

秃鹿愧终于对社檀投去了欣慰的目光,接着,将目光转向了纪由:"丞相,你觉得如何?"

纪由目光淡淡,脸上好不容易挤出了笑容:"殿下,我觉得这个方法很好。"

秃鹿愧很满意地喝下了几杯马奶酒,大摇大摆地走了出去。

"大王子殿下!"

秃鹿愧因为太开心了,没有留意到帐门口旁站了个女子,直到她叫住自己,向自己行了个礼,他才发现原来这一直有个人。

"哦……"他眯着眼睛,似是陌生地看着她。

社檀倒是眼尖,脱口就出:"这就是尔绵升格格!"

合达安立在门口,先给秃鹿愧行礼,再给社檀行礼。礼还未完成,秃鹿愧便一把拽住她的袖口,口中道:"中原!中原的女人?"

社檀与跟在后面的乙旖都始料未及,乙旖慌得猛然上前,伸出手去想要阻止,还未触碰到大王子便怯怯放下。

而秃鹿愧眼都不眨地盯着合达安,在与她目光碰撞的那一刻,他感到了内心产生了一种剧烈的动荡,心神摇曳之下使得他更加急切地想要看清她的面目。

合达安一双温柔真挚的大眼睛在秃鹿愧眼中如同他父汗汗座上的宝石般晶莹明净,甚至还多出几分灵动活泼。更惊奇的是,因为生长在中原,她的皮肤比草原女子白皙许多,漫漫草原,何曾找得皮肤如此白皙细腻的美人?

酒劲儿的缘故,他脑子并不清醒,舌头在口中打结,半天才道:"你……你,真是长生天派来的仙女!"

合达安吓了一跳,睁大圆圆的眼睛抬头望他:"爹爹说您一代英豪,为人率性,果然不错……"她欲行礼再拜,以便借机抽身后退,但秃鹿愧不松手,目光紧锁着她:"丫头,你知道我?还有什么?"

社檀抬头看了看左相府邸的门牌,心想如果纪由出来看见他们这般拉扯,怕是也不好收场,于是便悄悄挪到秃鹿愧身边,小声说道:"殿下,时间紧迫,要是因美误事,可是得不偿失。"

社檀的声音似从远处传来,秃鹿愧清醒了许多。

"好!"他颓然放开手,使劲地晃了晃脑袋,"我得回去了,先干正事!一举赢得父汗的重视才是首要。"说完,他便信步往前走去,未行几步,又站住回头,大声道,"我会再来!"随后才哈哈大笑地骑马离去。

"砰!"秃鹿愧的拳头猛地砸在了桌案上,将汗元帐中镶满宝石的木桌砸成了几块。

今日朝会之后,可汗将大王子、二王子、左丞相、右丞相四人单独留了下来,当大王子对自己的主意充满信心的时候,木伦在一旁缓缓地摇了摇头。

"王兄,你的主意很好……但是,派三拨大军去前线,你一共要多少人马?"

"三万人即可!"

"从哪里抽调出三万兵马?如果你带着三万人去阴山一带时,北方的高车、东方的库莫、东南方的契丹乘机发兵的话怎么办?"木伦面淡无色,"照你的方法,只要将柔然全部兵力都调到阴山去,那不管是盛乐还是安州、怀远、桑夷都能一举攻下了,但是你怎么就能保证其他部落不会趁火打劫?"

一旁的纪由冷冷地看着秃鹿愧听完后气急败坏地砸坏木桌,木伦所说的这一层,他昨日并非没有想到,可是与其自己来揭露,倒不如让木伦来说,他相信木伦一定会反驳,反倒是成全了自己想要离间他们兄弟二人的心了。

合达安端着羊奶羹进到大帐的时候,纪由正一巴掌打在什锦脸上。

她后面跟着的婉儿、莫桑、乙旍,猛然看见这一幕,都战战兢兢地不敢再往前。

在合达安的印象中,父亲从来没有对自己或者哥哥动过手,这是头一回。她赶紧放下食物,上去将什锦扶起来:"爹,你怎么……"

她话还没有说完,纪由又一个巴掌猛拍在了什锦的脸上,什锦在倒下去的一瞬间想把合达安护在一旁,可是纪由力道太大,兄妹两个竟然同时着了地。

"我只问你一回,你老实告诉我,你前日做什么去了?"

什锦站起来后,一面爱怜地扶起妹妹,一面不紧不慢地对纪由说道:"去了陟斤的府里,没看见木伦,就去了右相府。"

合达安抹了一把眼泪，苦苦思虑了半天也没有明白，究竟发生了什么让父亲如此生气。

纪由板着脸，冲合达安说："这儿没你的事，外头待着去！"

她心里说不出的难受，再看看什锦，什锦也向她使眼色，他脸已经红肿起来，她看着又想哭，拔腿就朝外面跑去。

"你和木伦说了什么？"纪由恨恨地问他。

"我对木伦说索居公主和乐浪别妃已经知道他去陟斥那里了，我要他别去了，否则让您知道就遭殃了。"什锦不打算隐瞒，"我还说如果您在可汗面前提起这件事，他可以说是去找关于阴山战役的记录，陟斥是最熟悉那里的人。"

"你可真是我的好儿子，为了别人算计你老爹！"

"儿子没有算计您，只是不愿意您去算计别人，尤其是木伦。"

"尤其？"纪由几乎要怒吼出来，"你几次三番为了他忤逆我，我真是白养了你这个儿子！"他又气又累，摆着手说道，"出去，立刻给我出去！"

什锦出去的时候，悲伤地往旁边望了望，从大帐外望去，不远处只看见莫桑还有乙旆跑走的背影。

莫桑和乙旆是纪由下令一定要时刻紧跟着合达安的两人，可是他们一直跟到左相府门前就跟不住了，只能任由她骑着白驹在外面溜达。

合达安一个人坐在白驹身上，出神一般地思索方才的事，她来到柔然几日了，见到的人并不多，但是包括她的家人在内的所有人，好像都揣着他们自认为是伟大的心思。见到失散多年家人的喜悦，还有失去生母的悲痛，在刚才那一瞬都短暂地消失了，她感到就像身处在一个怪圈当中，这个圈子中的所有人，她从前都不认识，甚至他们的想法、生活，都离她太远，是她想象不到的。

"你好啊！"木伦简单问候一声，手里鞭子轻轻打到合达安的白驹身上。

白驹仰天吼了一句，抖抖身子就往前跑，边跑边颠，像是发怒了一般。

木伦吓坏了，赶紧侧身去扶住合达安，没想到刚碰到她，白驹前蹄一陷，它身上的人就登时扑倒在尘土里。

木伦来到合达安面前，看着她狼狈不堪地从土中爬起来，憋了一会儿，还是哈哈大笑起来。

看他大笑的样子,合达安皱眉道:"你……没事儿干吧?"

木伦上上下下看了看,合达安除了手上划破了之外,并没有大碍。

"疼吗?"

合达安出神地望着他,突然问了一句:"陟斤是怎么死的?"

猝不及防地被她这么一问,他惊讶得连掩饰都忘了:"什么?"

她重复问了一遍:"陟斤是怎么死的? 谁将他挂尸于梁? 谁故意等着你去救他然后定你的罪的? 谁因为你去陟斤府而大做文章?"天气并不热,合达安却有些发颤,但一字一句都说得清晰有力,"在武川谁要杀我?"

"嗯……"木伦的目光在她擦伤的手上停留了一下,接着坦然直视着她的双眼,"就是左相。"

她脑中一片空白:"我爹? 为什么?"

木伦停顿了许久,最后他用自己看来最隐晦的话告诉她,仅仅四个字:"因为王兄。"

合达安一下全明白了,她脑海中瞬间盘旋着四个人,大王子秃鹿愧、父亲纪由、二王子木伦、右相步鹿真。可下一瞬间,她脑中又多了一个人:"那我哥呢?"

木伦并未接话。

"你不吱声是什么意思?"

他说道:"什锦很信任我,我们之间没有秘密。"

这时候的草原,充满着神秘而又悲壮的色彩。合达安摇摇头:"是暂时没有吧?"

"不!"他坚决否认道,一双坚定的目光仿佛带着闪电,"你觉得什么是最重要的? 不是权力,是生与死。我们是在战场上同生共死过的,怎么会轻易伤害对方?"

合达安眉梢一动:"那我呢?"

"你?"木伦凝视着她,说,"只能远观,不能近交。"

合达安眉头拧在了一起:"你什么意思?"

"和你开玩笑的。"他脸上就像是雨过天晴,"我给你个建议如何? 你试试去做一个普通而又特别的人,怎么样?"

她想了想,问:"怎么做?"

"你擅长什么?"

她想了又想,终于恍然大悟:"做生意!我会做生意赚钱啊!"

什锦在门口等了很久才看见木伦的人影。

"你干吗去了,我等了多久知道吗?"

木伦盯着什锦:"你脸怎么了?"

"被我爹给揍的,因为你。"

木伦心中一阵感动,一阵酸涩,顿了顿道:"对了,我刚才来的路上看见有匹好马。"

"在哪里?"

"前面的巷子口。"

"哦,然后呢?"

"它的前蹄钻进了一个洞。"

"再然后呢?"

"然后马自己摔了一跤,把身上的女孩给甩飞了。"

什锦立刻一惊,出了一身冷汗,撒腿就往外跑去,被木伦一把拉住。木伦笑得上气不接下气,只能用力地拽住已经吓得不轻的什锦。

门外也传来一阵大笑,合达安走进来,笑眯眯地望着他。

什锦又好气又好笑:"好啊,你们两个居然合起伙来戏弄我!"

"当然不是!"木伦抓起合达安的手腕,"你看,她真的跌下了马。"

看着合达安那张稚气未脱、白皙美丽的脸冲着木伦,一双雪亮的大眼睛在乌黑浓密的睫毛下闪动,木伦的心就好像被猛烈地抓了一下。

天!她深深地吐了一口气,头更低了。

什锦也全神贯注地盯着她的手腕,放心地点点头:"没事就好。"

木伦放开了握住合达安的手:"什锦,你脸上的伤要不要紧?"

"不要紧的。"

"那我们去吧。"

两个人迈步往府里的狩猎场去,什锦最后的目光,游离地望了一眼纪由的大帐。

合达安在后头乐呵呵说道:"我也要去!"

"格格!"

当合达安远远欣赏木伦和什锦在围猪场中大显身手时,突然身后发出一个急促的声音。她回头一望,是婉儿,还有乙旖。

"我不是说了别跟着吗?"

乙旖急慌慌地站住了脚,略略行了礼就道:"格格,莫桑正被管家注水袋呢。丞相说莫桑与我都是您的人了,您能不能回去救救她?"

合达安听完吓了一跳:"注水袋是什么?她在被罚吗?"

合达安一进府里下人住的下帐,就看见莫桑那枯瘦的身子跪在大管家约突面前,声音几近哀求:"管家,您教训我就好了,我女儿只有五岁。"

往更远处一看,木梁上面正挂着一个麻袋,左右两边由侍从不断地往里头灌水。

合达安瞬间蒙了,向木梁跑过去,离着近了几步,看见水袋上面隐隐露着一个长着长发的小脑袋,正时不时地发出凄厉的惨叫。合达安"啊!"的一声叫出来,接着忍不住一阵作呕。

把人塞进麻袋里挂起来,夏日里朝里头灌开水,冬日里朝里头灌凉水,称为注水袋。

"给我住手!"她冲左右的侍从大叫,"别灌了,把她放下来!"

那两个人还来不及反应,乙旖与婉儿就冲上去要放下挂在上面的女孩。

"管家,这个小女孩犯了什么罪你要这样对她?"

约突管家侧过身淡淡地说道:"小姐,她偷了羊肉,按府里的规矩是要砍手臂的,不过见她还小,所以改用了轻刑。"

莫桑唰地一下大哭:"格格,管家,要罚就罚我,孩子她一定是饿了才……"

"管家,放过他们吧,大不了你从莫桑的工钱里把羊肉的银子扣了便是。"

"大小姐,这要让老爷知道了怕是不好,老爷会罚我的。"

合达安抿抿嘴唇:"一会儿我就去与爹说,是我要放了他们的。"

约突管家思索片刻,还是点了头。莫桑这时候哭得脸已经肿胀,跪着不断磕头:"谢谢格格,谢谢格格!"

合达安又道:"婉儿,快去取凉水。"

两个侍从立刻变了嘴脸,手脚麻利地帮着婉儿抬来凉水,再由莫桑痛惜地为女孩轻轻浇上。小女孩通红的脸颊,慢慢睁开眼睛,呻吟声也随之弱下了。

温柔地问:"孩子叫什么?"

"采葛。"

合达安看看莫桑,又看看乙肴:"父亲让你们跟着我,可我去哪都不让你们跟着,因为我自小独自摸爬滚打长大的,没这些意识,真是疏远你们了。采葛还这样小,居然受了这么大的苦,我心里太理解了,你们以后若是有什么难处,就告诉我吧。你们是父亲派来照顾、保护我的,那我也会尽力照顾、保护你们的。"

莫桑看着合达安美丽的面孔,心里一阵暖意,一阵激动。乙肴在后面也颇为激动,颤颤巍巍地说道:"多谢格格……"

中秋之夜过后,畿和城中许多人都或多或少经历了一些不可思议的事情。

中秋那天,右丞相步鹿真过寿,朝中一多半的人都去了他的府上,也正是那一日,大王子秃鹿愧自以为是地想出一个奇招来出兵盛乐,只可惜他的办法第二日就被他的兄弟否决了。

中秋后的第二日,纪由气急败坏地打了什锦一巴掌,可是到了晚上,什锦狩猎之后,还是去大帐与老父亲一同用了晚膳。

中秋后的第三日,派去阴山的人又一次灰头土脸地回来了,郁久闾可汗在朝会上大怒。

这一个月里,朝中许多大臣心中越来越紧张不安,盛乐之战败了以后,许多大臣都提议暂时休养生息,不管是打盛乐还是阴山,在他们眼里,都是既费人又费银子的。

这一日,木伦又来找什锦狩猎,什锦正好与纪由和大王子秃鹿愧在大帐中议事。

木伦走到大帐外,就很自觉地站住了脚。

"唉!"秃鹿愧非常生气地冲着一个侍女吼道,"你没长眼睛吗?没看见你只给我倒了半杯酒?"

那侍女吓了一跳,赶紧跪下道歉,大王子怒气上来,拿起酒杯就往她头上一砸。

"殿下不要发怒,下面人不懂事。"纪由赶紧劝阻,为了给足他的面子,他冲着女儿说道,"合达安,你亲自给大王子殿下倒一杯酒吧!"

秃鹿愧魁梧的身材坐在合达安面前,身上穿着华丽无比的衣裳,神韵虽然看起来与木伦有几分相似,但是合达安并不想坐在这里,军政大事与她没有半点关系,要不是父亲要求,她很不想见这个目中无人的大王子。

秃鹿愧很是满意地喝下了一杯,合达安刚回去坐下,他又将酒杯往桌上一砸:"再来一杯!"

纪由向合达安使了使眼色,她忍了忍愤怒,再起来为他添满了杯中的酒。

这一次她还没有从秃鹿愧身边站起来,秃鹿愧又喝下了一杯,用命令的语气说:"再来!"

合达安气急败坏,又不得不听从父亲的命令:"殿下,您慢些饮吧,醉酒伤身,伤了身体您还怎么担当大任?"

秃鹿愧板着脸,冷冰冰说道:"你倒酒就是了,哪来的这么多废话?"只是这一回,他喝完杯中酒,也就很满意地放下酒杯,做出一副能够商量大事的模样了。

"小女是关心殿下的身体。"纪由很满意地看了看合达安,转而对秃鹿愧说道。

合达安心里暗暗念叨,即使是他把整个魏国给占领了,也不会有女人喜欢他的吧?

"妹妹,"什锦很自然地开口了,"我与殿下、父亲要论些政事,你也不方便在这，就帮我出去招呼下朋友吧。"

合达安感激地看了一眼什锦，对大王子和纪由说道："殿下、爹，我先下去了。"

合达安曾在可汗王庭前面的元君坊住过一段日子，那里的帐与帐之间安置得并不紧密，有几帐是专门用来吃食饮茶的。在夏日里，元君坊的帐外也会摆些桌椅，为的是交谈的人们可以欣赏大好的景色。

木伦与合达安就坐在帐外饮茶，元君坊的伙计知道王子来了，都悄悄站在四周，大气不出，一点也不敢怠慢。这时候，他们四周几乎没有客人，只有他俩在低声交谈。

"阴山不是总下雨吗？"

"是啊。"木伦喝了一口马奶酒，回道。

"下雨，山路不就很滑吗？"

木伦想了想："是啊。"

"为什么不从山上丢火石下去？山势很高，山下的城门不就毁了？"

木伦不作声了。他们出来时，纪由正在和大王子聊阴山的事，来到这里，合达安就顺势问了一句。

合达安并不将政事放在心上，所以看见木伦不说话，她就自然觉得这不是一个值得深究的话题，于是又好奇地问："过去爹和我哥关系一直都还亲近吗？他们是不是总是为了你吵架？"

"你去问他。"

"你又不是不知道，我干吗问他？再说我问了他也未必说实话啊。"

木伦没再回答，他低着头，垂着眼帘。桌上是这里新进的青稞茶，还有山楂糕，那山楂糕做得很精巧，上面艳红的颜色让人忍不住想吃下去。

"想什么呢？"合达安推了推木伦，瞧他盯着茶杯看，遂夺了过来，"里面有不干净的东西？"

"喂！你别老说话，我在想事情！"

他其实并没有生气，只是有些着急罢了，但是在他的侍卫贺术也和旁人眼中,这就是快要发怒的征兆了。

合达安眼睛一下子瞪圆了,张了张嘴:"好!你慢慢想就是了!"

一种前所未有的尴尬与愤怒充斥着她的内心,她暗暗咬着牙,剧烈地呼吸着,脸上猛然涌出一阵红潮,眼睛还一直盯着木伦的左鬓。

木伦故意压低了语调:"你别气啊,这丢火石的办法很巧,可是你不知道,阴山南边多雨少树,北面却都是山林,大军上山,一不小心就会被发现的,到时候魏军从南面上来,要远比我们快得多。"

似乎自己深感兴趣的话题也恰好是木伦苦苦思索的,合达安消了气,做出一副苦笑的样子:"你难道打仗都打傻了吗?谁让你大军骑马上山的?几十个人徒步上去不就不会被发现了?"

木伦显然有些失望:"几十个人上去了有何用?"

"不对!"合达安叫了一声,手中的茶杯砰地落在桌上,"你应该派孩子去岂不更好?"

"对!"他也跟着叫道,"对对对,孩子手脚灵活,不引人注意,是最好的!"

"看看!"木伦完全忘了坐在他面前的是谁,他也顾不上这么多了,他感觉自己打仗的灵感就在那一瞬间爆发了,而促使这种灵感爆发的人,他完全没想到是这个女人。他在桌上比画,"我先让军队在下面等着,等孩子上了山,往山下扔了火石,再让军队上去,这样就万无一失了!"

合达安没有点头,也没有摇头,她问:"殿下,大军上山需要多久?"

"四个时辰!"

"那些孩子能够坚持这么久吗?"

木伦一愣,"这个,应该能吧?"接着,他又说,"应该不行啊,得万无一失才行啊。"

"若是城门被毁,魏军闻声出来,通过山南边较为平坦的山路上山,将孩子们拿住,而这边你的军队在山北面,上山山路狭窄崎岖,如果魏军反占山头,攻打正在爬山的柔然人,到时候会怎么样?"

"到时整个战局会变得非常复杂。"木伦马上接道,"那该怎么办?"

合达安似乎还想对他说些什么,但她只是动了动嘴唇,没有发出声音。过了一会儿,她才说:"这么深奥的问题,你就应该去问右丞相了。"

木伦听完后垂头不语,气氛又一次冷清了下来。

在静默片刻之后,木伦抬头笑着对她说:"那好,我现在就去和步鹿真丞相商量,等有了对策,就过来告诉你和什锦。"

右丞相的府邸,在一片高地之上,进门后,正中就有一棵硕大的杏树。

这个时节的杏树已不是最茂盛了,不时会有花叶飞下,索居正在一片片捡起落下的叶子。

步鹿真的脸上异常镇定从容,眼神中流露出睿智与信任。从木伦和他说话开始,就一直没有变过。

"如果让王兄去佯攻盛乐,或许可以为孩子们争取时间,也可以为大军上山争取时间。"

"三座城池里面的士兵呢?"

"我的想法是……"木伦似是回忆,"把他们安排在商队的丝绸车里怎么样?"

"不怎么样。"步鹿真一下看透了他的意思,"一下就被发现了。"

木伦笑了笑:"要把孩子弄进城还不容易?哪怕是偷盗,或者是伤了人,怎么样都行,这没什么难的。弄进去了,关在军营里,等着火石从山上丢下来,他们再从里面做些手脚,只要弄得混乱就行了。"

"听起来挺讽刺的,仔细分析倒是挺有道理的,这种奇怪的方法是你想出来的?"

木伦没有回答他的问题,此刻他的全部注意力都放在了那些孩子身上,他在想该去哪里找这些孩子,找到之后又如何将他们变为他想要的人呢?

"殿下,"步鹿真见他不说话,再次问道,"你这个方法从哪里来的?"

"哦。"木伦方才回过神来,"什锦他妹妹的主意。"

"既如此……"步鹿真小声地念叨着,"殿下,你尽管发挥吧,如果大汗知道你这个妙计,他就再也不会为了盛乐的失败而忧愁了。"

木伦从步鹿真府邸出来时,索居还在那棵大树下面痴痴地捡着叶子。

"殿下,我见您最近总是来找我爹,其实有些事情,您倒是不需要这么费心的。"

木伦点点头,他心里明白索居的意思:"我知道的,你放心好了。"他都走到门口了,又回头说,"索居妹妹,天热,别站这么久了,回去歇着吧。"

索居呆呆地望着木伦离去的背影,眼神是何等深情。

帐外刮起了大风,宁静的草地上只听见风吹过时发出的瑟瑟声。今天莫桑替换婉儿在帐中守夜,合达安脱下外衣给在一角睡觉的莫桑盖住。

猛然,她听见帐外有了脚步声,越来越重之后又突然停止,感觉像是有人想进来。

"谁在外头?进来!"

推帘而入的是侍卫乙旃。

此时正是深夜,合达安穿着单薄的衣服站在他面前,乙旃原本焦虑的眼神在她身上落下后,立刻变得慌乱,他赶紧将目光投向别处,却看见原本睡在地上的莫桑也醒了过来。

乙旃的心缩成了一团,即使垂着头,他依旧控制不住地回想着方才的一幕,那一双自己平日里无比倾慕的眼睛,和在草原女子中所见不到的白皙皮肤,他内心感受着剧烈的疼痛。这样一个如同草原上的格桑花一般美丽的人,当真是可遇不可求。

他平静之后,一阵歉意随即而来,又不知道该如何开口。

合达安问:"什么事?"

乙旃咬紧牙关:"格格,您说有难处可以找您?我想要借五十两银子。"

莫桑原本正要把自己身上的外衣披回给合达安,一听乙旃这么说,手立刻僵住了,毫不客气地瞪着乙旃。

其实说这话时,乙旃心里也觉得苦极了,合达安听完之后会如何?在进来之前,他心里想着一万种可能。

"莫桑,你从父亲给的银两中取五十两吧。"

这句话在合达安沉默许久之后说出,让乙旃觉得恍惚,他抬头偷瞄了一眼合达安,她的脸上居然带着笑容,而且这种笑容还十分真诚。

"要五十两做什么?"

"还债。"

合达安先是探了探头,确认莫桑已经走远,她才小声问道:"你也偷羊肉了?"

"不是……是姐姐欠的赌债。"

"是吗?"她依旧保持着笑容,只是眼睛并没有看乙旆,她面前一张西市的布局图已经在桌案上放了好些天了,今天,她是头一回盯着它发笑。

一个装满了银两的木盒也被放在了案桌上,莫桑只觉得肩膀酸疼,两手麻木。

"你刚刚说是借,对吧?"

乙旆犹豫地点下了头。

"那你怎么还我?我的意思是,你拿什么还我?"合达安淡淡地说道,"我和你算一笔账,一般来说,二两银子就足够一家三口大半年的吃喝了,这五十两银子放在一起怕是他们见都没有见过。我虽然不知道你的月钱是多少,不过你应该是还不起的。"

乙旆神色十分惶恐,也无话可说,他无法还清这五十两,就如同他无论如何也拿不出五十两去帮他姐姐阿达慕还债一样。

"不知道了吧?"她摆摆手,"你过来,过来。"合达安跟一旁的莫桑也说道:"你也过来,离我近点。"

看着桌上图纸密密麻麻的方框,莫桑说:"格格,这是西市的图纸吧?"

"是。"她回道,"你们最近没有跟着我,不知道我的行动,但现在我要向你俩,还有明天也会向婉儿宣布,我要在西市开一家药坊!"

莫桑不自觉地与乙旆对视了一下:"格格,这和五十两银子有什么关系?"

"当然有!"她说道,"首先我要在西市开药坊。那里是什么地方?可汗王庭在南市,是最繁华的地带,是达官贵人还有富人们居住的地方。可是西市呢?都是一些普通的牧民。你们说说,那边乱得很,我又是人生地不熟的,我该怎么找门面?还有,西市是牧民活动的地方,他们有羊、有马,但是恐怕没什么银子,所以我们还要搞明白,他们经济状况究竟如何,什么样的药材价格是他们可以接受的。最后,总得招募懂医理和药材的人来吧。"她顿了顿,又说,"乙旃,我刚才说了那么多,其中有三件你都可以做,你知道吗?"

乙旃点了点头:"您只要把要求告诉我,店面和人我都可以找。至于价格,我不懂,大不了您说什么,我按照您的话,再一遍一遍地找人问了记下来就是了。"

莫桑原本是没有听懂,听了乙旃的话,她才大致明白,不仅如此,她还笑着说:"格格,乙旃还有一件事可以做。"

合达安好奇地问:"什么事?"

"乙旃可是侍卫,他和什锦少爷上过战场,我听说西市不太平,许多商队都要招募武师,这不,乙旃可以担当!"

他们二人听完都笑了,合达安说道:"没错,乙旃,这样一来你就有四件事可以做了,而且我需要你一直做下去,所以这五十两,"她指了指桌上的盒子,"你就可以抱走了。不仅如此,你今夜也可以安心睡个好觉了。"

乙旃有些哽咽,深深地向合达安鞠了一躬,然后抱起了银盒朝帐外走去。

刚走了几步,他又端着银子跑了回来:"格格,可我有个疑问,您既然说西市的人没有银子,那您怎么赚钱呢?为什么不直接选在府邸周围开药坊呢?"

合达安听完意味深长地笑了笑:"乙旃,本来想明早再和你说,你出去问价钱的时候,不能问'你们觉得看病花多少银子合适',你要问的是'如果你们生病了,银子不够或者舍不得时,要你们把羊还有马拿去换药材,你们能不能接受'。"

乙旃瞪大了眼睛:"格格,您不要银子啊?"

"要啊!"她一拍桌子,"你信不信,牧民愿意拿出的牛羊价钱远比药材的价值要高,而牛羊拿到南市来卖,价钱要比西市高得多。再者,左相府的狩猎场每年需要花费多少银两?哥哥又要买进多少羊马?"

乙旃听完又喜又惊:"格格,我明白了!"

第八章　无辜少儿

一进医馆，迎面是八九排木柜，上面陈放着各种草药，草药都有专门制作的盒子装着，上面还挂着写有名称以及作用的牌子。几个身着素色衣衫的女子在木柜中间来回转悠，她们时不时地挑拣出几根草药放在手里闻闻，随之放入身上的布袋中，再记录到竹简上。

这几个姑娘面容姣好，身型偏瘦，装扮素朴，身上发出一种淡淡的清香。

这家医馆的老板却是名老伯，名为榉树。

见一女子进门，榉树便忙上去迎接："小姐是看病还是抓药？"

合达安环视了一下四周，满意地点了点头："老板，我是找您买药的。"

"您可有药方？"

"没有。"她说，"怕是药方上写不下。"

榉树听不太明白："小姐有什么病？先让老朽帮您把脉吧。"他说着将合达安还有婉儿往内帐中迎。

两人坐了一会儿，与老板说了实情，然后就见素衣装束的姑娘端着三杯清水进来，分别递给三人。

"这水中有叶子，"合达安笑道，"老板名为榉树，这该不会就是榉树叶子吧？"

老板点了点头："正是此叶。"

"您不是柔然人吗？"

"老朽当然是。"

"可这榉树不是应该生长在南方吗？"

老板颇露喜色："正是因为柔然没有，老朽才名榉树，你看这不就有了吗？"

合达安笑着点头:"这榉树叶子可是能够治病?"

"并不能,只是放在清水中好看罢了。这叶子是从南方运来的,用盐保存,因此这水会有些咸。"榉树说道,"小姐想在西市开药坊,想从我这里进药材自然可以,只是这榉树叶子,怕是再多银子我也不卖。"

合达安眼睛一亮:"这么说,您答应了?"

"西市因为贫困,许多药材商人不愿过去,您这去了,也算是帮助那些牧民治病,老朽为何不答应?"

"还因为我是官家子女,并不会赊欠您银子,对吧?"

老板点点头:"这个自然。"

"您这儿的姑娘也给我几个,我就不用费心跑别处要人了。"

老板眯着眼睛看她:"小姐有眼力,她们都是出生不久就来此学习打理药材的。"

她谢过榉树老板,拉着婉儿就朝外走去。远远地,看见一个侍卫在客厅附近转悠,竟是乙旃!

他们三人到了西市,市场上叫卖声一浪高于一浪,偶尔有几匹快马驰过,将叫卖之声盖了下去。街道上经常跑着些孩子,要是撞着贵族官人的马儿,便是一顿毒打。纷乱的杂市,每日都有无知的孩童被随意打骂,旁人无从也不敢劝阻,若有人敢劝,不是不要命的就是地位显赫又正义凛然的官人。

偏偏合达安就是那个不要命的,自进了西市,远远地她就听见吆喝的声音。合达安挤过人群,只见一个小男孩正被抽打,鞭子打在他身上,溢出片片鲜血,周围充满着呵斥之声。她看见对面马上坐着个身着锦衣的官员,正冷眼瞧着下人无情鞭打孩童,这下怒火直冲上天,随口喊道:"住手!"

这声音在议论声中显得极响亮,一旁的下人愣了一下,又立刻发声:"哪个不要命的?"

连带着高坐在马上的官人,所有人的眼光都齐刷刷看了过来。

一旁的小厮仗势欺人:"你过来,来这里!"

她径直走过去扶起那个孩童,压了压怒气,头一句便是:"您大人不计小人过,且饶了他吧。"

那小厮回头看着主子原本冷漠的脸多了几分愤怒,便作势上前,一挥鞭子欲打在她身上,却被一旁的乙旃挡了下来,那小厮不敌乙旃这一下后退了几步。

官人身后很快钻出几个更壮实的伙计,乙旃赶紧将合达安护在身后。来柔然几个月,这是乙旃第一次站在合达安前面,这一举动让合达安觉得很是欣慰。乙旃却冷着脸,死死地盯着前面的壮汉,后面的合达安则乐得不行:"看官人衣着像是大人物,为何这般为难一个手无缚鸡之力的孩子,做些不符合身份之事?"

合达安让那官人捡回了面子,官人这下开口:"这人惊了本官的马,不能不罚。姑娘像是有来头之人,我也不过问你的来历,咱们萍水相逢,你让开这道,走!我便当没看见你。"

"官人这样说,看来我走不了了,我怎么能让你当没看见我?"

"你这丫头,这般不识相,你可知这是谁?"一旁的小厮气势汹汹,却惧着乙旃方才那一下,不敢再往前。

"官人,这小孩不懂事,怎么您的马也这般不懂事,见着人就撞?"合达安看着官人说着,根本无视那小厮说出的话,倒是逗乐了旁观的人。

"是这小孩撞了我的马!"

"这马与孩子相撞,谁撞了谁可说不准。"

"你,这……"

"既然弄不清谁撞了谁,却只有孩子挨打,是不是有些不公?"合达安说完,抢过小厮的鞭子,乙旃拦下了想要阻止她的壮汉,这一下鞭子打在了马上,官人狠狠地摔了下来。

"你放肆!你们愣着干什么,抓住他们,狠狠地打!"

"放肆的是你!这是尔绵升丞相的女儿,你也敢打!"婉儿见情势不对,便将合达安身份交了个底。壮汉与乙旃过了几招,还是被官人拦下了,又丢下一句"算我倒霉!"便上马离去了。乙旃将方才挨打的男孩带到合达安面前,她在买的药材里挑了点药,叫男孩回去敷在伤口上,速速离去了。

他们三人一走,旁观的人就相继散去了,男孩正低头敷药,抬头一望,又一个宽大体形的男人站在他面前,他吓得一抖,朝前喊去:"姐姐!这儿还有坏人!"

贺术也赶紧望望后边,见人已经走远,才放心地躬下身子,轻声道:"别怕,小伙计,跟我走吧。"

转眼末冬来临,西市上新开了一间药坊,上面醒目地刻着几个大字:尔绵升药坊。

一个男子定定看了半天,方才走进去。

木伦是有大事要办的人,本来应该是想不起来这些芝麻小事的,但他关心那个姑娘,而且越来越关心。

他走进药坊,青色毛毡制成的帐庭,庭内两边摆着桌椅,均坐着素衣素面的女子。

合达安从内侧走出来,木伦含笑问:"以后我是叫你尔绵升格格呢,还是尔绵升老板?"

合达安红了脸,同样含笑道:"在这里叫老板,在外面还是叫格格吧。"

"那好!老板,你瞧我给你带了什么礼!"

"什么礼?"她开心地说,"什么礼都是极好的!"

木伦摆摆手:"不不不,你会发自内心地喜欢的。"他等着贺术带着一个箱子上来以后,亲自打开来。

合达安探头一看:"银子?怎么会送这个?"

"是碎银子。"他说道,"这里是西市,碎银比银锭要有用多了,银锭未必花得出去,但是碎银就不一样了。"

她好像领悟到了什么,笑道:"这里是西市!在这里做生意,碎银是很有用的!"

木伦与合达安几乎是同一时刻冲着对方点了点头,两人都欣慰彼此能够这般合拍。木伦随即又道:"你不要野心太大了,一步步做好才是真的,否则会很危险的。"

合达安脸色一下就沉下来:"能有什么危险?"

"你没听说过那句话?商场如战场。不过,兵来将挡,水来土掩,你只要细心一些,小心一些就好了。"木伦走过去,温柔地按着她的右肩,轻声软语,"再不济,你随时都可以来找我。"

他两个站在一起,凝视之中饱含着温情,后面的贺术也已经看着这琴瑟之音太久了,他故意"哼"了一声,调侃道:"殿下,您不是说要带尔绵升格格去那里吗?再不去天该暗下来了,就什么也瞧不见了。"

"说得对。"木伦的目光掠过贺术也之后,再次落在合达安身上,"最近我一直在找那些可以去阴山的孩子,你知道,并不只要是孩子就可以的,所要具备的条件有很多。"

"自然是要机敏灵活的。"合达安很快就领会了他的意思,"可是这并不容易,练武之人身材强壮,却太醒目,挨饿之人虽然弱小,却太虚弱了。"

"也不是完全没有办法。"他看着合达安明亮的双眼内心极其温暖,此刻他还需要这双明媚的眼神中能够夹杂些鼓舞与信心,"我自有办法!我带你去看看,但是你不用害怕,有我在呢。"

北市的一块高地上,铺着长长的毛毡,毛毡上却落满了碎石,踏上去之后很难行走。

合达安有些困难地在前面迈着脚步,这里颇高,地又不平,她穿着长衣小心挪动着,一个不小心踩在滑石上,不自觉地往后退了一步,却见木伦硬生生地站在原地,一双抓住自己的手反而越来越紧,她害羞地回了下头,心中浮出几分甜蜜。

走到宽阔些的地带,到处都支着梁柱,上面铺了满满的石块。

"就是他们。"木伦朝上指去。

合达安吃惊地朝上望去,小男孩四肢垂地,上梁下柱地反复爬着,每爬到高处就搬着旁边的石块朝下掷去。她屏息凝神,恐惧的目光凝固在了男孩最后的动作上。

木伦小声说:"那只是石块,暂时用来代替火石。"

合达安心里一阵恐惧,脸上还留着笑容,强打着精神看着。"他们……"她指了指那些孩子,"本来就长这样吗?"

"当然不是,用贺术也的话来说,这些是养熟的,还有一些没有养熟的就没有放出来。"

"怎么养?"

"一开始的目标是没有练过武、挨过饿的孩子。"他说,"仅仅瘦弱肯定不行,找到后还要让他们饿上一阵,等到身上的肥肉没有了之后,再喂他们吃生干肉,最后才开始训练。"

"这都是我的功劳!"贺术也忍不住了,"我原以为这些孩子顶不住五日,哪知道他们像是饿惯了,居然活活挨过了十日,这太出乎我的意料了!"

合达安脸色一片煞白:"他们父母可以忍受他们变成这样?"

木伦已经察觉出她有些不对劲了,是不是孩子们的模样让她心生了愧疚?他忙将她拽下来,安慰道:"这些孩子都是西市那边无人收养的孤儿,没有父母心疼,但是他们可以为柔然江山做一份贡献,你不要太自责难受。"

"贫困的孤儿是没有人心疼的,可他们即便是当沙弥,也不要在这人不像人,鬼不像鬼,还要去战场上送死,不知道会落得什么下场。"合达安声音都变得哆嗦,"我当时根本没想到这么多!我愧对这些孩子啊!"

三个人一块沉默下来,只听见那些狼孩的吼叫声,这种声音完全不像是孩子的声音,完全就像是野兽的呻吟。

还是贺术也先出的声:"几个小孩而已,阴山马上就要打下来了,他们死了就死了,打仗都是要死……"

木伦侧头看他,虽没开口,但眼底的怒意很明显。贺术也赶紧改了口:"殿下,我去下边等你们。"

"木伦!"

"嗯?"

他俩紧紧握着双手,合达安又向上看了看,狼孩们从高高的梁柱上跃下,又是一阵怒吼,接着伸出前肢,挺直身子,像个正常人一样取弓上箭,瞄准的却是上头没来得及下来的狼孩。上面的狼孩来不及抓住,重重摔落,又一阵咆哮。

她"啊"的一声叫了出来,被木伦按在怀里,紧紧地抱着,他原以为和自己如此默契的合达安看见后会满目惊喜,大加赞赏,谁知道她会如此受打击。是他想错了,她只是一个从来没见过硝烟的小姑娘,这样的场面她如何受得了?

更何况造成这种场面最关键的人还是她自己。

合达安把头抵在他的胸前,看不见面容,声音也是低得几乎听不见:"你能不能别再折磨他们了?"

木伦面露为难之态,一时间竟不知道如何回答。

合达安抬头看向他的目光冷冷的,她猜到他不会答应的,紧接着又问:"这些孩子打完仗回来之后,你打算怎么处理?他们这样还能正常生活吗?"

木伦无奈地低声回道:"自然是不能了。"

合达安的恐惧骤然变成愤怒,但不论恐惧还是愤怒,她都逃不开自责的痛苦。她一只手远远地将木伦推到几步之外:"行了,我要回去了,你千万别跟来。"她最后想说:我恨死你了。却没有说出口,木伦是很残忍,可是她最应该恨的还是自己。

木伦呆呆立在原地,原本的温情烟消云散。是他主动带她来的,却得来这么一个出乎意料的结果。

一路回府,合达安进门就见到了婉儿。

合达安一把抱住了她,泣不成声。

婉儿惶恐地言道:"格格,后面……"

合达安一转头,纪由与一位威严大将站在一起。

"爹……"

纪由目光一寒,紧接着指着旁边的人对她说:"这是可汗新封的大将军丘敦,快问好。"

"是……"合达安向他行礼,抬头又问,"丘敦将军可是马上要奔赴阴山?"

纪由骤然愤怒得红了脸庞,他只当没有听见,朝丘敦一引:"将军,里边请吧。"

什锦后一步跟过来,直说道:"你胡闹也要有分寸,怎能不顾及爹的脸面呐!"

合达安根本没在意,也一点没有听进去,她拉着什锦的胳膊就使劲往旁边拽:"我有事问你!你过来,到我帐中说!"

刚一进去,她劈头就问:"木伦的那些狼孩你见过吗?"

什锦目光一凛,知道她一定心里难受:"我听他说过,没见过。"

"你去劝劝他行不行?"

什锦的脸色沉了下去:"晚了!实在是太晚了!"

"不晚!"她立刻反驳道,"就是瘦了些,野性了些,只要带回来好好照顾几年就行了。"

"没这么简单的。"他俯下身子说,"从一开始,木伦的想法确实就代表着那些孩子的命运,但是现在郁久闾可汗已经知晓了这件事,他表示极力赞成。所以,即使作为王子的木伦现在想要救那些孩子的命,他也救不了了,我更是无能为力。"

合达安痛苦不已,她现在能做的,就只有为那些已经不像孩子的孩子痛快地哭一场,虽然那些遥远的狼孩根本不可能听见。

往年的冬日,天空总是飘着大雪,今年的冬天,只属于火和硝烟。

木伦去了前线不久,一封加急信件送到了畿和尔绵升府中。

信中句句恳切:

阴山上,遥望中原,三座城池……想余之过去,布衣遮体,旧屋少食。而今日,抬眼见金银,低头是锦缎,父兄相伴,富裕十足,却唯失母音……

烟波浩渺,杀声四起……可我却忍不住眷恋之情。

见字如面,大捷之后,再论悲秋。

木伦笔

合达安读完之后,感慨许久,却一个字的回信也写不出。

战争的硝烟,最初升在了盛乐上空,正如所有人预料一般,激战之中,又传来临城失守的消息。

成为死士的那些孩子,经过数月的练习,面对陡峭的阴山山峰,不费几时便爬了上去;更为机灵的几个孩子,分别跑到魏国三座城门前,故意盗窃被捕,关押在军营中,夜间惨叫,引来士兵制止,呻吟之下咬断绳索,放火烧了魏国人的军火库。城内骚动一起,山上孩子将事先准备好的火石丢下山,顺着山北坡平坦的山路直击魏国城门。重重打击之下,阴山北麓安州、怀远、桑夷三地,不攻而破。

木伦王子一举攻三城的计策轰动朝野,可汗大喜,下令重赏,可是所有的赏赐都被木伦一一推辞。

没有几人知道这个计策最初出自于谁,大王子更是笃定这是木伦打压自己的一个阴谋,加重了对他的恨意。这种恨意,甚至早就磨灭掉了原本的手足之情。

纵使木伦王子拒绝一切封赏,秃鹿愧也保不住他手上的兵权,连败两战又痛失兵权的他,不顾纪由丞相的劝告,大醉,与木伦大吵一番。

面对王兄的误解,木伦只道:"你我虽为兄弟,所思所念却完全不同。"

秃鹿愧一听"兄弟"二字,更是崩溃,狠言:"从今以后,我们不再是兄弟。"

三日后,为了庆祝此次木伦王子大胜归来,可汗在王庭设宴,宴请了朝中诸多重臣及亲属。

就在前几日,纪由丞相就特意请来教礼姑姑教合达安礼仪,还有赴宴的服饰,也与平日不同。依据规矩,权臣家中千金须穿着裹布、锦衣、外衫等共七件衣服,头戴宝石玉器加起来至少有五斤重,搞得合达安晕头转向,在莫桑的搀扶下走出,引得什锦笑得合不拢嘴。

大战得胜,柔然的疆土愈加广阔,此乃民族国家之大喜!宴会的排场自然就小不了。

对于初次赴宴的合达安来说,真是大开眼界!虽然她早就听说柔然王庭的天台华丽无比,却未曾亲眼见过。

宽敞亮丽的天台,自东向北再向西相对坐着郁久闾可汗、王后、乐浪别妃、王子与王公大臣及其亲眷。

席间,可汗与王后坐于北向,居中;木伦王子与步鹿真侧坐,居右;纪由丞相居左,什锦因为官级不够,不能与父亲同坐,但两人之间仅仅隔着大将军丘郭。

合达安并非朝中为官之人,只能远远坐在后面。与合达安坐在一起的,还有几位眉目清秀的格格,其中一位眉清目秀之余更有出尘脱俗之气,是朝中一位三品官员的侄女赫泽,她在宴会前与合达安互相行礼问好后,便各自回座,并无交谈。

突然,台上烛火皆灭,一片黑暗中,隐约可见有人翩翩起舞,正当众人聚目细看之时,半空散下花瓣,夹杂着香气,随后,台上火烛渐明,看清了舞者的容貌,更沉醉于她的身姿,一摇一摆,都牵动着在座许多男子的心。

女子于台上舞了片刻,又移动着舞步,边唱边舞,行于郁久间可汗与郁久间王后座前,欠身敬酒,接着一转身,将另一杯酒递与木伦王子,绕着他轻吟几声,又转至他处。

举手投足皆是爱,烈酒之中情更烈,索居公主此舞,其实是单跳给木伦王子看的。只是舞者有意观者无情。

乐浪不知什么时候已经不在席中,她派了身边的一个侍女莫缘给合达安带了一句话。

"要我去坐坐?"合达安与乐浪并无私交,她甚是奇怪,"为何?"

莫缘摇摇头:"格格随我去就是。"

浓烈且冒着热气的奶茶放在合达安面前,她客气地略略点头随后伸手去接。

"今日前面有宴会,左丞相应该是面乐心不乐,我怕格格一会儿会有麻烦,干脆叫你来坐坐。"

"您是个明白人。"

"有何不明白的,这王庭内,连驯马场的奴才都知道朝政的风何时吹向哪一边,更何况是日日都待在可汗身边的我。"

"娘娘与可汗伉俪情深。"合达安随便寒暄了一句。

"伉俪?我只是妾室,担不起你这句话。"

"我是说……娘娘与可汗……可汗很疼爱您。"

"是啊。"说着乐浪坐了起来,合达安也起身扶她,离得近了,乐浪问道,"依你看,为何可汗如此喜爱我?"

合达安看着乐浪别妃的花容月貌,很难想象一个经历了两朝的女子能够保持这般倾城容貌,但是话到嘴边,却变成了:"臣女不敢揣测。"

"后庭之中,从来不缺年轻貌美的女子,今日与你一起赴宴的,也都是秀色可餐、貌美如花的姑娘。"别妃"呵"一声接着道,"这王庭中的人,看得清左右两位丞相谋划的,比比皆是,却有几个能把握住可汗的心思?"

"您能吧?"

"不能。"说到此,她呵呵一笑,"我只是比其他人多经历了一位,万变不离其宗,长了点见识罢了。"

一朝天子一朝臣,虽然时过境迁,早已不复旧年风水,但是被时光浸染的乐浪别妃,举手投足间的气质,都是经历风雨后的沉淀。

看着她,合达安发起阵阵思忖。

别妃神色如常:"历朝历代都有重臣辅佐王子继位的例子,可是,只要王子超过一个,重臣自然就有了自己的算盘,而由着他们龙争虎斗又不闻不问的,就是历代可汗们的算盘。但是,算盘归算盘,天下还是得治,茫茫草原,还是需要君主的谋划。在大臣王子眼里,最重的不过是汗位,而在可汗眼里,最重的便是天下,争可以争,但若是影响到他治理天下,那便是犯了身为君主断断不能容忍的大罪!"

乐浪别妃的话,仿佛只是在谈天论地,但是此番见解,怕是连父亲纪由也算不到。

"所以今天我为何叫你来,你知道吗?"

合达安摇摇头。

她缓缓摇动手中的奶茶,半响之后才言道:"今天是为了大王子选妃,已经有了内定的人选。"

宴会上,赫泽姑娘一番马上之舞,惹得可汗连连叫好。

"我柔然是马背上的民族,王妃自然也得是鞍马娴熟的女子!"

今日百花同现,但是到了此刻,便分出胜负了。这位赫泽,便是三品将军的侄女,与合达安在宴会上有一面之缘的奇女子。

大王子见这女子一身豪迈之气,丝毫没有女子该有的温婉,不免有些不喜,可是秃鹿愧摸不准可汗的心思,又忌惮这女人是可汗心腹的侄女,是不是可汗特意安排的,便站起来,附和道:"父汗说得对,这姑娘确实鞍马娴熟得很,这技艺,平日出征,鞍马劳顿之时,拿来表演取悦,自然是好的。"

赫泽听见大王子这般看不起自己,上前说道:"殿下若觉得臣女上不得战场,只能耍耍技术,那就和臣女比试一番,咱们场上论高低。"

王后听完,哈哈一笑,道:"可汗,秃鹿愧的个性像你,又是威震草原的猛将,平日就连男子也少有挑战他的。"她打量赫泽瘦小的身躯,"今日……"

可汗听了也略有担心,问道:"赫泽格格,不必勉强。"

谁知赫泽心高气傲,更见不得旁人对自己的女儿身评头论足,握起剑,直奔场上。

"嘿!"大王子觉得这姑娘有趣,便也执弓上去玩玩。

谁知几轮下来,虽然秃鹿愧略胜一筹,但一筹之胜远不及方才的轻蔑之深,正如木伦在一旁说的一样:"赫泽姑娘也并未尽全力啊。"

"哎呀,这赫泽虽是女子,却因为父母皆亡,自小跟着上战场,刀光剑影下长大的,真的不比男儿差。"

听父汗说起赫泽的遭遇,秃鹿愧难免有些不忍,虽说女子在柔然没有权势,就像物品一般可以随意交易,但是秃鹿愧也认为,女子到底是不该上战场的。

正走神之际,赫泽一剑刺向自己肋下,但只是点到为止。

双方收了剑,点头示意。

"草原姑娘不似中原,若是你情我愿,又无其余有权势之人相争,自可以嫁给意中人,你可有意中人?"

合达安见别妃这样一问,惊觉片刻,低下头,思虑许久方道:"没有。"

别妃自顾地说着:"在柔然,有一个众所周知的规矩,若是有王公贵族的丈夫死了,遗孀就要割面(割面:指用刀划伤自己的脸),来表示自己失去丈夫的痛苦。但是你知道吗?当她们拿着刀,走向我的时候,我内心不知道有多少惊惧,我不知道自己割面以后,变成深宫老妇,丑陋无比,谁还会顾及我,谁又会真的在意一个面丑无颜的太妃?"

"所以,你才选择再嫁?"

别妃冷笑几下:"现在谁还敢随便议论?纵使犯了乱伦的罪,也是可汗,是历代柔然残忍的法度的罪,不是我的。"她又道:"你知道吗?女子,尤其柔然的女子,是非常悲惨的,她们没有自己的尊严可言,即使你曾经是公主,或者是高贵的丞相之女,呵呵,都必须遵从一个又一个可怕的法度。"

一番激烈的言辞之后,别妃终于停了下来,因为此时,她的侍女莫缘走了进来,俯在她身边,说了几句话,然后就退了出去。

别妃喝了一口茶,定了定神,道:"格格知道前面花落谁手了吗?"

"是谁?"

"丘敦家的格格,赫泽。"

听到这个名字,合达安并没有什么印象,或许从前见过一面吧。于是,她就只"哦"了一声。

合达安想了许多,但是她没有开口询问。她只知道那个叫赫泽的格格,将嫁到王庭,将成为和乐浪别妃一样被拘束的女人。

余晖散尽之时,人人都已归家。白日的风情变故告一段落,却有无数人在夜间惴惴不安,无数人在退下幕时依旧绷着神经。

合达安趴在桌案上睡着了,她醒来的时候,纪由正直直立在桌前,面无表情。

纪由长叹一声:"你喜欢木伦,不喜欢秃鹿愧?"

她猛一抬头:"爹,您什么时候知道的?"

"让孩子上阴山的主意是你出的吧?"

"嗯。"

纪由寻了一处坐下,声音低沉:"你也贤惠太过了!"

"爹,我没有要和您作对的意思。"她又要哭了,"我也不知怎么就成了这样。"

纪由紧皱眉头,无奈说道:"孩子,我真不知道你居然有这份聪明,可是别人的心你如果拿不住,就不要随意帮忙。一个人的心可以支配他的情感,可是木伦是拥有权力的人,他的情感支配着权力,进而支配着许多人的命运,你与他说话,必须要三思,不能像开玩笑一般。"

合达安倒吸了一口气,问道:"爹,这……您,这是什么意思。"

"你想想那些人兽不分的孩子,他们一开始的生死就是由木伦决定,而不是由他们自己决定的,他们是无权无势的小孩,他们没有决定的权力。"

"您说得对,可是现在决定的权力已经不在他那了。"

"可如果你有这个权力呢?"

合达安吓了一跳,不能想象,也不敢想象:"我怎得会有?"

"你只要拥有了足够支撑相当权力的才能,你当然可以有决定的权力,诸如此类的事情就不会发生。"

"可是我没有啊!"

"你好好想一想再回答我的话。"纪由面色依旧淡淡的。

西天挂起了第一缕光线,依旧温润如玉。

木伦又去了北市的深处,他最近常常去那里。那里的孩子平日朝夕相处,形影不离,而负责照顾他们的,早已经换成一个名为老沤的退役士兵。

是老沤带着他们从战场上下来的,这些日子又与他们一同食宿,已经渐渐有了感情。老沤曾经毛遂自荐对木伦说:"我后半生的日子里想终日与他们一块骑马射箭,倘若再有硝烟,他们将可能成为勇士,而绝不是猛兽。"

吃饭时,木伦就对老沤说:"我请你为我做一件事,这次打仗所有属于我的战利品我全都给你,请你帮我照顾好这些孩子,你可以教他们骑马或者武术,但是绝对不要再让他们充军了。"

老沤微微一笑,他完全明白木伦的意思:"王子殿下,您敬请放心,这些孩子我会照顾好的。"

木伦点了点头,依次很认真地看了看那些孩子。

乙旃鼻青脸肿地站在那,看见合达安正看着自己,急忙扭过身去。

"乙旃!"

乙旄立马转过身来,低沉着头,五官都要缩到衣服里去了。

"你脸怎么了?"见他有意掩饰脸上的伤,合达安便不再盯着看,只垂下头,低声询问。

"我撞,撞,撞石头上了……"乙旄支吾着,半天憋出这么句话。

一听这句,众人发笑。

合达安起身走近一看,哭笑不得,问道:"是撞石头上了,还是撞拳头上了?"

乙旄想了半天,答道:"拳头。"

"怎么,你姐姐又去赌了?"

"嗯。"

她心疼地看了看,然后在药柜中找了些外敷的草药。

"格格,使不得,使不得。"他推拒着,紫得肿胀的脸颊上面泛出无奈,"我已经没有银子了。"

"这没什么的,乙旄……"合达安的声音中既有怜悯,又饱含感激,"你看看账本,这些日子,抓了一百多次药,换了那么多匹马,都是你的功劳!"

乙旄表面一片镇定,心里早已经缩得紧紧的,即使合达安帮他抹药时不经意的一瞥,也不会察觉他此刻有多么紧张:"您可以找到更合适的人去办的……"

她赶紧停下动作,认真地望着他:"你错了乙旄,我只有你、莫桑还有婉儿,我没有别的选择,不过幸好我是有你们的。"

莫桑只是笑而不语。婉儿却往前凑了凑,她年纪轻,说起话来比平日里的莫桑还要直接:"格格,乙旄的意思是,不论找什么样的人,也花不了五十两银子。你看他身手不错,却被打成这样,一定是身无分文了,只剩下身体可以挨打了。你姐姐上哪里输了那么多银钱?"

"这不是你该问的问题。"合达安左眉一斜,意思是让她闭嘴。

乙旄却毫不生气,他用手指轻轻按了按脸上的药膏,眼神十分真诚:"格格,药坊毕竟是给人治病的,但总不能惦记西市百姓日日生病吧?我这两日在想,要不然做些别的,否则这生意怎么做大呢?"

合达安听得心中惊喜,她不明白为什么像乙旃这样一个头脑聪明又身手敏捷的人居然仅仅是个侍卫,就在上一刻,她还在庆幸自己能有像他这样的亲随,但这时候,她就不这么想了,自己根本不能只把他当作简简单单的亲随了。她充满佩服地说:"乙旃,再过不久,就不是我要你做什么了,而是你觉得你需要做什么,你就放手去做吧!"

第九章　暗流涌动

　　大王子要大婚，从喜讯发布那一天开始，畿和乃至整个柔然国度，都沉浸在一种激动又无比沸腾的气氛之中，甭说王公贵族，就是来往柔然的商贩，也齐聚畿和，他们摩拳擦掌，希冀聘礼的生意会落在他们头上。

　　皇室的婚俗与民间的不同，按照民俗，男子在订婚之后，应该居住在女方家里，待成婚那日，再把妻子带进门。可是由于秃鹿愧身份尊贵，不可随意屈尊居在臣子府中，所以这个民俗便被郁久闾王后取消了，只是在新娘进王庭领了聘书之后，按世俗的六礼进行。故而，赫泽格格在端月中旬时进了王庭，在这一天里，请期，过大礼，准备就绪。

　　大王子秃鹿愧与赫泽格格的大婚将在两个月以后的暮春举行，这期间，王后每日都在帐庭内，把负责服装、珠宝、礼仪的内管都唤来，就大婚礼仪，商酌定议。纳征时期，丘敦在将军府准备嫁妆，门口的商贾都要踩烂将军府的门槛，他们高价卖出的珠宝、狐皮、锦缎，全都由车马不断地送进王庭。

　　越来越多的商贩都在这时带着好东西进了畿和城，想要借着大王子的大婚大赚一笔。

　　还有一个地方也热闹不改往常，就是什锦在左相府的猎场。富家公子常年往这跑，就连木伦王子与秃鹿愧王子也轮番地来。

　　这一边，西市。自从合达安开了药坊，与信得过的几个人琢磨着经营，现在生意越来越好。

　　二月底，一天晚上，一个少女打着灯笼，在药坊门口徘徊。

　　虽说已将入春，天气却格外冷，这样的天气，来药坊的人也少了，里面只听见零星声音。

少女在门口张望着,一个打杂的伙计,搓着手正要进去,见门口有人站着,过去问候一声:"我们打烊了,您有急事?"

"我找尔绵升。"

"这个时辰,老板该回去了。"

少女有些失望,走了。

伙计进了店,看见乙旃正抱着狐皮,爱不释手,没想太多就问:"怎么,老板还在?"

"她在整理东西呢。"

伙计转身就回去找那姑娘,谁知人已经走远了。

转眼,三月,暮春。大王子大婚之日已到。

天不见亮,旗帜挂起,锣鼓响着,百姓雀跃,一小群嬷嬷偷偷进了丘敦的府里。

直到鼓停乐止。

呜——音乐起。

赫泽从将军府出来的时候,众人恨不得打着灯笼巴望着,可惜,只能看见新娘的鲜红长袍、衣袍上闪烁的宝石和掩面的丝布,看不见半点容貌。

大婚是要亲迎的,大王子骑着骏马来接他的王妃。赫泽在门口,向丘敦告别,上步辇,便嫁走了。

王庭这边,一切都准备好了,那药坊的伙计一直没来得及告诉合达安有人来找过她,因为合达安奉王后的旨意,和索居公主一道,在王庭准备大婚礼仪。

迎亲队伍到了王庭门口,大王子一跃就下了马,转身走到后面的步辇前,伸手去扶他的妻子。

赫泽好似有些羞涩,走下来时,秃鹿愧拉着她的手,她不经意顿了顿身子,丝巾遮着脸,秃鹿愧看不清她发红的脸,只是看她举止生涩、不知所措,有些好笑。

走在官道上,赫泽有些畏惧,常年随丘敦外出征战,见惯了舞刀弄剑,听惯了厮杀喊叫,反倒不习惯如此庄严寂静的场面,她小心翼翼地往旁边靠,手攥着秃鹿愧更紧了。

新婚夫妇走进大殿的一刻,场面似乎有些许的恩爱甜蜜。

礼部大臣在一旁,唤道:"拜!"新婚夫妇向正座的可汗、可敦行礼。

又唤:"揖!"两人便对面行礼。

再唤:"敬茶!"索居公主与尔绵升格格端着茶上前,赫泽端起,先敬可汗,再给可敦敬茶。

敬完茶,大臣赶紧唤道:"饮酒!"公主、格格端上合卺酒,夫妇饮下。

大臣清了清嗓子,使出最后的力气,道:"礼毕!贺!"

人群欢呼:"恭祝王子王妃!"

大婚礼毕,按照柔然人的风俗,是要设宴款待来宾的。大王子大婚,理应君臣同乐,天台宴上,秃鹿愧豪饮几轮,大臣们轮番敬酒祝贺,其中也有木伦王子。他走到秃鹿愧面前道:"虽然我们之间有太多误会,但是今天,作为兄弟,我给你我最诚挚的祝福。"

今日,秃鹿愧与往日有些不同,没有和木伦争执,两人若无其事地对饮三杯以后,木伦就离席了。

这时候,赫泽王妃正坐在帐庭中,她在极力回忆秃鹿愧的模样,虽然事已至此,她没有机会选择更加俊美的夫君,她甚至遗憾那晚乔装去南市也没有见到合达安,没有见到她夫君当日择亲时力争想娶的女子,她觉得,夫君心里一定爱着那个他求而不得的女子。

赫泽想着,若是见到了这个女子,自己定要问问她,或者仔仔细细地看看她,究竟是什么样的人,能得到她夫君的爱。

显然,赫泽是一个单纯到极点的人,她不像一个位高权重精于算计的女人,她更不是一个轻易让妒忌充斥内心的女人。她只像众多受父母之命、媒妁之言的女子一般,在新婚初夜时,内心怀着胆怯与不安。

此刻,所有服侍的下人都被她打发出去了,寝殿只有她自己,她不愿意旁人见到自己惴惴不安的模样。

天已经黑透的时候,秃鹿愧才在下人的搀扶下,踉跄地进入帐庭。

赫泽急急地迎了过来,将大王子安置在床上,摆摆手,让下人下去。这时候的帐内,只有新婚的两人。

现在,赫泽终于有机会仔细看看夫君的面孔,以往每次见面,不是在压抑庄严的场面,就是被一群人围着,根本没有仔细地看过他。

赫泽看着秃鹿愧,他很年少,也很英俊,这时,赫泽看他的目光里,有了那么一缕深情。

可惜秃鹿愧醉意甚浓,丝毫察觉不到妻子此刻的深情。更让赫泽内心难过的是,自己还掩着面,披着盖头,就等着丈夫掀起。

但是,秃鹿愧醉得不省人事,根本不记得这些。

见惯杀伐的场面,心性应该与男儿一样坚强,但是赫泽到底还是女子,在新婚之夜,她还是希望丈夫能对自己说些甜言蜜语。

她无奈地自己掀起盖头,取下头饰,卸下掩面的丝巾,同时用丝巾擦擦眼角的泪水。这时候,她看见秃鹿愧嘴边有些余下的酒痕,又将手上的丝巾伸过去帮他擦拭掉。然后为他脱下婚服,换上柔软的中衣,轻轻扶他躺下,躺在自己的腿上,并为他按揉头部。

入夜许久,赫泽也还未倦,又温和地梳理着怀中丈夫的头发。秃鹿愧这会儿有些清醒了,半睁开眼睛,看见妻子低头望着自己。柔和的烛光下,他看见妻子的面孔,有一种清新脱俗的美丽,他不禁又想起尔绵升格格。她与赫泽一样有种截然不同的气质,这种气质和王庭内所有唯唯诺诺的女子不同,这种气质源于她们内心的坚执。

但是比起合达安的聪灵,赫泽特别的是她眉眼发出的英气和面目流露出的宏量。

赫泽问道:"殿下,臣妾吵醒您了?"

秃鹿愧翻着眼睛,叹了一口气,道:"王妃,我饮多了,生气了吧?"

赫泽没有否认,她只是定了定神,掩饰一下酸楚的神情,然后淡淡一笑。

她的这一笑,让秃鹿愧有些动心,他翻起身子,对妻子道:"你看,帐内的烛火还没有熄。"

于是,赫泽起身,剪去了烛火,熄掉了帐中最后一点光……

第十章 大祸突降

"难民！漫山遍野的难民！"

早朝有位官员冲进大殿，对着郁久间可汗喊出这么一句。

在大王子与赫泽王妃筹备婚礼的两个月内，畿和城内物价被抬得很高，王公贵族不顾价格高低疯狂购入许多奢侈宝物，为朝贺所用。

原本柔然盛产的狐皮这个季节应当被商人贩卖到魏国，可是王庭与王府对狐皮、虎皮这些东西需求量大，许多商贩为了大发一笔，不愿千里迢迢去魏国贩卖，便留在柔然。卖狐皮的商贾挣了钱，大家伙看着眼红，便通通丢下放牧的本行，开始贩卖狐皮，原有的商贾见竞争的人多了，便把价格抬了又抬卖给签约的府邸。

除了畿和，周边的城市，粟水、武川、柔玄、怀荒也都陆陆续续增加了许多商贾，物价总体都被抬得很高，包括阴山一战收复的魏国三座城池，也多少受到影响。

朝会上，官员禀报，物价被抬得太高，近几日百姓连米布都买不起，加上弃农从商的人太多，不屑耕种导致田地大多变成了荒地，百姓难以生存。

正在此时，门外又冲进几人。

"报——！大量饥民挤在畿和城门口！是否放行？"

"报——！饥民越来越多了！城门守卫快抵挡不住了！"

"报——！他们闯进来了！他们闯进来了！"

大王子大婚那日，可汗曾放言，大王子大婚，允许百姓痛饮三天！可是三天以后，众人从酒梦中醒来，大街小巷却变成了另一番景象，好像饥荒就在一夕之间到来了。

郁久间可汗危急之下下令：

"首先，让所有难民进城，左丞相纪由，收集各府各部钱财，拨下救灾，并为难民设粮铺、大帐，拯救难民于水火。"

"再者，右丞相，本汗命你恢复田桑，务必三个月内将荒地重拾耕作。"

"另外，木伦和几个监察官严查这几个月与商贾走得很近的官员，还有将物价骤抬的商贾，若不及时恢复价格，格杀勿论！

"最后，这段时间，秃鹿愧，本汗给你一万重骑兵，把南境守住了，尤其是阴山北麓的城池，务必不能让魏国人乘虚而入！丘敦，本汗命你带着两万轻骑兵，将西拉木伦河附近的契丹族和库莫族看住了，若是他们有什么动作，立即开战，不要犹豫！"

可汗想了想，又加了一条："边境要防，都城更要防！什锦，本汗将畿和内的禁军交给你管，还有你府里的官兵，也要随时保卫畿和，你要为本汗将城内治安管理好，务必不要让难民犯事。"

按规矩，王府都有侍卫官兵，但是他们只能在自己的府里守卫，或者在主子出门时做防卫。但是这次可汗特许什锦将左相府的官兵调度管理城内治安，这是史无前例的。

什锦是从三品世袭将军，左相府的官兵自然比其他王府的更加训练有素，再加上可汗特许，都城的治安都交付在了他手里，这让什锦成为炙手可热的人物。这绝不是可汗对其足够信任，而是因为王庭内的禁卫军还在可汗自己手里。还有众人心知肚明，柔然总共重骑兵两万，除了大王子调走的一万，另一半还在可汗手里。

聪明智慧不过君主，将左、右丞相实力均分两半，就连两位王子的差使都是不分高下的。

朝会下了，众人散去。

可汗独自坐在殿中，他不知道自己哪一步做错了，为何一夕之间，事态变成自己所不能控制的局面。

他在想，是谁，想要算计我的江山？

左相府，大帐内。

"可汗命我从各府各部调度钱财，我们自己首先要捐出一大笔银子，别人才能服从。"纪由和什锦说着，将府里的管家约突唤来，让他尽可能地筹集。

约突是府里的老人了，也是最了解纪由的一个人，他问道："老爷，是倾尽所有吗？"

纪由看看什锦："你的猎场，开支是外人所知道的，是府里支出最庞大的之一，如果围场不停，到底别人也会说三道四。"

什锦明白父亲的意思，他道："将猎场的牛羊都拉去救灾，能缓解一部分食物短缺，另外猎场的钱财我会悉数交给约突的。"

"牛羊一宰，猎场就名存实亡，可汗知道，会感念你的忠心的。府里的积蓄不能全交出，只能委屈你割爱，以后为父再将损失补回来，毕竟猎场也是府里十分重要的东西。"

"是。"听见什锦应道，约突便躬身退出去办事了。

"可汗交予你的，看似大权，其实是难权，你这差使，难办啊！"

"我知道的，父亲，在此期间，畿和城内有任何一点动静，都是我的责任。"

"所以，控制饥民之余，留意着别处。"

"是，父亲。"什锦要务缠身，不敢耽误，起身准备离开了。

"告诉合达安，这些日子外头乱，西市更乱，让她在府里好好待着，别乱跑！"纪由跟着补了一句。

"是，父亲。"

于是，什锦在大门口叫住了正准备外出的合达安。

"这些日子，城内闹饥荒，粟水、武川那边的灾民都过来了，城内不安全，少上街。"

合达安望着什锦道："哥，我不是去街上，约突管家要卖了你猎场中的牛羊，我正准备拦呢。"

就在什锦拉住合达安这一会儿工夫，约突已经走得无影无踪。

"是我要他这么做的。"什锦禁不住忧伤，声音也变了调，"没办法，谁也没想到一夕之间，畿和城就变成了这样。"

合达安吸了一口长气说道："哥,捐助银两就行了,何苦要卖了牛羊?"

什锦摇摇头:"你不知道事态的严重性,父亲已经在尽力筹集钱了,可是物价被抬得太高,粮食贵比半金,各府各部捐赠的十分有限,根本买不了多少粮食,可是难民有成千上万的!"

"这话不对啊!田地已经荒芜了,杀了牛羊连牧也放不了了,就更没有保障了!"

"我还能如何?人命都快丢了!"

合达安为难地望着他:"可是哥,猎场对你来说多重要!"

什锦叹了口气:"你说的我知道,可是饥民要饿死了!还能怎么办?"

"那你把银子花了,把草原上的牛羊杀了,然后怎么办?你再把马也杀了?柔然是草原民族,怎么可以没有马呢?"

"我知道!"什锦彻底火了,"你没听见我说的吗?饥民就要饿死了!等不及了!等不了了!"

被他这么一吼,合达安彻底失去了反驳的勇气,但是当她走出左相府没多久之后,不由得吓了一跳。

街上有不少商铺没有开门,但凡是开了门的,里面都挤满了人,吵闹声铺天盖地。

一切看起来都是天翻地覆的,这种变化之大甚至让人觉得不真实。

身后一匹马飞奔而来,乙旆几乎是翻滚着从马上下来的:"格格,您快回府,我马上就去西市!"

她脸色变得惨白:"药坊?药坊怎么了?"

她虽然这样问,可是心里大抵已经猜到了,距离左相府才百米的南市尚且是这样,那西市呢?会有多糟?

合达安不顾一切往西市去。

刚刚进西市的头一个街口,浓烈的血腥味突然袭来,乙旆几乎是流着泪水大叫出来的:"格格!是婉儿!"

合达安一伸头,看见不远处有个女人躺在那里,那女人的确是婉儿。

她几乎处于崩溃的边缘,跳下马就朝那边跑去,离得近了,看见婉儿一动不动躺在地上,眼睛死死地闭着。她心一悬,赶紧上去抱住她,拼命地呼喊她的名字。

一个骑着白驹穿着破衣烂衫的男子仰天哈哈大笑,笑声可谓是震天动地,还夹杂着疯狂和冷漠。

乙旆刚要出手,就听下面轻轻一声:"格格,你怎么哭了?"

合达安愕然,赶紧搂住了她:"婉儿,你没死啊?你吓死我了!"

婉儿挤出一个笑容:"格格,今天外面乱,药坊外来了好多人,我们不敢开门,我就骑着白驹从后面跑出来,想回左相府问问您,可是……"她抬眼寻找方才的男子,一口鲜血吐了出来。

"乙旆!"合达安将她往马上抱,"别管他了,先救人啊!"

合达安抱着婉儿骑马就往左相府赶去,婉儿一路都在喊疼,还没到府邸的时候,就断了气。

右丞相步鹿真奉命恢复农牧,命人到田间查看,荒废的田地几乎寸草不生,放牧的百姓早就远离家乡,找不到牧主,谈何恢复农牧。

丘敦的千军万马正在奔赴西拉木伦河的途中,谁知探马来报,西拉木伦河对岸的契丹族和库莫族不仅没有乘虚而入,反而紧锁城门,拒绝与柔然往来,往日的贸易也中断了。

南境,魏国也是一样。

这是史无前例的商业战争,对于以草原游牧为主的柔然,这是毁灭性的战争。

次日晌午,什锦回了趟王府,询问纪由筹集钱款的情况。

"这足足大半天的时间,除了我府里的,其他报上来的不足三千两,他步鹿真更是借着要恢复田耕为名,一两也没有捐!若是大家都拿不出钱,那这灾还怎么救!都说穷,那银子都到哪里去了?"

纪由在大帐里发怒,可是刚吆喝了几句,他又仿佛想到了什么,冷静了下来,喝了口茶润润嗓子道:"儿子,救灾用的帐篷、棉被、粮食都是军用物资吧?用了多少?"

什锦想了想,道:"上半天的大多都是我自己的积蓄,军用物资没有可汗批准,不能擅用,所以我来问问您筹集多少钱了,现在的情景,光我的积蓄是远远不够的。"

纪由好不容易定了定神,有些缓和心绪,听到儿子这么说,方才的茶水恨不得一口气吐出来。

"我的傻儿子!谁让你动用府里的积蓄的?可汗把禁军都交付给你了,军用物资你为何动不得?"

什锦是一个严谨老实的人,他不太懂父亲为何生气:"可汗只要我动用禁军治理城内安全,没有允准我擅用物资。"

纪由听见儿子这样说,有些哭笑不得,想来也不便与他争辩,便旁敲侧击地说:"可汗命我筹集各府各地的资金,当然也包括军用物资,现下救民于水火才是重中之重。"

这话合了什锦心意,他"哦"了一声,想了想,又道:"那我去安排,随后将数量报给可汗。"

纪由眼神略微有些晃动,道:"不用,你报给我就行。"

见什锦有些疑惑,他补充道:"这边筹集的资金,出自哪里,用了多少,我都会悉数禀报可汗的。"

什锦想着父亲还在为了步鹿真丞相一两未出的事生气,也没说什么,转头就走了。

将军用物资悉数拨了下去以后,什锦又前去找木伦,若是物价不恢复,粮食买卖不恢复,总是宰杀牛羊马匹,长此下去必定大乱。

星夜驰往武川一带的木伦带着他的卫队回来的时候,恰是晨曦初露的黎明时刻。

几个商贾冥顽不灵,就是不降价。杀!

几个官员,官商勾结。杀!

几天之内,杀伐论处一直没有停过。

"不能再这么杀下去!否则以后谁还敢来柔然做买卖?"部下看着刚被拖出去的几个商人,犹豫着说道。

木伦眼睛也没有眨一下:"贪财贪利,我真想亲手拧下他们的脑袋!"

次日,木伦王子与什锦前去王庭,一进大殿见到了丘敦与秃鹿愧。

"怎么,王兄,你没去南境?"

秃鹿愧本就忿忿,听了他这话,便立即问道:"怎么着!我在这里,你看着不舒服?"

"不是,这时候,若是南边来犯,咱们岂不是腹背受敌?"

"南面魏国人的城门关得连只苍蝇都飞不过来,还犯哪门子的犯?"

"别吵了!"郁久闾可汗拍拍桌子,"你们还有心思争吵!"

木伦叹了口气,转而进入正题,道:"父汗,儿臣今日来,是有事禀报。"

"说。"

"近日儿臣已经处决了几个拒不降价的商贾和几个与商贾勾结的官员,这是名单。"

可汗接过名单,手不禁发抖:"你!怎么可以如此大开杀戒,处决这么多人,你想干什么?"

木伦王子并不意外父汗会动怒,他道:"儿臣绝不是大开杀戒,父汗可知,这些官员曾经在王兄大婚之时,大量高价买进狐皮,而这次危机的源头,就是这狐皮。"

"你说的什么乱七八糟的。"秃鹿愧在一旁言道,"狐皮是我柔然的物产,是我柔然贸易主要出口物。"

"既然是出口,往年卖给魏国、契丹等国,可以有一笔可观的收入,但是为何今年,狐皮大多都是我们柔然人自己买,而不是出售外邦?"

秃鹿愧一听火气上来了:"我听懂了,木伦,你的意思,就是借着我的大婚,有人想要投我所好,买了狐皮来孝敬我?你想要把罪名都扣在我头上!你自己办不成事乱杀一气还要怪罪在我头上,你……"

"别吵了!"可汗气得有些发抖。

"据儿臣调查!"木伦接着方才的话道,"儿臣派人询问了几名商贾,并将前几年狐皮的价格细致调查了一下,发现前几年,魏国购买狐皮的价格一直在上涨,尤其是去年与前年,狐皮价格堪比十金,也因此,我国产狐皮、贩卖狐皮的人越来越多,许多人甚至放弃耕作、放牧去贩卖狐皮。而就在前几个月,狐皮突然在魏国禁止买卖。儿臣这几日也派人探察,发现凡是貂皮、狐皮,在魏国都是禁止买卖的。魏国人突然停止购买狐皮,原本贩卖的商贩就卖不出去,但是正在这时,王兄大婚,商人抓住了时机,将狐皮高价卖给王公贵族,所以,狐皮、貂皮的价格就骤然被抬得很高。"

木伦停顿了一下,见王兄还怒气冲冲地盯着自己,又补充了一句:"自然,魏国人是筹划已久,直到抓住王兄大婚这个机遇。"

可汗听完之后,身子一下子沉了下去,他想要听木伦汇报灾情的进展,但是等到的是自己心里预料到的阴谋。

"他们是想要我们柔然人都去贩卖狐皮貂皮,无人耕地放牧,让我们游牧民族无法生存啊!"可汗愤恨地言道。

"所以,父汗,儿臣杀了许多大量高价购买狐皮貂皮的商贩,无论他们是否有意,都是因为他们的贪财,才让柔然这次遭难。"

"杀!该杀!"

可汗说这话时,秃鹿愧不免内心一颤,自己大婚时曾经疯狂购买了一批狐皮,他怯怯地看了看父汗。

好在可汗此时正在极力想着应急之策,没有顾及大王子的心思。

立在一旁的什锦到此方才开口说道:"大汗,因为田地荒芜,无人耕作,难民太多,粮食紧缺,所以商贩趁机将粮价抬得很高,这样一来,粮食就更加难买,富足一点的人家开始宰牛杀羊,甚至有些人开始将马匹……"什锦跪了下去,"由于事态紧急,粮价太贵,臣只能将牲畜宰杀。"

可汗点点头,道:"起来吧,难为你了,肯尽数拿出你的积蓄。你回去转告纪由,若是谁拒不捐款,本汗一定严惩不贷。"

"是,大汗!"

"现在最重要的,就是恢复物价,无论如何,要把粮价降下来。"

"是,儿臣领命。"

什锦出了可汗王庭,便径直回了家。

"父亲,军用物资一事,您没有禀报给可汗吧?您为什么要隐瞒不报?"

纪由笑道:"不是不报,等到你平安无事了,我自然会报,现在不急。"

什锦皱皱眉头:"现在是非常时期,右丞相自己也有事要忙,不会对我怎么样的吧?"

"只是以防万一,现在你在都城炙手可热,难保有些人不会看着眼红,与其处处提防,不如你自己露出破绽,也好防备。不过你放心,灾后你将禁军权力移交上去以后,我会悉数禀报的。"

见父亲坚持,什锦也没有说其他的:"父亲,可汗让我转告若是谁拒不捐款,一定严惩不贷。"

"哈哈哈,好。"纪由高兴地说道,整理衣服准备出去。

而就在纪由去王庭之前,步鹿真已经被可汗唤了去。

"右丞相,我已经让丘敦与秃鹿愧在畿和、武川与粟水扎营,虽说我们的邻邦都禁闭城门不与我们往来,也不理会这边的灾难,但是其实他们只是伺机待发,我们不得不防。"

"是,可汗。"

"所以你要尽快恢复生产,要知道游牧、耕地是我们柔然的生存之本啊。"

凭着步鹿真的老奸巨猾,自然听出可汗的意思,他弓着身子,装模作样地道:"可汗,老臣无能,三个月期限,老臣怕是无法重新恢复耕作。"

可汗点点头,道:"人们弃农从商,是因为商业有利可图,可是如果我们限制商业买卖,而让从事耕作的百姓有利可图,你觉得会怎么样?"

步鹿真眼睛一亮,道:"可汗,让百姓有何利益可图?"

"既然现在许多荒地都没有主人,那就由王庭收为公用,把土地、牛羊借给难民,让他们放牧、耕地,这期间,土地不得转卖,但是每月上交固定的粮食,其余的,就留给百姓自己处置。"

步鹿真听完,重重地点点头,道:"可汗英明,老臣拜服!"

"另外,"可汗将身子凑近了,"没有兵马,你也不好办事,告诉什锦,让他从禁军里抽部分人马,给你调度。"

步鹿真嘴角一扬,将头凑到可汗耳畔,道:"大汗,老臣愚昧,抽点多少人马合适？没有大汗明示，只怕什锦将军也不好安排。"

可汗想了想，道："你要用多少就调走，他若敢抗旨，严惩不贷。"

右丞相步鹿真乐呵呵地走了。

没过多久左丞相纪由来了，他将近几日各府捐赠救灾的银两账目上报给了大汗，这账目里，对什锦动用军用物资的事只字未提，但是步鹿真丞相府里捐赠数目前面，画了一个醒目的"零"。

可汗翻了翻，道："怎么这个四品官员府里捐了这么多？本可汗平日里有赏赐过他这么多？若是没有，凭他的俸禄，哪里来的这么多钱？"

可汗这么一问，反而把纪由问傻了，他想着，可汗若是询问步鹿真为何未捐一两，他可是憋了一肚子的话要告发，谁知可汗好似没看见那个醒目的零字，反而注意到了别处。这下纪由有些慌了："许是从别处得了些银款？"

"原来我的臣子还为别人效力啊。"

"不，不。"纪由连忙解释，"老臣糊涂了，但是他府里究竟为何有这么多的钱款，老臣也不知道啊。"

可汗哈哈一笑，道："是啊，我问你，不是为难你吗？这筹集捐款一事是本可汗命你去做的，居然有人敢这般不配合，一两未捐。你再去右相府一趟，再不捐款，本汗一定严惩不贷！"

于是乎纪由也高高兴兴地走出了王庭。

就这么一上午，两个丞相在可汗这都得了好彩头，各自回家乐呵了一番，殊不知，最得意的是这郁久闾可汗。

第十一章　否极泰来

天气开始转热了。这样的天气里，人心更加浮躁。

什锦的禁军让步鹿真调走了一部分，其余的，除了负责安置灾民，分发粮食，还有东、西两市的治安以外，所剩无几，什锦只能让乙旆带着府中的侍卫去西市应急。

可是西市是畿和最为混乱之地，那些可怜的牧民没有了牛羊，整日哭天喊地，见到财物就抢，见到食物就夺过来吃，还有那些四处逃窜的灾民，沿着大街人流不断。

什锦有时候实在没有办法，就动用武力威慑，沿着西市到城外的道路上，到处都是横七竖八的尸体。

木伦骑马出了王庭，寻一处荒无人烟的安静地带，让亲随架起篝火并且摆上酒壶。然后他非常愤怒地对他们说道："都给我躲得远远的！我要一个人喝酒！"

合达安缓缓地从马背上跳了下来，轻声从后面绕到他的旁边，在他触手可及的地方坐了下来。

木伦看到她来了，那麋鹿瞳子一样的眼睛才放出了欣喜的光芒。

但是很快，欢喜就退了下去，不管是木伦，还是合达安，他们都没有心思再去回忆新年时的美好光景。两人坐得很近，近得连呼吸声都能够听见，但是彼此心里都有十分懊恼与焦虑的事，因此彼此都很沉默。

还是木伦先开了口："我昨夜办事晚了些，在外歇息的时候，梦见一只白色的老鹰，在可汗王庭的空中盘旋了几回，然后落在了汗元帐的帐顶。这一定是吉兆！说明有好事发生！"

合达安却搂住了木伦的颈脖,头埋在他的胸前开始大哭。

木伦连忙抱住她的腰,用手轻抚她的背:"你怎么了？快告诉我！"

合达安的泪水滚落到他的衣领处,她抽噎:"婉儿死了……"

木伦下巴抵着她的头顶,想了许久,他也没有想起来:"婉儿？是谁呀？"

她抬头瞪了他一眼:"我妹妹！"

"你妹妹？"木伦咬了咬下唇,有点不知所措,"怎么死的？"

合达安从木伦怀中离开,摇头道:"不说了,人已经不在了,如果灾情早点过去,就不会再有那么多无辜的人被杀了,所以,你要与我说什么？"

"我还很小的时候,父汗就整天让我练射箭、练骑马、背战记……有一日我忍无可忍了,就偷偷跑到这里来,一个人在这喝酒。"碗里的烈酒,他一口气全干了,接着说,"那一天没有练骑射,就被父汗狠狠打了一顿,那时候有多疼,我到现在还记得。你知道我父汗当时对我说了什么吗？他说我必须要足够强大,并且要有能力团结起这个部族,不能像杂草散沙一样拢不起来,这个部族必须要像大树根一般死死缠在一起,一致对外,这样才能够强大繁荣起来,不在相互争斗、分族分姓中走向灭亡……"

合达安将手轻轻放在木伦的脸上,满目柔情地劝他:"殿下！没事的,这么大一个部落,这么多人,出现问题是正常的,只要静下心来,找到问题的根本,就不会那么难解决了,而且……我相信你已经找到了突破口,就是不忍心……"

木伦的双目亮了起来:"合达安,你果真与我心灵相通！现在的关键问题,就是那些商人不肯降价,只要他们降了价,我就可以收购大量粮食救灾,解了燃眉之急。可是那帮该死的,就是不愿意降价！"

"木伦,贪婪本身就是罪,大可不必心慈手软。"

"商贸是我们与外界沟通的重要渠道,也是我们经济发展不可缺少的命脉,我怎么能不心软？"

"我理解了,木伦。部落国家之间避免战争的一个方法就是商贸,对吧？"

"对！"他说道,"可是你看看现在,外界闭关隔绝我们,身为王子的我还因为我们的商人贪婪取了他们的性命。我杀得越多,他们就会更加孤立;可我若是不杀,灾民就买不起粮食,我该怎么办?"

合达安心里一凛,这些痛苦来自族人的自相残杀,这比任何一场战乱还要让人痛苦,这是一种酸涩而且绝望的痛苦。

合达安站了起来,将木伦拥在怀里:"木伦,我听出来了,那些商人不是不怕死,是他们自以为是这场饥荒的救赎者,所以没人敢杀了他们,是不是?"

两个人再一次拥抱,合达安能感觉得到,怀中的木伦重重地点了点头。

"这好办,我们来点硬的,找几个人扮成流民,将几个带头抬高价钱的商人重重打一顿,逼迫他们降价!"她话音刚落,自己就反驳了,"真要是这样,谁会受罚?当然是负责治安的我哥。"

"我三分同意。"木伦说,"毕竟有人会为了金银拼命,但绝不会有人真的不要命了!怎么也要留着命花。"他笑着扶她坐下,事情还没有解决,但合达安好像真的抚平了他心中压抑了许久的阴霾,"让我好好想想,或许可以不让什锦为难,也可以教训下那些商人。"

合达安思忖片刻,说:"或许我可以做到!"

木伦和合达安一同走到左相府邸的门前,他就很自觉地止住了脚步。

"夜已深,早些休息。"他说。

合达安笑着点头,随后悄悄地走进府里。

里面一片宁静,就连夏蝉也已经歇息。合达安小心地朝自己的帐中走去,突然她听见背后一声怒吼:"给我站住!"

她怯怯地转身,根本不用抬起头,低声道:"爹……"

纪由双手背在身后,大步迈了过来:"这么晚了,你干什么去了?"

她犹豫了一会儿,依旧埋着头说:"爹,女儿不欺骗您,今夜木伦叫我去,我想着饥荒的事情他心里必然难受,就去了……"

起初,纪由看见合达安居然与木伦一道回来,先是惊讶,随后就是赤裸裸的愤怒,他甚至决定今夜要好好惩罚合达安一回!

但是现在,他又不生气了,或者说,有一件更加值得他高兴的事情抵消了他的愤怒,于是乎,他朝合达安真真切切地露出了一个担忧的表情:"婉儿的事我已经知道了,你不要太难过了!"

接着,他爱怜地摸了摸合达安的脑袋:"女儿,你最近瘦了好多,早点回去歇息,明天早上与我一起用早膳吧。"

合达安立刻就朝帐中走去,但是她回去以后并没有歇息太久,就立刻起来梳洗之后跑到大帐。

大帐中,纪由双目微合,身体后倾,靠在椅座上,似睡非睡。

"爹,进去睡吧,您这样睡不踏实的。"

纪由慢慢睁开眼睛,神态平稳:"你来了,坐吧。"

合达安乖乖坐在了一旁,静静地等待着父亲说话。

"这么久了,灾情已经到了最严重的时候,什锦几夜没有回来了,这时候,如果谁能够做出于柔然有利的事情,那他无疑就是柔然的大功臣!"

合达安瞪大了眼睛,屏息静气,一声不吭。

纪由的话,发自肺腑,同时也铿锵有力! 他说:"不错,我和木伦王子还有步鹿真那个老家伙有旧怨,但是我们部族现在已经变得分散孱弱,被外界合力打压,如果这时候我们还起内讧,那就是自寻死路了!"

合达安心情难以平静,她重重地点了点头:"爹,木伦昨夜也是这么说的,他说部族人心分散,是最可怕的事情。"

纪由接着言道:"如果木伦殿下真的有办法降低物价,那治安就好管理多了,你哥哥手握畿和城内的禁军,以可汗那样的多疑,他随时都会掉脑袋。"

合达安重重地点了点头:"爹,你放心,这件事我会帮他们的,我只是一个没有权力的小人物,就算是杀了个别商贩,他们也不能把错误归在哥哥或者木伦的身上,但是……"合达安还是不能放心,她试探地问道,"爹,这次虽然和上次阴山的事情不一样,不过……您真的不生气吗?"

纪由没有正面回答她的问题,手反而使劲往桌子上一敲:"别说那些没用的了! 你要是有办法就快去办,你晚一秒钟,灾情就严重一分!"

合达安不禁打了一个寒战,什么也没有多说,就一个人往可汗王庭驰去。

此次大乱,前后持续了近一个月。物价恢复的第二日,纪由一早到了王庭门前却并不进去,只立在门口。过了许久,才看见木伦王子骑着他最爱的宝马来了。

纪由笑盈盈的,木伦也大为不同,他先是下了马,走过来后迎着纪由的笑容,也露出浅浅的悦色。

"左丞相,您在等我?"

"木伦殿下,臣自然是为了等你,为了和您说一句话,臣已经在此恭候很久了。"纪由行了一个臣下的礼。行此大礼,他是头一回。

木伦并未等他行完,便伸出双手去扶住他:"左丞相,这一次若不是您的小女儿,我怕是凶多吉少!她真是聪慧机灵,而且又勇敢果断,在草原上,我从未见过比她更完美的女子!"

"殿下,我的女儿在家中也总是念叨您,说您英俊魁梧,有勇有谋,完全可以信赖!"

木伦满怀喜悦地对纪由道:"左丞相,我十分爱慕您的女儿,可否让她成为我的妻子?我会用余生敬爱她,像待我的父汗母后一样待她,将她视为我生命中不可缺少的一部分。"

纪由摆手打断了他:"殿下,这么久了,您应该了解我的女儿,她即使没有丈夫也能够活得很好,更重要的是,不要忘了,她是与我分别十年的女儿,我不可能让她离开我去投靠您。"他的话语异常清晰。

木伦一双神采奕奕的眼睛瞬间变得震惊与愤怒:"左丞相,您的这个想法,怕是您一对儿女都想不到吧?我再说一遍,我会好好待她的,将她嫁与我,我会用生命保护她不受任何伤害。她既然是您的女儿,就请成全我们吧……"

纪由目光凛凛:"那若是您的生命消失了,谁又来保护她不受到伤害呢?"

木伦狠狠地说:"纪由,你放肆!"

"殿下,臣绝对没有别的意思,但臣相信,只有当她自己足够强大了,她才能够保护自己,被别人保护终究是信不过的。所以殿下若是一片痴心,那就请在可汗面前多说一句,清楚告诉他这次恢复物价是谁从中相助您的。"

"合达安是不是真的想要父汗的赏赐,你问过她的意思了吗?"

纪由淡淡一笑:"自然问过。我倒是可以亲自向可汗提起,不过既然你们二人才是当事人,她又对您如此信赖,这话由您来说,比我说要好,是不是?"

"当然不是!以我的了解,恐怕她想要的只是平平淡淡的生活,在父汗面前邀功,只会给她平静的生活增添波澜。"

"那好吧。"纪由拱手言道,"既然如此那便罢了,不过殿下若是希望小女有平淡的生活,那小女的婚事您便不用操心了,臣自有分寸。"他说完抬脚就朝汗元帐走去,丝毫没有再谈下去的意思。

郁久闾可汗见纪由与木伦一同进来略有些意外,他道:"你俩居然会一起来,是半路遇到的吗?"

木伦先行开口道:"父汗,儿臣今日有喜相报。"

可汗眉目略扬,道:"何喜?快说。"

"商贩骤然抬价一事已经解决,现城内粮食、布料等都已经恢复原价。"

"好好!好!"可汗大喜,"木伦,你立功了!本汗要好好赏你!"

一旁纪由要说话,木伦猛地抬头,大声地再道:"父汗,恢复物价一事并非儿臣功劳,而是左相家的格格竭力说服的。"

可汗听了,有些吃惊,沉默了片刻,道:"怎么,她是如何说服的?"

正当可汗目瞪口呆听着木伦王子讲述合达安不打不杀,而是困住商贩,让他们又困又饿,再以美食诱惑,最终让他们屈服,降下物价时,莫桑正在端着吃食一盘又一盘地递给合达安。

"哈哈哈——"可汗听完木伦的叙述,开怀大笑道,"好,纪由,你家教有方,令爱功劳不小,我一定好好赏赐。"

"可汗!"纪由此时终于说话了,"木伦王子如此抬举小女,老臣甚为感谢,只是请求可汗莫要赏赐与她。"

"这是为何?"

"小女本是僭越,若是赏赐,便是可汗实在太看重老臣了。"

可汗微笑地看着纪由道:"柔然危机,任何人都应该相助,岂是僭越?倒是木伦,本汗交给你的任务,你未完成,却让一个女孩解决了棘手问题,素日夸你聪明,这次你要好生反省了。"

木伦声音不高不低:"是,父汗。"

悠长的马头琴音从乐浪的帐中传了出来,郁久闾可汗安静地靠在椅上,任凭那流水般轻柔温情的琴声在他耳边缭绕。

乐浪别妃精致的面容在明亮的烛光下变得更加动人。

琴声徐徐停下之后,郁久闾可汗缓缓说了一句:"乐浪,你相信那个年轻的姑娘能够做出这么惊人的大事吗?"

乐浪指尖从琴上离开,她婀娜的身姿轻盈地走到可汗身边,低声道:"依臣妾所见,格格此事定然有功,不过……"

"不过什么?"

别妃为可汗换上棉衣,又移步到桌案前将早就准备好的奶茶呈上,接着道:"虽说格格有功,但是此办法并不一定就是出自格格本人,也许是旁人想到,让格格去做罢了。"

"那你觉得,若不是尔绵升格格所想的主意,那出主意的是木伦王子呢,还是纪由丞相?"

别妃身子略往可汗身边一靠,道:"大汗英明,此事不应该问臣妾啊。"

"方才木伦讲述她的所为时,纪由站在一旁未发一句,但是本汗要赏赐了,他才开口,看来此事,与木伦王子无关,倒是这个纪由,真是老奸巨猾。"可汗说着将奶茶灌入口中。

"大汗方才为何认为木伦王子会帮着尔绵升的格格?"

"本汗的儿子,自然了解。不过话又说回来了,若是此事真是那个尔绵升格格一人所为,那这个女子,可称得上我们草原最聪明的姑娘了。"

粮食和布料很快发放到了难民手中,城中近七成的难民得以解救。

得救的难民越来越多,步鹿真这边,投身于耕作的人也增加了不少,距离可汗给的期限还有些时日,田地便已经开始耕作,剩下的珍贵牛羊开始放牧。

这场灾难在几个月以后平息。

合达安到了医馆,却意外看见了数日前被她折服的几个商贩,捧着大小礼盒、包袱守在外面。原来那日的情景,让这几个商贩真有些动容,他们敬重这个姑娘,想要结交这个宁折不弯的女子为朋友。

合达安唤莫桑备了最好的茶水,众人笑着一一落座。

小坐了片刻,几个商人便要离去了,合达安把这些商人送到门口,看着他们上车上马,却发现了奇事。

"你们货物上面怎么都撒上白灰?有什么讲究吗?"

那些个商人相视而笑,道:"格格是中原来的,自然不懂其中的道道,这撒的不是白灰,是盐。"

"哦?为何?"

"这盐,除了能够调味,还能保持食物不坏。就像我这货,要是没有盐,怕是到了下一个地方,早就坏了。"商人说着,将盐下面的盒子启开,里面装满了鱼干,这人是个卖干货的。

"我还算好。"商人指指旁边的伙计道,"阿布是卖羊奶的,羊奶最需要保鲜,所以每到春末夏初,阿布都会买一大批盐,保鲜羊奶。"

"怎么,这盐还有这么大的用处?"

"可不,对于咱们生意人,盐可是宝贝啊。"

合达安又问道:"若是平日出远门岂不是到了一座城市就要买盐备着?"

商人们叹叹气,道:"其他国家倒也罢了,在柔然这样的草原国家,受地理环境影响,无法自产大量盐,只能靠与中原互市来换取所缺的盐。"

"不能大量自产?可是平日盐买卖很方便啊!"

"那是格格你不涉商场,就拿畿和来说,大多的盐都是从盐场运来卖的。柔然只有粟水和武川才有盐场,其余的都是靠互市换取。你生在富裕人家不知,但是在我们这些商贩与寻常百姓眼里,盐是很宝贝的东西。"

合达安偏着头沉思,商人已纷纷告别离去了。

合达安早早回到了左相府,找到管家约突问道:"管家,素日府里的吃食都由你负责,那么盐也是您买的?"

约突有些奇怪格格的询问:"是的,全由老奴负责。"

"那您一般在哪里买盐?"

"盐?那是比较珍贵的东西,只有早市时,会有专人卖盐。若是过了早市,再想买盐,就只能去盐场了。"

"那么,早市的盐,是从何处运来的?"

"据老奴所知,畿和城内有个盐场,每日凌晨便有人将盐带出来,再运往畿和的大街小巷。"

"走,我们去那个盐场。"

畿和城内的盐场的老板是一位齐国商人,这位老板有些古怪,他不仅很少在公开场合亮相,就连买卖盐也固守一定之规。就拿这次饥荒来说,在商贩们都轰然抬价时,盐价却未涨分毫。

这个盐场每日凌晨就有人拉着马车,从里面出来,马车中装着准备贩卖的盐巴。

"齐国在魏国的南面,魏国在柔然的南面,如此之远,为何这位商人要千里迢迢来此卖盐,价格还一直不变?"到了盐场,一边往里走,合达安一边问道。

"听说那齐国,是盛产盐巴之地,齐国商人到各地去贩卖盐巴,往年也陆陆续续有些齐国商人来到柔然贩卖盐巴,但是都居无定所,只有这家盐场,已经在此很多年了。据说,老板向来孤僻,所以老奴每次来此,都未曾见过他。"管家回道。

"如此看来今日也未必见得到啊。"

果不其然,进了里面,伙计却称老板不见客。

这时合达安的心里有了极其冒险的决定,这个决定的惊险程度,连她自己也没有把握。

她把想法告诉了与自己最为亲近的乙旆和莫桑,二人听完,半张着嘴巴,无言以对,只能糊涂着应道:"是,但凭您吩咐。"

"下午我与管家去了盐市,却没见到那里的老板,我想着,他孤僻多年又素不见外人,盐价还一直不变,在他身上一定有什么特殊的故事。这个人应该不是为了赚钱来到柔然的。当然这只是我的推测,你们要做的,就是两件事。第一,这个盐场主在有一种情况下绝对会抛头露面,就是有人破坏了他的规矩。第二,查查盐是怎样得来的,有没有柔然当地人做这类生意,什么渠道,我都要知道。"说完,合达安又想了想,"还有第三,所有的开销都从医馆的账上走,我会给他们打招呼的。"

乙旃、莫桑两人撩开帘子出来时又有些为难地回头看了一眼已经半靠着椅背闭目小憩的合达安。

莫桑不解地问乙旃:"你可明白格格的意思?她说若要盐场主露面需先想法子坏了盐场的规矩,什么规矩?"

乙旃从前跟着什锦也是见过点世面,头脑还算灵光,他细想着说道:"那场里盐价不是一直未变吗?"

莫桑再愚笨也听明白了,她道:"若是我们更改盐的价格,坏了盐场主的规矩,他就会出来相见?"

乙旃有些发笑:"这盐价素来是商人定的,我们怎么能改变?不过我们可以高价买它,价格多高就由我们决定了。"

莫桑有些万幸地看着他:"幸亏是咱俩一起,若是格格只交与我,这事我定完不成。"

乙旃看了她一眼,又言:"不过这饥荒还未过去,价不能抬得太高,而且要隐秘进行,否则若是其他商贩知道左相府公然抬价购买盐巴,什锦将军那边就不好办了。"

莫桑越发佩服,方才的焦虑也荡然无存:"一切都听你的。哦,对了,还有第二件事,你也帮我想想法子,这盐还有何别的渠道?"

乙旃微笑道:"既然方才的话你听懂了,那第一件事就交给你了,记住做得隐秘点就行。至于这第二件,恐怕你也帮不上忙,说了也无用。"

合达安把任务交给两人后,预料到会让他们有些为难,也预料到了乙旃有几分小聪明能够应对。

方过了午时,乙旃回来了。他手里攥了张纸条,是他从赌场里得到的消息。素日乙旃穿着朴素,因常年练武身上不失干练之气,但今日衣衫不整疲惫不堪地站在面前,让合达安与莫桑都吓了一跳。

"怎么回事?"

"属下觉得要打探些小道消息,赌博的地方人多嘴杂是最合适的,今日收到的消息不多,明天我再想想办法。"

"不是问你这个,你怎么弄成这副模样?"合达安问。乙旃却什么也不愿说,只把纸条呈了上来。

看着纸条中歪歪扭扭却不失清晰的字迹与眼前狼狈的乙旃,她心头一紧,眼中发热有些想哭,但是当着俩人的面,还是强行忍住了。

乙旃看见合达安哽咽的模样,一时有些窘迫,只微微行礼,便退下了。

那张捏得发皱的纸条上写了几句:"元月去粟水,带回盐、谷物各三斤。""入春,路过武川草原,见沿路的商摊,便买了些散盐与酒水,以备回都城路上使用。""半月前,走访远亲,带去几件棉衣,带回几斤盐、一斤肉。"

纸条上简单的几句是今日乙旃在赌场问到的所有有关盐的信息,他自知这点情报没有太大价值,但也有点用处。

乙旃前一日随姐姐阿达慕一同去了赌场,收获甚少,要想获得更多的消息,还得从别的地方下手。经过一番思考,他决定扮成乞丐在市里混上一混。他换下平日的素衣,穿了一件破旧不堪的布衣,且把自己弄得蓬头垢面,乍一看真与街边游手好闲之徒无异。

待他备好了一切正要出门时,莫桑赶来叫住了他。她上下打量了他一番,道:"格格让我转告,从现在起你把重点放在调查买卖盐的各种渠道,重点探察一下从畿和到武川、粟水的买盐渠道。还有,格格说,你单枪匹马外出,一定注意安全,若有什么危机情况,你是左相府里的人,完全可以说出自己的身份。"

饥荒之灾尚未完全平息,什锦与纪由都有重任在身,合达安让乙旃可以暴露身份,无疑是对他的器重与关心,所以,乙旃想道:"无论什么情况,我都不会轻易暴露身份。"

莫桑早晚在格格身边侍候着,白日合达安去医馆,她就可以出来办更重要的差使了。她看见乙旃那日的装扮,受了些启发,也把衣服换下,穿上自己最体面的便衣,将几件格格平日赏的珠钗也全都戴上,活脱脱像一个大家闺秀。她一连几天在各处买盐,还特地给卖盐的伙计打赏不菲的小费。

当有人问她:"姑娘怎么如此大方?"

她瞎编道:"我啊,我是你们盐场主的旧日相好,只想拿出点积蓄照顾下他的生意。"

第十二章　盐场之谜

那卖盐的伙计听见莫桑这样说，大吃一惊，也顾不上别的许多了，撒腿就往盐场跑。他一口气跑回盐场，到了门口来不及喘气，抓住盐场的老管家就说："你猜我今天遇见谁了？"

老管家与盐场主旧年一同从齐国来到柔然经商，十几年下来已经有着沉着稳定的心态，见伙计像是着了魔一样，便道："你先歇歇脚，喝口茶再说。"

那伙计哪里肯歇息，盐场主素来克人克己、寡言少语，场里的伙计也对他的神秘甚为好奇，私下猜着盐场主过去是不是经历了什么生离死别或者爱恨情仇的大事。于是他瞪大眼睛冲着管家道："有个女的，我今天遇见个女的，说——她说！"伙计又自作聪明地望了望四周，悄悄靠近管家的耳边，低声说道，"她说她是场主相好的。"

管家不悦，道："荒谬之言。胡说！"

"是真的，那女的还多给了好些铜钱，喏，你看。"伙计把口袋里的一把铜钱掏出来，得意地道，"说是照顾她相好的生意。"

他说"相好"俩字时还特意把语调转了个弯，有些调侃的意思，但是管家是个极其严谨的人，他面无表情地说道："谁叫你收了人家那么多钱？你这是坏了场里的规矩知道吗？"

伙计这下才想到这一茬，正要道歉，已经被管家命人拉下去杖责一顿。

吩咐人处理了那个不中用的伙计后，管家便去见场主。

"说来也奇怪，"管家说道，"这几个月正闹饥荒，怎么还有人这么无聊，费心费力还破费，无非是为了见您一面。"

场主长长地叹了口气，随手拨弄白玉桌案上的一把牛毛琴。只见他指尖一滑,流利清澈的乐曲声从那琴中传出。

那管家知道自己说错了话,便不再开口,只呆呆站在一旁听着琴曲。

"老禾啊,"盐场主叫着管家,道,"你十岁入宫跟随我,如今已将三十载,怎得还只是个不会变通的顽童?"

那姓禾的管家一时有些语塞,只小声嘀咕一句。

"我记得前两日,来了个姑娘,你说她眉清目秀,肤色嫩白。"场主见把自己的老管家说得有些磨不开面子,便转了话头,"当时你不还说她不像生长在草原上的姑娘?"

"是啊,主人怎么提起她了?莫不是她与近日之事有什么关联?"

场主缓缓站了起来,年迈的他现在行动都十分费劲,禾管家连忙去扶。

"那姑娘不是和左相府的管家一起来的吗?"

"是啊,看他们府里的管家对她甚为尊敬,那姑娘看起来装束也是锦珠满身,怕是个有身份的人,但是我们场盐价一直不变,左相府的人找我们做什么?"

场主挣脱开管家相扶的手,道:"才说你顽固,怎么就不知道改呢?有人故意抬高价钱坏我们的规矩,自然是有别的企图。"

禾管家想了想,有些委屈地瞥了一眼场主,道:"这说到底还是想见您呗。"

在乞丐堆里混了几日,乙旃没少吃苦,他的确认识了十几个乞丐,却一点关于粟水与武川两地自产自销食盐的情况也没有摸到。

盐是要靠盐卤或海水提取的,但是在柔然,何来盐卤和海水?制作盐就更是不可能了,但是乙旃明白合达安的疑惑,既然草原环境无法多生产出盐,为何来往商人却能在畿和、粟水与武川买盐?在柔然众多的城池中,为何单只有这三地出盐?

乙旃这样一想觉着自己绕了弯路,既然盐是重要物资,购买它的渠道就自然很多,最需要盐的不是那些乞丐,而是城里客栈的老板。寻常百姓可以一日半日没有盐,但盐巴是客栈必需品,说不定这些老板里面,有些秘密渠道购买到盐。

于是乎,乙旃换下乞丐服,再度换了一身干净利落的便衣。

一来二去又是四五天,乙旃在十几家餐馆里吃过饭,靠着出手阔绰与好几个客栈老板有了交情,却终究得不到有用的消息,无论怎么问,老板们购盐的渠道无非就是:互市与盐场进货两种。

难道自己这次又走错了路?乙旃开始怀疑起自己的方法,也担心回去以后怎么向格格交代,自己出来半月有余没得到什么可靠消息,还把医馆挣来的银子花了多半。

夜色中他正灰心丧气地走在街边时,看见不远处一家客栈门前亮着十分诱人的灯火,走过去一望,见里面也和寻常客栈不同,抬头望去"揽月阁"几个字倒也文雅,门口一位姑娘见着乙旃在门口停留了片刻,忙上前招呼。

看着衣衫轻薄的女子向他走来,他才突然意识到此处原来还暗藏玄机。这是南来北往的旅客们常常要光顾的地方,他心里一动,就跟着姑娘进了里面,要了两壶酒慢慢饮着。

姑娘们似乎知道他不是寻花问柳之人,也没人搭理他。乙旃一边没滋没味地喝着酒,一边有意无意地看着一旁跳舞的姑娘。他想着,如果喝完这壶酒还没有结果,便回左相府向格格如实汇报,这些天花了好些银子也没什么收获。

正要饮完最后一杯时,客栈里来了个穿中原服饰的小伙子。小伙子身材高大魁梧,走路却一瘸一拐,一进门就高喊道:"给老子来壶酒!"

原本优雅舒适的厅堂,被这样一个人打破了宁静,乙旃抬头望去,那人要了壶酒痛快地喝着,想着那人也许与自己一样有着苦不堪言的事情吧。

正当乙旃想要结账走人时,一个跳舞的姑娘走了过来:"怎么,舞曲不合公子心意吗?还是嫌此处太吵了,小女子可以为公子选个安静之处。"

乙旃当然知道姑娘所谓何意,但是在军规严谨的什锦身边长大,乙旃自小对于酒色没有太多的欲望。他正要推开那女子时,隔壁穿中原服饰的小伙借着酒劲大喝一句:"他妈的!不就是多收了点银子吗,怎么就挨了打了?该死的管家,改日我就回粟水,老子不在这干了!"

本是那小伙无心的一句,乙旃听在心里却觉着别有韵味,他伸手挽着方才的姑娘,几分调侃几分微笑地问道:"那边是何人?这样吵闹,坏了这店里众人的好兴致。"

那姑娘一翻身躺在了乙旖怀里,一副娇媚的模样说道:"他啊,就是一个卖盐的小伙计,前几次也是,挨了家里主人打就跑过来发泄一通,砸东丢西的,又不肯多给一文钱,谁要是沾上他谁倒霉。"

一听"卖盐的小伙计"乙旖顿时酒醒了三分,他问道:"怎么,他挨打了就要回粟水?可是看他的穿着,不像是粟水来的。"

姑娘答道:"这我就不知了,听说他是齐国人,可是为何要去粟水……可能有别的赚钱门道吧。"

乙旖真真切切地又听见那人嘴里念叨着:"回去……赚钱,不受……气。"

第二日清晨起来,乙旖没敢耽搁,赶忙回到了左相府,幸好合达安还未出发去医馆。

帐内的莫桑看着他回来了,道:"这么些天去哪里了?那盐场主要见格格,我正愁没人保护她呢。"

乙旖一愣,问道:"什么?为何愿意见了?"

莫桑嘴边露出一抹淡笑:"还不都是我聪明。"

"你这么风风火火回来,一定也有不小的收获吧?"合达安走上前问道,"你查到什么了?路上说吧。既然盐场主愿意见我,我自然不能让他久等。"

合达安与乙旖、莫桑来到盐场,门口站着的伙计却把他们往另一处引。

那伙计模样的男子一直把合达安等人带到盐场后面的一个小帐处,说道:"稍等。"

站在外面等时,莫桑打量着这个小帐,道:"好歹也是这城内唯一的一家盐场,怎么这么清简……"话还未说完就被合达安一个眼神止住了。

不一会儿那伙计出来将三人领了进去。

一进帐内发现屏风里面又连着另一个帐,一连走了几个,拐了几个弯才到了最大的一个帐厅。与最初的小帐不同,这里面陈设精致,灯光很暗,但是厅中的一台牛毛琴一看就是稀世珍宝。

从屏风后走出一位年迈的人,扶着他的是年轻些的老伯,两人慢慢行至厅中。老人坐下后,抬手示意,合达安等人便就近坐下了。

老伯倒了茶以后便退下了,厅中只剩下四人。

"想必你就是在街上宣称与我相好的人吧?"场主指着莫桑问道。

莫桑没想到场主开头一句是冲着自己来的,有些不知所措,只能默默看着主人不做答复。

"我身边的人坏您的规矩在前,坏您的名誉在后,但是您还是愿意见我,对此我真的很感激。"合达安说。

场主是久经商场的老人,直截了当地答道:"规矩是定在我手下身上的,又没有定在姑娘身上,你自然可以不遵守,说到底,还是我的人太过于贪婪。"

合达安刚要回些什么,却被老场主抢了先,他道:"我已年迈,不想再理琐事所以素来不见生人,生意也都是下面的人打点,既然姑娘要见我,有什么要问的,请直接点,老朽还要将余下的时光寄情山水之中。"

"好。"合达安静静地回答,"如此,我就问一个问题,如您据实回答,我便再不来打扰。"

场主淡淡一笑:"姑娘请问。"

"敢问场主,您每日贩卖的盐究竟来自齐国还是来自粟水?"

被合达安这么一问,场主方才的笑颜荡然无存,就连一旁的乙旃也忍不住吃惊地瞪大了双眼。

方才来的时候,乙旃将自己的推测告诉了格格,但即便格格真的断定那伙计与粟水有关,何以就能推测出盐场的盐都产自毫无地理条件的粟水?

比起乙旃的吃惊,老场主就显得格外老练,他不像方才那般急于赶走他们,而是吃力地站起来,艰难地挪动到合达安面前,沧桑且布满褶皱的脸上挤出一丝笑容,接着他伸出了手。

也许是出于本能,乙旃一把抓住了老场主伸向合达安的手,用力稍猛,让场主忍不住叫了一声。

"姑娘。"老场主收回了自己的双手,但目不转睛地低头看着,道,"姑娘,我能不能看看你的手?"

合达安有些疑惑,但也没顾忌,就把手伸了出去。老场主低头看了看,又再次伸出手轻按了一下她的指尖,然后,沉默了半响。

待老场主重新坐下,轻抿了一口茶后,道:"姑娘既要问我,那我也问姑娘一个问题,作为交换,我们都要实言相告。"

见姑娘点头,老场主重重地道:"姑娘既是左相府的格格,为何双手布满了伤痕?不像是贵家子女该有的手。"

被这么一问,合达安觉着双手有些发凉,不管多少岁月过去,不管多少珠宝手镯缠在手上,都掩盖不了曾经的沧桑。

犹豫了许久,她才低着头,慢慢说道:"我原先与母亲住在魏国,母亲是魏国一位落魄的公主,于是我也跟着受了好些苦,自然手上都是伤痕。"

"所以你就逃出来了?逃到柔然成为被人宠爱的贵家女?"

合达安听到场主这样误会,泪水夺眶而出,奈何这样的场面不能示弱,她只能强忍着攥紧拳头,生生将指甲攥进了肉里。

"既然已经是贵人,何必还要急于探求别人的秘密?难不成你还想要加封赐官?你现在的荣华富贵还不能让你满足吗?"

一旁的乙旃与莫桑十分恼怒,但又不能擅自反驳。合达安却平复了心情,起身言道:"既然场主不愿说自己的生意之事,我也不再勉强,这就回去了。您放心,我定不会再扰您清修。"说罢,转身离开了。

那老场主呆呆坐在原地,有些没缓过神来。禾管家从后面出来,见主人有些发愣,轻触了他一下:"主人,人都走了,您何苦还要费神再去想?"

盐场主挪动脚步走到后窗前,讷讷道:"若是我拥有千里眼,便可站在此处,极望草原之广阔。"他叹一口气接道,"就算望遍千里繁星,也不如做一片天边的云彩,能见到一早的阳光。若是早些年能遇见方才的女孩……"

合达安与乙旃、莫桑大步向回走,有些迟钝的莫桑不解道:"格格费尽心思想要见场主一面,为何不等他回答就走了?"

莫桑问完才看见乙旃向她投来的警示眼神,可惜话已说出,收不回来了。合达安反倒莞尔一笑,道:"无妨,是我自己一提起这事,有些过于自卑了。"

乙旃忙转移了话题,问道:"格格何以猜出这盐场的盐都来自粟水?"

"这些日子你们不在,我也没闲着,查阅了好些书籍,原来这盐不仅可以从海水中提取,天然的湖水、井水,甚至是树,都可以用来生产盐。"

"可是格格——"乙旃道,"我们柔然也是少河、少树的民族,那井更是少之又少了。就算粟水真的有些林子,那也只是一小片树林,开采的盐也十分有限。"

"从前我在魏国曾见书中写到水晶盐的制作,可以利用山石提取盐。"

"什么!"莫桑一脸惊奇,道,"那我就明白了,粟水临近山麓,所以……"

"临近山麓的不仅只有粟水,柔然四周都是山,哪怕是咱们的国都畿和也挨着一两座小山,可是既然还是要通过粟水往这边运盐,证明关键并不在此。"乙旃说。

"说得对。"合达安接着乙旃的话说道,"若我没记错,山石提取的水晶盐正如其名,此盐无色透明,状如水晶,不仅难得,且工序复杂,就生产来说,要供盐场的需求是不可能的。"

说罢,她又摇着头道:"可惜我当时只是略翻翻,也就记得这些。不过齐国离这遥远,没道理这场主千里迢迢来此就是为了低价卖盐的,还有乙旃碰见的那个伙计,其中疑点太多。"

"格格,或许只是我们的猜测吧。那伙计虽穿的汉人服饰,但也可能只是穿着汉服的柔然人,是我想多了也未可知。可是揽月阁的姑娘明明说……"

"啊?你说什么姑娘?"

"没,没,没什么。"乙旃连忙掩饰道,"我说可能是我多心了。"

"也许吧。"合达安深吸一口气,道,"只是让你们白白辛苦了。"

乙旃道:"其实这盐的渠道没找到也不是什么严重之事,听府里的人说,这几日王庭内对于饥荒的治理有了新的进展。"

合达安侧头看他:"什么?"

"听说右丞相步鹿真他……"

可汗曾赐良策与步鹿真,即"重农抑商",加之步鹿真年迈老练,智谋过人,良策之下必有妙招。

这里就不得不提步鹿真为何会被郁久闾可汗如此重视,被封为正一品君侯,只因步鹿真原在郁久闾可汗英年时,曾助他立过无人可比拟的重大功绩。

那年,可汗还只是太子,先可汗尚在,由于当时柔然内忧外患,经济十分不景气,于是,先可汗令太子管理国库钱粮,重抓牧业。

想那时的柔然多以游牧为主,狩猎为辅,再利用乳畜产品与中原互市,换取钱粮。但是太子接过重任后不久,遭遇恶劣天气,牛羊大片伤病,还有许多都城附近的牧民迁至别处,导致赋税很难收上来。这时候,太子的导师步鹿真意识到完全依靠游牧并不是上策,难解柔然经济之困,于是他经过一番思虑,决定另辟蹊径。他发现柔然也可以与中原一样,以耕地种田为生,不仅拓宽了柔然的经济来源,更减轻了牧民们的压力。于是,他找着低平又临近河流的地方,将部分游牧民迁至此处,由于一开始没有把握、没有经验,他便开始半耕作半游牧,据说也曾重金聘请中原的农民前来教学,他自己也翻阅无数书籍,并亲自下田劳作。

中原耕作所具备的河流、平原、耕牛,在柔然也是很常见的,加之柔然本就生产铁铜器具,假以时日,耕作制度就慢慢正常化了。

数月后,可汗问及太子时,步鹿真便将一盘装有麦稞与谷实等粮食的膳食呈给可汗,并道:"太子与臣历经数月之劳,不仅使得柔然牛羊肥硕依旧,马匹强壮犹在,更甚者,百姓得耕地之利,产食甚多,不逊于中原田亩耕作之所获。"

可汗听罢,大喜,下令重赏。

当时,步鹿真在河道周围小范围的耕作,已经有了明显的收获,后来他便在有较多雨水的地方,大量开田地,种谷物,让原本需要重金购买的粮食成为家家户户都自行生产并享用的美食。改变了经济来源单一的步鹿真,扩大了柔然进出口贸易,使得百姓自给自足,这些奠定了他在朝中的地位。今日,郁久闾可汗再将恢复耕种之事交付与他,他自然得心应手。

按照可汗之意,只要耕牧者缴纳规定的粮食以后,剩下的可以自行处理,这一政策大大提升了人们的倾农意识。步鹿真还明令,上缴的粮食可以用金银代替。

原本可汗想要右相恢复耕田是为了恢复柔然百姓的生计,同时百姓上缴的粮食可以用来救济灾民。现在物价已经降下来,从某种意义上来说缴纳金银比缴纳粮食更加重要,步鹿真的明令中隐含,这个时期比起粮食更需要银子。

"贸易不仅仅能让商人获得巨大的财富,更重要的是可以促进思想、物种、技术甚至文化的交流,对我们和邻邦都是不可缺少的。"王庭中,木伦王子与右相商讨对策,他道:"这次事件昭然若揭,是魏国蓄谋已久的,但是我认为以现在的局势,也有可解之策,一来柔然是草原较为强盛的民族,断绝与我们的贸易于其他部族也有不利,魏国能给的好处毕竟有限,而且我们照样也可以给。"

"那些部落未必就真的惦记魏国的那点好处,呵呵,咱们与魏国相争,估计都等着坐收渔翁之利哪。但是既然饥荒渐渐好转,与他们谈判再次进行互市也不是不可能,你有什么想法吗?"步鹿真问。

"我准备亲自去一趟契丹族,没有亲眼见到,我无法断定魏国究竟与他们达成了什么契约,现在若是能找到突破口,一切就迎刃而解了。"

"先去看看再做打算也是可以的。"

"现在各个关卡守得严,为掩人耳目,我想私服前往,所以无须太多人跟着。"

步鹿真听完后有些吃惊,不知是自己多心还是王子就不愿让自己一同去,只能点头道:"也是,人带多了,反而不安全。你一定要小心。你父汗一直气愤这次魏国的阴谋,你要是顺便将魏国一军,你父汗一定高兴!"

"说起这个,丞相最近因为恢复耕作的事已经让可汗大悦,但是你要将收缴上来的钱粮都经由王府点算再交付王庭?你是想要弥补之前左相取走的银子?"

步鹿真的面庞又变得有些炽热,道:"大汗这次有意无意都在帮我们,纪由从各府抽取钱财救灾,什锦又利用禁军治灾,加上他们王府的格格又强行将物价降低,这一桩桩一件件下来,算是把贵族与商人都得罪了,这样难得的机会,我怎么会放过?"

步鹿真神色越加飞舞,这场突如其来的饥荒在侥幸与万幸中让步鹿真找到了于自己而言最大的利处。

但是对于木伦来说,两位丞相相争于自己而言是筹码,即使右相不为自己筹划,纪由为了大王子也不会放过自己,这样的争权夺利在所难免。

思来想去,为自己的一点点私心,他还是去了一趟左相府。

想着那里的一个人,正一路揪心,不料离着左相府还有几里路,就正巧碰见了正要回府的什锦,他便道:"什锦,我来过几次,终于见到你。"

"殿下找我有事?"

"没有什么大事,就是我想去一趟契丹,你和我一道吗?"

什锦一愣,道:"什么!这还不算大事?为何突然要去那里?"

"为了恢复贸易,我想去看看。"

"可是我有可汗交付的任务在身,再说禁军怎么办?"

"饥荒有了好转,禁军你就交还给父汗吧,放在自己手里久了也不安全。"

这句提示什锦听得很明白,以可汗多疑多思的性格,越早把军权交还给他越好。

"哦,还有,你去见可汗千万别提和我一同去契丹的事,父汗肯定不同意。"

"你离开这么久可汗会不知道?"

"知道时我已经走了,等我有些进展回来告诉他,恐怕他高兴还来不及,怎么会再来处罚我?"

什锦摇摇头道:"也就你胆子大,但是我要去告知父亲一声,若是他同意,我再给你答复。"

"好,不过,合达安你也要说一声吧?我看以她的个性,你瞒着她不好。"

"也是,最近她像是在忙什么大事一样,天天在市集晃悠,开的那家医馆也没去。"

"上次恢复物价的事,她真算是帮了我。"木伦转了几下眼睛,又道,"不过我看有些商人也气愤得不行,还是让她小心,不要让商人为了泄愤而伤了她。"

什锦嘴巴张得老大,道:"对对,你说得对!"

"啊!"一声巨响从市场传来,是一个女孩的声音。

乙㳺迅速环顾周围,见四周皆安静地盯着这边,才收回神来问道:"格格,你怎么了?"

合达安张大嘴望着乙旖,随后说道:"那时候来医馆的那些商人说什么来着? 他们说,盐是宝贝,来往中原或者到有盐场的城市都要买,既然盐是用来防腐的,而不是用来食用的,何须来来回回地买,买一次不就行了?"

听完她的话,莫桑只觉有些晕头转向,她想了半天,不解,便说道:"要我说啊,您当时就应该好好问问盐场主。"莫桑一向心直口快,说完才反应过来,立刻红了脸。

"只可惜,我答应过再也不去打扰他的,那日是我太任性了。"

"你啥时候这么明白自己了?"什锦不知何时从后面走了过来,听见她们的谈话,作势点了点头。

医馆门口,一个俊俏的男子仰天大笑,医馆里的丫头们闻声前来,却被那位男子英俊的面孔吸引。

伴着笑声,男子走进医馆。

"有什么好笑的?"

他爱怜地摸摸一旁女子的头,道:"你费力做了这么多事,最后却为了一句话而放弃大好机会,值得吗?"

说到此处,合达安眼睛里已经泪水满满。

什锦双手已经搭在妹妹肩上,他弓着腰与她平视:"妹妹,你做得很好,盐是互市中非常重要的物品之一,可汗也因为柔然不能自产还要花重金去买而犯愁,你做得真的很好!"

合达安耸耸肩:"可惜,没什么结果啊。"

"木伦殿下曾和我说过几次,这些年王庭要求和盐场的主人见面,可惜都没结果。包括这次饥荒,殿下也察觉盐是非常重要的物资,前几日他又着人请见,还是被婉拒。既然盐场主愿意见你,就是非常成功的。"什锦说。

合达安一听,立刻提了几分精神,望着什锦,泪汪汪的眼睛也闪了几道光芒,又轻轻憋住想要发笑的嘴,低声问道:"真的?"

"当然。"什锦抿嘴一笑,道,"若是你再去,他不见,你再放弃,也是无憾的事。"

合达安会意,刚要起身,又被什锦拉住,他急切地说道:"那些与你讲价的商贩很可能……"

"哎,我知道我知道。"合达安兴致一起旁的什么也不顾,甩开他的手撒腿就往门口跑,"乙旃！莫桑！"跑到门前又回头喊道,"跟我出去一趟！"

又跑了几步,方才有些克制住激动,回头盯着后面的什锦,笑道:"哎,哥,你和店里的丫头说一声别往外跑,回头又招了好多闲人来,现在是非常时期！"

没有了白驹之后,合达安出门也没再骑马,只有徒步去盐场。

还是那个大门口,虽然上回光顾了一次,却只隐约记得有个侧门,不知侧门在何处。正当三人左顾右盼之时,盐场的禾管家徐徐前来,躬身道:"小姐,我家主人在后面,老奴为您引路。"说着就半回头地引着他们走进里面。

依旧是那个侧门,依旧是一座又一座连着的帐篷,弯弯绕绕的小路,若无人带着,任凭走了几次也识不得。

走进殿中,殿里此时空无一人,管家为三人都摆好了座,又将新茶沏上,临走时还将殿中几支快要熄灭的蜡烛换掉。

管家离开不到半炷香的时间,场主便进来了,合达安开口道:"虽然有承诺在先,但是今日还是毁约前来,真是对不住。"

老场主会心一笑,缓缓地道:"几日来,我一直让管家在门口等候你的到来。"

"为何等我？"

"那日与姑娘的谈话还未结束,是老朽说错了话,勾起了你的伤心之事,老朽在此给你道歉。"

合达安有些不安,她再度站起来,行一大礼,道:"场主无须介意,既然话已至此,我们就继续上次未曾谈完的话题吧？"

场主摆摆手,将茶端起,道:"无须这么着急,等着酒过三巡,菜过五味,再……哎呀呀,看我一时都给忘了,管家！端上来吧！"

随即,管家和几个小伙便呈上了几盘菜。

打眼一看这些菜有些讲究,尤其是那盘海鱼,因为柔然是草原内陆民族,离海很远,平日里想要吃鱼,只能吃些咸鱼,吃到海鱼的机会真的是少之又少。就连王庭的宴会,也只有腊日新年时才有,现在正值夏季,吃到海鱼的机会更是零。

合达安尝了一口,这珍贵的海鱼没有咸味且鲜味十足,入口即化,香味扑鼻。

除了那难得的海鱼,还有便是奶酪与牛肉,这三道菜都是中原与草原贸易的主要物品。

初尝菜后,她道:"想不到毫不起眼的盐巴,能够让人享受到千里之遥的食材,当真难得。只是这海鱼,没有腌制成咸鱼,是如何运过来的?"

场主哈哈一笑,道:"若是我告诉你,这盘海鱼也是用盐腌制过的,你信吗?"

合达安一听,急急问道:"书中曾经提到水晶盐多出于大山之中,齐国虽然临海,难道也处于多山地带?"

"姑娘好聪明,没错,正是水晶盐。书上所记有限,水晶盐无色无味,保存食物可长达数月至数年,是极其珍贵的宝物。"

虽然一早就有料想,但是此刻的激动还是充斥了整个心头,合达安眼中发红,兴奋地道:"所以,场主,粟水多山,那里其实也可产水晶盐?"

场主紧闭双眼,半晌,道:"是的。"

"可是。"乙旃久跟在什锦身边,对于柔然地形很熟悉,他忍不住问道,"柔然西北一带山也很多,为何只有粟水才能开采?"

"柔然周边山麓是多,但是水晶盐在天气较为炎热的地带才有,且提炼的山石需要久经大风与阳光,生产条件非常苛刻。"场主又饮一杯茶,道,"具备这些条件的地区,也就只有粟水与武川之间的山区。就连齐国,虽然也产盐,但提炼出来的水晶盐也不可与之相较。"

听完之后,在座三人皆十分诧异。

安静的气氛被合达安打破,她问道:"盐场每日进出的盐巴都只是普通的盐,柔然人估计都没有听说过水晶盐的存在。"

"不错,我没有贩卖水晶盐,但也并非故意隐瞒它的存在。一来书上早就提到过,我若想要隐瞒也有心无力;二来水晶盐难得,就算价值千金,量也有限,不足以满足贸易需求,所以王庭与商人都未曾刻意追寻过此物,在世人眼里,也许水晶盐就如同神话一般。"

"那么,除了珍贵的水晶盐,盐场平日贩卖的盐是哪里来的?"

"许多人都认为我的盐来自齐国,我不妨告诉你们,在齐国、魏国这些中原国家,盐是不允许私自买卖的,都统一由朝廷买卖。除了特别渠道,一般的盐都要通过朝廷来买。"

说话间几道菜已凉了,管家换上了茶水,盐场主继续说道:"在我来到草原之前,曾因为幼年就开始学习制盐而被齐国王宫征用进宫,但是在这之前,我对于制盐没有半点兴趣,我宁愿在外面闯荡。你们可知道,那时齐国繁华在于百姓家家户户大多都擅长制盐,临近海边的制海盐,临近河边的制池盐,即使不临近河与海的人家,由于气候适宜,也可以就地挖井制盐。那时候制盐是流行于全国上下的一门手艺,但是我对此没有半点兴趣,更为了躲避朝廷的征召不惜带着仆人潜逃了出来。"

"那您为何又来到柔然重操旧业?"莫桑因为听得入迷,有些失了规矩,脱口问道。谁知老场主脸顿时有些抽搐。

他哽咽许久方才道:"为了赎罪。"

莫桑一时说不出话,只垂下头不再作声。

"我逃出齐国,先到秦国,当时的秦国是唯一一个能和齐国相抗衡的国家,我觉得在那里我能安全且自由地度过余生。但是到了秦国不久,由于亲眼见到一个盛大的场面,让我有了再次迁居的想法。那就是我看见一位使者来到秦国,献了几千匹宝马给秦王。比起秦国井然有序的街区与秦人博学多识的传闻,我更被那人仅凭着一个哨声就能引领几千匹宝马的气势所吸引,我觉得我不应该就此停下脚步,于是我又带着仆人出发了。"

此时那位姓禾的管家进来,正要为帐内更换些火烛,他看见老场主情绪似有些激动,急急放下蜡烛上前安抚。

看见管家蹲在场主身旁,两人紧握对方双手的模样,众人便能断定,这就是那位陪着场主走南闯北的仆人。

"不错,过去我一直跟着主人。"见场主有些体力不支,老仆人就对大家说道。他似乎想要帮场主将未讲完的故事说完。

"我与主人再次启程,越过秦国、魏国,来到了草原,再路过义渠,到了那里……"

"那里真是太美了!"场主抢下了管家的话道,"深山环绕,夏青冬白,平地则极望千里,漫野青草,地气寒温,马牛肥健……我要是能……携马……万匹……骆驼……千头……回去……看看他们……咳咳……"场主越说越激动,以至于忍不住开始发咳。

咳得急了,场主实在说不下去,便示意一旁的管家接着道:"那时,主人最大的梦想就是驰骋一番之后,回到齐国,向那些曾经逼着自己学习制盐之方的家人们讲述草原茫茫之景。可惜,没过多久就听说齐国为了收取钱财,禁止百姓私自制盐。百姓要食盐,就必须向朝廷购买,所以,朝廷也就有了一笔极大的收入。朝廷征用制盐高手进齐宫,其余善制盐而不服从征召的百姓,一律斩杀……"

说到此,两人都暗暗流泪,管家极力镇定下来,道:"我与主人长大的地方,家家户户都会制盐,是齐国制盐之乡,所以……他们……他们……"讲到此,他终于按捺不住哭出声来,整个帐内充满着两人的悲痛与哀声。

"是啊。"管家为老场主擦拭了眼泪,道,"齐国,我与主人是回不去了,那里原是制盐的天国,却因贪婪,将这个天赋的产业变了模样。"又道,"为了逝去之人的遗愿,我也会在这个行业一直尽心竭力到死去,但是——"管家回头望了一眼主人。

场主点点头,道:"现在的柔然,和曾经的齐国有何分别?包括这次的饥荒,只要这贪婪之心还在,同样的劫难就会再来。"

"我们只有一面之缘,你就确定我不是贪婪之人?"

"当然。不然我不会见你了。"

"谢谢您。我叫合达安。我能问问您的名字吗?"

场主眯着眼,道:"老朽姓姜,单名一个诸字。"

比起喧闹的街道,可汗王庭的议政殿倒是没有一点纷扰,只有君王和他允准出入的臣子。什锦正因为前些年的战绩被可汗连番重用,年纪轻轻已经是从三品将军了。如今朝中不乏年老却一直碌碌无为的官员,像步鹿真与纪由这两位虽然年迈却被可汗忌惮的臣子少见,像什锦这样尚在英年却已经仕途一片光明的就更加稀有。

今日什锦双手奉上那日可汗交给他的令牌,可汗才道:"赈灾一事尚未解决,你就这么急于卸任?"

什锦将手放置胸前,微微一倾身子,道:"大汗,赈灾虽还需继续,但无须动用禁军,故前来交出兵权。"

可汗手里攥着令牌,来回摆动,思忖片刻,道:"既如此,那你就好好干吧!只是别出乱子!"

话音刚落,见什锦抬了下头,便问道:"怎么?有什么为难吗?"

什锦忙道:"不不不,只是规定府里的士兵不能越矩。"

"这没什么,我早已经允诺你可以破例。"

什锦方才在犹豫木伦王子这时候邀自己去契丹,而他自己尚有未完的使命,所以接下来究竟何去何从,一时之间也决断不了。

就在走出王庭的瞬间,什锦更加确定木伦方才是刻意来找自己的,原因有三。

其一,他要告诉自己权力放在手中太久是会带来危险的,尤其是禁军不仅仅负责城内的治安,更关系着王庭内郁久闾可汗的安危。

其二,他邀请有任务在身的自己一同去契丹,只有一种可能,就是接下来有些事会跟自己有关。

至于最后一点,什锦细想想昨日木伦的话"不要让商人趁机伤了她"似暗藏深意,谁会真的趁机伤了合达安?除了商人大抵还有一个人。

这个人并不难猜,就是步鹿真,也只有他能让木伦想要暗示却又不得不有所保留地说出那番话。

什锦交了令牌却不觉着一身轻,他吩咐几个人去南市一趟,自己回了府。

大帐内纪由坐在席上看着几案上的图案。

"父亲。"什锦礼毕说道,"您该说说合达安了,听说她前几日去了趟下帐,倒腾了许久,我看着不妥,训斥她她也不听。"

什锦说的不妥的事,是几天前合达安去了一趟府里下人们住的下帐,看见下人们生活艰苦,回来便做了一个决定。

这几日,约突管家在府里可没的闲,府里上下饮食起居要安排,还有就是格格吩咐记录家眷名单在案。

按照格格的吩咐,允准府里的下人带一位家眷在府里住,下人每日的活不变,家眷可分担干活,如果多干,就有赏赐,少干就要处罚。

至于添人多出的口粮,就从下人的俸禄里扣除。

名单交付给合达安时,满满几页纸,合达安就一个一个地看下来,这个人带的是女儿,那人带的是丈夫,还有什么表亲之类的,看过之后,合达安便问道:"乙旃,你姐姐呢?"

"格格,长姐向来目无章法,恐怕会惹出麻烦,所以……"

"把她带来吧,省得你来回辛苦。"

于是在合达安的坚持下,包括乙旃的姐姐在内,各人及其一位家眷,都入住了王府,在饥荒未除的时候,各人都为有了安身之处而高兴。

什锦一开始并不同意妹妹的建议,因为饥荒府里已经钱财短缺了,这时候还要多养一群奴才,何以维持?

纪由看见什锦走进来,说起此事,便道:"若论战场杀伐之事,你自是不点自通,可是这笼络人心之事,你还真不是一窍不通。"

什锦有些语塞。

"你看看这个左相府,"纪由指着窗外道,"除了我们一家三人与约突管家,便是上百的下人了。这硕大的宰相府,是靠我们支撑住的吗?不,是靠他们。"

什锦想了想,明白了些许:"若是照顾了他们的家眷,他们也就定心了。"

"你再往深里想想,这些家眷许多都是在外府干活的,他们白天在其他王公贵族那里干活,晚上回到这里居住,在歇息之余,谈论的自然与白天的事有关。"

什锦不免眼睛一亮,佩服地道:"是呢,这不失为打探消息的一个重要渠道。有这么多双眼睛在,我们也就多了一重保障,真是好主意,妙计!"

纪由却无奈摇摇头,道:"说你愚钝,还真是一点没错。"

看到父亲责怪，什锦不敢张扬了，抿着嘴，半天不敢发问。

"你再去下帐一趟，告诉他们，若是活干得好，府里收成多，来年就允许他们把一家老小全接过来！"

什锦说了一句"是"，便出去了。

王庭中的新王妃迎来了新婚后的第一个生日，只是丈夫秃鹿愧王子远在关外，郁久闾王后体贴王妃，便准备了游慕大会，请各位近臣内眷前来。

之前王后下了一道旨意：令尔绵升格格无奉召不得入王庭。后来因为大王子选婚，大婚，都需她入庭进礼，所以这则旨意也就名存实亡。

细细说来，这王后曾经是阿瓦尔族最尊贵的格格，嫁给现今的可汗之后，又生下两位王子，任凭将来哪一位继承汗位，她都是当之无愧的太后。且凭着这两位王子的孝顺与王后母家阿瓦尔氏的势力，朝中上下人人敬畏她。

她的权势如日中天，是草原上任何一位女子都无法比拟的。于她而言，她能做的就是作为一个母亲尽量调和两位儿子的不和，压制住乐浪别妃的盛气凌人，保留她作为王后的一点尊严罢了。

赫泽王妃在游慕大会的名单上把合达安的名字写在了第一个，为此王庭里许多人士都议论纷纷，王妃曾经解释索居公主按律必须参加，所以就没有写上她的名字。

王庭游慕大会并不是年年都有，多是贵家子弟成年或整岁生日时才办，赫泽虽然二者皆不是，但是新王妃仿佛颇得可汗的喜爱重视，王后也就顺水推舟罢了。

于是，众人排着长队，由两位年迈的公公带着，清晨便进了王庭。

王后这游慕会的主持者，却是最后一个到场的，跟在她身后的就是乐浪别妃与赫泽王妃。

合达安依稀记得初见赫泽时的模样，但今日再见，让她再难忘怀。

赫泽本就眉清目秀，仪态脱俗，加之又是军旅之人，身上带着些许平常女子没有的锐气。今日她穿着紫色杏花图案的丝衣，头上的发饰倒是不算华贵，只有一个黄白色的步摇，上面镶嵌的硕大珍珠在阳光下显得格外明丽。

她一路走来,遇众人行礼,便微微点头,但行至尔绵升面前时,却放慢脚步,身后同时簇拥着的四五个丫鬟,就这样齐刷刷地站在了合达安面前。她向前行了几步又折回,脸上旋即又露出意味深长的笑容。

　　在新春之后的许多时日,什锦对于木伦与合达安之间的事便有意避而不谈,虽然在他内心深处由衷认可木伦是他与妹妹最值得信任的人,但他依旧担心权力争斗的暗流会将他们彼此深重的盛情击得惨不忍睹。

　　"木伦殿下,我们什么时候出发?"什锦问木伦。

　　"下个月。"

　　什锦皱皱眉头:"晚了点吧?"

　　"下个月更好。"

第十三章　契丹之迹

经过仔细筹划,木伦和什锦带着合达安及一队人马出发了,一路走走停停倒也逍遥自在。

忽一日清晨,一阵急促的马蹄声将他们从梦中惊醒。走出帐篷时,合达安终于感觉到了西北地区黎明的干燥与寒冷。她和她娘亲一样,是极怕冷的人,丝毫冻不得。此刻的边塞虽然已经七月,却依旧出奇的冷,她真的很冷,感到手冻得麻木,脸冻得麻木,连心也冻得麻木。

那急促的马蹄声传过来,马上是布颜昔班。

布颜昔班从契丹日夜兼程携带一个重要包袱到达这里,木伦随手将自己的外套卸下后披在合达安身上,随后两三步急促上前,接过包袱中的木盒。

贺术也随即给布颜昔班准备干粮,更换马匹。

两人匆匆说了几句,布颜昔班便再次翻身上马离去。

随着他离去的背影,合达安看到眼前西拉木伦河的河线逐渐清晰了起来,而通往契丹的道路也若隐若现。

过了西拉木伦河,越过库莫奚族,就是契丹国界。

在辽阔草原的北部,有这样一个民族,他们逐寒暑,随水草,游牧而生。他们民分多部,战时齐集,战后分离。他们以青牛白马为宝,以琥珀玛瑙为饰,农牧参半为生。这便是处在柔然东南的契丹国。

契丹王国的可汗耶律德光,是先可汗与太后速率平的次子,在先可汗去世后,速率平放弃了才华横溢的长子耶律倍,转而推举武略出众的次子上位。

在日前布颜昔班传递给木伦的书信中,就曾这样提到过:"太后速率平,自先可汗去世后,唯恐极度崇拜中原汉文化的大王子倍会将契丹这个雄鹰一般的民族改造成只会吟诗作画的书生民族,遂改称推举次子德光。其间困难重重,她甚至不惜自断手指力保德光继位,最后逼得大王子倍退居东丹,改为东丹王,避于小山之中,读书作画,填词吟诗。"

小山名为医巫闾山,是契丹国中东丹城内的名山,木伦根据布颜昔班的转述,没有直接去往契丹的都城上京,而是越过土河,改道医巫闾山下的东丹。

"木伦,你看看周围。"什锦自进入东丹城内就一直张望不停,他越看越觉愁苦,"看看周围,大家丰衣足食,可是再想想我们,因为饥荒,城内到处都是乞讨要饭之人。"

见木伦仿佛若有所思,不理会自己,什锦一时的愁闷无处可发。

"眼下饥荒只是暂时好转,但是短短几个月内,整个柔然发生了翻天覆地的变化,繁盛景象不复从前,而王庭中人,却兴高采烈地举办着什么游慕大会,为新王妃庆生,我真不知道……"说到一半,什锦突然好像想到什么,问,"木伦,你为何要在游慕大会之后出发?"

"小主人。"合达安不知什么时候从后面绕过来,她定是听见了两人的谈话,"您是在等什么吗?"

木伦道:"不错,等一个时机。"

合达安有些不解,什锦却恍然大悟,惊道:"你是说,缠缘节?"

缠缘节,乃是契丹族自分部以来,较为重要的节日之一。原本战时而聚、安时而散的民族,在缠缘节时,再一次凝聚。契丹人在城中设铺,烧香摆茶,互相交换牲畜等以换取自己生活所需。

"夏季的缠缘节即将到来,许多柔然商人会贩马来此地换取些金银玛瑙,而契丹的商人则觊觎柔然的战马和皮衣,一来二往成了两方交易的基础。"

"可是今年柔然大闹荒灾,不会再有人千里迢迢来交易。"

"那倒也不一定,至少借助这个契机,我要弄清楚究竟是谁用何种手段,阻断了柔然与外界的贸易联系。"

木伦握住缰绳的手越发用力,他难以表达内心的痛恨,只是咬牙切齿地道:"断了放牧耕作,又切断了贸易往来,把原本饥荒的民族推向深渊,让柔然饥饿难耐的人们只能食野马,甚至街边乞讨,这无疑是对这个民族的毁灭,而周边部落居然不顾难民,关闭城门不闻不问……"大伙见他言辞激烈,目光如剑,便都默然不语。

合达安看见木伦此刻的神情,自是有些心疼,想要伸手拍拍他的后背,却碍着周围人多,只能抓一抓他的外套,暗自安慰。

关外。

见左右皆大气不出,秃鹿愧不忍动怒。

半个月前木伦出发去往契丹时,纪由就曾书信告知远在关外的秃鹿愧王子。

信中所写,无非八字"碎玉为饰,平分秋色"。

眼下,暮夏来坐了许久,派出去侦察的人回来只道:"已经核查过了,他们不在出城的队伍中。"

纪由的第二封信又到了秃鹿愧手中。

"纵使是在城墙环绕的中原,出城之路尚有千万条,何况是在草原?多思无益。"信后他又加重写道,"碎玉为饰,平分秋色。"

一个平静的夜晚,木伦再一次从梦中惊醒,他时常梦到契丹,梦到魏国,梦到血腥的厮杀以及柔然的百姓在饥荒时的惊恐交加,饥渴难耐。他似乎在梦中隐约看见周围部落的枪刺与马蹄,一路狂奔直逼王庭。他一次又一次试图冲破重围,但是毫无希望。

此时已经是七月末,八月初,缠缘节的惊变历历在目。

他走出客栈,见着将要露出光辉的天空,此时,已经是合达安去往医巫闾山后的第五日。

又一个平静的中午,木伦敲响了合达安的门,道:"快起来,什么时辰了?"

合达安打开客栈房间的门,木伦居然毫无困意地站在自己面前。

昨夜子时才到的客栈,放下包袱后那几人便闭门商议,只有疲惫不堪的合达安找到自己房间之后倒头就睡。丑时不到,什锦进来放了些吃食,身上已经换了行装,看样子又要准备出发。

这会儿刚到午时,一夜酣睡的合达安因为连日的奔波,尚且困意未消,而忙活一夜的木伦此刻别说倦色,一身并不提气的黑衣下还是那么神清气爽。

合达安走出客房,正要去敲响什锦的门。

"不在。"

于是她又望向随行侍从中最与她相熟的格鲁黑的房间。

"不在。"

"他们这是去干吗了？你们昨日聊什么了？"

木伦毫不在乎地往楼下走,到了一楼见她还未跟上来,站在原地凶巴巴地盯着自己,便更加淡然地说:"边走边说吧。"

午时,太阳正毒,二人行走在暖而刺眼的街道上。

"来草原几个月,你还会说汉语吗？"

合达安眼睛一暗,道:"当然。"

自年节以后,很久很久,两人没有好好说话了。

这段时间合达安常常看着颈上的玉佩发呆,不知在草原人们的思想里,这样的物件算不算彼此情投意合的定情之物？

她在想,如果是,那彼此现在是什么关系？

如果不是,那收了这名贵的玉佩自己又成什么了？

如果她真的将心就这样放在了这个男人身上,那父亲、步鹿真、兄长以及索居公主,又怎么办？她不敢想下去,每每一想起,内心都有种扎心的痛,痛得自己喘不过气来。

一个个疑问都在心头,自那次年节以后便很久没有机会再与木伦好好谈一谈,她知道他为了饥荒一事已经心力交瘁,别的事更是顾不上了。

但是她害怕,时间越久,恐惧就越深。

她拉回自己已经跑远的思绪,道:"当然,当然会说汉语,怎么了？"

"这里的民族接受五湖四海的文字,并且以汉字为尊。"木伦低着头,向比自己矮了许多的合达安低声说道,"汉人,在这里是很受尊崇的,你过去本就是生活在中原,若是穿着汉服,就真的和汉人一般了。"

木伦考虑眼下在契丹,扮演一个汉人,远比一个柔然人安全许多。

"我不。"

在东丹最繁华的衣饰店前,木伦有些诧异地问道:"为何?"

"木伦,我从骨子里认为自己是一个柔然人,我不希望任何人把我当成魏国人。"她瞪着眼前这个惊讶的男子道,"尤其是你。"

木伦收回了自己流露的诧异之色,嘴角反而略略一笑,道:"那随你吧。"

两人并肩正要返回客栈,一旁一位伙计大嚷:"鸳鸯栗子!"

木伦好似并没有听见,倒是合达安一路左看右瞥地看着街边美食糕点不断,来时食了一路的肉干大饼着实有些腻了,看着这些清淡可口的美食终于动了心思,但是此刻她虽然馋得不行却不敢吱声,只能任由一旁的木伦愁眉苦脸地盘算。

那伙计见一对少男少女比肩迎面走来,于是连忙上前,大声吆喝:"鸳鸯栗子!"

原本馋于美食的合达安这才察觉有些不对,立刻羞红了脸,拽着木伦想要离开。

只听见伙计在后面道:"别走啊,尝尝我家的栗子,香甜可口,许多夫妇食了都说好呢。"

木伦一听,"扑哧"一下笑了出来,牵着合达安走了回去。

"伙计!你这都有什么好吃的?"

经验丰富的伙计见木伦飒爽英姿的模样,便知他是囊中充裕之人,连忙上前伺候。

伙计拉下肩上的抹布,一边擦拭着桌子一边道:"您听好嘞,我们这有名满全城的糯米卷、山楂糕、枣泥酥、核桃酥、一品酸奶!"

木伦似有意又似无意调侃地说:"给我夫人各包一份!"

那小伙一听,便像小孩吃了蜜糖一般,嬉笑着跑走了。

"你刚才说什么呢?"

"这儿山高皇帝远的,我们还是小心为上。"

合达安呆滞的目光看着木伦:"只是隐瞒身份啊?"

"怎么?"他问道,面上暖意浓浓,"你想成真的?"

她立刻瞪大眼睛,拼命摇着头。

木伦好似并没有看见,道:"你喜欢吃哪种?每日我都让人给你送,自己一个人绝对不要出来。"

"为什么?"

木伦皱皱眉头:"你说呢?不安全!"

合达安惊奇道:"那你带我出来干吗?"

木伦脸一沉,想到柔然畿和城内一股股蠢蠢欲动的势力正在渐渐向她逼近,一切都是源于纪由,话到了嘴边吐不出,他停了片刻,道:"没什么,我只是怕自己粗心,忽略了你。"

合达安见到木伦失落的神态,也不好再争辩什么,气氛无缘无故被二人弄得极为尴尬,无奈之下,她只得又重新拾起菜单:"八宝寿粥、八珍米粉,再给我来一份茶汤吧。"

那伙计喊着:"好嘞,好嘞,好嘞!"又活蹦乱跳地跑开了。

木伦朝她一笑:"多亏了上次你恢复物价,帮了我大忙,我是该请你好好吃一顿。"

"那是嘞!"合达安夹了一块枣泥糕放入口中,入口即化。

木伦将刚呈上的酸奶喂了一口给她:"怎么样?"

这酸奶与刚才的枣泥糕比较,简直是天壤之别,冰凉适口,酸甜带咸,如同饮下一壶甘泉一般舒服。

"这个酸奶有点咸。"她再搋了一大勺,"真是加了盐了?"

"是啊,东丹城内,有一座炭山汉地,乃是他们契丹之盐城。"

合达安一愣,立刻拽住他的袖子。

"夫人,咱们别这么主动好不好?"木伦本是惬意地与她谈笑,却还是捕捉到了她那一瞬间的惊讶。

木伦长吸一口气,低声道:"是啊,这个与畿和姜诸的盐场比起来,有过之而无不及。"

她更是愣了："你认识盐场主?"

木伦看了她一眼："你以为我会放任一个外乡人垄断我柔然的巨大盐业而不过问吗?从前打仗需用盐时,我便会亲自去一趟盐场。"他指指酸奶,道,"我还吃过姜诸的酸奶,和这里的差不多,就知道你也喜欢。"

回到客栈,什锦与贺术也的马已经歇在了马棚,只有手下格鲁黑依旧没有回来。

"小主人。"一进屋,什锦看到木伦手中的点心包,嘴角露出一丝不易察觉的不悦,又立刻掩盖了,道,"有劳你带着合达安各处逛了。"

木伦回头看看走在后面的合达安,微微笑道："这没什么。"说完,他又补充了一句,"你不用担心的。"

"担心什么?"合达安跟着上来问。

"担心你啊。"什锦摸了摸妹妹的头,"合达安,饥荒的事还没有过去,也非一朝一夕就能过去,我们还有很多事要做,你要乖,千万不要乱跑。"

"哦,我明白了。"

木伦进了客房,什锦随后进去关门时,刻意看了走廊那头,见合达安提着糕点进了她的房间,这才小心地关上了门。

"殿下!"

木伦颇为惊讶地回头,问："什锦,你有什么事?"

什锦第一次这么尊敬且面带寒意地面对木伦。什锦道："你知道吗?曾经在我知道我的母亲已离世时,悲痛之感,犹如身体中的血管一根一根被剪断,这种感觉,你理解吗?"

他侧过身子,却依旧克制不住自己,整个身子都在颤抖。

"我尚且如此悲痛,更何况从小与母亲相依为命的妹妹?"

瞬间木伦脸上的惊讶淡去："我会好好保护她的。"

什锦不禁冷笑一声,道："殿下如何保护她?是要自己放弃近在咫尺的汗位,还是放弃步鹿真为您安排好的道路?"

他将随身的匕首放在木伦王子手中,道:"殿下若觉得我失言,可以立刻杀了我。但是我……我知道步鹿真丞相不是心慈手软的人,参更不是。索居,甚至你,所有人都不是,所以我不得不替我最爱的妹妹担心,在合达安知道一切之前,我才想来劝……"

话未说完,匕首已经被丢到地上,但是什锦的脖子却硬生生被掐出了血迹。

"殿下,您动怒,甚至要如何做都行,但是您不能和我妹妹在一起,您会害了她的。您放过她吧,所有人都会明白的。"

"我不会明白!"木伦气急败坏地道,一双手死死按住什锦的脖子,一双眼睛死死地盯着他,"我不会明白!我会保护她的,无论何时我都不会放弃她的。"

"难道……你……想要……毁了……这可怜的孩子余生的幸福吗?"什锦被木伦掐得上气不接下气,面色已经有些青白,额上甚至爆出了青筋,却还挣扎着断断续续说出这几字。

木伦目光暗了下来,手上也松了劲。

"当初你帮我把她从魏国救出来,让她回到我的身边。"什锦面上已经铁青,泪水也终于忍不住流下,声音越来越小,眼中充满了心酸,还有些恳求,"我谢谢你。"

"别说了。"木伦不再恨恨地看着他,而是把身子侧了过去,微微低着头,却就是不肯点头。

什锦的泪水越流越多:"有我和爹在她身边,她现在的眼神有多明亮,你知道吗?她的表情多么灿烂,笑的时候充满了活力。年节那日,我也曾想要成全你们,尤其我见到她每每提及你时幸福的神态,我就更想你们能够好好地在一起。我知道,我妹妹能对你很好很好,你也一样,但是经过这许多日的前思后想,我依旧放心不下。不,应该是我绝对放心不下。"

木伦刚要开口,一瞬间什锦已经跪了下来。

"将来,无论你与大王子谁继位,你与我父亲的恩怨都不会消失。到时真的要刀剑相对,倒下的不管是你们哪一方,最心痛难受的会是谁?你要合达安她怎么办?她该怎么选?你忍心让她再经历一次失去亲人的痛吗?那对她太残忍了。"

"住口!"木伦愤怒地看着他,随后又闭着双眼,无奈地摇摇头。

下午,确切地说,已经快要到晚上了,格鲁黑终于回来了。他大步走进,大口吃些牛羊肉,便去歇息了。

黑夜终于降临,白天的风尘此刻终于落下。

只是,木伦,这个自信而又悲怆的柔然王子,他此刻不知自己应该高兴还是失落。他的一番思虑,总算在此时——有了眉目,他确信一切正在按照他的安排进行着。

但是,抛开重任之外他最思最想的,现在已经渐渐离去,他再也抓不住。

第十四章　缠缘斗绣

这一日已经过去大半,去炭山汉地来回费时,不过只要路不白走,救了柔然帮了木伦,一切都不在话下。合达安边走边想,比起第二大盐场的炭山汉地,比邻的医巫间山更为摄人心魄。隔着城观望,一道明墙暗壁连接七八个墩台。

合达安笑盈盈地向客栈走去,方走进,便看见伙计端着托盘,上面搁着好几壶酒向二楼走去。想来,这店中能一下饮这么多酒而又不需下酒菜的,便只能是那一群人。

眼看着伙计进了木伦的房间,她便跟了上去。待伙计把酒送进去,便听见里面欢乐声一片,合达安知道,从前天晚上起,他们商量什么事都不再让自己听到看到。

合达安想到此脸又一红,喃喃低语:"必是因为危险重重,木伦才不要我掺和,可见他心里是越来越看重我的。"

她又想,昨日他们便闭门商议至半夜,今天一早又外出查探,到底有些什么事呢?她偷偷贴近,尽力探听室内的一言一语。

一个男子粗重的声音道:"西街的酒器坊中有一丫头,面容清秀,身子又圆润,真真是好!"这粗重之声像是格鲁黑,"不过没有格格好。"

另一声音道:"再好又如何?这女人啊,出嫁前就像珍珠一般,圆润光泽,可是嫁了人,很快就变成鱼眼珠了,若是再过个五年八年,估计就得如死鱼眼珠一般了,毫无光泽可言。"

这声音太熟悉了!方才的惬意此时一扫而空,合达安心中的愤怒如火一般,随即转身离去。

在她跑开的一瞬,屋内的男子忍不住背向众人,泪流满面。

木伦尽力平复心情后道:"走了吗?"

什锦说:"走了。"

木伦点点头:"好。"

失落的少女走在大街上,这时候的她像一个无家可归的可怜少女。

自离开魏国后,合达安第一次感觉到了孤独与凄凉,她觉得无论是血浓于水的爹爹,还是心心念念的木伦,都像是深不可测的池渊,她丝毫看不清他们笑容背后的揣度与算计。

她就这样失魂落魄地在街上走着,方才经历的一事,就像是晴天霹雳一般,瞬间让她筋疲力尽,崩溃。

她就这样走了许久,停下,居然到了一家丝绸店。大约是因为名字特别,也大约因为娘生前最爱丝绸,合达安走了进去。

上好的丝绸原是摸起来如同玉一般温润,但只要一沾水立刻便皱在了一起,如同年老的女人脸上的条条皱纹,所以此店才叫"玉纹庄"吧。

走进玉纹庄,里面挂着的、铺着的都是如同水波一般的丝绸,华美异常。迎面,一个面色红润、脂粉敷面的老妇走来,边走边上下打量着,直至走到距离合达安不到两米,才止住脚。

她满声客气地道:"姑娘买丝绸?这儿啊,有一批刚进不久的货,正眼巴巴等着人买呢。"

合达安随手挑起一块手帕,不禁言道:"真美……"

合达安打量着丝绸上的绣工手艺,纵使丝绸本身已美如玉,却不及上面的刺绣。

她手里随意捡起的一块手帕,上面郁苍而重叠的翠竹,需用短针反复调梭,稍有不慎,便线断丝破。如此手艺,一针一线皆是心思。

什么人敢在如此贵重的面料上面用这样的针法刺绣?必定是绣过百图、练过万针的绣女才敢为之。

"这位姑娘,若是你想买一块,就便宜些,六金就卖。"那脂粉妇人见丫头喜欢,便道。

合达安一愣,道:"六金?"

"六百金? 一千金?"纪由拍案吼道。

"他秃鹿愧在边塞这几日,没有办成一件像样的事,金子倒是花了不少啊!"

约突管家连连叹气,道:"老爷,大王子空有一身武艺,既无谋略也无心胸,实在……实在不是您辅佐的最佳人选啊。"

纪由眉头一皱:"约突,你跟了我这么多年,却看不透我的心思。二王子木伦,是聪明有谋略,而且是治国良才,但是……"纪由脸一沉,道,"你觉得,他会需要我这样的丞相吗?"

约突一时了然,躬身道:"奴才这就写信,将大王子叫回来。不过,少爷也就罢了,小姐这……要不要我派人把她接回来?"

纪由抚摸着座前的宝剑,好似并没有听见。

约突暗暗弯腰,退了出去。

早就在帐外等候的乙旃见管家出来,赶紧上前问道:"管家,格格什么时候回来?"

约突瞟了一眼乙旃,头也不回地要走。

"管家!"乙旃一把拦住了他。

"乙旃啊,你没有看好小姐,老爷没有责怪你已经是格外开恩了,其余的,你问我,我又从何得知? 你若是有心,老爷命你办的事,你抓紧办好,否则,老爷一动怒,岂能再让你服侍小姐?"

乙旃重重地点了点头:"我知道,盐场那边我一直在留意,请老爷放心。"

成婚之后,秃鹿愧几乎都在奔波,少有的几次回来,也是往返于畿和与武川之间,与赫泽更是面也没见上一次。

此刻,赫泽终于等到夫君归来,从王后那里请安完了,便一路小跑回去。

到门口就见到秃鹿愧的侍卫长站在帐前。

"殿下回来了吗?"

"是的,在里面……"

没等侍卫长回答完,赫泽就冲了进去,撩开帐帘往里面一探,侍卫长的话跟在身后:"在里面睡觉。"

赫泽冷静了几分,几个月未见夫君,心中的念想不言而喻。

她没有打搅他,纵使心里有些失望,也很快克制了下来,只是拿过一旁的大氅为他盖上,静静地看了一会儿。见他有些消瘦,难免心疼,便转身离开。

"赫泽。"

身后动听的声音叫住了她,是自己的夫君秃鹿愧。

赫泽王妃突然感到自己全身的血液都变得炽热了,也许真的是太久没有见到新婚不久就离开的夫君了,她回过头时,脸上的肌肤如此红润,她忍不住微笑露出的白齿,是那么可爱。

秃鹿愧纵使精疲力竭,看到此幕,也是又忧又喜,他知道自己愧对妻子,同时内心又暗暗庆幸自己要了她。

不知道什么时候开始,秃鹿愧已经渐渐不再因为择亲时没有得到合达安而觉得悔恨,也许因为自己戍守边关之日,有赫泽封封书信与件件绸衣,也许因为,木伦虽然有意绕过他驻守的地方,但派人送信,信上写道:

  王兄,我将前往契丹数日,虽是从前行军打仗之地,但依旧危险重重,因此行前并未告知父汗与你。

  我留信于此,是希冀此次前去如我有求时你能一应。我知你怪我太多,但柔然危机,望你我能同心。

  王兄,这次需要你的襄助,但请你勿告诉别人,我不愿再因小误会而磨灭你我兄弟情。望你记住,若谁离间我与你兄弟之情,我必诛之!

弟,木伦

"来,赫泽,坐。"

秃鹿愧小心翼翼扶着妻子坐在床上,又从怀中取出一个木盒。

"送给你的。"

里面是一对黑色玉石镶银边的丁香耳环。

"我瞅着后庭中的女子,都是一耳三钳,一只耳朵戴那么多反倒觉得太过艳丽,倒是这丁香,小小一个,既无圈也无环,真真好看!关中女子都这样戴的,我觉得不错!"

"殿下,您在关外,原来还能瞅见许多姑娘?"

秃鹿愧发现赫泽脸上的羞涩被一种莫名的醋意代替,呵呵一笑:"不是的,是教我打这丁香的女师傅。还有,这礼物是用关外我帐前的一块黑石做成的,我期许着就像是你在我身边。"

赫泽的目光终于深情地定在了丈夫身上:"殿下,下次您出去,也为我备一匹马,在您的帐旁边也为我支一顶帐,我与你一起。"

"胡说!"秃鹿愧为她戴上丁香耳环的手一把抓住了她的衣衫,"打仗是闹着玩的吗?"

他的情绪被这个果敢的女子打动了,他的手变得炽热而颤抖,他们彼此不用克制住自己对于对方的欲望,加上数月的分离促使他们此刻变得愈加亲近,近得都能听见对方的呼吸与心跳……

东丹,客栈。

"六金?"格鲁黑摇摇头道,"是五金。小主人,果然不出你所料,市场上现在的丝绸最多不过五金,我敢拿脑袋担保,什锦少爷。估计合达安小姐一副大家小姐模样,所以商家才……"格鲁黑捕捉到了一个锐利的眼神,立刻闭上了嘴,怯生生地望向木伦。

"不管五金还是六金,我们都知道,丝绸在魏国价比十金,而如今却足足折了一半的价。"

"魏国曾经高价购买我们的狐皮,令众多柔然人弃牧从商,造成了田地荒芜,饥民遍布,而此刻他们的丝绸却在契丹低价卖出,你们觉得这是何为?"

屋中的几人,都屏息不语,心中却已经了然,只有头脑简单的贺术也不明白,只能痴痴地望着压抑愤怒与惊吓的众人。

"魏国的丝绸,如同柔然的狐皮一样,如果契丹人知道魏国高价买柔然的狐皮的真正用意,他们还会再高价购买魏国的丝绸吗?"

贺术也挠挠头,道:"当然不会。"

"可是如果魏国此时也很配合地将自己的丝绸价格降低呢?"

"那契丹人就一定会买了。"贺术也说完,"啊!"的一声叫出。

"那他们一定是商量好的……"

事情一目了然,原本草原上的两头雄鹰和中原的一只老虎,三方皆虎视眈眈,却谁也没有把握同时除掉另外两个,但是现在……

平分秋色罢了。

"什锦,我需要合达安帮我。"木伦的话打破了屋内的宁静。

柔然此刻就是一只老鹰,却被老虎与另一只雄鹰围攻,它如果想要自救,只能找到对方的弱点。

而木伦王子与步鹿真丞相都明白,契丹的突破口,就是耶律卑,那个东丹王。

耶律卑被他的母后与弟弟贬到东丹以后,处处被压制监视,却只能隐忍不发,正是这一点成为木伦认为的突破口。

耶律卑虽然被贬,但是此人才华横溢,尤其对汉学十分精通,除此之外他对阴阳、音律、医药无所不通。今年的缠缘会,他将亲自画一幅画,请东丹的所有女子刺绣,谁绣的最美,就将被请去医巫闾山小坐。

这样的游戏对于一直被压制的耶律卑来说,是黑暗中的一丝乐趣。

而对于初入契丹想要恢复契丹与柔然间贸易,缓解饥荒,并且诛杀幕后之人的柔然人来说,是黑暗中的一根救命稻草。

什锦只说了一句:"好。"

缠缘节这日,东丹王从众人中走出,一副珠玉从瓦砾中走出的模样,他手里执一幅画,一幅名为《番骑图》的画。

合达安不知画何为美,也不知刺绣何为最美。

在出发前她本想问木伦："何为最美？我若是没有拔得头筹，你又该如何？"但是没有开口。

或许珍珠最美，可惜岁月无情。

临高处的楼台，格鲁黑问道："若是格格没有赢得比赛，我们可还有别的办法？"

木伦望着楼下清一色的少女，道："没有。"

柔然，畿和。

"丞相。"秃鹿愧王子回到柔然第二日，方才去看望纪由。或许他也觉得不妥，一进帐，便立即行了一大礼。

正在案上沉思的纪由看起来像吓了一跳，又立刻微笑道："有了妻室的人了，自然顾不得旁的。我念你可能久居边外，想念妻子，所以就把你召回来了。"

"丞相。"秃鹿愧上座后，取出随身信件。

"这是木伦王子的？"

秃鹿愧双眼一抬，道："木伦为何要写信给我？这是您的信件，您曾在上面言'碎玉为饰，平分秋色'，这是何意？"

"这句话已经无用了，殿下。"纪由探出身子，道，"殿下，我从你的一言一色中看出，你似乎对于木伦不似从前了？"

"从前如何？"秃鹿愧重新摆出一副不以为然之态，"从前也未能真正如何，毕竟是兄弟。"

一声长笑传出，秃鹿愧王子与一旁的约突管家身子一抖，惊异万分地看着面前这个年老之人用尽所有力气发出一笑后，喘着气道："好了殿下，你快些回去吧，老臣身感不适。"

秃鹿愧王子对于此情此景，并没有意外，只是他没有再多说一句。

大王子走后，约突跪上前拍拍纪由的胸口，道："老爷太过激动了，快吃些药吧。"

"是了。"纪由目中通红，面上惨白，拿着信的手阵阵发抖，"合达安啊，我那聪明的女儿,我那碧青的美玉。"

青色的丝绸上,绣着一马一人。

耶律卑高举起这幅绣品,大声喝道:"这是谁的作品?"

"我的。"合达安从清一色少女中走出,在众多妙龄少女之中,她显得更为白皙,如果其余的都是青涩的翠珠,那她应该就是碧润的美玉。

耶律卑轻放下手中的宝贝,快步走下台,伸出手去,想要握住她的手。

她却没有伸出手,只低着头。

"姑娘,我请你来我医巫闾山小坐,请务必赏光。"他见她如此,并没有在意,只是一笑,小声道。

合达安一时并不知道该怎么办,到了医巫闾山自己又和耶律卑说什么呢?木伦希望自己做些什么?

她一时踌躇,忽地一抬头,突兀地看见耶律卑,连忙低头,脑海里却想到另一人,那个在魏国教自己骑马射箭的晋浩。

合达安觉得耶律卑冲着自己笑了好久,很久没有一个人这样笑着凝视自己这么久。她有些思绪凌乱,倒是耶律卑先开了口:"姑娘拿着这幅画作,待方便时候,凭此……"

周围人散了些,合达安却还是没有抬头,她轻轻"嗯"了一声,又听见一阵策马声,耶律卑已经不在,只有什锦与格鲁黑正策马赶来。

"太惊讶了!"格鲁黑道,"你怎么做到的?这契丹少不了中原的绣娘,尤其玉纹庄中都是魏国的秀女,竟也比不得你。"

合达安听后先是苦笑,随后一问:"玉纹庄中的秀女来自魏国?"

"玉纹庄是魏国人在契丹开设的丝织店铺。"

木伦早在客栈等待众人回来。

"合达安,有一条路,西起于魏国的平城,沿河西走廊一直通往西域。"木伦害怕敏感的合达安看出自己内心充斥的心酸,看了她一眼之后立刻将目光收回,"你知道吗?"

"听说过。"他的躲避落在合达安眼里,却是恼怒与敷衍,"怎么了?"

"这条丝绸之路,经过许多地方,却没有经过柔然与契丹,所以在我们那丝绸是极为少见之物。你知道,就连盐,除了盐场也没有旁的出处,如果想要……"木伦开口说了几句,想再次抬头看看合达安,却发现她直勾勾地瞪着自己,两眼无神。

"合达安。"木伦眼中的酸涩加重了些,却还是强压了下去,也许太过于刻意,以至于自己手一滑,手中的茶杯摔在了地上。

众人这才留意此刻两人正在针锋相对。

木伦感到自己内心无比焦灼,全身发着冷汗,可是他还是想要克制住自己,几分挣扎之下,他气得面目通红,狠狠地说出一句:"你有没有在听我说话!"

合达安的眼神没有了刚才的呆滞,只是她自己也不知道什么时候开始泪水往下直流。才十几岁的女子,还未脱稚气,她用余光看着周围人都这般赤裸裸地瞪着自己,还有什锦一副不知所措的姿态,她一时觉得委屈,便扭头跑回了房间。

那一头的哭声虽传不到这一头,但是心中的苦楚确是真真切切相通的。

能够传到那一头的,却是缠绵的狼头琴声。

听到琴声,合达安哭得愈加厉害。她走出房间,穿过长长的围廊,走过来。

楼下正在喝酒的几人,也听得见这狼头琴声。

"小主人几日的驰骋奔波也没有疲态,我以为他是铁打的,不想就方才一会儿工夫,他已经憔悴不已了。"

另一人多喝了几杯,道:"木伦王子,强敌尚可直面,无所畏惧,犹如一头下山猛虎,可是一旦心有畏惧……"

合达安走到木伦的门前,狼头琴声此时听得最真最切。

如果你的玉佩不算你我情意相投的信物,那此刻的琴声呢?

"合达安,是你吗?"屋内的琴声停下后,传出的声音温柔而轻缓,"你别哭,你好好听我说。在我心里,必杀两种人,一种就是离间我与王兄兄弟之情的人,另一种就是置我柔然百姓于水火的人。但是现在,我改变了我的初衷,因为当我坐在高处,看见你刺绣的模样,我就知道,你的刺绣,每一针每一线都是真挚的,那时我就决定,让柔然人也能拥有这么美好的东西,这应比复仇来得更正确。"

他在内心对自己说道:"如果你喜欢刺绣,我就买下世上所有名贵的丝绸。"

"如果柔然人也能有丝绸,我们就和魏国有一样的优势,加上我们的狐皮,就可以去周边换取牛羊。如果我们卖盐的商人、卖狐皮的商人都能再次往来贸易,赚取了银子,那恢复耕种放牧也就有望了。所以合达安,东丹王是我们必须要争取到的人。但是,不管做什么,我只有一句话:你要活着回来。"

狼头琴声又一次响起,再没有别的话语。

她大声地问道:"那你告诉我,那个离间你和大王子,让你想要千刀万剐之人,是谁?"

突然没有了声音。

夜幕重重地落下。

契丹族部落林立于此的极大原因在于这里地势起伏不定,连绵山脉自首都上京一直绵延到百余里之外的东丹。

在东丹,最为突兀的一座山脉,当地人称为医巫闾山。

贺术也说:"契丹人在建筑城堡、夯筑墙身时,在黄土中掺入棉麻与灰浆,以增强黏结度。据我所知,尽管是夯土的城墙,也异常结实,极难攻破,所以几十年来城堡完好无损。"

格鲁黑反问:"就没有别的办法可以进去?"

贺术也曾经跟着木伦几番与契丹人交战,比起多番探查的格鲁黑还要熟悉情况,他道:"我曾经与殿下在西部边陲与契丹人有过一战,他们的关城有三重城郭,多道防线,且城内有城,城外有壕。而医巫闾山,是契丹重要军事防御体系之一,想必防御会更加严密,就我们区区几人岂能攻得进去?"

"我们进不去,那唯一的办法就是让他出来了。"格鲁黑离着贺术也近了,问道,"今日一早,殿下可对小姐说了如何能让他出来见我们吗?"

贺术也摇摇头,道:"我只听见殿下说让她一定要活着回来。"

格鲁黑脸一下铁青,张口不言。

木伦王子与什锦一早便出去,余下的众人在此惴惴不安。

医巫闾山前,辽阔的天空下耸立的城墙显得格外巍峨。

耶律卑居住在此处,不只是为了彰显自己,也是封闭自己。

合达安骑马来到山下,一路上去,居然没一人拦路。

城门大开,门内外空无一人。进去之后,一道城门又一道城门,还是没有一个人。一直到最后进入一个半像寺庙的殿宇,才看见一个人,远远地站在台阶之上,居高临下,看着她。原来是耶律卑。

她行了礼,心里却愈加踟蹰不安,一路无人,耶律卑究竟是如何知道自己要来,并在殿外等候?

而她踏进内室的一刻,里面寒酸的陈设令她吃惊不小。

这位契丹曾经的太子,荣宠一时的耶律卑,他的居所却是这般简陋,唯一像样的装饰,是四周悬挂、摆放的书画作品。

窗外不时晃过人影,说明对这间隔室的戒备。严密的防御与屋内简陋的设施,形成强烈的反差,此情此景令人心酸。

两人落座,面前各一杯茶。

"姑娘可是中原人?"

合达安心头一紧,道:"是的。"

"来自哪里?"

"魏国。"

"难怪啊。"

"难怪什么?"

"我初次见你,就觉得你不同,果然这般心灵手巧的女子还是来自魏国。"他字字清晰而缓慢地吐露,就像是在与一个大病初愈之人小心交谈,"你知道我为什么选择你?"他从怀中取出一包青色丝帕,打开,翻出那方刺绣。

"刺绣技艺是人外有人,但是只有你将我画中的人物的犹豫、迟疑与闷闷不乐绣得栩栩如生。"

这样的结论,合达安自己也不知道,此次夺魁,究竟凭的是技术还是运气。

"画中人可是你?"

"是的。"

"你为何这般闷闷不乐?"

"我虽然出身贵族,可是却被母亲、弟弟合谋算计。纵使我一再退让,他们还步步紧逼,逼得我喘不过气。"

合达安长长地吸了一口气,眼神这时飘到了周围的字画上。

"如此压抑的时光,有一个聪慧的姑娘来陪我聊天谈心,真是不错。"

"一方诸侯,何以没有说话聊天之人?"思绪到了脑海中却没有道出,合达安只是轻轻"嗯"了一声。

"姑娘,我这里也没有什么名贵之物,你抬眼看看,喜欢什么,自可拿去。不过,只怕没有什么可以入你眼的。"

合达安看看四周,估计除了书画字迹和耶律卑本人,再没有旁的有价值的东西,但是想来在耶律卑眼里,因为情思皆系于此,便是最名贵有价值之物。

她看了许久,想了许久,耶律卑就一直静静地等她。

最后,她抬起手,向耶律卑迎面指去,道:"这个。"

耶律卑先是一惊,又立刻清醒过来:原来她要自己的汗巾。

"就这个?"

看着合达安点点头,耶律卑浅浅一笑,将汗巾取下,仔细地折好,小心地递与她。

他的动作、话语、神态,所有一切都是那么儒雅,一点不像曾经驰骋草原的马背上民族的男人该有的豪迈气质,也许这正是他生活凄苦悲凉的原因所在。

"姑娘。"他又一次伸出手,道,"我可不可以看看你的手?"

合达安双目猛地一抬,终究还是伸了出去。

他就这样握住了,先是低头仔细瞧了瞧,随后又蓦地抬头,与她四目相对,却依然死死地抓住她。

"你……"他道,"你一定受了很多苦吧?"

冷清的小屋中,连空气也变得沉重。

合达安感到耶律卑的指尖发冷,又渐渐温热。她看看旁边的木桌上有一幅字,立刻将手抽了出来,抬头看着他,字字恳切地道:"我骗了你,我是柔然人,不是魏国人。"

耶律卑的手悬在半空中,面色变得铁青。呆了一会儿,他又忍不住轻哼一声,道:"不可能。"他上下打量着她,皮肤白皙、体态娇小,根本没有游牧少女之态。

他的坚定在他直视她的眼睛时,又变成迟疑。

"我爹,他是柔然人,虽然我娘是魏国人,但是她已经故去,我也一直相信自己就是柔然人。"她直起身说话时,眼睛才真正能与耶律卑平视。

交织的目光持续了短短几秒,合达安便凝向别处。离他们不远处的木桌上有一幅字画,写着:"好心的人们,能否帮我找回心爱的猎鹰,我甘愿用生命来报答。"

那字写得大而狂草,墨迹重重地溅在四周。

第十五章　悲情王子

朽月，三孟秋。柔然王庭。

"乐浪啊，"可汗眼望帐窗，手抚摸着怀中的乐浪，"上回右相说木伦什么时候回来？"

乐浪不再懒懒地躺着，她双手撑着从可汗怀中坐起来，又深情地为可汗整理他凌乱的须发："可汗是最了解木伦王子的人了，他什么时候走的，谁也不知道，他什么时候回来，更是谁也不知道。"

可汗"哼"的一声道："木伦是很勇敢，谁的话也不听，可如今……"

木伦王子离开柔然几月未返，郁久闾可汗终于失去了耐心，决定不再等待他的消息。他已经对魏国忍无可忍，要召开朝会进行商议。

这次的廷议，可汗获得了以纪由为首的一派大臣的赞成，柔然一改以往的防御，转为反击。

"柔然人想要反击是柔然人的事，为何找上我？"耶律卑冷笑几声，不屑地道。

合达安从自己进入医巫闾山时，就已经觉得异样，加上面前的耶律卑，依旧沉稳儒雅，却冷如冰霜。

她很害怕，因为她想起今早临行前，木伦带着哽咽对她说："一定要活着回来。"她便知道此行危险。但是她也没有生起什么逃跑的念头，因为她内心总觉得，自己的坦诚比所有阴谋手段都更能打动耶律卑这个被抛弃的太子。

"你明知道后果，为什么还要对我说实话？"耶律卑冷冷地问。

合达安手颤抖着指着一旁："因为那个。"

她看到耶律卑桌面上的字,便决定不再设法骗他出去,她相信他会自己出去的。

耶律卑脸上现出几丝狰狞,道:"你可知?我最亲近的人,曾经给了我最重的打击。"他双手一摊,头伸得直直的,大声道,"我又怎会相信你?"

说完,他沉默了片刻,脸上的肌肉在隐隐地抽搐,犹豫几下后,他闭上双眼,轻声说道:"你出去吧。"

合达安突然感到一丝尖锐的痛苦,她此刻真的想逃跑,但她知道方才一路无人的山路,现在已经变得危机四伏。

她这时有点后悔,她的坦诚不仅没有将耶律卑带出去,就连自己也走不出去了。等在外面的木伦与什锦,自然是毫不知情。

她回头一望,见耶律卑依旧闭目不言,心里一怵,向外走去。

她看见门外的道路,石色深青,透露着死亡气息。

"等等。"耶律卑先是发出一声轻微的紧张叹息,又立刻说道,"方才你问我要汗巾,也是为了逼我出去吗?"

她轻摇着头:"不是。"此刻她已经走到了门前,距离踏出那道门槛只有一步之遥,她不敢向远方看,于是回头看着耶律卑,道:"我没有想过逼你,我知道我所说出的一切将决定我的生死,但是看到你的题字,我相信我应该坦诚对你,对一个与我很像的人。"

"哪里像?"

"我娘亲,就是被她最亲的亲人害死的。于我而言,柔然就是让我受尽肝肠寸断之苦后,让我重新生活下去的地方。"

耶律卑听完,立刻快步走上前,走到合达安身旁,若是门外的不远处此刻有人往这里看,便能看见他离这个姑娘很近。

"你可知道,虽然只是第二次相遇,我却想什么都和你说。"他一副久蒙冰霜的眼眸闪出炽热的火花,"我真想把心里的话掏尽!"

他眼中的炽热越来越浓烈,最终,他将合达安重新拉回屋内。

"我与任何人的只言片语都有人在暗处听着,所以,你现在很危险,一会儿与我同上一匹马,我带你离开。"

合达安猛一抬头,恐惧地看着他:"你把自己也置于危险之中?为何?"

耶律卑痛苦地道:"本来今日发泄我内心压抑很久的苦后,我也没打算再苟延残喘下去,我已经处在危险与苟活之间太久了。"说完,他拉着她向另一侧走去,"记住!一定要紧紧地贴着我。"

他突然一跃将她抱在怀中,飞身上马。

合达安蜷在耶律卑胸前,死死地抓住耶律卑的衣服。

耶律卑单薄的衣衫被合达安紧紧抓着,她的指尖已经快要扎进他的肉中,却依旧没有去抱住他。

耶律卑感到疼痛,却没有说什么,只是尽力策马快跑。

到了城堡门下,他却突然停住,方才空无一人的堡垒,现在却变了一个模样。

无数箭刺般的枪头从各个位置伸出来。

一个看似草原大汉的胡人从中走出,他半张脸掩盖在了浓密的胡须中,但露出的双眸却闪烁着犀利的光芒。他道:"东丹王殿下,恐怕你不能出去。"

耶律卑回过头,小心地道:"如果我出了这里,里面的杀手会不再顾及我,会一箭杀了我们两人。"他问,"来接应你的人呢?"

不远处的木伦与什锦已经看见此景,心知危险。

"殿下在这里等我,我去接她回来。"什锦拉住正要过去的木伦,眼睛看着不远处城堡前的空地,"城堡前一片空旷,太危险了。"

木伦朝合达安的方向望着,他口中对什锦说:"好。"但是随着什锦刚一松开手,他就一翻身跃上马,狠加一鞭向城堡跑去。

"殿下你不能去,危险!"什锦在后面追着,却无济于事,只听见木伦边策马边冲他吼道:"你留下,若我有事,下面的事交给你办!"

合达安在极度恐惧下见到木伦,欣喜若狂,可是瞬间又变得惊恐万分,她看见一支箭从自己身旁飞过,直直朝他飞去。

合达安"啊"的一声跳下了马,却被耶律卑一把拉住:"危险!"

木伦手拉住缰绳,身子一侧,贴着马躲过了一箭。

可是接下来更加惊险,几个黑衣人从隐身处接连跳出,架起弓箭,准备齐发。

　　合达安疯了一般挣脱耶律卑的拉扯，跳下马朝木伦跑去。耶律卑见拉不住她，便转身弃缰站着，高举双手："停手！我并没有违背母后的命令出这座城堡，你们若是再如此，我就死在你们面前！"

　　有几人迟疑了一下，的确，此刻谁若是真的杀了东丹王，他的母亲，契丹的太后定不会轻饶。但远处的人，还在张弓搭箭。

　　合达安拼力向木伦跑去，她从来没像此时此刻那么渴望他的怀抱。

　　木伦看到她跑近，一手继续策着马，一手远远地伸出去。

　　两人在贴近的那一瞬间，合达安觉得自己纵起的身体好像突然变得失控，她听见木伦惨叫一声，紧接着觉得自己背后一阵剧痛，嘴角也随即溢出了鲜血。

　　她倒地的一瞬间，被木伦死死地抱住。

　　合达安最后只听见马儿急促的喘息声与木伦撕裂胸腔般的喊声，眼前渐渐变得恍惚……

　　坐在一旁的木伦看见合达安醒来，惊喜万分，眼眸闪闪发光，还带着些许波澜。

　　一位老医生此刻走了进来，木伦忙迎上前。

　　老医生对他说了几句，他方才的惊喜渐渐淡去，隐去了欢喜，随即而来的是失望的表情和痛苦的眼神。

　　但是，他在侧过身面对合达安时，却露出了一个笑容。

　　背后的箭伤又一次强烈地刺痛了她，她再一次昏睡过去。

　　朽月过去，进入初冬。

　　可汗病重，哆哆嗦嗦地坐在禅椅上，一边喘着粗气，一边流着汗。面前的秃鹿愧与纪由，一个惴惴不安，另一个却无动于衷。

　　"大汗，"纪由面淡无色，静静地道，"据人来报，木伦王子并不在契丹的首都上京，而是去了东丹。"

　　"什么？为何去东丹？"

纪由思索片刻,言道:"老臣觉得,木伦王子这么做一定有些道理,因为前些日子,他还托什锦写信到我左相府要人,虽没说用处,但我见他做事知分寸,也就同意了。"他摸摸胡子,终于有些担忧地看着可汗,"他恐怕还不知大汗病重,否则无论何等重要的事,他都会快马加鞭赶回来的。"

可汗轻叹着摇摇头,道:"我早就不把希望全部寄托在他身上,这个木伦!出发时未向我禀报……如果再无功而返!我一定……"可汗一时气急,咳了几声,随后深吸一口气,看着秃鹿愧,"我要你出兵魏国,你有什么打算?"

"父汗!我……"秃鹿愧正要发话,却察觉到一旁一道锐利的目光,他顿了顿,道,"父汗!我准备迈过伊犁河,绕道敦煌。一来山路难走,二来敦煌靠近河西走廊,是魏国的繁华之地,所以……"

"好!"可汗未等秃鹿愧说完,便迫不及待拍手赞道,"拓跋焘加诸我的痛苦,也让他和他的百姓尝尝!"

看着可汗大悦,纪由向秃鹿愧投去一个赞许的笑容。

"左相,您真的觉得这样的打法可以?"秃鹿愧出了汗帐后问。

"你指的是什么?"

"现在木伦去了东面的契丹,如果我再带兵去往西面的敦煌,那如果柔然内部有什么事,可如何是好?"

纪由道:"现在柔然内部饥荒依旧未除,周边部落都对我们紧闭城门,你自己去了塞外几月,也应该知道,若是我们不去打开通道,我们就得自生自灭了。你不用担心,这里还有我在,你走了以后,我会前去将粟水至武川的防线加固,你且安心去吧。"

秃鹿愧想了又想,道:"左相,我还有一个请求。"

纪由:"请求怎么敢,殿下是想知道木伦王子的消息吗?"

"不是,我想,这一去,日子说不定要多久,我还是把赫泽带上吧。"

纪由释然一笑:"此等小事,又是殿下你的家事,臣就不插手了。"

什锦听说妹妹醒了,兴冲冲地迈进客栈,推门而入,见她正强支着身体起来,想要倒桌上的羊奶。什锦立刻上前扶住她,又重新将她扶回到床上。

手中倒着羊奶时,他四下环顾道:"就你一个人?怎么连个照顾你的人也没有,不行,我实在不放心。"

合达安听后,摇了摇头:"你且坐下,哥哥,我无大碍的。"她虽这么说,却觉得力不从心。休养这一个半月来,身体每日都被疼痛折磨,即使想入睡,却痛得睡不着,现在连起身行走都难。

什锦挤出几分笑意,道:"合达安,你看看,我把谁带来了。"

一个女人走了进来,看到合达安虚弱的模样,她一双眼暗淡了下去。合达安反而欣喜,强撑了身体,欢喜地道:"你……"她话还未说,另一个男子又走了进来。

那男子本是稳重端厚之态,见她这般,也大惊失色,颤抖地发出一声:"格格……"

合达安喜出望外,她不顾自己虚弱的身体和疼痛的伤口,一下想要向两人扑过去。

三人大惊,立刻上前扶住了她,就这么一会儿,她几乎再次昏厥过去,再躺好时,还是按捺不住欣喜:"乙旃、莫桑……你们怎么都来了?"

"是我叫他们来的,我说了,没有人照顾你,我不放心。"什锦说。

她的目光暗了下来,暗得很彻底:"我没有把耶律阜带出来,都是我的错。"

"不是你的错。"什锦道,"契丹太后速率平对耶律阜的监视,我们都了解。"

"那要如何?"

"木伦会想法子的,只要他的心偏向我们,其他的都好办。"什锦言道,"我可以肯定的是,耶律阜的心,早就不在他的母后与王弟身上了。"

"合达安,"什锦又为她倒了一杯羊奶,道,"你已经做了很多了,现在就好好休息,好吗?好好休息,乙旃和莫桑会照顾你的。"

"哥哥,我知道你担心我,可是你把他们找来,我的医馆怎么办?"

"格格你放心,我已经找了几位可靠的人帮忙打理。"乙旃这时候终于说话了,他随后冲着什锦点点头。

"交给你们了。"什锦说完,带着行囊离开了。

"格格,您还想要吃什么?我去买回来,您快好好补补吧。"莫桑见什锦走了,问道。

合达安有些撒娇似的抿了下嘴唇,道:"我想起了之前在契丹曾经吃过一种酸奶,因为加了盐的缘故,真真美味爽口!"

医巫间山外空地,前番残斗的血迹早已经被抹去。

马儿踏足的印记重新烙在了沙土之上,虽然很快就会被新沙掩盖,但是那穿云裂石的马蹄声却掩盖不住,远远地就引起了城郭下面驻军守卫的警惕。

木伦的马停在了守卫的面前,守卫大吼一声:"干什么的?"

木伦并没有下马,他拿出那幅《番骑图》,又把身子向前倾了倾,小声却又清晰地对那胡人道:"告诉东丹王,这幅图上骑射的人画得极好,但是既然箭已在弦上,又为何久久不发?"

那胡人不知听懂没有,却把自己砥柱般的身体移开,冲着高高的城墙喊道:"开门放行!"

自从上次耶律卑在山门外看见木伦来救合达安,便知晓他也是柔然人,狡猾的耶律卑也隐隐感到,此人一定就是自己一直在寻找的对象。

桌前两人,对向而坐,没有看茶,只有空空的一张桌子。

耶律卑缩了一下脖子,抬头望望天,愁眉苦脸道:"现在已经是晌午了,却依旧没有看见太阳。"他望着高半身的木伦,嘴角还带着讥笑道,"听人说,现在虽然刚入秋不久,但西拉木伦河受对岸部落的影响,已经寒冷无比,我今日一体会,才觉得真冷得令人不适。"

木伦的目光没有停留在耶律卑身上,只是看着门外的青石,平静地道:"几个月前还不那么冷,现在就快要变天了。"

耶律卑见他不为所动,便觉不凡,浅浅一笑,道:"几个月前有人暗报说有柔然人要来我这里,我猜得没错的话,是你刻意要告诉我的吧?"

木伦将视线转了回来,沉沉地看着他,道:"向你禀报之人的原话恐怕并不是告诉你有柔然人要来这里吧?是你想当然了。"

耶律卑觉得有些难堪,心想怎么自己犯了如此大错,轻易就暴露了自己的意图?他还是强撑着冷静,道:"就算如你所说,我是想要找一个靠山,但你又是怎么看出来我画中的意图？我一直对于柔然人，没有过半点暗示。"

木伦仍然平静地道："缠缘节之前，城中就有人议论说你是山中寂寞，想要寻一个佳人为你刺绣，所以才有了那个有些滑稽的游戏。可是在我看来，你只是借此机会想要给那些利用你的人一个机会。你将你的画公之于众，只要有心拉拢你的人，就能看出来你画中的意思，从而找到你。而面临饥荒危机的柔然，自然也是你考虑的对象之一。"

耶律卑淡淡地盯着木伦，由着他继续说下去："当我救回去的姑娘告诉我，你因为她刺绣上人物的神态与你画中的相似从而选中她，我就更加确定你是想要利用画传达你的意图。"

"说得好，说得好啊。"耶律卑眸中一悦，道，"说起那位小姑娘，也是水灵，你为我送来这样的人，很合我的心意。不过，她的伤，怎么样了？"

木伦突然绷紧了脸，用冷酷刺心的话说道："你的人箭法很准，下手也有分寸，否则射偏或是射深一点，她也就没命告诉我这些了。"

木伦越说眉心越紧蹙，眼神也逐渐凌厉，一丝不颤地盯着耶律卑："我没有料到的是，你其实并没有像外界传的那样，被严密监视。你送她到门口却不踏出一步，是因为那些所谓一直监视你的人其实一直都进不了这城郭，他们只能在外看着，你命人射伤她却不致死，就是要让监视你的人看见，同时又确保她能活着回来告诉我这些，对吧？"

耶律卑冷淡地听他道完，耸了耸肩，道："你既然已经拿出了你的诚意，我又何必下狠手？更何况，美丽的女子，总是能让我动情的。"

木伦眼中如电光石火一般，他一脸杀气，恶狠狠地看着耶律卑，道："你手下留的，算是情吗？"

耶律卑看着他凶神恶煞般的目光，冷嘲道："你们柔然可汗体谅我多年被打压圈禁，特意派你来看看我，不过你这一脸的杀气，被你看望的人还真是不幸。"

木伦的怒火燃烧得愈加强烈，他的手紧紧地攥着，指甲已经掐进了肉里，渗出了鲜血："是啊，狗急了也该跳墙了，你被压制多年，终于想要反抗了。"

耶律卑冷笑一声，道："你相处起来还真是难。"

"我不怕你觉得我难相处。"他也挤出一丝冷笑,缓缓道,"因为如果你真的与我难相处,那你们的契丹太后也就安心了。"

耶律卑眉眼猛地一跳,眸中迅速闪过一片凄凉,又再次被他压了下来。他笑呵呵道:"说得好,说得好啊。可是你还要明白一个道理,欲成大事者,挚爱之人也可杀。"他刻意停顿了一下,接着道,"切不可三心二意。"

木伦压抑内心的怒火,长吸一口气,道:"一路走来,重重关卡,内室破旧,你说这与牢笼有何区别?"

耶律卑神情黯淡,悲号道:"我只记得,我得活着。只有活着,我才能……打败我的敌人……"他一想到自己的处境,就呜咽难言,心中极度绝望,不想再多说。身在夹缝中的他,按捺住内心的波澜,重重地道,"我这一生,只为了一件事活着,就是复仇!"他抬头看向木伦,"我不知你是什么人,但你只要能帮我达成我的心愿,我也可以不顾旁人与柔然进行贸易,并且用炭山汉地的盐救助你们。你知道的吧?那可是契丹第一大盐场。"

见木伦沉着脸不说话,耶律卑又开始嘲讽道:"不过,柔然现在一片混乱,许多百姓流落在外,你们的军队,恐怕根本打不到上京的城下。"

木伦接道:"我们何须打到上京?只要你将东丹分化出去,自立为国,然后以国主的身份与我们合盟,一旦打通了柔然与契丹的贸易往来,恢复了经济,其余自然水到渠成。"

耶律卑一听,吓了一跳,他问道:"你到底是什么人,可以狂言让我自立?你……你现在还在我的地盘,居然敢说出这样的话,你不怕我把你押到上京,让契丹王将你碎尸万段吗?"

木伦"哼"的一声哀叹道:"耶律卑呀耶律卑,你可真是可怜,天下这么大,却容不下你。我父汗命我杀你,我却觉得没必要,没想到你果真一文不值。"

"你……你父汗……"耶律卑头上冒出冷汗,"柔然可汗要杀我?"

"我们可以用你,当然更可以杀你。我想,杀了你,也许更简便一点。"

耶律卑头上的汗珠,随着他惊恐得双眸大睁而流下。

"你这是何意,你……太大胆了!我要……"

木伦打断他的话道:"你不会不知道医巫闾山是契丹针对柔然的重要军事

防御体系之一吧？而你们的盐场——炭山汉地也在这附近,你们的太后速率平一边在限制你,一边也是在限制她自己。我一路进来看得很清楚,此处关隘、守卫重重,却是形同虚设,实际防卫空虚。如果我们占领这里,别的不说,契丹的丝绸贸易以及盐贸易,我们就占领了一大半了,我可以不用你的帮助。"

"你胡说！我现在就叫人杀了你。"

"你是真不聪明呢,还是这会子吓糊涂了？这里已经不止我一个人来过了。"他定了定道,"还有,你们狡猾如狐的太后也一定很快能看出这里守卫实际很空虚,就算她没有看出来,我也可以去提醒提醒她。她为了契丹的安宁不得不在此处增派兵力,但是她还是怕你造反,所以也就只能杀了你。"

耶律卑已经气得口齿不清,面色惨白。

"你可别告诉我虎毒不食子。欲做大事者,挚爱之人也可杀,这可是你教给我的。"

"你你……你个……"耶律卑全身颤抖着,他想要拔刀冲向木伦,但是看着面前年轻人锐利却平静的目光和显而易见的身手,他手按在刀背上却一动也动不了。

木伦站起来,犀利地说道："如果在合达安伤好之前,你还没有给我答案,也不必麻烦你了,我会带着我柔然的军队,杀光你们这里所有人。"说完,他方要走,又停住道,"你就不用送我出去了,若是我再中箭,那太后速率平也该为她即将失去长子而心中滴血了。"

他头也不回地走了,只留下耶律卑坐在那里,久久没有睁眼。

第十六章　胜利而归

木伦回来的时候,已经是半夜,他推开自己房间的门,却看见一个有些岁数的人站在窗前,双手朝后背着,凝视天空,像是已经很久了。

"右相!"木伦欣喜若狂,道,"你什么时候来的?怎么方才上来贺术也没有告诉我?"

"是我不让他大惊小怪的。殿下,一别数月,你可还好?"

"我都好,事情进展得也都好,除了……"木伦的目光略微暗了下去,"田地一事,怎么样了?"

步鹿真哀道:"田地荒芜非半年不能恢复,牧人离去非数月不能追回,我虽尽力,但也只能尽力……但是眼下,还有一件更要紧的事,你可知大王子要带兵西去?"

木伦惊道:"什么!父汗允准了?"

"可汗当然允准,再加上纪由带着一班大臣上奏,要把河套平原以南的驻地占领,人心所向,众望所归,我已经无可奈何。"

"荒唐!荒唐!"木伦急道,"秦汉时期我们游牧民族如此强大,尚且没有占领河套,更何况现在?"

原本踌躇满志的木伦,现在如遭晴天霹雳……

"殿下,"步鹿真已知别无他法,便转换话题,问道,"你不问问索居怎么样了吗?"

木伦一时有些糊涂,"啊?"了一句,又道:"索居一切都好吧?"

步鹿真长长叹了一声,道:"殿下,老臣也曾年轻过,知道感情这事不可强迫。你不喜欢我的女儿,我可以理解,但是柔然现在一波未平一波又起,我不得不在这个时候提醒你,终有一日你必须要面对,终有一日,纪由他会……"

"够了够了,无论纪由他如何,都与合达安无关!"

"怎么会无关?"步鹿真有些急了,"你可听过中原的说法,叫作父债子偿?……"

"臣相!"木伦当即打断他,"你别再说了!"

"殿下!"步鹿真目光炽热坚执,重喝道,"就算你可以不顾纪由,可你别忘了,她还是魏国公主的女儿。她不是喝羊奶吃干肉长大的,她对魏国有情,这份感情即使她现在还没有激发出来,但是,终有一日,老臣向你保证,如果柔然与魏国开战,她宁愿柔然的铁蹄从她身上踏过去。"

木伦心中一震,一句完整的话也道不出,只喃喃道:"不会的……不会的……"

木伦久久没有再说话……

直到清晨,他再次推开步鹿真的门,道:"右相,有一事我还是不放心,数月前,合达安曾因为物价一事得罪了许多商贾,我担心她回到柔然会有危险,你一直在处理田产的事,应该会和那些商贾打交道。"

一夜未眠的步鹿真听完,道:"你放心,我会留意的,况且左相也会保护她,毕竟,他还是她的父亲。"

木伦点点头道:"那我就放心了。"

合达安已经可以小心地行走了,虽然因伤重面白身瘦,但是总算熬过了这夏末的痛楚。

什锦每日回到客栈,头一件要紧事就是去看望合达安。莫桑、乙旆在时,他便看一眼就走;不在时,他就陪妹妹一同吃了饭再去歇息,就如同从前在左相府一般。

今日他是前后脚跟着木伦回来的,他刚走上楼就被木伦强拉硬拽地扯回自己屋中,丝毫不明所以。

"你干吗来了?"什锦刚被木伦拉进房,后面尾随的合达安就问道。

"我要你查的事怎么样了?"什锦还没有来得及回答,就被木伦抢了话去。

什锦顾不得别的,道:"我打探到,炭山汉地虽然名义上是耶律卑在管辖,可是盐产出后会直接送去给契丹各部,再由首领下发。"他吁出一口气,道,"耶律卑怕是……说不上什么话。"

木伦犹豫了一下,问:"如果各部首领都被杀了呢?"

"那就……应该会很快有人代替他们,但是问题的关键还是在,我们要如何将八部首领除掉。"

"如果有个办法能够让他们聚在一起。"木伦看了一眼合达安,没有过多的停留,问,"怎么,你有办法?"

合达安苍白的脸上,看不出任何表情,她低声言道:"他们这些人光忙着吃盐,却忘记了感谢盐的主人。"

什锦只笑着点头,而木伦也未置可否。

飘香的马奶酒,醇香甜美,远方的客人请你喝上一杯,杯中的情意深似海水,客人畅饮,主人相随。

耶律卑在炭山汉地鸿门宴请各部首领。盐聚如山的炭山汉地,保存着各种奇珍美食,四季的都有,如同将时间封存在了食物里。

耶律卑自从由太子贬为东丹王之后,鲜与部族中人来往,整日在医巫闾山读书作画,他此次发出的请柬上只写了一句话:"享用食盐的人们,不应该感谢它的主人吗?"

疑点重重,杀意四起,可惜……

耶律卑坐在东道主座上,先干三杯而后自斟自饮,酒杯滑过唇边,挑起一抹阴森的笑意。

另一边,红尘卷起处,是秃鹿愧点起一万兵马,朝着河西驰去……

当耶律卑撕下自己温和的面具,露出残忍与卑劣之后,无情而又轻易地除掉了契丹各部首领的性命。

趁风声未传入太后速率平耳中,耶律卑主动回到上京,并装作一如往常。他告诉母亲速率平的消息是:柔然大王子秃鹿愧已经西征伐魏,现在畿和城内只剩下少数被饥荒摧残的疲弱之辈,必须迅速出兵。

他想劝太后速率平出兵征讨柔然,而在除掉各部首领独占炭山汉地之后,自己可以无后顾之忧地自立东丹国,还顺势给了木伦一个巨大的反击。

然而,他的母亲远比他老谋深算得多,速率平的一句话,令耶律卑所有的计谋失败。

"你此行回来,便永远留下吧,我会另着人返回东丹的。"速率平看着厅上站着的儿子,这样说。

耶律卑颤抖着身体呆望着太后良久,随即,尚未再做出反应,他就如同笼中之兽一般再次被软禁起来。

耶律卑惊恐万分,他害怕速率平很快就会得知各部首领惨死。

耶律卑所担心的远远不止这些。

西讨的契丹大军浩浩荡荡驰进柔然边境,却始料不及地在西拉木伦河遇见了秃鹿愧。

契丹军队大慌,他们原以为西去的秃鹿愧居然是声东击西,引契丹军队进入,他带着人马往西虚晃一招,又迅速折回。

其间,秃鹿愧收到木伦一封加急信,秃鹿愧随后命令部队舍弃辎重,率轻骑连夜奔袭,直逼契丹。

"王兄,你带着三千兵马从左,我带着三千人马从右,余下四千人直入东丹,如何?"

"木伦,如果我不从西部绕回来,契丹太后重新派人驻守东丹,你要怎么办?"

"我不知道。"

"你真的不知道?"秃鹿愧愣道,"你就这么相信我?"

木伦重重地点头:"是,我不知道。"

原本从上京出发去柔然的契丹军队,刚到西拉木伦河就遇见了秃鹿愧与其三千人马的突然袭击。他们还没有从袭击中回过神来,木伦又率着三千人马从右侧冲了过来。慌乱之中他们想要原路撤回,却又遇见直奔东丹的四千人无情的箭雨与令人心惊胆战的马蹄践踏。

契丹大军几乎被柔然士兵包围了。到了这日黄昏,这场众寡悬殊的战斗便结束了。战场上布满了横七竖八的尸体。

柔然军队战后攻入空虚的东丹城,自改为东丹国,自此重新打通了柔然与契丹之间的正常贸易。

东丹城内原来的契丹人,有些惊骇北逃,有些却留了下来。尤其炭山汉地那些精于制盐的契丹人,他们对于在这里发生的惨案并未察悉,木伦亲自挽留并且奉上了重金,让他们有充分的理由待在这里。木伦很清楚地知道,自己不能让之前盛乐的悲剧重演,虽然被柔然铁蹄踏过的东丹城现如今已经改为东丹国,丝绸与盐业依旧需要原来居住在此的契丹人来维持。

一切归于平静……

曾经的东丹王耶律卑依旧被监禁在上京。

他在离开医巫闾山奔回上京时,曾提笔写道:"羞于见故人,从此投外国。"可惜见到此诗的柔然人,只能为他长长叹一口气。

"当右相告诉你我要去河套平原时,你是怎么想的?"大军浩荡返回时,秃鹿愧与木伦并肩而行,问。

"是你故意要他来告诉我的吧?"

"木伦,"秃鹿愧眯着眼看着他,道,"你我之间的相处方式好像有点变了,我原以为是因为你已经将那尔绵升的格格纳入囊中的缘故。"他刻意回头望去不远处的轿辇,"原来不是啊。"

木伦没有直接回答,却反问道:"你又为何没有听左相的话?"

秃鹿愧故作惊讶,道:"我听了啊!我确实连夜奔袭到河套平原,可把我累坏了。"

看见他的模样,木伦不禁一笑:"王兄,谢谢你。"

经过一番折腾,近万人的队伍回到不同驻处开始休整,并飞鸽传信至王庭,郁久间可汗立刻派使者,对立功将士大加封赏。

随着秃鹿愧一道出来的赫泽王妃也没有骑马,而是和大病初愈的合达安同坐一辆轿辇。

赫泽道:"原来不止我想要跟着出来逛逛。"

合达安略略点头,道:"我是觉着总是待在城里也无趣,所以就跟着兄长出来了。"她眼神一变,"事先也没有和父亲说。"

赫泽呵呵一笑,道:"这有何不可?要是你以后进了后庭,恐怕想出来就难了。"

"王妃,臣女有几句话要说。"她道。

赫泽点点头:"你说吧。"

"纵使身在后庭,不能随时与夫君一同上战场,但是只要心里挂念,千里万里之遥也无妨。"合达安没有直视赫泽愤怒的眼神,接着道,"但是请恕罪,我想要的生活恐怕不是这样的。来契丹的几个月里,我想得很明白,就算心中有喜爱之人,但是真的隔着千里之遥,我望不到,也不想再望了。一切虽未成定局,但有些人与我,已经不可能了。"

赫泽听明白了合达安的意思,心中的误会一下解除,重新升腾出阵阵怜惜。原以为自己被命运所弄,当了王妃,没想到却真正爱上了洒脱又细腻的秃鹿愧,赫泽想着,但眼前的人则不然。

柔然,畿和城。

末冬之末。

合达安他们从畿和启程时,烈日笼罩,哀声遍野,如今返回,一切都被冰雪盖住。

王庭外,赫泽将自己的厚裘裹在一同下了马车的合达安身上,自己徒步回去前,又吩咐车夫好生将合达安送回去。

"我先……我先不回去,等你从王庭出来,我们再一起回去吧。"赫泽走后,合达安看见兄长过来,赶在他说话前急急道。

什锦应了一声,朝王庭去了。

庭外,合达安坐在轿辇中,目光随着什锦行走的方向,看见远处的汗帐,忽道:"莫桑,我买的丝绸,你拿去送给乐浪别妃。"

又见索居公主急匆匆地走了进去,她心中一酸,拉下轿帘,在内闭目等待,不再遐思。

左相府。

合达安裹着裘衣,在什锦与乙旃的搀扶下走出轿辇。

方要进去,她道:"我还是先不进去了,在这站着认错吧。"

"别糊涂了,这么冷的天,你还想让爹出来接你啊?走吧,我陪你一起进去。"

她无奈地看了什锦一眼,跟着一起进去了。

走进大帐时,纪由向这边投过来悲凉与愤怒的目光,令合达安刻骨铭心,那种心寒的眼神,令人害怕,却又无法逃避。

所有下人都退了出来,只剩下他们三人。

什锦拉着合达安一同跪在父亲面前,他要开口说点什么,又觉得无论说什么都没有用。

"你不必说了,你本来就不会说话。"纪由冷冷地说道,将目光转向女儿。坐在石凳上看了她半晌,他才问道:"伤口还疼吗?"

合达安战战兢兢地回道:"已经好多了。"

他凄然一笑,挥了挥手,着他们退下。

此时无声胜有声,于纪由是,于合达安则万万不是,她内心是何等内疚。

最初的害怕已经荡然无存,但是,身体发肤,受之父母,怎敢因他人伤毁?

办事回来的莫桑,看见合达安愈加青白的面庞,道:"格格,老爷纵使训斥您,也请不要伤心。您不在的日子,老爷时常念叨,甚至还曾经亲自去医馆,又托人照看好医馆,说切不能在您回来前出什么问题。"

合达安躺在帐内的屏风后,虚弱地道:"没有,爹没有骂我。"说完便倒下了。

末冬就快要过去了,两道贺喜的折子被送到左相府。

其一:"将军什锦,为本汗安定城内,又随王子远征契丹,有鞍马之劳,官晋半级,为三品,钦此。"

其二:"尔绵升合达安,虽为女子,不输男儿,才智可嘉,赏黄金百两,钦此。"

合达安的赏赐相较于兄长的晋封虽是不值一提,但是这道圣旨是可汗犹豫良久后才落笔写下的。最终让可汗下定决心赏赐尔绵升兄妹的,并不是木伦的请旨,而是畿和城中一位千里迢迢孤身危行而来的人。

匹黎先,郁久间可汗的幼弟,小他十六七岁,目前正是有雄心壮志的时候。他凡事随心所欲,身为柔然大将之一,镇守粟水东部草原,如今却只身回京,不带一兵一卒,也没有京中诏令,就这样坦坦荡荡地一路而来,足可说是潇洒。

什锦晋升,匹黎先返京,加上赫泽的舅父丘敦,畿和城内一夜之间竟前所未有地有了三位大将。

一夜醒来后,合达安去了南市。

"管理药材的是我姐姐阿达慕,再加上他们两个,负责医馆几乎所有的生意。我去契丹前,他们三个人每日清晨都会陆续来左相府向我讲述情况,时间长短不一,我怕遇事处理不及时,所以令他们日日来。之后我走了,这事就依着老爷的话,交给约突管家了。"医馆中,什锦指着面前二人说道,"另外,我怕人手不足,又在府中找了几个机灵能干的,跟着一块处理杂务,也跟着医女学些皮毛医术。"

合达安听完,摇摇头,道:"这些不够,我说过一定要将病人的情况记录好的。"

乙旆答:"这个我担心您有大用处,不敢大意,日日都着人记着。"

合达安还是不算满意,又问:"那些医女还跟得上趟吗?"

"医女温书的事情我不太懂,都是莫桑时常提醒着。"乙旆一一细说完后,又道,"就是我擅做主张,没让医女再……卖茶了。"

合达安终于满意地点点头。"乙旃,我一连几个月不在,没想到你能将这打理得这么好,太让我惊讶了。"她沉思了一会儿,最终说道,"从前木伦王子觉得你就这样跟在我身边太过于委屈,我觉得也是,却一直没有办法。现在既然你能管理好这里,我就把这里交给你吧,以后我不再管了。"

乙旃一愣,道:"这不行。"

"我擅自做主将府里的下人家眷招来,已经给府里增加了许多负担,我要帮着料理家里,故而也无心再顾医馆,这里交给你,我放心。"她好意地低声在他耳边说道,"我也早说过,你姐姐阿达慕遇见自己喜欢的人了,也一定做得很好。"

乙旃脸一红,道:"格格,您看出来了?"

"是。"她指着面前的两人,问,"叫什么?"

两人一前一后答道:"社伦。""大那。"

"哪一个?"

乙旃更加不好意思,道:"是社伦。"

"好,既然是彼此喜欢,那就成亲吧。"合达安道,"告诉你姐姐,她的婚礼在左相府后院办,所有下人与家眷都必须出席。"

乙旃赶紧拉着社伦行礼道谢。

合达安转而道:"莫桑你也辛苦了,我……你怎么了?"她突然见莫桑瞪大了眼睛,张着嘴,一副惊奇的模样。

"请您原谅我,格格。"莫桑脸色越来越白,甚至差点要跪下,手指颤抖地递上一个盒子,道,"前儿个您让我给乐浪别妃送礼,之后她托我将此物交付给您,但是回府后见您身体不适,我就把这事给忘了。"

合达安接过后,打开一看,里面丝绸上写道:"傻丫头,已经入冬,丝绸并无大用,狐皮却已上市。"她急急地问道:"她还说什么了吗?"

莫桑想了又想,摇摇头。

一路折回左相府,合达安却一直未再说话,莫桑跟在后面,更是不敢说话。

"爹,我记得可汗一直令你筹集钱财救灾,如今怎么样?饥荒可缓解了?"大帐中,纪由与合达安对于一旁的一百两黄金不置一词。"缓了些许,但说到这银子。"纪由皱皱眉头,"谁家愿意将辛苦银子拿出来?家财万贯的官员尚不可能,其他人更不会。"

合达安赞同道:"爹,女儿有个办法,或许能行。"

纪由立即问道:"你说说看。"

"大王子大婚时,许多权贵人士送礼送的是狐皮,您应该也知道,许多官员家中都囤积着狐皮,银子拿不出,狐皮还是捐得出的。"

纪由听后,立即回道:"这个容易,我立刻着人将大王子大婚的礼单拿来,不过你有办法将狐皮卖出去吗?"

合达安放缓了急促的语调,道:"现在这个时节正是穿狐皮的时候,且不论这个,相比我们的狐皮,契丹人贩卖的魏国丝绸,更是不合季节的,如果我们用狐皮换取多倍的丝绸,来年夏天也可以卖。年年如此,我们的贸易渠道也就拓宽了。"

纪由忍不住一笑,道:"这是个办法,这是个大好办法!"

第十七章　输尽朝光

"这是个好办法,这是个大好办法!"盐场主姜诸听后大赞,"可是你想得太简单了。"

"但我还是要试试。"

"你是为了帮你爹还是为了帮木伦王子?"

合达安顿时怔住了,她慢慢舀了一勺酸奶入口。"都不是,这一次我帮我自己。"她道,"姜场主,从商之道,旁的我不懂,但是这种交易,自然是分毫不能让。契丹炭山汉地产盐如山,却没有水晶盐,而我们柔然的粟水,却有这种宝物。"

"有,你想怎么个换法?"

"以一换十。"

盐场主哈哈一笑,道:"我问你,从前你在魏国,身上银两不多,那时你会买一个肉饼,还是一支木簪?"

"自然是肉饼。"

"现在你人在柔然,是左相的女儿,柔然的格格,也算是富贵,你会整日玉器金银买卖不断吗?"

"也许不会。"

"这就对了,珠宝这些只是身外之物,不是日日所需的。同样,在契丹,人们需要盐,是因为盐能食用,如果你告诉他们,水晶盐不仅能食用,无色无味,还能使食物保存时间更长,却是普通盐价的十倍,你认为那些老百姓能接受吗?"

"如果我们卖给商人呢?"

"也许可以,但商人中,数契丹商人最精,你问他要十,他觉得只值六七分,你又能挣多少?"

合达安一时无言以对。

姜诸见她无话可说,浅浅一笑道:"尝一块你面前的点心吧。"

合达安在众多糕点中挑了一个芸豆卷吃下。

姜诸道:"你再吃一块吧。"

她犹豫了一下,又挑了一块绿豆饼吞下。

姜诸再道:"再吃一块,我让下面人特意做的。"

她此时已经觉得有些腻,为难地看了看姜诸,还是随手拿起一块草籽饼,啃了一口,觉着口干舌燥,道:"我再吃不下了,所以,您想告诉我什么?"

姜诸笑了笑,道:"快喝口茶吧。"

一杯茶一饮而尽后,他问道:"这会儿又觉得茶不错了吧?"

合达安难堪地看着姜诸,笑一笑。

姜诸徐徐说道:"这就对了。你只想到用盐换盐,狐皮换丝绸,为什么就想不到交换一下其他东西?再好的东西,也要合时宜。"

合达安眼中一亮,重重地点点头。

临走时,合达安将可汗赏赐的一百两黄金送给姜诸,他却不肯收:"丫头,我再教你一句,文人们常看不起那些一生都在求权势之人,可决定自己与国家命运的,却偏偏是这些人啊。"

合达安内心一颤,心想,父亲不就是这样的人吗?

太阳落下,天地间蒙上了一层黑幕。

自东丹一役之后,老纪由不再整日看着案上文书,他更多的时候,是呆呆地望着云卷云舒的蓝天,这样一望就是一天。

合达安一回到左相府,就立刻向大帐奔去。约突管家服侍老爷吃了药,从里面出来,见到大小姐冒冒失失地往里面冲,赶紧上去拦住她。

合达安看见约突手中的残药,一股刺鼻的味道从脑子里一过,心里不禁咯噔了一下。

约突先是见她兴冲冲的,突然没缘由地整个人又低落了下去,没说旁的,就叮嘱她小声些。

"爹爹……"合达安一进大帐就冲过去搂住纪由,差点将正要起身歇息的纪由撞倒,吓得后面的约突面色一阵青一阵白。

"爹爹。"她赶紧扶着父亲坐下,"我想到了一个更好的法子。"

"好好。"纪由反倒是心疼地看着她,"合达安,你又有好法子了?"

约突已经不知道什么时候悄然离去,帐中只剩下父女两个人。

合达安还未讲完去姜诸那里听来的话,纪由突然觉得头疼欲裂,仿佛热血一时间冲上了脑门,他缩着身子,全身颤抖,又开始止不住地咳嗽。

合达安原本着实兴奋,见此状况,吓得眼泪差点涌出:"爹,您怎么了……"

纪由在咳嗽的喘息间硬挤出了一个笑容。

"爹,您别急,坐下喝口茶吧。"她跑到帐前,让莫桑赶紧去厨房为纪由煮一壶枇杷叶汁。

木伦含泪的眼睛里透出了一道冷光,今天这场谈话他早已经预料到,也想透了,可是此刻他却决定踏上另一条路……

步鹿真一直没有作声,最后向气急败坏的郁久间王后行了一礼,退下了。

步鹿真与木伦,同是王臣又是师徒,相互理解,同仇敌忾,感情不是父子却胜似父子。可惜,只有一件事一直不能同时如两人所愿,也不能如索居公主所愿。

木伦没再作声,他知道王后稍后就会消气,自己若是点头应允了,那便是永远无法回头。

他自出了后庭之后,便急急地回去收拾行囊再次启程。临走之前,他道:"贺术也,你去和什锦说,他府中的果子熟了,给我留着,等我回去自己摘了吃。"

合达安仔细看着父亲将汤药喝完,才放下心来。

"女儿,你坐好,我有几句要紧话要对你说。"

合达安立刻坐到了纪由身边。

纪由强撑住精神,道:"女儿,为父一直想告诉你,在再次见到你之前,我几度揣思你现在究竟是什么样子,可我想起的都只是你小时候的模样。"他指了下合达安手腕上那条自己留给翊氏的手串,"我过去常对你母亲说你以后一定是最像我的,你总是搂着我要我背你上马去玩。"

他看到合达安神情凄然,知道她也开始思念她娘了,心下一垂。

"在听说你娘去世以后,我感到五内俱焚,我迫切想知道你怎么样,却又不敢再往下想。可是再看见你,我就不只有怀念与悲痛,我看着你母亲把你教育得如此善良,心里终觉得暖暖的。"他依旧心疼地看着女儿,"可是我有更多担心,你为人善良,又太过于细心,有时候太爱钻牛角尖了。你很聪明,却从来不用在自己身上,不为自己想,为自己思,你若是自己都不能保护你自己,谁还能保护你?"

合达安低着头,半天不作声。

纪由唏嘘道:"我的话你可要好好想想。"

"我知道,爹。"

"还有,女儿。"纪由变得非常严肃,道,"我想向可汗请旨,辞掉丞相一职。我的身体越来越不行了,等处理好这次的饥荒,我便要隐退休养了。"

"啊?"合达安呆了半晌,她从未想过爹会说出这样的话来,一时之间不知道该如何回答。

"爹,您真的舍得吗?"

纪由黯然神伤道:"舍不得也得舍得啊,我已经年老,不得不接受这个事实。"

"爹,一切以身体为重,我帮您再努力筹些救灾银子,随后您就可以好好休养了。"

纪由愁眉苦脸道:"你以为做生意这么容易?你现在的样子,连账都管不好,光靠小聪明是不行的。"

"爹,不是还有您教我吗?"

"爹也不是经商之人,除了那个姜诸,你还需要请教旁人。既然是和契丹人做生意,你就该请教请教他们。"纪由话至此,再说不下去了,喘息着又开始咳嗽。

夜已深,合达安回到帐内,一夜未眠。

清晨,来了一封加急的信件,莫桑不敢耽搁,忙递给睡意蒙眬的合达安。

合达安看了一眼信件,立刻让乙旃去准备马。原来是赫泽一时兴起,邀合达安与她一同去策马。

受过伤的合达安,和赫泽一同骑射只能占下风,她不禁对赫泽的技术赞不绝口。

"听说中原的嫔妃都生活在后宫之中,但我绝不活在深帐之内。只要大汗允准,我也可以参与战事。"

"王妃有志,择我陪您一起策马,是不是后悔了?"

"我这几日不断在想,你与我有很像的地方,所以我们会比较投缘,但是今天约会我居然忘了你有伤在身。"赫泽刻意放慢了些速度,"不过我的骑射怕是寻常男子都不及吧。"她扬扬眉毛,"我听说在我降世的时候,帐篷中飞进了一只老鹰,停在我床边许久没有离开,那时,部落里的巫师就断定我不是一个普通的孩子。"她说完,又立刻摆摆手道,"不过都是些传说中的事,偶然说起,也是打发无聊。"

白雪皑皑的草原上,两人又策马跑了十数里。在两人谈话时,赫泽王妃一直暖意融融地看着合达安,也许她就是这么随性。

"还有件事与你说。"她的随和中有一点担忧,"几天前,可汗与我夫君还有木伦王子在此射猎。"

合达安哈哈一笑,问:"你肯定也跟着去了。"

"是啊。"赫泽眼中的担心愈加加深了,"我们柔然的军队为何这么强大?最重要的原因就在于柔然的皇族身先士卒,越是皇亲国戚,就越注重骑马射箭,所以……不过他们在这次射猎中好像提到你了。"

合达安听到最后一句,脸色一变,道:"提我做什么?"

"你想必还不知道,我夫君在出发前,信誓旦旦说要攻下柔然西部的河套平原,可没想到可汗等来的却是东丹胜利的消息,他是又气又乐。可是最让他感到惊讶的是,我夫君一向与木伦王子不和,这次他们两个居然齐心协力打了一个胜仗。虽然可汗对战况毫不知情有些不满,不过事出有因,他也无可奈何,想罚又不知道怎么罚,想赏赐心里又有些不乐意,所以想来想去,就让我夫君与木伦王子再率领些兵马,分别下去巡视领土,等回来,就有理由嘉奖了,也能令可汗心里好受些。"

"王妃,"合达安忍不住问道,"他们……提到我什么呢?"

赫泽咽了一下口水,顿了顿道:"话说关于可汗赏赐你的问题,因为木伦王子当众折箭向可汗道,他私自出征契丹,是有违章法,不过劝东丹王投降,尔绵升格格之力居多,如果因为他而让帮助他的人不能得到应有的奖励,长生天是不会放过他的。"她看着合达安,"我想是因为这个可汗才会赏赐你吧。"

合达安急急问道:"可汗责罚他了吗?"

"这个我也不清楚,至少现在还没有。"看着合达安若有所思的模样,赫泽不便再说,"我们回去吧,下次再来。"

自木伦那些话一出,郁久闾可汗就开始留意这个柔然格格,但是这个一直以来推动饥荒得以缓解的女子,却没有正式出现在他面前过。

要不要召见,他犹豫良久,于是颁发了两道旨意去左相府,最后便起驾去了乐浪别妃的帐内。

原来输尽了痴情与光阴,就换来百两黄金。

心寒如同这冬月的天气,好在末冬已将去。

又一年初。长生天格外照顾这片草原,让以往持续几个月的寒冬缩短了一些,雪迹才刚刚铺到王庭御道前的第一节台阶,就被和煦的阳光直直地晒到。虽然初春的风依旧略带寒意,但是刚刚从饥荒中挣扎出来的人们,眼中看到的只有明亮的蓝天白云,还有已经初见模样的天然牧场。

郁久闾可汗渐渐释怀,他甚至渴望把这片大地变得比之前更加富饶,他对步鹿真丞相道:"你再继续努力,牧民还是不够,田地还要继续开垦。"

只有一个人,脸上依旧掠过片片迷茫与黯然,总是沉默着不说话。

这几日左相府任谁都能瞧出纪由心中郁闷,都不敢上前说话,连走过他大帐前,都非常小心谨慎。

乙旆悄悄路过大帐,然后转入另一顶白色的帐内。进去时座椅上却无人,屏风后面有人影晃动,莫桑忙里忙外地来回端着东西,他才知原来合达安还在梳洗。

将医馆全权交给乙旆,从另一层意思来说,乙旆对于合达安而言早已不只是一个侍卫。长期相处下来,他和莫桑都是合达安可以完全信赖的人。

但是乙旆对合达安的管理才华心服口服,所以依旧事事都要经过她的最后定夺,才放心实施。

实际上对于合达安的才华,心服口服之人何止乙旆一个。

那日,王庭上,可汗对于步鹿真上报的田产牧地的数量非常满意,还下令赏赐了一大批为了饥荒捐出银两与狐皮的臣子。

那些本还心有怨念的大臣,在接受了可汗的赞赏与恩赐之后,都不忘将感激的目光投向纪由。纪由却毫不在意,他一直默默地不说话,直到可汗赏赐完了所有的人,他才箭步走到中间,道:"可汗!老臣想要请旨,恳请可汗让老臣辞官!"

可汗脸色一变,周围惊诧的大臣也不敢吱声,都纷纷低着头,只有步鹿真丞相狐疑地看着他。

雪后潮湿的空气穿梭在众人的鼻息之间。

沉默片刻,可汗将目光投向后方的什锦。

他笑了,道:"纪由,你的妻子真不简单,不但生出了一个骁勇善战的儿子,还生出了能够为本汗处理国家大事的女儿。"

可汗停顿一会儿,含着笑道:"我要见一见尔绵升家的丫头。"

在轿子落下的一刻,合达安还未走出,轿外就有人恭敬地说:"脚凳已经备好,请格格下轿。"接着轿帘被掀开,她冲着外面道:"有劳了。"却发现是几个面生的人站在面前,乙旆和莫桑都离自己老远。

他俩朝这边挤眉弄眼的,合达安来不及反应,就在另一人的搀扶下下了轿。

接下来的一幕就和无数次与其余的王公臣女一起进庭一样,一位年迈的老人走上前来,弯起他本来就已经很弯的腰,领她走进那道气势恢宏的中门。

不同的是,在穿过王庭长长的御道时,合达安一直像是被簇拥着。她一直不敢回头,周围都是陌生的气息。

尤其到了汗庭,在踏上青龙白虎之间的汉白玉台阶时,前方领路的人如同弱柳一般退到两侧,左右两人紧紧地抬起她的双臂,若是后面再来个人将合达安托住,就真的好像是打了胜仗却丢了双腿的名将在被召见时抬进去一样。

虽然觉着别扭,但是她第一次真正感觉到被人尊重。

她知道这都是面前这个男人所赐予的。

所以,在行礼的时候,她显得格外真诚,还有些胆怯。

与可汗一起的,还有他的弟弟匹黎先,他一直保持着一副凶悍的模样。

可汗默默地看了合达安许久,眼睛一刻也没有离开她,他不断地想着另一个名叫区桐的女子。

当年,区桐王妃可是有名的草原美人,远近闻名,但是比她的美貌还要声传久远的,是她的聪慧。正如眼前这个姑娘,可汗又一次想起了远去许久的爱妃。

一片寂静中,传来了圆润的声音……

北国初春,柔然都城畿和的长街上,挂出了绚丽的彩带。

"啊!郡主——"

朝中臣子包括右相步鹿真在内,都想不到一直思虑周全、行事果断的左相纪由,居然用身体不适的理由来辞掉他视如性命的官位。

百官私下不断猜测朝局的变化,并且翘首期待着可汗的回音,却不想又横空生出了一位郡主。

那日可汗初见合达安的美貌异常惊讶,他暗自思索要不要把这个美丽的女子也纳为妃,可是他思虑更深。他尽管对于这个像极了区桐王妃的姑娘垂涎三尺,但是在他百般思虑之后,还是决定把她变成另一个人,一个如同从前能让无数蒙古军人敬仰的监国公主——阿剌海别吉。

尽管他知道合达安不可能像阿刺海别吉一样号令三军,但是她可以像阿刺海别吉一样利用自己的才华让更多的人效忠于他自己,这对于可汗本人来说,比千个万个区桐王妃还要重要。所以,他拟了一道旨意:"封尔绵升合达安为粟水郡主,官居四品。钦此。"

旨意一下,畿和城内炸开了锅,言论都直指左相府。所有人都断定,纪由辞官的旨意可汗不会允准,反倒加封了他尔绵升氏的格格。

家家户户都流传,左相府里已经有了三座大佛,一个是依旧稳坐从一品之位的丞相,一个是正三品的将军,另一个虽然是女子,却破天荒地被封为四品郡主。

府内这两日访客如云,人们快要踩破门槛挤破头,却见不着三位正主。

他们三人何处去了?

府内的下帐中,合达安正在参加乙旃的姐姐阿达慕与社伦的成亲仪式。出于对乙旃的关心,合达安对于阿达慕的婚事格外上心,事无巨细全部过问。

原本温馨的场面在纪由与什锦出现后变得更加隆重。

三人皆没有理会外面络绎不绝的客人,但是他们同时出现在下帐并不仅仅是为了回避。

在阿达慕与社伦成亲仪式完毕,众人酒足饭饱之后,纪由严肃地对众人说道:"爱女合达安在饥荒时让各位带着自己的亲眷来到我左相府,一直以来我不知道你们对于我这个主人的看法,但是为了维持这个家,我尽力了,我希望大家也能尽力。"

下人们心里感激不已,几番连声应好。

外面热闹好几日以后,许多识时务的便没有再来,虽然也有些顽固之徒,再三登门想献殷勤,但都被婉拒了。

只有一种人得以进入,左相府门外的侍卫在得了纪由的吩咐后,反而殷勤地去迎接她们,那就是王庭中派出来教规矩的姑姑们。

她们背着大小包袱,却无一样是送礼的。

帐内,合达安看见眼前堆积如山的册子,险些哭了出来。可是纵使心中堆积着再多不满,她也觉得自己心境明显与从前不同,仿佛是不顾一切爬上山顶之后看见了第一株绿松。

冬枣已经到了成熟的时候,这夜还有一人站在府外,侍卫却断断不敢拦着,但那人并没进来,只站在门外惆怅许久后,黯然策马离开了。

次日侍卫换了一波,没人将昨夜的事告诉一早就匆忙进王庭的合达安。

可汗诏告四方的圣旨虽然只有简单的十几个字,但是最重要的内容,他是将合达安再一次召进宫内当面讲述的。

粟水是开采水晶盐的地方,也是和契丹贸易往来的重要地区,可汗要合达安立即启程去粟水,疏通管理一切与契丹的贸易往来。匹黎先大将回到粟水的日子,就是她离京的日子,且"非召不得回京"。

可汗看了她一眼,道:"行了,你可以退下了。"

带着一分心酸,三分委屈,六分担忧,她一步步走出汗帐,册封的喜悦与自豪,瞬间荡然无存。

教规矩的姑姑恭维的话还在耳边,可是看着眼前的御道,却是无尽的心痛……

一个陌生的姑娘从另一边走过来,是赫泽王妃的侍女请她去后庭。

后庭的花开得很美,可是两人都没有心情观赏。

沉默许久,赫泽才道:"我送你一件礼物吧。"

方才的掩饰着实累人,加之心里郁闷,合达安不假思索也不愿掩饰地摇摇头,道:"不是什么可喜之事,有劳王妃费心。"

赫泽从袖口中取出一条手链,上面只简单挂了几颗玉石:"不是什么贵重的东西,是护身符,我为你做的。"

合达安流露出惊喜,接过手眯着眼睛瞅着,最后笑问:"这样的东西,你不是应该送给大王子吗?"

赫泽羞涩道:"当然有他的,他有他的,你有你的。"她温和地看着合达安,"从前行军前,母亲会为我制作,现在我也有令我担心、想念的人了,所以我很满足,你也应该开心一些,你说是不是?"

合达安眸中湿润,眼泪渐渐流了下来,她抓着赫泽的手:"我只是想哭一下,哭一下就没事了……"

纪由辞官的话语一出,朝野上下先是震动一时,后是议论纷纷,而最终的决定者,郁久间可汗却一直未允准。

其实,包括郁久间可汗在内的多数人,都认为左相纪由的辞呈只是为了托女儿上去,可是当纪由的奏折一日日地递上来,可汗的想法就有些动摇了。这样一个精通经史典籍,并且有着高超政治谋略的重臣,是帮助自己治理国家的一把利刃,更是平衡以右相步鹿真为首的一方势力的重要砝码。

若是准了,那他郁久间可汗的制衡之术也就此失灵了,谁还能接替如此重要的职位? 他一时想不到任何可靠的人选。

若是不准,又有另一重担忧,他想着昔日本就炙手可热的尔绵升什锦,现在更是如虎添翼,况且……新封的郡主毕竟曾经生活在中原多年,对于魏国的情岂是能轻易挥之而去的? 如果这位郡主有异心,又该怎么办?

他经过反复思量之后,最终还是做出了抉择,如果纪由能帮助合达安维系柔然与契丹的经济之路,让两大民族的贸易之路重新活跃起来,那么自己也就可以致力打造一条柔然向西的经济命脉。更重要的是,大国柱石般的纪由,仍然在为自己效力。

新年前夕,他终于应了这道辞呈。

"准左相纪由辞官,其府邸赐予大将军什锦久住。"可汗写完后,觉得不妥,所以他又补充道,"赏万金!"写完后还是觉得不妥,他又加上一句:"随时可回王庭,钦此。"

一万两黄金不知在可汗眼里是不是极大的赏赐了,但于左相府的人而言,"万金"二字远没有"久住"二字刺眼,这无疑是将什锦如同人质一般留在了畿和城内。

左相府一时炸开了锅,纪由却异常冷静,与什锦独谈一夜,随后又依次拜访昔日官场朋友,当然最后也去了右相府。

在拜会了众位官员以后,纪由回到左相府邸,看着面前的暮色,凄然一笑。

白雪皑皑的青鸽雪白山上,开满了雪白色的花。
白鹿在撒欢,白鸽在飞翔……
粟水的草原上,神圣的歌声响起,驱赶走了之前所有的痛苦与悲伤,歌声渐渐传到了柔然的每个角落。

面若桃花的女子,从帐庭中走出,她头戴珠围翠绕的冠髻,身着绣着孔雀的朝服,项下挂着一串镶着朝珠的红宝石珠链,手上拿着用孔雀羽毛制成的官签……

伴着歌声,浩荡的人马从左相府出发,十六名勇士抬着步辇,向可汗王庭走去。沿路的百姓,看见步辇,立即匍匐,其间有些人偷偷抬起头,望一眼郡主。

走了半个时辰之后,到达王庭的正门,尔绵升从步辇中走下,依照礼仪,她此刻要走过王庭内的御道后,在正厅接受郁久闾王后的授髻。授髻仪式过后,再接受官员朝拜,最后与可汗、王后以及王子公主们一同在天台接受百姓瞻仰。

她走到郁久闾可汗面前,恭敬地向他行礼。

柔然王室成员坐在左右,当然也包括木伦王子,她用余光看到他。

接着,她伸直了双手,又收至胸前,随后,慢慢地下跪,反复三次,完成跪拜仪式。

王后缓缓起身,将一支孔雀珠钗戴在她头上。

"谢谢您!"

"好!"完成了授髻仪式,可汗大笑道,"这粟水之地富饶,从今以后,本汗就将那里交给你了!"

她应道:"是。"

于是,当她再次走出大殿,接受百官朝贺时,就已经是柔然正四品郡主了。

歌舞响了一整天,直到晚上都余音未了。

左相邸,不停有人送上贺礼,合达安觉得莫桑会打理,便全权交予她,只是嘱咐了一句挑些精致的首饰送给乐浪别妃。

此刻,可汗王庭,木伦王子在帐庭中,肆无忌惮地饮着马奶酒,一双无助失落的眼睛暗暗垂下,贺术也走进来,看到这一幕,正准备离开。

"说。"身后的声音让贺术也停住脚步,他抬起头又低下头,良久才发声,道:"那个……贺礼……"

木伦未听完,就将手里的马奶酒杯与壶都掷了出去,杯壶重重摔在地上,壶中马奶酒洒在帐庭中鲜红的地毯上。

贺术也看着一地狼藉,也不吱声,鞠躬行礼,退了出去。

夜幕重重落下。

这一边合达安问道:"都弄完了?"

"是。"

"乐浪别妃那边呢?"

"郡主放心,都送过去了。另外,这是贺术也方才送来的贺礼,奴婢看着,觉得精致,就给郡主送来了。"

合达安犹豫片刻,还是接过了贺礼,是一把可随身携带的匕首,上面绑着丝带,丝带上写着几个字:"务必珍重。"

几行泪水滑过,滴在沉重华丽的官服上。

"你也珍重。"合达安心里默念着。

第十八章　前路漫漫

自出了京都以后,合达安内心变得惴惴不安,她知道南下去往粟水这条路必定充满了艰辛与不测,而自己对于目的地粟水的人情、地理更是一无所知。

她自己并没有坐马车,而是骑马,在马背上回头,直直望向来时的道路。

草原茫茫,一眼望去,却望不见畿和城的影子,那人一直都在脑海里挥之不去。

出发时什锦让纪由与合达安心生悲痛,管家约突与阿达慕、社伦随着他们的思念一起留在了畿和城内。

乙旆与莫桑执意要与合达安同行,乙旆将医馆交给了姐姐,还有亦师亦友的盐场主姜诸。姜诸让老伙计送来一位叫作曲律的北凉商人,让他与她同行。此人原在骆驼城做过买卖,那里曾经是丝绸之路的重要商镇。在遥远的路途中,纵使有随行的几位相伴,合达安还是觉得心下凄凉。

就在这时候,一个熟悉的旋律传来。阳光下,一个高大的身躯骑着马从不远处驰来,是似曾相识的狼头琴音。

丝弦拨动了她此时脆弱的心弦。她想起了去契丹一路的艰辛,想起了魏国边境上的依依惜别,更想起了去年新年时候的诚挚之言……

曲终人散,已是夕阳西下。

她身上有一个小锦包,里面是一把闪亮的匕首。

身后马车上的纪由听见丝丝琴音之后,将目光投向了女儿,他冲她喊道:"女儿。"

合达安听见父亲的呼唤,立刻策马行到他的马车旁。

纪由已经没有了昔日的权力与威势,变成了一位平凡的老朽。

"再往前越过溪山,穿过武川草原就是粟水,到了那边,你要如何主持事务,你考虑过吗?"

"父亲,女儿有所考虑,这一路还要多向曲律打听打听。"她笑道,"女儿对于商人们漫漫商路上的艰辛故事也颇有兴趣。"

纪由点点头:"据我所知,契丹有许多商人迫切希望与柔然进行贸易,奈何饥荒让边境的贸易中断了近一年时间,短短一年已经是天地之变。"他问道,"这样的局面你要如何面对?"

合达安想了想,答道:"其实不管是柔然商人还是契丹商人,心中都有一个强烈的愿望,那就是赚钱,只要有利可图,就一定会吸引商人跋山涉水前来。我们的狐皮、水晶盐都是他们赚钱的契机。"

纪由再问:"你觉得愿意忍受路途遥远又不惧兵戈之险前来赚钱的商人会有多少?"

合达安不吱声了。有什么办法能让那些谨慎的契丹商人不远千里前来柔然做贸易?自己需要想的、做的,还太多太多,漫漫长路要把眼睛擦亮了才行。

一路上,大将匹黎先一直寡言少语,只有到了重要的关隘才言几句,其余时间,他就自顾自地喝酒策马,偶尔跑远了打几只猎物又很快回来。

"这里就是溪山。"他道。

"到了溪山,那距离粟水就只有五十里了。"

听到父亲这样说,合达安问道:"父亲,你好像比我还期望早点到达。"

"人老了,"他回道,"心里惦记着,早一刻见到早一刻安心。"

溪山是连接畿和和武川草原的一条山脉,流经山脉的溪水河孕育了丰富而茂盛的植被,半山腰的丰美水草为游牧民族培育出了优良的战马。此地的天然牧场,虽然受到饥荒的波及,已经不如往日,但是盛景依旧存在,人们看惯了畿和城中荒凉的田地牧场,不禁被眼前盛景惊呆了。可惜天气依旧寒冷,戌时天空已经落黑,美景并没有欣赏太久,就已经落入一片漆黑。

架起火堆,搭起帐篷,众人围在一起席地而坐。

天气寒冷,合达安十分担心父亲的身体,把随身的裘皮给他裹上,又带着木伦给的匕首与乙旃一同去砍柴。

匹黎先就是在旁边看着,并不插手。

"天儿冷,若是火烧得太旺,怕是要招来贼人。"曲律带着长期走南闯北的商人特有的警惕说。

匹黎先这才开口道:"这里已经是我管辖的地段,若有人敢劫我,那他一定是不想活了。"

纪由果断地问道:"这里往西不远是库莫人的地段吧?"

库莫是柔然与契丹之间的一个小部落,几年前在郁久闾可汗登基不久之后就归降于柔然,他们并不富裕,却每年向柔然进贡鲜果与少数丝绸锦缎,而柔然可汗与库莫首领长期以来以兄弟相称,甚至柔然可汗还曾命使者将五百匹优良的战马送给库莫首领。

匹黎先回道:"他们挺安分的,你安心就是了。"

匹黎先作为可汗的幼弟,对于纪由他一路上也在暗自观察,在他看来,这么一个熟悉地理人文又极具智慧的人能够长时间得到大汗的赏识并不奇怪,但也是一位内心深不可测的可怕人物,所以一向直率的匹黎失,对于这个同行者也是尽量敬而远之。

火烧得越来越旺,莫桑缩缩脖子,悄悄对合达安说道:"郡主,这山里怕是会有狼。"

合达安不以为然地一笑:"人还怕狼不成?"随即,她怯怯地对乙旃道,"你站得离我近点……"

畿和城内的夜寂静了许多,昔日桃腮带笑的少女已经不在。

王庭的庭帐内,可汗身体大不如前,将一部分事务渐渐交给木伦。木伦静坐在案前,手里的奏折看了一个又一个,一旁的马奶酒一点未动,反倒是贺术也呈上的茶换了一壶又一壶。

他看完了成堆的奏折以后,刚想歇息一下,突然觉得这些奏折有些奇怪。他召来王庭的执行官问道:"为何最近的奏折都是缣帛制成的?倒也别出心裁。"

那执行官躬身答道:"回殿下,这是左相……呃……"他犹豫良久不知道如今怎么称呼纪由,纠结来纠结去,只能道,"这是大将军什锦的父亲,他在位时提出的建议,他建议用缣帛,节俭又轻便。"

木伦听他说完,思前想后良久,也未觉不妥。

那执行官走后,他才叹道:"这人也曾经为柔然大业呕心沥血过。"

几日以来,木伦人前人后都未流露出悲伤,他知道,控制自己的情绪,这也是一种智慧。此时他开始犹豫,已经无官无职、远离畿和的人,自己还一定要诛杀他吗?

合达安一行人路过武川草原时,正是一个晴朗的天气,天空上没有挂一丝云彩,蔚蓝的天空与碧绿的草原遥相呼应。

现在已经是桃月,沿路的商摊都已经摆上,做买卖的商人大多会在此歇脚,再买些路上的食物与储存食物用的盐。

曲律牵着马,徒步走着,挨家挨户地细看每个商摊。一路上,他向合达安讲述了许多自己的商路奇事,合达安也听得饶有兴趣。

"小郡主,"他对合达安说道,"我看了这些商摊,怎么说呢……"他眉毛都拧在了一起,"你该骂骂他们了。"

沿路各地的商摊,比起魏国,已经远远不足,合达安不知道从河西而来的曲律,会有多失望。她暗自想,郁久间可汗交付的重任,自己需要多久才能完成?

武川草原可以说是柔然贸易的咽喉,一片无尽的草原北接溪山的天然牧场,南靠富饶的粟水,西边是库莫与契丹。将武川草原发展成柔然的商业重镇,这一点合达安与父亲不谋而合。

初到粟水的这一天,依旧是一个晴朗的天气。

水图音河自南向北从粟水流经武川草原,横插在粟水中间,将粟水分为东西两部分,匹黎先就是东部驻军大将,常年驻守在水图音河以东的地域。

一路相随,虽然交流不多,合达安却对这位大将充满敬意,她想若是兄长什锦有机会与之相处,一定能够被他感染,也许正是因为东部粟水有他的存在,对面库莫与契丹才不敢轻易来犯。

到达水图音河,匹黎先就要回到边境军营。合达安见他有诸多顾虑,只简单告别,并没有多说什么。

可汗为这位粟水郡主安排的住处,虽然不算豪华,但是十几顶上帐宽敞亮丽,格局也与畿和左相府大抵相似,虽然没有左相府的围场,却有多处圈马地。除此以外,郡主府里还安排有侍女以及西域来的歌舞乐队。

当然,这样的待遇已经不是一个四品郡主所能享受的范围了,尤其那些侍女乐队,自不可能是为合达安而准备的,合达安知道这都是当初纪由主动要求退离汗庭远赴边塞时可汗的特别赏赐。

"父亲,这宅子您还满意吗?之后可要好好休养才是。"合达安扶着纪由进来。

纪由并未对府邸过多留意,他道:"之前你着人准备的东西什么时候送来?"

"就这几日了,父亲。"

"好的。"纪由冷冷地道,"这几日你需要多与城中的官员走动走动,切记不得表现得太过于亲切,一定要稳住,就是走个过场。"

合达安回道:"是的,父亲您还是快快休息吧。"

纪由接着道:"官员们走个过场就行了,城里的富商大贾你就一定要多与他们交谈,放下你郡主的身段,广泛而大胆地与他们交际。"

"是。"

"西部驻军将领负责粟水的水晶盐开采,但是如此重要的物资,你必须要掌握在自己手里,你懂吗?"

"我知道,父亲。"她答道,"我会多留意人选的。"

纪由"嗯"了一声,头也不回地进到帐内休息。

望着父亲的背影,合达安有种说不出道不明的担忧,她知道父亲无奈选择辞官,也知道自己现在非常需要父亲的指点,可是于情于理,她都希望他能安心舒适地度过晚年，如同闲云野鹤一般。

她沉默一会儿，向莫桑道："我吩咐从畿和送来狐皮的人，要好生照顾采葛，迟两日他们就会到，你记得留心。"

原本上路急，合达安担心带着莫桑的女儿采葛会惹得父亲不悦，好在有一批后来送货之人迟两天到，可以将她带来。

从前口齿不清的小姑娘，这两年也变得清秀可人了。

到达粟水安顿以后的大半日，合达安自己待在帐庭中，对待善意来访的官员依旧采取避而不见的办法。

一个疏通两国贸易经济道路的重担，压在了一个刚刚十八岁的少女身上。

初到粟水的她并不知道怎样面对这里的局势，她甚至连这里的局势是什么都不知道。她想吩咐人出去探察些什么，但又连自己想要探察什么或者派谁出去都不知道。一筹莫展之下她只能选择闭门不出，苦苦思虑。

可回避终究不是办法，四品郡主新官上任，无论如何也要出来见见外人，一味躲在帐篷里，岂不是让人笑话。

第二日，合安达精心打扮，脸上抹上脂粉，穿上深紫色束身裙，手腕戴上翠玉镯，头上插上珠翠步摇……

"好看吗？"等莫桑给她装扮完，她问乙㢱。她知道乙㢱一定会点头，但还是从中捕捉到了他的一丝不适应。

但是初次相见的几位官员，都是举足轻重的人物，合安达知道他们其实并不多在意新任的郡主，而是以恭贺的名义前来拜会曾经的丞相。

如此华丽的装束只是为不失礼仪罢了。

进入庭中，首座之右是粟长尹。此人幼年时因为惧怕骑马而常常被同乡讥笑，他为了养家糊口只能开田种地，直到步鹿真在柔然大力开拓田地，鼓励耕作时，才发掘出了他，将他封为吏史，专门监督柔然人种地。

他是一个平淡中出奇的人物，小小一个吏官，因为监田监得好，可汗在几年前将他封为粟长尹，顾名思义就是监督官员。

这位长尹，她只将目光留在他身上一瞬，便能看出他鼻如悬胆，口大容拳，只有一双细小如豆的眼睛需要细细详看。

他用浑厚的声音向只比自己官高半级的郡主行礼，随之叫人奉上了礼物。一个包着锦缎的木盒里面装着一尊青铜飞马。

对面人看到此景，低声一笑，道："粟长尹，你这是大手笔啊！"

粟长尹铁青的脸望着这个五官端正的官人："上大夫家中富足，看不起这礼，那就让咱们看看贵府又拿出什么礼。"粟长尹冷言道。

这位上大夫的官阶在粟长尹之上，却是一个虚职，他本姓为"上"，世袭大夫的官位，却一代不如一代，否则那位粟长尹怎敢在堂上公然与他翻脸？

几个小厮却不知就里，在听见上大夫一句"呈上"后，麻利地抬了一个檀木制的席床。

他向郡主投去一个得意的目光，却被粟长尹的嘲笑声截住："今日我等是来拜访郡主的，怕是上大夫别有用心，否则这般硬实的东西，你让如此细皮嫩肉的郡主如何享用？"

上大夫回道："粟长尹，你放肆了！这席床是送给纪由大人的，他千里而来，一路肯定劳顿。百善孝为先，拜访郡主以其父为先，才是礼仪之道。"

正主座的合达安平淡地看着二人你一言我一语，最后将目光投向前方，一个面粗身细的男子站在最后，静静地盯着自己。她便问起姓名。

那人未报名字，只报了自己是粟水西部驻军统领莫图尔身边的刺史。

刺史也行一礼，却并未送礼，他开口言道："郡主，请问纪由老先生可在？"

堂内突然变得鸦雀无声，粟长尹与上大夫呆呆地望着正座面无表情的郡主，保持着异常的沉默。

合达安内心被这个直白的官员引得阵阵想发笑，面上却不流露，她刻意等了一会儿才回道："家父还在休息，长途劳累，若是你想拜访他，改日再来吧。"

那刺史果然不是一般人物，听到郡主这般说，行了退礼，转身就快步离开了，没有半点犹豫。

剩下的两位，你看看我，我看看你，再都看看郡主，十分默契地同时行礼退了下去……

"赛音,"莫图尔在自己极尽奢华的帐庭中,一面看着中原宫廷乐队献给他的美妙舞蹈,一面用余光对着刺史说道,"你觉得她怎么样?"

赛音想了许久,刚要开口,觉得不妥,接着又思索起来,莫图尔的目光便完全聚集在了舞女身上。直到一曲终了,舞女退下,赛音方道:"看起来很优雅的样子,但实际上很厉害。"他尽力回想,虽然只是初见一面,他还是肯定地道,"她一点也不像娇生惯养的模样,不管我说什么,她都毫不在意。"

莫图尔瞪大眼睛,直直地看着赛音,好像想从他的眼中看见郡主的模样:"那倒是挺有意思的……"

官员走后,合达安便径直走到了纪由的帐中。

"你下次可不能靠着强装冷漠与淡定蒙混过关了。"纪由抿了一口茶道。

"那父亲,您见那位刺史吗?"

"我现在就是一个闲人老朽,谁要见我都可以。"他沉着脸,"有什么不可以的?"

合达安见父亲如此,没有再继续这个话题。

"乙旃,把席床抬进来!"她道,"爹,这是上大夫送给您的。听说檀木对身体很好,您以后就用这个吧。"顿顿,她又道,"父亲从前的威严真不一般,今日来的三位官员有两位都是冲您来的,还有一位说前道后,最终还是为了您。"

纪由加深了脸上的不满,道:"你收这些东西,你觉得外界会怎么看你?那些商贩就会觉得钱财可以收买你,他们势必会看轻你。"

合达安沉稳地道:"父亲,女儿岂能轻易让他们看轻?方才我着当铺的伙计来看过了,这两样东西的银子随后我就会送到他们府上。"

纪由道:"这倒也是个方法,可是毕竟只有你与他们二人知道你并未收礼,其他人看到的,只是他们今天抬着礼物进来,空着手出去,没人相信你廉正清白……"他目光严肃,"你要记住,贪是为官大忌!"

合达安被他说得无言以对,只能低着头不吭声。

纪由唉了一声:"你啊,到底还是太嫩了。"

"曲律呢?"合达安看看乙旆,想要打破这帐内令人窒息的气氛。

乙旆心领神会地答道:"估计寻思着在哪里做买卖吧,您想要将他留在府里,可是他这样的人怎么待得住啊?"

"把他给我叫来。"

曲律已经快到武川草原了,他不会放过任何一个繁华的互市场所。

武川草原人山人海,他看着琳琅满目的货物,心中不断盘算,却不知道他的前程已经有人为他打算好了。

出了郡主府将曲律带回去的乙旆,顺道接应了带着采葛赶来的一群人,几拨人碰面之后又连忙一路马不停蹄地赶回去。

"那些官员怎么样,他们怎么看你,我觉得并不打紧,您致力于疏通柔然与契丹的贸易,与他们有何关系?"莫桑见合达安回到帐庭之后心情不佳,劝慰道。

合达安朝她投去一个欣慰的眼神:"采葛应该快来了,你去外面看看吧。"

莫桑立刻一个箭步迈了出去,正好撞见灰头土脸的曲律被乙旆强拖硬拽地带了回来。

曲律差点一个跟头栽了进来,他理了理自己的衣裳,一脸仇恨地看着乙旆。

"洗把脸吧?"

曲律不屑一顾地道:"郡主盛情,不敢当,不敢当。"

合达安淡淡一笑:"那你坐吧。"

"郡主不是应该忙着处理大事,接见官员们吗?怎么有闲心管我?"

"我对那些人并不在意,倒是你,一没看住,就跑到武川草原去了,如果不是乙旆机灵,我是不是还要派人回畿和去找你?"

曲律哼了一声,眼神扫过帐内,最后直直落在眼前的茶杯上面。

瞧着那茶杯精致,他便拿起来细细观摩,一旁的侍人端着茶进来,他依旧不肯放下。

那侍人看见合达安的眼神,很快退了下去。

"曲律,"她淡漠的眼神中多了一抹希冀,"我要你帮我做件事。"

曲律的视线顿时凝成了一股尖锐的光芒："要我做事,你能给我多少银子?"说完,他见她犹豫着,眼神更加犀利。

她犹豫片刻,低声道："我现在还不能确定,我只能告诉你,你做的事值多少,我就给多少。"

曲律冷笑一声,道："那若是我不答应呢?"

合达安淡淡一笑："那你可以走了。"

"就这样?"

"就这样。"

曲律的气势自低了几分："先说说,你要我做什么?"

"你去了武川草原,那里的贸易自然比别地好点,但是……"合达安问,"可是比起河西走廊来说,如何?"

曲律冷笑道："天壤之别。"

"既然这样,那我们就将那里打造成如同河西走廊一般的景象,如何?"

曲律霎时怔住,他无奈地瞪着她,道："郡主年轻,可惜怕是你倾尽一辈子也完成不了。"

"所以我才需要你啊。"她道,"如果倾尽你我二人一生都无法完成,那就倾尽所有柔然与契丹商人之力来完成。一代不行还有下一代,如何?"

曲律脸色淡了下去,他定定地问："你是要我去契丹?"

"我要你去当我的眼睛,当我的手,去结交他们,了解他们。"

"你这算什么任务?"他一脸茫然,"你亲自去了解岂不是更好?"

"柔然与契丹刚刚在东丹城打了一仗,那里的商人会乐意与一位柔然郡主做生意吗?"她细细打量了他一番,道,"但是你不同,曲律,你不是柔然人。"

她接着道："更何况我知道,刚刚经历了战火动荡的东丹百姓,对于再次的平静是充满期待的,对于河西走廊那样的富足生活更是向往的。"

曲律脸上的阴冷已经一扫而光,他放缓了语调,问道："可是你总得具体说说,我到底去干吗吧?"

"你方才去武川草原想干吗,去契丹你就接着干吗。"

"我只是去交朋友。"

"那你还是交朋友。"

曲律还是不解,问:"你就是让我去交朋友?"

"没错,就是交朋友。"她道,"用你的诚恳、用你的豁达,去赢得他们的信任与支持。你要了解他们的风土人情,了解他们的生活习惯,了解他们的一切,并且回来一一告知我。"

曲律沉默了……

"你不必立刻回答我,在此之前我还有事要处理,慢慢想吧。"她盯着他看了一眼,"洗把脸吧。"

曲律方才想起自己还是灰头土脸的模样,赶紧起身去清洗。

看他走后,一直站在一旁的乙旃抓住间隙,问:"郡主,畿和那边的人送来的东西大致已经理好了,是现在就拿出去卖吗?"

"不急,我还要等曲律答复我。"

乙旃向曲律离开的方向望望:"他应该不会这么快回复您吧?"

话音刚落,洗完脸的曲律就回来了,他乐呵呵地说道:"我想好了!我去!"

合达安笑着点点头,又对乙旃道:"你去把送东西来的人叫进来,还有我要的盒子。"

乙旃应了一声退下。

"不过……"曲律自顾自地说道,"报酬你不给,我的路费你总是要给的吧?"

合达安问道:"你要多少?"

曲律眼珠子一转,道:"一百!一百金就行!"

"我可以给你一百金。"

"真的?"

"不过是借你的,回来以后你要还我,或者从给你的报酬中扣除也行。"

曲律怒道:"你这是什么道理?"

"难道我托付重任的人连一百金都挣不到?还是他做的事连一百金都不值?"

曲律脸色一白,不敢继续往下说。他略带窘意地指着随乙旃进来的人手里的盒子,轻描淡写地问:"这是何物?"

"除了我答应你的一百金,这是另外我要让你带着的东西。"

"什么?"曲律好奇地打开一看,一些淡如水,隐隐有些看不出来的细小颗粒。

"你既然是姜诸介绍来的,应该听说过水晶盐吧?"

曲律大吃一惊,道:"这……就是这个?"

"没错,你把它带去给那些契丹的商人。虽然我只给你一小盒,但你尽量让越多人看见这个宝贝越好。"她大声道,"切记! 不要告诉他们这东西来自柔然,如果有人硬要刨根问底,你就说是商路上有人赠送的吧。"

"这个你放心,不过……"曲律脸上又拂过一丝阴冷的笑意,"你让我一个人去,你就不怕我拿着那一百金跑了吗?"

合达安笑道:"我现在做的也是买卖,若你跑去种种地,放放牧也就算了,若你还想要重操贩驼走货的旧业,被我遇上了,那我一定杀了你。"

话落瞬间,曲律抬了一下眉毛,他没有露出害怕之态,同时也没有留意到身后乙旖惊诧的面目。

与曲律说完一番话后,合达安已经觉得疲劳,乙旖报说又有官人来访时,她想都未想说:"不见。"

从畿和送东西来的人还一直未走,乙旖呈上了物品的清单:狐皮两百件,金银玉石四百六十件,铜铁一千八百件……

"其中除了册封郡主的赏赐,很大一部分都是可汗拨下来做生意的,不过既然拨了货物下来,短时间内交不上银子,怕是要遭殃了。"

"我心里有数。这些东西我要特别指定人在特别的地方卖,现在先登记了存在库房里。"她取出一锭金子给他,"辛苦了,你回去吧,有什么需要我再写信给你。"

那人"是"了一声,退下。

"等等,"她顿了顿,问道,"最近王庭内没什么事吧?"

那人手里紧紧握着一锭金子,道:"王庭……王庭最近没什么事啊。哦,对了,前些日子索居公主与敕勒人和亲,右相为她办得风风光光的。还有啊,听说赫泽王妃有喜了,大王子可高兴了。"

合达安一时无语,自己当年差点踏上了与索居公主和赫泽王妃一样的道路,这条路虽不艰辛,却大有可能过上不幸福的一生。与幸运的赫泽不同,索居曾经对木伦一往情深,也只能为了柔然的利益而远嫁,着实令人心酸。

多亏了乐浪别妃的劝诫,合达安才能像现在这样,纵使这条路伴着数不清的汗水还有危险,起码能够主宰自己的命运。

"是吗?那好啊,你再帮我带封恭贺信给她。"她又问,"还有吗?"

"还有……还有……"小伙子不知深意地苦想,半响,突然恍然大悟般地道,"啊!对了,什锦,什锦将军很好,没什么事。"

合达安两眼一垂,无奈地道:"行了,下去吧。"

那人直直地看着郡主,心道:"不是有信要交给赫泽王妃吗?"又不敢吱声,呆愣了好久,才不明所以地退了下去。

曲律于初夏清和之月出发去了契丹,他离开之前,并未收下与合达安约定的百金,只带走了一小盒子水晶盐。

曲律离开的日子里,郡主府变得异常忙碌,她广泛接触当地民众,不停地约谈地方商人,特别是对曾经去契丹做生意的商人,给予了高度的重视。她放下郡主的身段,每日简装出行,亲自寻访商户,特别是曾经走南闯北的商人,她将他们请到府邸,进行详细的交流……

其间,偶尔有些去过契丹的商人会感慨木伦王子在东丹一战,虽然胜利却既无掠夺,又未残杀百姓,他的宽容让许多契丹百姓依旧居住在那,平安生活,这份胸怀与坦荡,说起来总是令人感怀。

细细想来,若是木伦真的将东丹变为柔然的腹地,那不仅没有了契丹人的玉纹庄与炭山汉地,连如今要疏通两地贸易的粟水郡主也不复存在了。

可惜,已经物是人非。

多日来,通过与商人深入的交谈,合达安对于商人们的想法有所了解,同时,对于目前粟水乃至柔然商业发展所面临的障碍,她也有所发现。

每日合达安与商人们谈话时,她都吩咐人在一旁记录,夜半时分再细细琢磨,实在有不明白的,就去询问纪由。

这期间,她越发觉得,虽然身为郡主,可是官场上的交际并不很重要,与睿智坦率的商人谈论贸易,才是她眼下甚至以后长期应该做的。

但是往往事与愿违……

某日夜半时分,合达安与纪由商讨着能够推动粟水商业贸易的一件稀罕物——水晶盐。

自从可汗得知合达安以柔然的水晶盐、狐皮交换契丹丝绸、普通盐的策略以后,他便对水晶盐甚为重视,命西部统领莫图尔根据姜诸给出的地图开采提炼水晶盐。可是令合达安意想不到的是莫图尔贪财如命,他开采的水晶盐多半已经被他私下高价买卖,真的报给郡主合达安的数量只有十之二三。

"你自入粟水以来,对待同场为官的人都太过冷淡,别的不说,水晶盐贪污这等大事,粟长尹与上大夫他们不会一点不知,一点不疑,但是他们没有向你透露半字。你仅凭一个四品官位,能够治得住他们几人吗?"

面对父亲的诘责,合达安坦言道:"父亲,女儿实在不懂得官场上的弯弯绕绕,若是再不用心做些实事,女儿这个郡主也只能是徒有虚名了。"

纪由绷紧了脸,问:"难道你现在不是徒有虚名吗?"

合达安双眉一皱,内心波涛汹涌,她支吾着:"父亲,我在……尽力……"

"我对你说的事你并没有记在心里,水晶盐这么重要的东西,你应该牢牢将它掌握在自己手里,你等着别人开采完了再尽数交给你?谁能这般老实?可汗命莫图尔开采,你就真的完全放手不管了?"纪由语气沉重,"还有,你身边能用的人也太少了,除了乙旎、莫桑,还有谁?最多也就多一个已经走了还不确定回不回来的曲律。这么零星几个人,你指望他们能帮你什么?你既然不能一手遮天,那就要找人,或者提拔人帮助你遮住这片天。"话到最后,他已经变得激动而又凶狠,重重拍下面前的书案,狠狠地道,"你听懂了没有?"

本就几夜未眠的合达安见到父亲如此气愤,脸上更是毫无血色,她颤抖着身子,回道:"听懂了。"

一旁的乙旆见到此景,心下担忧却不敢言。

直到两人出了纪由的帐庭之后,乙旆才悄声对合达安说:"郡主,奴才没有太多才华,只会些拳脚,我可以去帮你找回私下贩卖的水晶盐。"

心烦意乱的合达安此刻感到疲惫无比,她没有余心去思考这些:"乙旆,我没有把你当侍卫,你是我的好朋友。"

"既是朋友,就更应该……"乙旆话未说完,合达安已经支撑不住身体,晕倒在了纪由帐前。

一碗热腾腾的肉粥端至面前,合达安吃了几口,才觉得精神好了些。

纪由默默看着女儿将粥喝完,心疼地道:"怎么样?好些了吗?"

已清醒的合达安唇上还有几分青紫,她勉强一笑道:"没什么大碍了。"

纪由依旧心疼地道:"方才是为父的错,不该如此严厉地斥责你,我知道女儿已经很努力了。"

合达安唇边挑起一抹真切的笑:"不是您的错,我知道您最痛恨官员贪污,我会想办法的,您放心。"

纪由爱抚地摸了下她的头:"你毕竟年岁还小,人情世故的压力不是你这个年纪应该承受的,这件事我来解决。"

他接着道:"我纵使现在没有一官半职,也不能任人这样欺负我的女儿,我还有条老命在!"

合达安听完,心抽搐了一下,泪水如同泉水般涌出。

纪由笑道:"我与你开玩笑的,从前莫图尔回京时,还来过我府上,那时你还没有回来,但是我对于这个人,也算是有所了解。况且,自上次他的刺史来过已经半月有余了,我猜得不错的话,也就这两日,他会再来的。"

合达安听着听着,黯淡的目光添了几分悲伤,她道:"父亲,我想兄长了。"

从诸多商人口中,合达安对商贸发展面临的障碍渐渐有了更多了解。

柔然饥荒已经渐渐压制住,各路商人已与外界做生意,可是冒着很大的风险,因为周边部落对于柔然与魏国的战争局势依然琢磨不透,他们不知道应该奉行与北魏的约定,继续闭门不交,还是打开国门与柔然进行贸易往来。

数月前的东丹一战,硬是将柔然与契丹的贸易打开了一个口子,这让周边部族的天平已经向柔然倾斜,如果此时能有一场更大的胜利,他们的天平则会完全倾向柔然,那么一直以来封闭的商贸之路就可以重新疏通。

这是合达安苦思许久的结果,她需要将这个十分要紧的情况上报给郁久闾可汗,虽然一道奏章就可以传达,但是已经离开半月的她,当然想亲自送去,顺道看看王兄与故人。

从未听说君王下令"非召不得返京"的臣子能够在离开半月之后就回到京城,岂非置天子颜面于不顾,更甚者,会有抗旨杀头的大罪。于是几经寻思后,合达安的一道奏章呈报给可汗王庭。

但合达安并不知道她上的奏章是有别人在看。

当木伦从成堆的缣帛当中留意到了一个竹简时,上面的署名令他淡然许久的面目突然变得有些不自然。

时光不复,提起合达安,木伦依旧心乱。

日出时刻到达的奏章,到了夜半时依旧没有批示地放在木伦桌案上方,他止不住思绪,拉起狼头琴,望着奏章上的字迹,暗自神伤。

直到第二日日出,他才落笔写道:"知。"

与此同时,几经曲折,一封书信这时自契丹传回了郡主府,是曲律写的。

信件上密密麻麻的字,合达安扫了一眼,未来得及细细品读,想着拿信件去找父亲纪由一起详读。

已经是日出过后的辰时,平常这个时候父亲早已经起来,可是今日进帐,案前却无人,屏风之后也无人。

合达安就站在父亲的案前,思索一阵,猛地从帐中跑出:"乙旃,你带着几个府里的侍卫随我去一个地方。"

来不及细想,来不及细说,她就带着几人策马奔向了莫图尔的府邸。

素服的合达安与几个壮汉从不远处策马而来,莫图尔府邸外的侍卫认不出,当然不会不拦。原本心急如焚的合达安见有人阻拦,怒火难平地往里面冲。

粟水西部统领的府门不是那么容易闯的,赛音上前拦住正要往里面冲的合达安,却被跃到前面的乙旃一把按住了身体。赛音一时气愤想要反按住乙旃,谁知被乙旃使劲一推,摔倒在地。

爬起来之后,赛音眼神变得凶狠凌厉,怒火中烧的他上前抓住乙旃的衣领,想要将他撂倒。

乙旃不躲不闪,一只手向上抬,迎住了对方的手,又轻轻向上一翘,赛音便疼得禁不住呻吟一声。趁着他苦苦挣扎之时,乙旃顺势将他手腕扭到了背后,再用脚一钩,赛音则又一次趴在了地上,发出了"嗷嗷"的叫声。

合达安第一次如此仔细地看乙旃比画拳脚,大吃一惊。

他们正要真正相持较劲之时,合达安认出了那人是莫图尔身边的刺史,急急质问道:"我父亲在这里吗?"

赛音这会儿也认出了她:"郡主……"

闻声而出的莫图尔也看在眼里,喜在心上。

"想不到郡主身边的人武艺如此高强。"莫图尔多日对郡主的好奇早已经抵不上对眼前这个侍从的喜爱,他道,"若我想要他,郡主可否割爱?"

合达安听完,望着乙旃,有些犹豫。

"你若是跟我,我就封你为武官中郎将,如何?"莫图尔趁热打铁道,"郡主不是行军之人,勇士还是要用在战场上,你说呢?"

合达安不吱声,目光只盯着莫图尔。

乙旃站上前,对合达安蓦然一笑,随后向莫图尔恭敬一礼,道:"那么乙旃谢大统领!"

合达安心一酸,看见父亲正从客帐走出来,便上去扶着,随后转身。

乙旃在后面掷地有声地说:"郡主……"

她回过头,缓缓地道:"没事,你留下吧。"

回到帐中合达安脑中还回荡着莫图尔悠长的笑声,心中还是紧的,再看面前案上,畿和返回的奏章,打开,里面只有简单一字:"知。"

她甩手就打翻了莫桑呈上的糕点。

第十九章 命悬一线

粟水城这两日天气瞬息万变，许多百姓唯恐遭遇不测，都闭门不出。

曲律那封从契丹送来的信件，原是给了合达安与纪由极大的希冀。谁知看完之后，他们大惊失色。

曲律传回的信中，没有一字提到契丹商人的情况，而是一封求救信。

他在信中写道：

　　我有幸目睹河西走廊的盛世繁华，并对这里的风土人情万分留恋，这里的人们好像天生就会做生意，我从他们身上学到的远比我带给他们的要多。我们之间的情谊已经逐渐深厚，以至于我想要为他们写信向郡主求救。

　　因为你的嘱托，我从未告诉他们中的任何人我来的目的，但是我向他们讲了溪山上的美丽牧场与强壮的马儿，这引起了他们浓厚的兴趣。可是，当我得知他们在去柔然的路途上，在柔然边境遭遇到了一个叫作库莫民族的劫持，他们的人被残杀，财物被掠夺。有逃回来的人告诉我，库莫边境的首领将他们抓去，甚至想要把他们的头颅做成酒壶，我听后惊恐万分，十分担心我的友人，我不知道郡主是不是我的后盾，我只希望能看在他们是契丹商人的分上，救救他们。

曲律

原本派曲律前往契丹，他可能遭遇到的种种不测合达安都一一料想过，她甚至已经不把全部的希冀都放在曲律此次的东行上，但是从信中短短几句可以看出，曲律已经完成了自己交给他的任务。可惜从天而降的库莫人，让合达安与纪由始料未及，也让计划被迫中断。

但是，合达安很快清醒地意识到，这是一个拉近契丹商人的绝好机会。如果真的能够将他们从库莫人手中解救出来，那她就能够打消那些商人的顾虑，让他们安心地与柔然进行贸易。

在短暂思考之后，合达安毅然决定行动，但随即她又坐下来。乙旃已经离开，她麾下无人，想要派人营救只怕是力不从心。

但情况危急，需要快速派人出去，面对这样的局势，纪由建议她立刻着人将这个情况汇报给东部大将匹黎先，请他派人前去说服库莫人释放那些商人。他还建议合达安在民间公开招募愿意冒险的勇士，收为己用。

策略一出，她决定立刻写信给匹黎先，眼下最快而有效的办法，就是让一直驻守东部，与库莫人比邻而居的大将匹黎先出兵劝诫。

可是她的这一举动被纪由拦了下来："为今之计，你只有亲自去一趟东部，向匹黎先讲述情况。"

合达安听到父亲这样一说，心中闪过一丝疑虑："可是招募勇士这事？"

"这事只要贴出告示就行，不用你亲自去。"

与其等着信送到匹黎先手上，不如自己直接前去说明，合达安没再多思，立刻命人备马出发。

乙旃留在了莫图尔身边后，合达安外出就由郡主府中的另外两人跟着。他们三人策马扬鞭，一路飞奔不停。

在奔驰的路上，合达安方才的疑虑越来越重，父亲为何自己招募勇士，而不让西部统帅莫图尔出兵营救？是因为莫图尔鞭长莫及，还是因为上次他们二人谈话并不尽如人意？她越想越觉得不对，父亲这是为自己分忧，还是另有目的？

入夏后的五月，水图音河正是水草丰美、牛羊肥硕、马儿健壮的时候，匹黎先带着人马在水图音河以东上下十里跑马练兵。

合达安赶到的时候，正是中午，经过了一上午的强训，官兵们这会儿正围坐在草原上歇息吃肉。她下马后箭步从人群中走过，视线经过那些面露疑惑的官兵却毫不在意,直到她往里走了数百步,才从人群当中找到匹黎先。

"见过大将军!"

匹黎先一眼认出了这个汗涔涔的郡主,有些惊奇:"郡主怎么来这了?是来找我的吗?"

合达安不愿多耽搁,用最为简洁的言辞将事情的经过讲述给匹黎先听。

匹黎先听后,笑道:"郡主住在西部,我虽掌管着东部,但也是粟水的一部分,如果是粟水的人被库莫人抓去,我自然会不加多虑地出兵,可是现在被抓的是契丹人,敢问郡主,如果我带着柔然的兵马营救契丹商人,你觉得可汗会怎样想?我柔然的将士又会怎样想?"

"那些契丹商人是住在东丹的契丹商人,东丹已经是柔然的,那里的契丹百姓也是我们的百姓。况且可汗命我助力于契丹与柔然的贸易,我请求你出兵帮那些契丹商人,也是为了完成可汗交付给我的任务。"

匹黎先依旧没有松口,道:"但东丹城内现如今居住的依旧是契丹的百姓,我若派兵,怕是人们会怀疑我投靠了契丹。你说的我并不完全不认同,我会上书可汗,请他批示。"

合达安心一急:"那就来不及了。我要你先借五百兵马与我。"她当着众将士的面,手拍胸膛,双膝跪下,重重地道:"请大将军助我,我绝不会置您于不仁不义的境地的。"

气势汹汹、坚决果毅的人他见过太多,但是一个女子如此,他还没有见过。犹豫片刻,他问:"借兵给你?你会带兵吗?"

合达安知道机会稍纵即逝,硬着头皮道:"我会!"

他一惊,回道:"那好!这样如何?你是负责疏通咱们与契丹买卖的官员,由你出面营救那些商人,我再上书给可汗王庭,合情合理。我会借你五百人马,可是你要知道,库莫族虽小,但只有五百人马是断断无法与他们抗衡的,我这五百人是为了让你游走于契丹、库莫之间有些筹码,不至于孤身一人,不是让你去打仗的。而且你要知道,作为驻军将领的我,是不会随你一起去的。另外,我还要将这些情况上报给大汗。"

"谢将军!"合达安回礼后站起。

"老二!"随着匹黎先一声吆喝,一个醉如颓山的男子起身应道。

"别喝酒了!能行吗你?"

"能行能行!"

"那行,那这事儿交给你了。"他再次有些迟疑地对合达安道,"兵马都点齐在这里了,你们去吧。"

合达安再向他行一礼,骑上白马,与五百骑绝尘而去。

熟悉的黄土城堡,巍然屹立在一片湖泊之后,城堡何其相似,可惜与它相像的医巫闾山,远在百里之外。

她掀开满是尘土的面纱,意识到已经到了:"就是这里?"

"就是这里了。"老二道,"前进啊,你在等什么?"

"就这样进去?"

"不然呢?"

"就这样进去的不是大军就是土匪。"

老二也觉得脑子一热,问:"那我们是什么?"

"我在想。"

老二一愣:"现在才开始想?"

"是的。"她斜了他一眼,问,"你脖子上挂的是马哨吧?能传多远?"

"三五里吧,要是顺风还要远些。"

合达安点点头,道:"下马吧!"

老二问道:"有主意了?"

"还没有。"她冲后面一吼,"所有人下马!"

老二说:"没有就下马?"

合达安:"先下马再想。"

听到命令,前面的几十名将士下了马,后面的一拨人还不了解情况,但也跟着一起下了马。

老二唠叨着:"你要借兵,为什么不多借些?这区区五百人,要对付几万的库莫人,还有他们的铜墙铁壁,哪里够用?"

合达安若有所思,眯着眼睛向前方巍峨的城堡注视了好一会儿,点头。

"全体人马,向后退五里,扎营。"

他们选了一块背风的坡面,树林外一道河水弯曲流过。

拴马的时候,合达安说:"不要埋锅,就吃干粮吧,火把也不要点。"

老二:"明白,不能让库莫人知道我们来了,是吧?"

合达安未置可否:"还有,马儿今天夜里不喂草。"

老二:"一夜都不喂?"

合达安说:"不喂。"

天快亮的时候,老二被人推醒了,睁眼看到合达安穿戴整齐地站在面前,他问:"有主意了?"

"有了。"

老二一下子跳起来:"走!"

合达安说:"把马的眼睛蒙上。"

老二吃惊道:"那怎么骑?"

合达安:"不要骑马,牵着走。不着急,慢慢走。"

五里路并不远,天大亮后,人马回到昨天的位置。

隔着一个缓坡,正好看得到对面高立的围墙的上沿,士兵们的矛刺在日头下闪光。

合达安看看四下说:"行了,就到这里。一会儿我一个人进去,你们留在外面。"

老二吃惊道:"郡主,我们这么多人还嫌少,你要一个人去?"

他的身后,一路被捂着眼的马们烦躁地喷着鼻息踏蹄。

合达安:"是。"

老二更加不明白了:"我们可是为保护你来的,你让我们在外面等,那我们还不如现在回去呢。"

合达安乐道:"你就这么确定我一个人进去就出不来了吗?放心,我已经不是第一次这样冒险了。"

老二:"不行不行不行,你好歹也要再带些人。"

合达安:"只能我一个人进去。"

老二急得直抓头。

合达安道:"我知道你不放心,这样,你派二十个人,要最能打敢拼的,换了衣服化装成当地人,拾荒捡柴的,放牧或者走脚的,远远地跟着。等一会儿到了城门口,看我进去以后,你们就在城门外,记住,要离城门越近越好。"

"再近有什么用?我们进不去,也够不到你,我们就在外面傻站着?"

"谁让你们傻站着了,匹黎先将军是怎么说的?不是来打仗的,我们拼的是脑子,不会有人流血的。我不是说了吗?我们有五百个人,五百匹马,算起来也有一千个活物了。不少了。"

老二无奈道:"那又如何,马能打仗或者动脑子吗?"

"派再多的人他们也不会让进去的,只能我一个人进去。"

"然后呢?"

"等我进去以后,你算着时间,过一炷半香的时间,你就让所有在城门口的人吹马哨,吹得越响越好。"

"然后呢?"

"马哨一吹,就把马的眼罩都取了。"

"取了,再然后呢?"

"没了。"

"没了?"

库莫族是夹在柔然与契丹两大部族间的一个小小的部落,多年来依仗西边的柔然,常常劫取过往的契丹商人的财物。

他们在粟水东部草原以西五十里勾勒出了自己的势力范围,大大小小的帐群盘踞在此,并筑起一堵厚实高突的城墙挡着两边的"邻居"。

城门护卫见到柔然郡主的官符,立刻去通知看守城门的珲野王。

上到库莫首领,下到城门守卫,都知道柔然与库莫两族称兄道弟,比邻而居,但侍卫依然没敢大意,将合达安全身上下打量又打量后,才将她引进城堡中,摆茶请她稍等。

畿和城内一片丰收的景象。右相步鹿真奉可汗之命恢复耕牧,现在已经奏效。柔然迎来又一个丰收之年,许多臣子上书恭贺,并祝愿可汗的病能早日痊愈。

面对成堆这样的奏章,木伦有些躲懒,他正要提弓携箭,去找什锦骑马狩猎。

移步如箭的士兵冲了进来,将手上的奏章快速呈上。

木伦见他如此慌张,忙问:"怎么了?"顺势接过快速略读。

那士兵喘着大气道:"是粟水东部大将军匹黎先的一百里急报。"

木伦看完面色苍白,眉头立刻紧皱在了一起,他毫不犹豫地在奏章上写道:"准!"

珲野王来了。

在匹黎先加急奏章从可汗王庭又重新返回的途中,库莫的珲野王走进了城门内室。

他欠身一礼,道:"柔然郡主。"

合达安起身也回了一礼,道:"我想问您要几个人……"

珲野王刻意挤出的笑容一瞬间僵住了,他眸中的呆滞渐渐改为发自心底的不甘:"郡主初来乍到,来不及喝一口我库莫人新鲜的马奶,吃一块刚开锅的牛肉,就急急地问我索要东西,"他鄙夷地斜下望着她,"这是不是有点强盗小人之举?"

合达安直直地回视着他的目光,问:"有哪一个强盗会像我这样客气地独自前来?"

"既不是强盗,有哪一个客人上门拜访开口就是讨要东西的?"

"我要的不是物。"她道,"我只是要走几个人。前几日路过此地的那几个契丹商人,是你劫走的吧?我能带走他们吗?"

珲野王目光冷淡,脸上挣扎着露出一个并不和谐的讥笑:"你说呢?你拿什么和我交换呢?"

"他们原不是你的,既然他们的财物已经被你搜刮完了,就把性命交给我吧!"

珲野王继续挣扎着他脸上僵硬的皮肉,道:"他们的命我也要了。"

"死人对你有什么用?"

"你错了。"他乐道,"死人有时候比活人有用。"

谈话进行不下去了,静默中,恐怖的气息充满了整个内室。

哨音骤然响起。

缩在城门外的老二开始吹哨子。饥饿了一夜又被眼罩蒙了小半晌的马儿们早就不耐烦,哨音一响,所有的马儿开始拼力向着主人处奔跑。

几百匹马儿向哨音起处奔跑,一时惊涛四起,守城的护卫居高临下地瞅着,大惊:"哪里突然来了这么些马儿?"

马儿们跃过湖水,浑身湿淋淋地更加饥饿,长嘶着一直奔跑到了城门下,遇上紧闭的城门,就不耐烦地围着城墙踏蹄。

护卫:"这些马儿发病了吗?"

"可都是些好马啊!"

守门士兵们难得见到如此多的烈马奔跑到城门下,觉得真是天降奇物,连忙吼道:"开门!开城门!把马带回来!"

城门大开,烟尘四起,马嘶蹄奔,吼叫声震耳欲聋,随着波涛一般涌进的烈马,附近拾荒捡草的人被裹带着卷进城门,他们脸上似还有吃惊不已的表情。

外面轰然的喧哗声令珲野王感到不悦,他气愤地昂头道:"外面瞎吵什么?"

一个护卫探着脑袋进来道:"兄弟们得了些烈马,正高兴着呢。"

珲野王冷冷地瞟了他一眼,回过头来道:"柔然郡主,我不解你为何要救那些契丹商人,据我所知你们双方在上京五十里开外打了一仗。"

"自然是有利可图我才救,我也不妨告诉你,我想与那些契丹人做生意。"她重声道,"凡事都是因利而聚,若是您放了他们,我们也可以做朋友,以后商旅来去路上也有个照应。"

珲野王生涩地道:"来不及了,他们其中一人的头颅已经被我做成了酒器。"

合达安听完,瞬时觉得有些作呕,她强忍着不适,冷汗从细发中流下。

室内一时的冷寂之后,她颤道:"那其他人呢?"

"自从东丹自立为国,我们与他们的实力就在伯仲之间。"他接话道,"我又岂能放虎归山?"

"这位大人,财您已经得了,人也被您杀了一个。"她道,"您把剩下的人交给我,我们就此别过,请您给个面子。"

珲野王此时已经失去了耐心,他被外面喧闹的声音吵得烦躁不已,道:"柔然郡主,你很有胆量,敢一个人来闯我库莫。但是没有本事说服我,看在库莫与柔然向来交好,我请你进来饮一杯,还请你见好就收。"

他喝完碗中最后一口羊奶,起身准备离开,外面的喧闹声中突然夹杂了阵阵尖厉呼啸的哨声,还有吼闹声,令他心烦意乱。

"大人,我看出来了,您这城门可是固若金汤,易守难攻。"她静静地道,"可是你怎么这么肯定只有我进来了?"

"你指的是那些马?"他恍然大悟地呵呵笑道,"你觉得它们能帮你吗?"

哨音突然变了,从连续悠长变为急促高亢,几百匹烈马突然上蹿下跳,它们蹿进了库莫人的巢穴后,开始横冲直撞,起初迫不及待骑上去的库莫人转眼被烈马折腾得纷纷掉地,又被践踏,惨叫声、呼救声响起一片。

随着城门大开,埋伏在不远处的士兵们一跃而起,冲向城门。

"你用这些招数,也是徒劳!"反应过来的珲野王恼怒地挥手道。

一个侍卫冲进来,道:"大人! 不好了,门外突然来了大批柔然士兵,正在与我们僵持!"

"有多少人?"

"大概几百人!"

"怎么会?"

"是……柔然匹黎先将军来了!"

合达安眸中闪过一惊,立刻强闭住了眼睛,屏住一口气,再睁开,脸色不变地对着面前脸色气得青白的珲野王道:"大人不会为了几个契丹的商人与柔然开战吧？这买卖可不划算。"

她站起来,理理衣裙正色道:"还是让我把那几个人带走吧。"

珲野王拔刀冲出了内室,几步跃上墙头,看一眼外面突变的场面,城门口严阵以待的匹黎先一只手按在腰间的剑柄上,他头又转向另一边,看着城墙内被五百匹马弄得四下逃散的士兵。

珲野王走到合达安面前,将刀高高举起,又插回鞘里,滑稽一笑:"罢了。"

黄昏,城堡内。

在金光之中,伴着阵阵清脆哨音,百马尽现。老二带着他的兵士,骑在马上大胜而归,后面跟着一行衣衫暗沉的人。

十八位契丹商人由于随行伙伴的惨死与连续数日不见天日的关押,脸上充满恐惧与疲惫,在被放出来的那一刻,面对金光暖色的落日,他们几番号啕流泪。此刻,他们带着疲惫的身躯跟着马队,将所有的寄托与希冀都交给了那些柔然人。

同样惊恐万分的还有合达安,她面临危机时,其实并未真正想到万全之策,因为她要顾及的,除了将这些契丹人安全带回之外,还需保证将借来的那五百兵马完好无损地交还给匹黎先大将。好在老二机智的配合,加上匹黎先意外地及时赶到,他们才掌握了谈判的主动权。

晚霞落在了郡主府。

契丹商人一路张皇,直到回程的漫漫长路上,合达安拜谢了匹黎先与老二,看着士兵们离去,合达安带着他们返回粟水并再次见到闻讯而至的曲律时,他们那一颗颗提着的心才最终放下。是夜他们安然歇息在了郡主府中。

很快又是一天来到。

那些招募来的勇士,有的体格健壮,有的眉清目秀,但是比起柔然高强度训练下的士兵,他们依旧显得有些弱。

出了郡主府,府外众人齐刷刷站在面前。

"父亲,您招募选拔的这些人,莫图尔将军可有说什么?"合达安站在父亲面前看着众人。

纪由的视线凝聚在了每一个人脸上,若无其事地回道:"他如果说让你现在滚回畿和,你是不是也马上回去收拾行李?"

合达安不作声了。

纪由道:"接下来我不管了,记住,做大事者,不能麾下无人。"

目送父亲离开时,一个念头突然冒出。她抬头望着云卷云舒的蓝天,问莫桑:"现在什么时辰?"

"巳时了。"

"都这个时辰了,快去快去!把府里的商人都叫起来。"她道。

"这……郡主……"莫桑为难道,"该怎么叫?"

合达安无奈地瞪了莫桑一眼,道:"笨呐!你去准备些吃食,给他们送去!"

莫桑眼睛一亮,赶紧往府里跑去。

"留下名字,半月之后再来吧。"合达安对众人说道,随即转身回府。

经过了半月的休养,那些契丹商人已经渐渐恢复。在这半月之中,能让他们快速地从痛苦中解脱出来的,不只是郡主府中的优渥待遇,还有每天不断的谈笑风生。

因为常有粟水当地的商人来往于郡主府,于是巧合与命运让两个民族的商人在这里会集,他们的到来为年轻的郡主带来另一番天地。人们拥坐在大帐内,伴着歌舞,讲述着各种商界的传奇故事,展示各种宝物。

库莫人几乎搜刮了这十八个契丹商贩随行的所有物品,幸而其中一位商贩将一件出自玉纹庄的丝绸裹袍缝藏于贴身衣服内的夹层,幸运地躲过了库莫人的搜查。其实这是家中他那最受宠爱的小妾的聪明把戏,她本是想他能无时无刻不惦记着她。

这是他们十几人中,唯一一件来自故土的商品。

契丹商贩将这件富有意义的刺绣品送与这位亲切睿智而又美丽豁达的

郡主。

当这薄如蝉翼的丝绸在帐庭中展开的一刻,包括合达安与曲律在内的众多人皆啧啧称奇。这块瑰丽无比的绣缎,不禁让合达安回想起医巫间山上,自己曾经问耶律卑要的那块汗巾,上面同样绣着两个正在争论佛法的教徒。

丝绸上面绣的除了一些佛教徒以外,还有朝气蓬勃的商人、开放富足的放牧人。丝绸原本的主人指着刺绣说,这些刺绣描摹出了自己理想中的生活场景。他希望自己能够流连于繁华的商市,自由自在地与各色人物讨价还价,品鉴货物……

欣赏过契丹这块惊世的丝绸之后,另外几件珍贵之物又从柔然商人的府中搬运过来,这是合达安花费了好些心思,让人历经长途完好无损地带来的。红白玛瑙的棋子、青玉黄纹的玉佩、镶玉的八卦纹金杯……皆是柔然人制出的巧夺天工之物,无一不让契丹商人看得眼馋心热。

又有一些当地的柔然人先后亮出了自己珍藏的宝物。

这些宝贝让合达安内心无比激动与振奋,她认真倾听着柔然的商贩与契丹人滔滔不绝的讲述或争论,也偶尔提问几句,或与他们谈笑几声,其余时间,她都在倾听并且思考,思考这种有意义的交流该如何持续下去。

半月的时光转瞬即逝,这些契丹商人到了该返程的时刻。

合达安心中明了,历经战火动荡的柔然与契丹商人,他们对于这条漫长莫测的商旅之路充满了与渴望期待同等的忧虑不安,于是她命那些招募来的勇士护送这些契丹商人回去,并且将此作为这些人的主要使命,她为这支护送队起名为"沧慈军队"。

入暑后,蝉鸣不断。

已是子时,帐内一片寂静,莫桑也已经退下歇息,合达安在烛火下草拟送往畿和城的第二封奏章。

纪由不知何时进来,拿起案上的竹简看了看,道:"怎么你才当上郡主不到半年,送往畿和的信件却都是劝可汗出兵打仗?这可不是为官之道。"

父亲口中的"为官之道"一直是合达安理解不了的,她自己也常为此烦心,粟长尹、上大夫还有一直贪图水晶盐的莫图尔,他们都是与合达安同朝为官的臣子,自己却与他们没有更深的交际,彼此只是互相算计,埋怨。他们之间,就像有不可逾越的鸿沟。

她道:"父亲,你是知道的,我一直给予契丹商人最大的照顾,奈何'沧慈军队'人数有限,许多契丹商人自东丹来此,不仅会遭到契丹首都上京的阻拦,也会因为库莫人的劫掠而心生畏惧。许多商人来信对库莫豪强的阻挠与掠夺怨声载道,如果我不能拿出行之有效的策略,那我所有的努力都将付之东流!"

纪由轻叹一口气,道:"你拿出策略容易,柔然出兵库莫却难。你以为上次珲野王真的害怕柔然吗?他只是暂时忍耐罢了!"

合达安陷入了矛盾之中:"父亲,那我该怎么办?"

纪由耸耸肩膀:"军国大事,不要问我一个闲人。"他在帐中又点亮了几支烛火,临走时轻道,"别忘了用缣帛写奏章。"

合达安疑惑道:"为何?"

纪由已经出了帐庭,身影消失在了黑夜之中。

很快,奏章又回到了案上。

"平民百姓在丰年和盛世中,希望好景能够长久;遇到荒年和战乱时,又盼能尽快摆脱苦难……"

又是一个月明星稀之夜,合达安读完后,恍然大悟。

初来乍到的粟水郡主经过半年多的磨炼,已经逐渐打消了契丹商贩的顾虑与担忧,疏通了来自东丹城内契丹商人的贸易之路,越来越多的各地商人来到柔然进行贸易。

一切都如可汗所愿。

可是合达安却不会就此停步,她的目的也不仅仅如此。

她已经能熟练处理一干原本觉得苦恼的事务,但一个一直困扰她的难题再一次出现。

粟水,得天独厚的水晶盐出产地,商业贸易的一大突破口,原本是合达安促进贸易的一个很大的筹码。可惜在莫图尔的贪污之下,本就稀少的水晶盐更是所剩无几。现在冬季已经过去,夏季丝绸又该上市,狐皮卖不出去,严重堆积,因为水晶盐数量的严重不足,好不容易疏通的商业之路只能进行些烈马与寻常之物的交易。

烦恼几日后,合达安决定采纳曲律的建议,不再一个人闷在府中苦想,走出去散散心或许有更大的收获。

果然,再次走入已经较为繁华的市场,她苦楚的内心有了些许安慰。

沿路望去,集市售卖货物无数,品种繁多。

"你看那家摊上的银梅刻月花碗与素金盘,好生雅致。你再看这里的银指甲套,上面红黄绿宝石皆如此华丽,正好与一旁的素银扁簪形成了对比……"她站在集市中,一个个指着对莫桑说道,"这指甲套原是中原宫中后妃所戴,万想不到这里也能看见,真是难得。还有那边的,你再看那三件套的马鞍具,是我们草原上的物品,却是契丹商人与咱们柔然人一同制成的,用处广泛,样式也新颖。"

虽然这里商品繁多,但是合达安发现少有丝绸、盐这些稀罕之物,大多不过是些首饰、器物、字画、笔墨、缣帛等。

她巡视一遍之后,坐到一家茶帐中歇息。店里的小二奉上的是一壶新季的六安茶,轻轻闻一下,便觉得茶香四溢。

自从当上郡主来到粟水之后,因为茶实在稀罕珍贵,就算是要饮,合达安也是夜半星明时,因为困意不断袭扰,才小饮一壶来提神,根本没有时间细品。今日偷闲躲懒地坐在茶帐中,初闻茶香便很是喜欢,合达安想要好好品上两杯。

谁知合达安刚饮了一杯,望着手中的杯子,突然想起,从前乐浪别妃多次邀请自己在她的帐中饮茶闲谈。她们交谈、品茗,别妃随便的一两句话都会令原本心有忧愁的她豁然开朗。

想到这里她禁不住一声叹息,感觉清茶单调,便对莫桑道:"我们吃些东西吧。"她扬声喊道,"小二!点菜!"

那小二闻声赶来,习惯性地将肩上的抹布取下一边擦拭着桌子,一边问道:"客官,吃点什么?"

合达安想了想道:"小二,你这里有酸奶吗?"

那小二听完露出失落的神态,道:"对不起啊客官,我们这里没有。"

合达安最近想念那个味道,有些遗憾道:"那便算了吧。"

出了茶帐,莫桑见合达安不悦,道:"郡主,我去打听打听哪里有卖酸奶的。"

合达安眯着眼睛,正色道:"我想念的怕不只是酸奶。"

"郡主还想吃什么?"

"有些东西,无色无味,我却十分想吃。"

莫桑思索了一番,道:"郡主,你想吃水晶盐了?"

"莫桑,你说这个莫图尔将产出的水晶盐克扣下来,他会卖给谁呢?"

莫桑想了想,道:"谁有钱,就卖给谁。"

"不错。"合达安看着莫桑,眸中露出丝丝欣慰,"那你说,粟水城中,哪些人最有钱?"

莫桑脸憋得通红:"郡主,我想不出,不如你叫大家出来比比。"

合达安哈哈一笑道:"你想不出算了,我们去吃东西吧。"

"郡主可是要回府用食?"

"不是。"她道,"去莫图尔那里。"

当几人的马跑到西部统帅府前,最前面的合达安大声道:"莫桑跟着我就行,你们喝酒去吧。"

她取出几颗碎银发给侍卫,随后就大摇大摆地进了莫图尔府。

莫图尔正在府中欣赏仕女婀娜的舞姿,听见侍卫通报,有些扫兴:"她来干什么?"

那侍卫来不及回答,合达安就已经三步并作两步进了帐庭。

正撞见满庭的仕女,她道:"大统领,我扫你兴致了?"

莫图尔在侍卫的搀扶下,晃晃悠悠地站起来向合达安行礼:"郡主,你今日怎么过来了?"

合达安也回了一礼,若无其事地道:"大统领负责水晶盐开采一事,我过来问问。"

莫图尔脸上瞬间扫过一丝阴霾,他转身对满屋的仕女吼道:"你们这些没眼力的东西,还站着干什么?还不快给我下去!"然后重新转过脸,做出一副和颜悦色的模样,"郡主的爱将已经在我这里数月了,你是应该过来看看。"

合达安听完,莞尔一笑,道:"大统领,我是来与你讨论水晶盐的事,你为什么要顾左右而言他?"她像是突然想起一般,问道,"乙旆如何?他可还让你满意?"

莫图尔冷笑一声,没有作答,俯身和侍卫小声嘀咕了一句,侍卫立刻得了命令退下了。

两人在帐中不咸不淡地交谈了近一个时辰,眼看午时已经过去,合达安却依旧坐在帐中,没有半点离开的意思。

莫图尔有些恼意却又不便明言,他问道:"到了午膳时间了,郡主可是要留下来?"

合达安眼睛瞬间眯成一条缝,眸中凝成的光芒直射到莫图尔的脸颊上,她乐道:"大统领盛请,好极啦!"

"谁邀请你了?"莫图尔脸涨得通红,心道,"不是你自己来的吗?"

以往歌舞不断、仕女围绕的筵席,因为不速之客到来而变得冷寂,莫图尔咽下的每一口食物都变得何其憋屈。

当合达安终于觉得酒足饭饱,做出一副想要起身离开的架势之后,莫图尔憋屈许久的面目终于露出了一丝他已经藏不住的喜悦,他装模作样地送她到帐前,又特意叮嘱帐外侍卫好生送郡主出去。

莫图尔觉得许久没有这么不自在过了,他本来悠然自得地玩闹了一上午,殊不知郡主会来,他带着半抵触的状态与郡主口不对心地闲聊了半天,心中不胜其烦,直到合达安走后,他才晃晃悠悠回到饭桌前,看着面前几乎未动的几道菜,叫来仕女,重新把酒,继续他的欢乐。

几杯酒之后,他开始回想之前与郡主的闲聊,觉得似有他意,但也许是因为饮酒实在过多,又也许他们确实没有说什么重要的话,想来想去也没有想明白,但有一点他清楚,这位冰雪聪明的郡主绝对不会无缘无故来一趟。最后借着酒劲,莫图尔一气之下一举掀翻了饭桌,狠狠地道:"小丫头片子,敢跟老子玩阴的。"

他心里盘算着:"这小丫头睁一只眼闭一只眼倒也罢了,若是她敢拦我的发财之路,我非得……"

就在莫图尔发作时,门外,一个衣着华丽的男子从马上一跃而下。

乍一见,以为是个前来走访的富贵子弟,可是仔细一瞧,那人眉目眼熟得很,尤其是高大身躯中透出的沉稳之气。自上次分别之后,他的鬓发已经略长了些,用珠玉秀带绑在了脑后。

送郡主一直出到府门前的侍卫立刻行礼,口道:"中郎将。"

这莫图尔府里谁人不知,大统领看上了一个武略出众的人,一举将他封为武官中郎将。

莫桑直勾勾地盯着他,刚要开口,看到合达安的脸色,只能闭嘴。

"郡主。"乙旂恭敬地向合达安行了一礼。

合达安的目光淡然地从他身上一掠即过,低声发出一句旁人听不见的"嗯",头也不回地走了。

天际变幻莫测,在一望无际的草原上一览无余。

就是这天地相接的景色,让城中的风云变幻也显得与众不同。

当粟长尹听闻郡主到了府外时,他很是有些惊讶。在他看来,倾力于商圈的郡主,一直与自己这些权贵没有太多交往,可是她为何突然登门?他略略思忖了一下,马上穿好衣服一步步走出去迎接。

两人并肩走入客帐,粟长尹令人送上茶水点心,他甚至亲手执壶为合达安倒茶,种种都与莫图尔的待客之道大相径庭。

粟长尹客气道:"郡主日理万机,今日怎么有空过来了?"他摸摸下颌上稀少泛白的胡楂,乐道,"郡主来之前也应提前通知下官,这府上……什么都没有准备,太简慢了些。"

合达安拿起一块糕点放入口中,她向粟长尹投去一个质问的眼神,道:"谈不上什么日理万机,就是想请粟长尹与我一起解决一道难题。"

粟长尹探着脑袋,问道:"什么难题?郡主请说。"

合达安尖锐的目光从他脸上划过:"关于水晶盐的事。"

就是这粟水城中最毒的眼睛,恐怕都不能在这个时候从粟长尹细小的双眸中找出一丝不妥,更何况涉政尚浅的合达安。在她稚嫩的眼里,粟长尹此刻的目光平静如水,没有半点异样。

她只能凭着自己的猜测接着道:"我觉得水晶盐的产出有些问题,知道粟长尹是监察的老手,所以前来请教请教。"

粟长尹刚要回些什么,却被合达安抢先道:"粟长尹一定不要推辞,只有你的帮助,这事才能彻底解决。"

合达安说到"彻底"时,有意加重了语气,她知道如果自己的猜测对的话,就算粟长尹表面不表现出什么,心里一定不会毫无感觉。

粟长尹沉默了一会儿,道出一句任何臣下在这种情况都会道出的话:"郡主看中,臣自当尽力而为。"

合达安内心一空,道:"如此就劳烦你了。劳烦你派人去查一查大统领的人是不是把水晶盐贪污了下来。"

粟长尹猝然一愣:"郡主!"他目光凝在了一起,心道,"这不就像拿鸡蛋碰石头一样愚蠢吗?"

"我是请你着人去查一查开采水晶盐的那些矿工,我虽然知道大统领为人老实,可是难保底下人不会捣乱。"她静静地看着粟长尹,"水晶盐产量如此之低,根本不够买卖,只够个人享用,难道身为监督官的粟长尹看不出来?"

粟长尹也静静地看着合达安,他心下开始盘算,水晶盐这问题也不是一天两天就能解决的,倒是自己如果按郡主说的做,大统领发起怒,万一郡主不承认,自己岂不是被人当枪使了?

他细细思索了一番,说出来的却是:"郡主,我没什么异议。"

当夕阳西下之时,合达安又来到了上大夫府前。

与之前两位都不同的是,上大夫是一路小跑着出来迎接她的。

见到合达安,他的头一句话与前面两位完全相同:"郡主,你怎么来了?"

但是比起前两位,这位上大夫在自家世代居住的府邸面前却显得格外紧张,甚至在夏日里还有些瑟瑟发抖。

她疑惑地问道:"你要与我站在这里谈话吗?"

上大夫的脸一下红了起来,他怯怯地道:"请,里边请。"

走进客帐的那一瞬间,合达安才明白为何上大夫今日如此紧张。

一进大帐,十多双眼睛齐刷刷地向这边投来,接着又纷纷变得惊讶,他们陆陆续续地站了起来,躬身向合达安行礼。

也不知今天究竟是什么日子,这些官员居然都聚集在了这里,方才去莫图尔与粟长尹那边,都没有这般热闹。

上大夫是世袭的官,手里的实权已经越来越小,但是排场却历代不改,稍有些大小事,就要请人来家中宴饮。

此次入夏的团宴,到府里的官员形形色色,合达安大多都不认识。原本不算热闹的聚会因为郡主的到来显得隆重了些,这让注重仪式的上大夫甚为欣喜。

直到送出府前,上大夫才第二番问道:"郡主来此究竟为何?"

合达安向上大夫拘了一礼,道:"臣在处理公务时,发现有些问题,本来想来问问上大夫。不打扰了,改日再来拜访。"

已经走到府门的上大夫也无心多问,只受了郡主一礼,就回府照看客人了。

客帐里的众位官员难得见到郡主,你一言我一语议论不停,反倒是上大夫坐在一旁安静了许多,他回味着郡主方才的话,当初听来觉得简单,越琢磨越觉得此话真是复杂极了。

郡主府中,口干舌燥的合达安捧起一小碗新鲜的酸奶,十分满意地吃了起来。

站在一旁的莫桑问:"郡主,他们府中可有水晶盐?"

合达安只望着眼前的酸奶,头也不抬地道:"你觉得我吃得出来吗?"

第二十章　弥月无情

夏日,蝉鸣声断断续续。

乙旃已经走了不少日了。

沉心于商业文书的合达安,猛地一抬头,道:"乙旃,给我……"

好几次了,莫桑也已经习惯了:"郡主,你想要点什么?"

合达安叹了口气:"外面有点吵。"

草原上,白日里上有如火的骄阳,下有千里碧波,可是到了晚上,漆黑一片,只能听见凄凄的蝉鸣声。

溪山下零散的帐篷外,烧着几处篝火,乙旃拨弄着火堆,目光注视着那些轻轻飘起的火星。围着他坐的,是几个副官,比起其他已经遍体鳞伤的士兵,他们几个脸上的瘀青更加严重。

乙旃从自己随身携带的荷包里翻出一个布包,将里面似有似无的东西洒在水中,待水煮开后,一一递给左右。

他们对这个严厉的长官又敬又怕,一个个都笑眯眯地望了他一眼,开始埋头喝水。

"中郎将,您方才加进去的宝贝真是不错,比起以前出征在外疲劳时官人们给的盐水好多了。"

乙旃并没有在听副官的话,他摸着手里的布包,眉头紧蹙。

这个星星稀少的夜里,合达安早早就命莫桑退下歇息,连帐外的护卫也撤下了,自己一个人坐在帐内,感觉困劲一股一股地冲上头,她用手撑着摇摇欲坠的脑袋,最后连手也缓缓地放下,趴在案上熟睡了……

"郡主!"乙旃见她的模样,担忧地问道,"你还是那么日夜不睡地忙碌?"

合达安坐直了身体,道:"没有,还行。"她打量了一番乙旃,不知道他从哪里翻出了从前的破衣服穿上,心中觉得惊讶,又觉得欣慰。

"乙旃,以后你要来直接来就行,不用等到夜深人静的时候偷偷进来,没有人限制你来我郡主府啊。"

乙旃垂着脑袋:"我怕莫图尔会知道。"

"只要你别做什么事,他不会在意的,况且你刻意不回来,他反倒在意。"

乙旃眉头一紧,道:"郡主,我真的想要做什么。"

合达安微微地摇摇头:"我就知道。"

他一着急,说话大声了些:"郡主可知道?盐场除了水晶盐,就连普通的盐巴也被莫图尔扣下了许多。"

合达安轻轻地道:"我知道。"

"军队出征都需要带盐,他正在盘算,就算是不卖给柔然人,卖给西部那些少盐又不自产的民族,也能挣一大笔。"

合达安语气依旧轻缓:"这些我不知道,谢谢你来告诉我。"

乙旃更急了:"郡主,事态很严重了,我会想办法帮您的!"

合达安静静地看着他,问:"你想帮我干什么?"

"帮您找到他贪污的证据。"

"然后呢?"

"报给可汗,然后处置他!"

合达安笑着摇摇头,道:"乙旃,我知道你是什么样的人,但是你要答应我一件事,如果有一日在你面前,我与莫图尔发生什么冲突,你要记住,一定要旁观,断不能帮我。"

乙旃早就料到郡主会这么说,没有马上拒绝,他只是默默地看着她,不置可否。

"你以为莫图尔这么相信你吗?无论你再怎么聪明,再怎么讨他喜欢,你毕竟只跟了他这么些日子,又是从我这里出去的,在他心里,与那些陪他数年又东征西讨的将士相比，他是有权衡的。"

乙旇这时候点了点头："我知道。"

"所以，你不要总想着帮我，你现在是武官中郎将，粟水西部的安全已经是你的职责了，你做好自己的事，就是帮我。"她按了按他的肩部，"是帮了我大忙，你懂吗？"

最后，她补充一句："我答应你，如果我真的有事请你帮忙，一定会告诉你，不过你下次想来就直接来，没什么顾虑的。"

乙旇知道若是郡主觉得危险的事，她一定不会找自己帮忙，他心里暗暗悲苦，却也没再争辩。

左右副官觉得乙旇烧的水好喝极了，他们常年在外，需要盐来帮助他们保持精力充沛、头脑清晰，但是盐水比起这个加了无色无味的水晶盐和少部分蜜饯的水差远了。

他们眼看水要喝完了，连忙呈上一碗给乙旇，乙旇却未接，只是悲伤地看着布包。

他来到莫图尔的军营许久了，对于盐山开采的事，莫图尔却一点不让他插手，只让他在外带兵，或者陪他射猎骑马。现在关于水晶盐的事，他依旧一点不知，又一点也不敢问，每次去郡主府，合达安都不愿让他插手管。他心道："早知如此，还不如就一直留在郡主身边。"

莫图尔一路策马急行，到了粟长尹的府前，便连马也不下，直接就想闯进去。门外的侍卫吓坏了，连忙给他开门。

他一口气策马持箭跑到了粟长尹的大帐前。

粟长尹这时正在帐内品茶，刚烧开的一壶水，没来得及倒入茶杯中，就听见外面急促的马蹄声。

一般人不会以这种形式来到自己帐前，但是莫图尔不是头一回了，粟长尹听见外头的动静，手一抖，一壶的热水倒了出来，他被烫得嗷嗷直叫，顾不上换身衣服就赶紧出去"迎接"。

莫图尔看见粟长尹一瘸一拐地出来,一把抓住他的衣领,眼睛恶狠狠地瞪着他,问:"粟长尹,你小子享受老子的东西享受腻了吧?居然敢不买,你说,是不是郡主让你这么干的?"

粟长尹自从知道合达安郡主要查水晶盐的事,就不再为莫图尔做生意,虽然他知道爱财的莫图尔一定会来质问自己,但是同样爱财的粟长尹也有推辞的理由。

"是……是郡主,臣不敢不从啊。"

莫图尔也绝对不傻,虽然他总是喝得醉醺醺的,但是不喝酒的时候,他格外清醒,他早就猜到了这一切都是郡主所为,但是他一点没有将她放在眼里。

"那个乳臭未干的小丫头,竟敢管到我头上来了,原本我想着她只要睁一只眼闭一只眼就行了,谁知道她居然还真的敢查我!"

莫图尔松开粟长尹的衣领,质问道:"你说!她敢惹我,是不是不自量力?"

粟长尹忍着腿上的烫伤与刚才被提溜起来的酸楚,夸张地点着头,嘴里不断地道:"是……是……不自量力,太不自量力了!敢惹您?!"

莫图尔抬头看了看刺眼的阳光,当他再次低下头看粟长尹时,眼前一片眩晕。他喝道:"粟长尹,你真是老了!而且越老越糊涂了!你没看见我站在这晒了好久吗?"

粟长尹脸上挂着笑容,道:"是是,大统领里边请。"

莫图尔看都没看他,三两步跨了进去,帐外的侍卫没来得及为他掀开帐帘,就被他甩出的帘布打了一耳光。

粟长尹不耐烦地对侍卫道:"退下。"然后又挂着笑容乐呵呵地走了进去。

年近四十的粟长尹,在莫图尔面前,就像是一个长不大的孩童,随叫随到,万事服从。

当然了,粟长尹与莫图尔同朝又同城为官这么多年,他知道,对于莫图尔的要求,他粟长尹必须服从,否则没有什么好下场。

他亲自执壶为莫图尔倒了一杯茶,然后在一旁坐下,也为自己倒了一杯,递到嘴边时,脸上的笑容才收了回去。

"粟长尹,老子今天就是来警告你的,你记住了,你凡事都得按我说的做!"

粟长尹犹犹豫豫地道："大统领的话我一直记得,可是郡主……郡主毕竟官阶比臣高,臣不能不听啊……"

莫图尔真的火了,一用力,捏碎了手中那青玉茶杯,吓得粟长尹忍不住一哆嗦。

他恶狠狠地盯着粟长尹："你说什么?"

"没,没什么……"

"你只要做你的,那个毛丫头,我会让她不敢再查下去的,我还要让她以后都看我的脸色行事!"

粟长尹没敢再争,咧着大嘴道："是!臣知道了,有大统领在,小小的一个郡主……臣只听大统领的!"

莫图尔满意地点点头："你这样想就对了!"

当他摆平了粟长尹,回到自己府里时,一个侍卫上来禀报说上大夫也不再购买水晶盐。

原本压制的怒火终于爆发出来,他怒吼道："给老子备马!去郡主府!"那侍卫得了命令刚要出去,赛音却进来了,他道："大统领,乙旃练兵回来了。"

莫图尔沉默了一会儿："让他和他的几个副官进来!"

乙旃刚一进帐,莫图尔就一拳打了过来,乙旃本能地躲闪了一下,莫图尔见没打着,心里更是怒气难忍,伸出脚去狠狠地踢他。

乙旃没再躲了,他也不知道为什么,只觉得他要的机会来了。

他就一直忍,一直忍,随着他进帐的赛音还有几个副官不忍直视,都纷纷低着头。有个副官想要阻拦,被赛音一把拦住,小声道："不想活了?你还不知道大统领的脾气?你去了也救不了他的。"

莫图尔下手越来越重,他毫无保留地将自己的怒火发泄到乙旃身上,乙旃被他打得皮开肉烂,原本细小的眉眼已经肿得看不见双眸,莫图尔却还是不肯停手,嘴里谩骂个不停。

乙旃本打算强忍着不吱声,因为不说话不发声是让人消气的最好办法,可是越到后面,他越觉得疼痛难忍,尤其是没有遮挡的脸部,鲜血直流的他已经看不清楚莫图尔残暴的面孔,只觉得头上撕裂般的疼痛已经不堪忍受。

他再也撑不住了,嘴里发出凄惨的喊声,帐后一排的人都走了出来,不解又焦虑地望向这边,莫图尔帐外的侍卫回过头透过飘起的帐帘望了一眼,立刻吓得转过身来,阵阵发抖,不敢再看。虽然跟着莫图尔很多年的下属都知道他的脾气,但是每次见他发火,都吓得不敢直视。

又过了许久,莫图尔终于打累了,他突然觉得心中终于舒坦了。

而乙旃此时,已经变得神志不清,全身疼得刺骨钻心,他连吼叫的力气也没有了。

莫图尔垂着眼皮,静静地看着已经血肉模糊的乙旃,心里几种情绪交织在一起,他刚要犹豫怎么处置他,脑海中又闪过了合达安郡主的面目,怒气又重新快速地冲上心头。他喘喘气,觉得自己真的有些累了,冲赛音挥挥手道:"把他拖出去,让他在我的帐外跪着!"

赛音得了命令,立刻向几个副官使了个眼色,副官赶紧面上强装使劲,手下却很轻地将乙旃拖了出去。

乙旃被拖出去的时候,血从洁白的地毯上划过,门外的侍卫已经不敢再看,歪着脑袋上扬着视线将帐帘为几个副官掀开。

"不准给他治疗!不准给他水喝!不准给他饭吃!就让他跪着!"莫图尔一个箭步跟了出来,厉声道,"老子回去休息!一起来就要看见他跪在我的帐前!"

几个副官吓得哆嗦着下跪,颤颤巍巍地道:"是,是,是。"

莫图尔这才打了一个哈欠,回去歇息了。

这夜他睡得特别好。

清晨时分,帐外的侍卫已经换了两拨,他们看见躺在地上一动不动的乙旃,皆露出不忍的神情,却都不敢走上前去帮忙。

莫图尔睡醒后舒服地叹出一口气,从帐里走出,他眨眨眼看着面前的乙旃,沉默了一会儿。

身后的帐前侍卫心中开始害怕,他们心想:"大统领休息完了不会一早又要揍他一顿吧?那中郎将可就真的没命活了。"

谁知莫图尔却没有再出手,他只是走上前,蹲下身子看了看乙旃,然后回过头淡然地问道:"他死了吗?"

一个侍卫顿了顿,道:"好像没有。"

莫图尔凶煞的面孔露出一分丑陋的笑容,道:"是吗? 那还有点意思啊,不错不错。"他再仔细看了乙旃一会儿,甚至用手推了推他,把耳朵凑近了听听他的呼吸声,直到他确定听见了乙旃微弱的呼吸声,他才重新站起来。

"你们! 你们! 你们!"他激动地道,"你们快把他扶进他的帐里,找人……找最好的大夫给他医治,务必给我救活了! 记住,什么药啊大夫啊,都要最好的! 再给他宰一只羊,也要最好的! 就只让他一个人吃! 听懂了吗?"

那些侍卫吃惊得点点头,不过他们也习惯了大统领的善变,没再犹豫,小心地抬着乙旃退了下去。

不似莫图尔那样,有些人在处理完成堆的奏章之后,也能够一夜好眠。

木伦清晨觉得精神很好,可惜奏章总是源源不断地送上来,看了还有,看了又有。

以前潇洒的木伦王子,现在却只能成天待在帐庭中看缣帛;以前任性的贺术也,现在却只能成天来回地搬奏章,不仅失去了原来的生活,现在的差使也让他觉得喘不过气。

所以今儿个,贺术也送来的奏章中,木伦随意扫了一遍,没有来自粟水的,就干脆去"左相"府骑射去了。

难得放肆一回,他到晌午才回来。

"王兄?"木伦一进帐庭,看见秃鹿愧坐在案前翻看奏章,"你怎么来了?"

"我本来来找你是有事,不过现在没事了。"

秃鹿愧并不是没事了,而是他发现了更重要的事。

"木伦,我问你,尔绵升格格被封为郡主,你怎么看?"

木伦走近一看,秃鹿愧将自己特意收起的关于粟水的奏章全部翻了出来。他瞟了王兄一眼:"我能怎么看?"

"我是说,你是为她庆幸还是为她惋惜?"秃鹿愧垂下眼睛,看着奏章,"你是心软了还是手软了?"

木伦眼皮一跳:"你对左相呢?是不是也心软了?"

秃鹿愧露出了和木伦同样的神态。"他现在不是左相了。"停顿了一下,他又道,"我是找你出去跑跑马的,就知道你小子憋不住了,可是你去找什锦,干吗不叫上我?"

木伦笑眯眯地望着秃鹿愧:"我以为你要陪王嫂。"

听说人在脆弱的时候会不断想起从前最刻骨铭心的事。乙旃躺在帐中,眼睛一动不动地看着黑白条块交叉的帐顶。

四周一片寂静之后,他好像听到有人叫他,睁开眼以后,依旧望着那个黑白相交的帐顶,再闭上眼,又听见有人在叫他:"乙旃!乙旃!"

声音好像离自己很近,睁开眼以后又什么也没有。他索性就闭着眼睛,任由那个熟悉的声音在脑海中回荡。

"乙旃!乙旃!你的脸怎么了?"

"没有,格格,我不小心撞石头上了。"

那少女哭笑不得:"撞石头上了?是撞石头上了,还是撞拳头上了?"

一行泪流下来,是真真切切的泪水。

乙旃长长地吸了一口气,觉得心口好痛,他想要去郡主府,但是他爬不起来,就算爬得起来,他也去不了⋯⋯

身为中原人与游牧人的孩子,合达安融合了他们性情、模样上的优势,她的神态中,既有从容优雅,还隐隐约约透露出一股强势。

她的沧慈军队,每每在护送来访的契丹商人时,都会来府前见上一面,她甚至亲自倒牛奶酬谢这些人。

有时候来去的商人并不多,沧慈的士兵也就不多,她就会与这些人念叨一二。若是有人觉得来去的路上风光景物甚好,说与她听,她也愿意听。

沧慈军队里的人,都觉得她很好看,可是又很神秘。他们与她说话时,不能够看透她,看她笑时,也不能确定她是不是真的在笑。

有一次一个沧慈士兵问她:"郡主,中原和草原,您觉得哪里更美?"

合达安听后,没有说话,依旧是淡淡地笑着。

沧慈士兵见了反而觉得害怕,心想自己是不是问错了,看到她嘴角带笑,眼角却有些锐意,依旧很美,却很严肃。

其实,合达安并不是刻意想要给人一种望而生畏的感觉,她只是不知道该如何回答那个问题,她深知自己终究逃不过的,就是被人议论有着中原的血统。

这日,合达安在看书简的时候,莫桑在一旁整理首饰,她将几件合达安最喜欢的玉饰小心包裹好,怕自己大意忘记,还特意将包裹的丝帕绣上了字。

看着莫桑这般小心谨慎的模样,合达安忙碌之中抽空冲她会心一笑。

上次莫桑一不小心把自己心爱的玉镯摔成了两半,忍着心痛没有责骂她,谁知第二日她竟然又一个不小心把原本碎成两半的镯子摔成好几节,弄得自己真的发了好一通火。

所以之后莫桑次次都小心再加小心,她细心整理完上一层的首饰,又看见木柜里面有一个雅致的小盒,她依旧细心地轻轻打开一看,里面是一块水色极好的羊脂玉佩。她左思右想觉得眼生,赶紧护着它去给合达安看。

"郡主,这玉佩奴婢看好似很贵重,是不是和其他的珠饰放在一起?"

原以为郡主会甚为欢喜地拿起来摆弄一番,谁知道她看见这个玉佩,眼神瞬间变得黯然许多,静静地看了一会儿,看得眼中的泪都快要掉出来了,才道:"别了,这东西贵重,你另外收着。"她憋了泪,又道,"我平日里不戴,你收得紧一些,别让我瞧见。"

莫桑心知自己做了多余的事,赶紧小心将玉佩收好,收之前,她还是忍不住多看了一眼。当她仔细瞧见了上面铜钱状的图案,才恍然知道原委。

仲冬葭月,日渐寒冷。

乙旃跨一大步走上前,大声道:"臣已经好了,谢大统领!"

他的声音震耳欲聋,让周围人都不自觉地瞟了他一眼。

莫图尔静静地看着他,仔细地打量他,帐里一片寂静。

莫图尔说道:"才只两月有余,就已经好了这么多了?"

乙旖依旧用浑厚的声音很大声地回道:"是!"

除了莫图尔,所有人看着乙旖呆滞一般的眼神,都以为他在故意和大统领置气,这是他们中任谁都不敢做的事,却真真切切发生在了乙旖身上。

乙旖不是胆子大,而是他真的觉得莫图尔喜欢这样的人,这样的人他身边没有,所以他喜欢。乙旖在想,如果他真的喜欢自己,就会把他调到他最看中的地方。

莫图尔确实这么做了,但是乙旖却赌错了。

莫图尔把他调到了自己最精锐的部队,这支部队,常年与西部高车族兵戎相见,是他最强的一支部队。

莫图尔对他说:"你去领那支队伍,条件随便开。"

乙旖心底一阵失落,但他知道莫图尔想要弥补,或者想要讨好自己,所以他不会放弃这个难得的机会,他道:"大统领,我想要我那几个副官跟着我。"

莫图尔的心软了点,自己惨打他的事,全军皆知,这让乙旖有些抬不起头。

"好,随你。"他点头答应了。

自从莫图尔亲自登门之后,粟长尹就乖乖上门买了一大笔水晶盐。

当官之人有几个不爱财的?尤其是像粟长尹这样贫苦出身,曾经被别人看不起的人。忙忙碌碌大半辈子了,只混了个六品的官,他并不是不知足,只是后悔自己当初软弱,一口气答应在莫图尔那买盐,搞得现在自己府中月月都有一笔庞大的开支。

当然,粟长尹心里再不服,也不敢表露出来,更不敢当着莫图尔的面,把自己真实的想法说出来。

他思索了几日,依旧惦记自己的银子,没办法,他去了上大夫的府上。

只有一件事能够让上大夫与粟长尹两人坐在一起,那就是讨论关于如何对付莫图尔的事。

粟长尹幸运,他来时,上大夫府上既没有宴饮,也没有宾客,如若不然,他还真不敢开口。

"老兄啊。"上大夫还未听完,看见粟长尹张着老大的口,眼睛凶巴巴地看着自己,他就知道粟长尹要说什么,"我这不也是一样的处境吗?我虽官比你大,可是无权无势,哪像你,还可以随时上京城告个小状什么的,我才是投诉无门,欲哭无泪啊。"

粟长尹委屈地冲他摇摇手,道:"我又何尝不想去告他?可我一没证据,二来,我也不想为了点银子把自己的小命搭上啊。"

"我说你啊,你每次都来问我,可我也只能安慰安慰你,我……我帮不了你啊。"上大夫正了正神色,"不如,你去找那个郡主吧?"

粟长尹将一口气叹到了底:"别提了,郡主让我查一查莫图尔手下贪污的事,你说……你说这不是虎口里拔牙吗?"

上大夫双目一抬:"哦?郡主也找过你?"

"也找过你?"

上大夫沉默了一会儿,道:"我看这个郡主是真的不怕莫图尔,不如……"

"怕!她怕!"粟长尹截住他的话,道,"否则她就自己去问了,干吗还跑过来找我?"

"自己去问?"上大夫哭笑不得,"自己去问莫图尔就会承认了?再说了,你怎么知道她没有自己去问?"

粟长尹一愣,猛地想起了什么:"对呀,上次莫图尔来找我,一口就认定是郡主指使我的,难不成她故意的?可她干吗要把我拉进去?"

"她根本不是要把你拉进去,她是已经把你拉进去了。"上大夫看着粟长尹疑惑的表情道,"你想想,她同时到过我们三个人的府邸,莫图尔知道这件事,他会怎么想?他会认为是郡主拉拢我们,所以他就登门,亲自登门发通威风,如果我们惧怕他,又重新跟他做买卖了,那说明我们没有被收买。"

"那你是说郡主知道我们私下贩卖水晶盐?"

"她应该只是猜测,但是,在她来过之后,莫图尔就马上上门训斥我们,想必现在她也已经知道了。"

粟长尹挑了挑眉毛:"这小妖精可真精啊。"

"她可不只是精,她要你查查莫图尔的手下,如果等了多日你还没有消息,那就是你这个监察官失职,同时也是莫图尔失误,他失误没有看住水晶盐,而你就更是该死,郡主来提醒你,你还不查。"

粟长尹吓得跳了起来:"跟我有什么关系? 就算跟我有关系,他莫图尔关系就更大了,他怎么只是失误,我就成该死了?"

"我也只是猜猜,郡主可能有别的心思。"

粟长尹脸一黑:"有你这么猜的吗? 那万一郡主真的上奏怎么办? 那莫图尔肯定说自己是失误,可是我……我就惨了……"

"你别急啊。"上大夫想伸手拉他,可是根本拉不住,粟长尹老练的脸变得扭曲,气得又蹦又跳。

估计除了莫图尔,上大夫是第一个见到粟长尹如此孩童的一面,他扑哧一下,笑出了声。

粟长尹看见,脸黑了又青。

"你真的别急。"他赶紧捂住嘴巴,"你想想,你没有证据,郡主也没有,所以你不敢上报,郡主也不能啊。"

粟长尹根本没有得到安慰。"那万一她就是胆子大不要命呢?"粟长尹已经快哭出来了,"况且,她那里有每月水晶盐的账本,可汗只要一看,就会怀疑的。"

"莫图尔可不傻,他只要敢做就不会这么轻易暴露,郡主也不会这么傻。"上大夫又使劲拉了拉粟长尹,"你别急了,郡主估计就是试探一下。你过几日向她说明情况,就说你查了,没什么线索,或者没什么有用的线索,她也不能说你失察。"

粟长尹稍微松了口气,问:"那老弟,我们以后怎么办啊?"

"老兄,你又问回来了,我也没有办法啊,你还是得去找郡主。"

看着粟长尹一摇一晃离去的背影,上大夫虽然感同身受,但同时也觉得搞笑,原来一直装得风轻云淡的粟长尹,也有沉不住气的时候。

粟长尹不敢骑马,只能靠着年迈的双腿,一路飞奔到了郡主府,又在门前徘徊半天不敢进去。

"这是谁啊？乙旃吗？"莫桑看见一人从外面进来，满脸的伤，问。

乙旃挠挠脑袋，对合达安道："没事，我练兵的时候伤的。"

合达安犹豫了一下，淡淡地道："我以为你又撞石头上了。"

乙旃憋着想笑："对了，郡主，我在门外看见了一个人，好像是粟长尹。"

"哦？那他也看见你了？"

"是啊，我从正门直接进来的。"

合达安笑笑："好啊，难得你来，应该去看看父亲的，可是他最近心情不大好，你也别去了，我们三个好久没有坐在一起好好吃一顿了。"

看着莫桑高兴地跑出去准备饭菜后，乙旃问道："郡主，那粟长尹呢？"

"他不进来就让他在外头待着吧，我猜他一时半会儿不会进来，咱们吃咱们的。"

一顿饭毕，三人皆喜皆醉。乙旃离开郡主府之前，特意留意了一下，府门外，粟长尹已经不知去向。

葭月后就是末冬，末冬后就是正月新年，不知不觉中，又快过年了。

平日里合达安往畿和寄信时，只言片语都非常谨慎，生怕给家中兄长的信被别人留心了去。

今年年下，冬意渐浓，合达安也十分想念什锦。她在集市上溜达了半日，买了一个用墨玉做成的玉扳指，想着虽是射箭时才用的，兄长平日也可以戴着赏玩。她把扳指放入信中，寄出。

可是另有一事，合达安觉得不对，以往集市上各色摆件不一，今儿个怎么这般单调？

她不放心，叫来几个商贩一问，原来集市中许多来自中原的货物都被撤下了，换上来的都是东部契丹与西部高车的货物。

这边恢复了与契丹的贸易，开通了与其他部落的交易往来，可是南部广阔土地的中原人，却反而不愿意来此做生意了。

有一种说法，叫一波未平一波又起。

粟长尹在乙旆见到他之后的第三日,再度拜访郡主府,与合达安详谈了将近一个时辰,随后又去看望了纪由。

纪由几个月来,整日在帐内看书,有时候动笔写些什么,合达安都不过问。她只常常与父亲一同吃饭,偶尔和他一起跑跑马。这些日子,纪由既像是父亲,又不像是,他对于合达安也不像从前那样事事插手了。

对于粟长尹这一次来,合达安彻底明白了,贪婪的人为贪婪而生,除非有朝一日莫图尔不再是西部大统领,不再是掌管一方的大将,否则有他在一日,盐、银子,他是誓死不愿放手的。

一个平静的早上,合达安还是像往常一样,日出而起,稍作梳洗之后,与父亲一起用早餐。

她夹了一块酥麦饼给纪由:"爹爹,我今日要出去,可能有一段时间不在,府里安排了人照料您,还请您不要担心。"

纪由看着她,问:"你去哪里?"

"我想去东丹炭山汉地与玉纹庄看看,亲自选一些货物带回来。"

纵使合达安的语气稀松平常,纪由却还是察觉到了一丝异样。他没有再吃下去,而是站起身,从内帐中取出一件皮衣,帮她披上:"天气渐冷,多穿点,另外你要多带点银子。"

远远的一只孤雁,盘旋于上空,时而传出尖锐的惊叫声,叫得人肝肠寸断。

一支箭射过去,雁声便遥遥落在了马前。

与她一起的,除了莫桑,还有那些沧慈士兵。

所有沧慈士兵都不明白,明明他们要去的地方,充满了艰辛与不测,但是对于他们的领导者,这个从未真正打过仗的女子,居然下令他们所有人身上只能背三支箭。对于这些曾经的牧民来说,他们对于遥远的魏国一无所知,只能偶尔听听从沙场上下来的将士,给他们讲述那个危险重重而又令人向往的地方。

他们一行半百人马,于清晨迎着朝霞出发,傍晚到了阴山脚下。

马前的少女回想起,曾经一个风轻云淡的日子,在这里有个男子迎风告诉她,山的对面常年雨量丰沛,山间的河水奔涌而下,滋养了河对岸的片片绿洲。

如果说溪山对岸的武川草原是天赋自然的佳美盛境,那阴山南侧的草地,就是长生天赋予草原大地的第二个伟大的礼物。

与上一次来时截然不同的便是,山南山北已经陆陆续续住进了柔然人。自从那场一举夺三城的战役之后,这里大片的土地,已经被迁居过来的柔然人征用,上山时也有了几道缓坡可以让他们骑马上去,缓坡周围布满了帐篷与耕作的田地。这与之前相比完全是另一番景象。

合达安和她的沧慈士兵,越过山头的时候已经过了夜半多时,本就奔波了一天,再加上缓坡虽然骑马可上,但是终究难行。

立于山顶时,合达安终于发了话:"大家今日辛苦了,就在此扎营吧,明日日中时候再出发,今夜都好生歇息吧。"

众人欢呼下马,她又吩咐道:"把我的帐篷搭在这里。"

人们都在搭好的帐中熟睡,只有她立在外面,用呆滞的目光望着远方。

她就这样等啊,等啊,等到平旦时分,等到天上的繁星已经暗淡,她依旧在等……

几个守夜的沧慈士兵,在她周围布了几个火把,她就坐在中间,一动不动地望着远方。她的思绪在几个时辰之内辗转了好几年。她看见山下的三座城池,遥想昔日几个少年翻山越岭,为柔然士兵打开先路的场景。那些死士,有的勉强活了下来,至于他们怎么活的,木伦不愿告诉她,但她知道,那一定是惨不忍睹的景象。

卯时日出时,她能看见的就不止山下临挨着的三座城,还能看见更远的关卡城郭。在她的思绪飘忽不定的时候,那些守夜的沧慈士兵也在不时地侧目看她。

这夜里漆黑一片,火光中的少女,黑发散落,圆而发亮的双眸凝视着远方,比任何绝美的画还要生动真实。

丝丝困意起来,却被太阳压了下去。朝阳升起的一刻,城池、关卡、城郭还有更远的地方,拥挤着进入了她的视野中。她颤颤地站起来望去,当再一次望见巍峨的平城时,她瘫坐在地上,突然号啕大哭起来。

她记得自己说过的话："如果我倾尽我的一生都无法完成,那就让你来帮我,如果倾尽你我二人的一生都无法完成,那就倾尽所有柔然与契丹商人之力来完成吧。"她对曲律说过的话,已经渐渐变成了她内心深处中最为真实的声音。

　　她不再单纯为了赚钱而贸易,更不是为了能够源源不断地往畿和送银两而努力,不知道从什么时候起,在她眼里,这些已经变得不值得她追逐。或许,当那些异国他乡的契丹人,带着期许、信任的目光望着自己时,当他们与柔然的商人秉烛夜谈时,她所有的目的就已经改变,满心希冀的就是通过文化、交流、诚恳与坦诚将柔然与他乡他族的贸易联系起来……至少,绝不仅仅用银子。

　　那日粟长尹与合达安心平气和地详谈了将近一个时辰,他走后,郡主府中的这间帐庭气氛就已经变得不同寻常。

　　"如果我可以得到柔然商人的爱戴,如果我可以改变契丹商人对柔然的畏惧,如果我真的疏通了柔然与契丹原本封死的贸易通道,如果我可以暂时忍下莫图尔的贪婪霸道……我真的做了那么多,那我为何不能为了我的期许希冀,再一次踏上魏国的故土?"她就是这样想的,也是这样做的。

　　那个富庶帝都的王城,那个在年轻的拓跋焘麾下已经冉冉升起的帝国,是贸易的繁盛之地,是所有商人的天堂,同样也是与柔然连年战祸不断的地方。好在合达安已经渐渐发现,贸易从来不会因为战争而完全中断。

　　遗憾的是,不论沧慈士兵还是曲律,对于遥远的魏国确实一无所知,她只有亲自带人奔赴那里。决定之后,合达安给畿和的第三道奏章上写了这么一句:"这将是对于粟水,甚至对于柔然具有重要意义的一次远征。"

　　回复的奏章上还是只有单单一个字:"准。"

　　纵使合达安觉得,自己已经对于再次回到故国做了充足的心理准备,可是随着他们日渐深入中原,她还是觉得,心下的紧张如同奔泉,自下而上地想要涌出。她强压着这种紧张,装作若无其事地在马群最前面驰行。

　　一颗心惴惴不安,除了回忆还有担忧,纵使他们都已经换上服饰,束起了头发,但是被魏国人严密控制的关隘,岂是那么容易通过的?

烦心之余,她突然觉得手上有些刺痛,低头望了望拉着缰绳的手,瞬间脸色大变……

合达安道:"原路返回,到怀远的驿站休息吧。"

后面的士兵十分不解,就算离魏国还有些路程,也可以原地扎帐歇息,为何要返回?合达安不理其他人的疑虑,坚定地往回驰骋而去。

因为合达安的马跑得快,莫桑跟不上,直到几个时辰以后,怀远的驿站前,莫桑才发现,合达安面色青白,已经全无血色。

她吓了一跳:"郡主,你还好吗?"

合达安一把将莫桑拉近了些,从怀中掏出两锭黄金:"你和驿站老板说,这里我们包了,至于住几日待定,钱每日付给他。"她定了定神,接着道,"让大伙住下吧。不过你记住,在门前放一盆水,里面倒入三股盐,让每人进门之前洗洗手。"

莫桑听得毫无头绪,但是她最了解合达安,没有多问半字,也没有耽误一刻,赶紧叫来沧慈军队首领安排士兵洗手住下。

在众人下马洗手,然后进入客栈休息时,合达安已经先行进了房间,她将自己的手泡入盐水中,果然一阵刺痛引上了身,疼得她瞬间惊叫起来。

一阵疼痛结束之后,她变得更加惊惧不安,看看自己手上发黑的痕迹,她想起在医馆的日子里,曾经见过类似的症状。一个商人在路过山林时,被蚊虫咬伤了,这种带有剧毒的蚊虫咬过的痕迹,就是漆黑的一道伤疤。

她记得自己翻阅的书籍说,这种稀有的虫类留下的伤疤,会使人四肢麻木,高热不断。她埋着脑袋细想当时书中的解释,能想起来的却并不多。

她昨日一夜坐在帐外,怕是疏忽了山林之中还有这种危险。

莫桑处理完事情之后连忙进来询问,她看见合达安手上的黑疤,吓得张大了嘴。

"刚才他们泡手的时候有谁觉得疼,或者你看见谁脸上有疤痕,和我手上差不多的?"

莫桑细想了想,摇摇头:"没有,郡主,我确定。"

合达安松了一口气,在天气寒冷的冬季,露在外面的也只有手和脸,既然没有,说明倒霉的也就只有自己了。她暗暗悔恨了一番,谁让自己有帐不住,非要坐在外面?

"郡主。"莫桑见合达安不打算解释,"你是不是中毒了?很严重?"

"不算中毒,只是会发热几日。"她道,"一路折回来,最重要的原因还是我没有把握能通过魏国人严守的关卡,毕竟我们这么多柔然人。"

几十人在这末冬时节,在怀远的驿站里,一住就是近十日,不断有沧慈士兵忍不住想要上前询问仔细,都被莫桑与首领拦了下来。其间有十几人,已经耐不住性子,有的擅做主张穿着汉服去了魏国,有的却返回了柔然,剩下三十几人留在驿站每日焦虑地等待着。

沧慈的首领是一个身材消瘦的男子,叫墨顿。合达安见他为人老实,将他封为沧慈的首领。在沧慈军队的几百人当中,她选了五十多位与这个墨顿,随自己出行。除了墨顿与莫桑,其余人并不知合达安这几日因为手上的伤还有之前在契丹她受过的箭伤,两伤一并发作,她这几日就如同置于火中一般,煎熬不断。

墨顿知道合达安郡主在等什么,所以这几日他在怀远城中四处打探有无路过柔然想要去魏国的外族商队,一连几天却毫无收获。

出来时准备的金银,还没有到魏国,就已经所剩不多,墨顿几日在外打听,盘缠更是一扫而空。

一筹莫展的人们焦虑地待在客栈。

莫桑见到坐在窗下失落疲惫的合达安,不免有种美人迟暮的感觉。她想了半晌,说道:"郡主,要不要我回去备点银子来?"

合达安焦躁痛苦了几日,身心确实疲惫,她原本怀着将魏国商业融入粟水的豪情壮志出来,如今竟然出师未捷,原本的豪情化作了心底的伤感。她暗暗伤心一番，对莫桑道："也好，你回去一趟，顺便看看曲律他们最近如何了。"

莫桑跟着合达安几年了，第一次见到她因为不顺而失落，不忍再打扰，悄悄退下了。

"回来！"一阵响而有力的声音从身后传来，莫桑惊喜地回过头，合达安望着窗外，苍白的脸变得激动不已，"回来回来回来。"她反复道。

驿站门边，有十几位异族模样的人走了过来。因为沧慈士兵的马堵在门口，他们牵来的马儿根本进不来，那领头的——一个头裹丝巾的女人厉声叫道："老板！"

合达安与莫桑在窗内看见，老板闻声跑出去后，那女人用响亮浑厚的声音道："我们要住店！"

老板面露喜色，连声拍手道："哎哟，姑娘运气好，本来有人包了小店，可是近几日他们走了十几人，正好腾出房间，供几位使用。"

女人在老板说话间，环视了一下周围的几十匹烈马，她感到有人正从上而下地盯着自己，随即抬头，和正在看着自己的合达安四目相对，互相打量着对方。

那女人卸下头部的丝巾之后，露出了充满褶皱的面孔。才只有三十出头的年纪，却已经因为常年风餐露宿，变得满脸皱纹。

看着她的面孔，合达安不由得在心里念道："在这个女人行走的一路上，究竟经历了多少风波坎坷，才会变得如此沧桑……"

女子见合达安盯着自己，冷笑道："怎么，很丑吗？"

合达安重重地摇摇头："我知道你一定是走过太多常人没走过的道路。"她的神情正如同她的语气一般诚恳，"我觉得你是令人敬仰的。"

正如合达安所想，这是一个经历过太多的女人，这个女人的人生中，见过形形色色的人，凶恶如虎豹，或者是善良如同眼前这个丫头，她都不会太惊讶。

从合达安精致苍白的脸上看到的是真诚，再听到这句话，女人有意将脸上的冷意收了收。

"我想请你帮助我们，我们是柔然人。"她依旧诚恳地面对这个女人，因为她知道瞒不过去，"我们想要去魏国。"

那女人有些喜欢这个丫头的直白:"只要价钱合适,我可以帮你们。"

莫桑这时候心颤地看了看合达安,见她冲自己点了点头,心有犹豫却不敢表露,快速从行囊中拿出两袋金子。

那女人敏锐地看出了这主仆二人的迟疑,她接过这两袋金子,掂了掂,意味深长地笑笑:"这些不够。"

一道狰狞从合达安面上闪过,莫桑更是忍不住大怒道:"这些还不够?"

那女人笑笑:"这如果是你们全部的盘缠,那我怕是帮不了你们。"

合达安心里一酸,她望了望窗外的烈马,心里立刻打住念头,她记得兄长曾经对自己说过,柔然人在外,任何时候也不能把马卖了。

那女人见她犹豫,笑得更加明显,似乎有意在等着她的决定。

合达安看了看她,又看了看怒气未消的莫桑,心下一横,将手腕上那串红色的珠链取了下来,交给女人。

女人接过珠链,拿在手里细细看着,那串珠子散发出来的光芒在她眼中久久不散,她把珠链戴在自己发黑且布满褶皱的手腕上,笑眯眯地道:"姑娘怕不是一般人,居然有这稀罕的东西。"她又把那两袋金子揽入怀中,"不过你放心,我没兴趣知道,我们马上启程去魏国,欢迎你们加入。"

她大步流星地走到门口,嘲弄一般地回头问道:"你不怕我出卖你们?"

合达安按捺住心酸,冲她锐利一视:"不怕,如果是那样,我会有办法杀了你的。"

女人淡淡一笑,走了出去。

房门拉上的一刻,莫桑正要与合达安说些什么,却见她泪水止不住地流了下来。

出门在外,身外之物并不是那么重要,可是那串珠子岂是身外之物?那是父亲送给母亲的唯一物品,也是母亲留给自己的唯一念想。合达安从未想过,她会这样将如此重要的东西送了出去,而且再无赎回的可能。

墨顿再一次无功而返时,众人已准备上路。

畿和城内的什锦,收到了合达安送与他的墨玉扳指,异常欢喜。

同时他也暗自庆幸,能买得起如此贵重的东西,看来合达安在粟水一切甚好。

合达安想要用这墨玉扳指传递给兄长自己与爹爹近况很好的消息,什锦已经敏锐地收到了。但是什锦并不知道,虽然纪由还锦衣玉食地在粟水城中盘算着他的宏业,可是合达安却远在家外,忍受着苦楚寒冷还有心酸。

从怀远到魏国的两天路程中,合达安已经没有了盘缠。随行的女人和她的部下,只管白日疯狂赶路,夜里入帐休息,完全不顾她和那些沧慈士兵。

天寒地冻下,伤病初愈的合达安要忍受饥寒交迫,还有沧慈士兵明里暗里的责骂,甚至有些士兵半路离去,最终剩下的除了墨顿与莫桑,还有不足十人。

直到跟着这些经验丰富的商队,来到了魏国边境城市汴梁,那女人便不再带着他们,与自己的部下扬鞭离去。

他们终于来到了魏国,莫桑与沧慈士兵皆惊叹不已,只有合达安有着与他们完全不同的心境。

第二十一章　别离离别

在魏国皇帝拓跋焘登基的第三年，合达安回到了魏国——这个临走时觉得不会再留恋的故土。

才离开短短几年，合达安也一样看得出，几年的休养生息，让这里的人们都充满着活力。虽然这里与富庶的帝都平城相比，还有些不足，但是单单眼前的景象，就已经令这些来自游牧民族的人为之惊叹了。合达安庆幸自己重新回来看看，庆幸自己选择不畏惧路途遥远来到这里。

磨炼与经验告诉她，纵使马上骁勇的柔然民族可以踏平各地，但是经济富足、商略出众的魏国，仍然有太多太多他们需要学习的东西。

总算过了魏国严密控制的关隘，合达安与随行的众人已经饥渴万分，可他们所有人身上搜罗出来的铜币，最多只够他们撑上三日。

这夜天寒地冻，合达安靠着莫桑在墙边睡着了。她被墨顿摇醒的那一瞬间，觉得饥饿已经快要将她击垮了。

"郡主。"

当她听见墨顿这样称呼自己，心里更加难受，她问道："怎么了？"

墨顿指了指不远处的空地，道："他们不在了。"

合达安看见对面的空地，原本沧慈士兵躺着的地方已经空无一人，她心里像是被无数冰锥捅了一样痛苦："他们都离开我了，是吗？"

"我也不知道，郡主，我醒来时，他们已经不在了。"墨顿好像是安慰，又好像是害怕地说道，"郡主，他们可能不是跑了，我担心他们……偷东西去了。"

此时此刻，在合达安内心深处，她宁愿这些沧慈士兵是去偷东西，而不是离开了自己。她清楚地记得,将他们揽入麾下时自己带着什么样的心情为这支部队取名为"沧慈",可惜一路苦寒,许多人离开了自己,她内心经受着一次又一次的创伤。

合达安带着墨顿与莫桑,就这样沿着街边一直找着。她每次回头看到原本有五十多人的队伍变得只剩下他们三个时,都有一种天翻地覆的痛楚。她希望真的如同墨顿所言,他们只是太饿了,去偷东西去了。

直到天快亮的时候,几个沧慈士兵才从一条小道跑了回来。

他们大喘着粗气,将怀中一只热乎乎的烧鸡递给了她,眼中充满着喜悦:"郡主,快吃吧!"

合达安原本疲惫的身子,一瞬间更是软了下来,她环抱着他们,泪水奔涌而下,滴在了沧慈士兵怀中的食物上。

可惜回来的只有三四个人,其余一同去偷东西的人依旧没有回来。

他们按照原路一直找去,却没有找到。

一个沧慈士兵放声大哭起来:"一定被抓了!都怪我!不该去偷东西!都怪我!"

合达安使劲按了按那位士兵的肩膀,道:"别怪自己,若不是我疏忽大意,你们怎么会落得如此境地?"她加重语气对众人说,"你们这样待我,我却将你们置于险地,是我的错。我去想办法,请你们相信我。"

她在说这话的时候心里很难受,因为她知道这些人会相信自己,但同时她又没有十足的把握将那些人救出来。

她从随行的马中,选择了墨顿那匹最烈的马,拿着那只没有动过的烧鸡,一路跑到了衙门口。

眼下除了物归原主,没有别的办法。但是与其说这样太冒险,不如说合达安本人就是喜欢冒险。

她的冒险原本胜算只有三成,但是不知是缘分还是长生天的眷顾,她最终得到了那三成的胜算。

当她被一路押着进去之后,一个熟悉的身影从旁边晃过,她敏锐地注意到了并且不假思索地喊出了那个人的名字:"晋浩!"

她可以这样确定地叫住他,无非源于他是她幼时的玩伴。

晋浩闻声朝这个方向看了过来,隔着距离,合达安也能感觉到他露出的惊讶神情,然后毫无顾忌地冲了过来。

合达安看见他的模样,几年时光,他已经从一个英姿勃发的少年,变成了一个久经沙场的将官。

冲到她面前的晋浩,同样看着她的模样,她离开时很年轻,回来时依旧是年轻的模样。

"你是合达安?你怎么……"惊讶之后他还没有说完一句完整的话,就立刻用锐利的眼神看着押着她的几个守卫。

那几人吓得赶紧收了手,颤巍巍地道:"将军,这个女子的朋友偷了东西。"

晋浩低头看了看合达安手里的烧鸡,从怀中掏出一锭银子,守卫收了银子,乖乖退了下去。

他们走进一间精致的小屋,很难想象衙门里居然有这样一间屋子。

晋浩示意她坐在自己对面,侍女上来奉茶,他道:"去拿些点心,要好吃点的。"迟疑了一下,又道,"要枣泥糕!"

然后他才仔细看了看她,一身汉服已经变得乌黑,头上的发绳绾住的头发多半已经散落下来,一张苍白而瘦削的脸上没有半点笑容。相视的时候,他发现她当初洁净的双眸也变得深不见底。

他心里不免颤动了一下。

合达安开口便道:"我的那些朋友,你会放了他们吗?"

看着晋浩笑着点点头,合达安一下放松了下来。

晋浩问:"你为什么不来找我帮忙?"

合达安见晋浩不断地打量自己:"我还以为你在平城,你怎么会在这里?"

"我两个月前就被调了过来,上面有重要任务。"

晋浩口中的重要任务是什么,合达安并不关心,毕竟此时,已经不是过去的关系。

侍女送上了点心,她没有看一眼,起身说道:"我走了,谢谢你放了我的朋友。"

"等一下。"他拉住了她,示意她重新坐回去,淡淡地问道,"你找到你父亲了吗?"

"没有。"

"那你嫁人了吗?"

"没有。"

晋浩望了她片刻,目光带着心疼,长吸一口气:"如果你愿意,你可以留下来,我会照顾你。"

合达安好笑地看着他:"傻哥哥,我哪能留在魏国?自寻死路不说,不也把你害了?"

"那你为什么要回来?"

"我在帮一个人做事,他让我来,我就来了。"

晋浩眼中闪过一丝严肃:"你在帮柔然人做事?你怎么能这样做?"

"魏国人要杀我,我还不能帮柔然人做事换回我自己的命吗?"

"可是你是魏国公主的女儿。"

合达安一股怨气上来:"那又如何?魏国人连公主都杀,又岂能放过魏国公主的女儿?"

晋浩叹了口气,道:"好了,我不是为了惹你生气。"

合达安顺手摸了块糕点尝了尝,问道:"这些,我可以带回去吗?"

晋浩一愣:"当然可以!"他冲门外吆喝了一声,又从柜子里翻出一些金银、玉佩,还有镶着金边宝石的匕首,"我这里只有这些值钱的东西了,你都拿着吧。"

"哦……"合达安也未推却,微微一笑道,"我走了,你保重。"

墨顿和莫桑在门外等到了那些被抓的沧慈士兵,却怎么也等不到郡主出来。他们虽焦虑却又不能往里面冲,每次衙门大门一开就探着脑袋往里面看。

大约半个时辰之后,合达安和晋浩一起走了出来。

众人看见合达安不仅安然无恙,手里还抱着一大堆东西,不免惊讶。

衙门外,晋浩道:"合达安,你以后不管有没有事,都可以随时来找我。"

合达安看了看那些惊呆的沧慈士兵,冲他点了点头。

合达安将晋浩赠送的财物平分给大家。

一路上的艰难跋涉、风餐露宿让他们这一行人都备尝艰辛。

一方的郡主,跋山涉水来到魏国,散尽金银露宿街头,合达安似乎在短短的几日,从巅峰滑落到了低谷,个中滋味,只有她这个经历过的人才会明白。

他们在魏国的日子,合达安不愿也不能再让随行的人称呼她为"郡主",他们便亲切地叫她"沧慈姑娘"。

在之后的两个月,魏国这座城池的大街小巷,时而就会出现几个眼睛凹陷、胡须浓重而且擅于买卖的游牧人。他们为避人耳目,装扮成契丹人。他们徘徊于各处,身上不仅没有货物,财物也不多,他们只会今日看着这个稀奇,买下之后,过两日看见那个稀罕,便把那稀奇之物卖掉,换另一个……

与他们多番接触的魏国商人,甚至包括当铺的老板,都不禁觉得这些人似乎天生就拥有交换货物赚取钱财的能力。他们一连几日流连于商市,来回交换货品,身上原有的金银不少分毫,他们除了享受到乐趣以外,在不知不觉中,会将眼中所看到的,自然而然地学到,效仿,他们会将这些带回自己的国家,再不断教给更多的人……

在他们的住处,每晚从天空落黑到夜半十分,合达安都饶有兴趣地听每一位沧慈士兵讲述自己今日出去的所见所闻,她听得越多,面上的喜悦也就越多。

其间偶尔有沧慈士兵觉得他们自来到魏国之后,并没有做太多有意义的事,反而一直游乐玩耍。合达安却不同意,对他们说:"你们每日都要走更多的路,只要走的路越多,你们学到的就会越多。"

一日,一位沧慈士兵在街上转悠,他看见一匹颜色亮丽、高大俊朗的汗血宝马,十分喜爱,奈何无论自己出多高的价钱,宝马的主人也不愿意割爱。他遗憾至极,回去便将这件事告诉了合达安。

虽然天已经全黑,但是在简陋屋子内的烛火下,这个沧慈士兵依旧能够看得出来合达安面上的愤怒。

他按照她的指令,经过几日的搜寻,重新找到了那匹宝马和它的主人,并且细细询问。结果不出合达安所料,这匹宝马并非来自中原,像这样优良的战马,只可能在天然草场中培育出来。

魏国人为了得到这样的战马,是将金子雕刻成马的模样,与柔然人交换。

一直致力于发展柔然贸易的合达安,在得知这样以金马换烈马的交易之后,大为震怒!

她顾不得向畿和王庭请示,就下了一道命令。

莫桑连夜拿着她的亲笔指令,一路快速赶回了粟水,那道指令贴出以后,粟水城中,几日内,所有搜罗出来的金马全部被当众砸毁,那些做此生意的商人,也被关押待刑。

这是合达安当上郡主之后,手段最为强硬的一次。虽然她也知道烈马是柔然主要商贸品种,所以从前并不加以管束。但是在魏国的一段时间里,她仔细观察,发现这个农耕的民族居然对于游牧人饲养的烈马十分重视,只要有机会,他们宁愿倾尽金银,也要买下这些马儿。从前生活在永巷的小姑娘,整日里所思所想的只有赚钱,有利可图便可以无所顾忌。但是现在的合达安,通过几年的磨炼与见识,知道商贸中隐含的内容实在太多,她甚至觉得,一个民族的思想,从他们的贸易中就能够看出。

一路走来,柔然许多百姓,已经从游牧生活过渡到定居下来,并且大力发展农业,比起总想要北伐的魏国,逐渐定居的柔然人,已经丧失了再度南下的野心。

她的眼界变得深远,心里的担忧也就不断增加。

她学到的越多,对于自己的初衷改变得就越多。

在魏国滞留的两个月,让合达安内心对于柔然的担忧越来越强烈,尽管差距在她心里不断显现出来,但是有一点她很明白,当再一次回到这里,再一次见到那些自己以为已经很熟悉的各行各业时,她对它们有了新的了解和认识,因此她觉得自己真的不虚此行。

带着这样的想法,合达安决定立刻返回柔然,返回她的粟水,重新规划出一条属于他们游牧民族的商贸思路。

一个年轻的将官,刚打完一场毫无悬念的胜仗,正带着自己的部队凯旋。

在粟水附近常常有高车人掠夺抢杀,这个年轻的将官在面对异族的侵略时,利用自己的沉稳与骁勇做出了正确的指挥,加上他没有任何实战经验的束缚,打仗不按常理出牌,采用柔然轻骑兵的快速突袭战术,在短短两个时辰之内,就将东犯的高车人打得落花流水。

他就是乙旃。

速战速决之后,他带着胜利的喜悦一路折回粟水。

此时,乙旃最想让一个人知道,就是他曾经的主人——合达安。可惜近一个月来,他几次去郡主府,都没有见到她,令他惊讶的是,每次他都能在那里见到赛音。乙旃对此很是好奇,为什么莫图尔身边的吏史,会经常出现在纪由的帐中?

此时的合达安,正在为离开魏国做准备,实际上她也没有旁的要准备,只是晋浩说过无论有无要事,她都可以去找他,现在就要启程回去,至少应该与他说一声。

合达安与领路的侍卫,站在不远处,目光紧紧锁住这个格斗高手的一系列快而准确的动作。在来回比试几轮之后,晋浩才停下歇息。他看见不远处的合达安,淡然地笑着把她带进内室。

内室中,她随意捡起一块点心:"这样精致可口的糕点,怕是以后吃不到了。"

晋浩心领神会,问道:"你要走了,是吗?"

见她点头,他便道:"我不留你,因为我知道无论如何也留不住你,只是你要怎么出城?"他自豪地道,"没有我怕是你出不去吧?"

她反笑道:"我会有办法的,只要你不特意拦着我。"

"是啊,你是变得厉害了。"他道,"不知道柔然有个什么样的不凡人士能把你招了去,不会是柔然的哪个军官吧?"

她看着晋浩斜着眼睛,做出一副试探的模样,不免觉得好笑:"怎么?你怕在战场上见到我?"

晋浩这时候也笑得更加夸张,长长的笑声中夹杂着颤颤巍巍的话语:"就你那骑马如同骑驴一般的技术,我怕是想看见你也不能。"

"你还说我?"她望向四周,反过来挑衅道,"你作为魏国一个高级将领,内室里居然没有一本兵书,他们让不让你上战场还是一回事呢。"

"兵书都是前人留下的,后人觉得熟读兵法有用,可我总觉得这样反倒会被束缚住。打仗嘛,"他乐呵呵的神情中带着任谁也动摇不了的自信,"就应该随机应变才对。"

交谈的气氛在不知不觉中变得松弛下来,似乎又回到了从前玩闹的样子。看着晋浩高傲的模样,合达安内心既欣慰,同时又有些苦楚,她只希望这个思维敏捷的魏国将军永远不要真的与自己在战场上相见。

在这个狭小的空间里面,晋浩并未意识到,他们二人之间的距离要比他们眼前的短短几尺远上千万倍。山那边的美丽粟水,如今的富裕,都是她一手创造的。

"谁也不能伤害你。"小时候他说,"我来保护你!"

这是唯一让她心安的地方。

"我在不久之后也要去趟柔然。"他说完觉得不对,又补充了一句,"我要去选几匹烈马回来。"

一听到晋浩提起马,合达安面上的悦色收了。合达安深知,柔然军队打仗的优势在于他们拥有许多优质的战马,这同时也是魏国士兵所缺乏的,他们常常会因为马不好而被柔然骑兵牵制住。

晋浩以及很多魏国将领都已经认识到了这一点。

简单聊了几句的故友,要再度分开,只不过这一次,他们可以有充足的时间向对方告别。晋浩于合达安而言,是一个当万众皆要离开她之时最后一个离开的人,纵使故国曾让她肝肠寸断,但对于这个故友,她还是心怀感激的。

草原上,悲凉的歌声唱了许久许久,那些用烈马换得金马的商人,在牢中苦苦挣扎。其实他们没有旁的过错,只是太贪。贪心的人终究没有好下场,合达安心里觉得,就像那个可恨的莫图尔一样。

她到底也没有杀了他们,就如同她也不会现在就和莫图尔撕破脸一样,她学会了忍耐,虽然忍耐的痛苦并不在于旁的,而只在于永远不知道自己到底要忍多久。或许转瞬?或许几月?或许几载?又或许是一辈子。

又是一封来自粟水的奏章,其上写道:"烈马优势,非金银可换!商贸思路,非金银可换!魏人北上壮志,也绝非金银可换!"

木伦看后,双眸惊诧不已。

他心道:"什么时候那个从来不遮掩喜怒哀乐的丫头,变得如此深不可测?"

他疑虑道:"究竟是因为私心,还是因为时光荏苒之后的物是人非?"

放下奏章,他不禁伤感起来:惦念的人只在百里之外,若我策马狂奔,不出一日便可到达。可惜太多的顾虑让我无法肆意地翻身跨上我的骏马,只能每每看着奏章心痛,草原大漠虽然天地相连接,却望不见天各一方的你……

两年之间,他们彼此唯一的联系就是每隔几月发往畿和的奏章,而合达安并不知道批阅奏章的人是谁。

离别的这些日子,她成长了许多。到了粟水之后,身边没有任由她哭闹的兄长,也没有万事都挡在前面的乙旃,更没有总是默默帮助她的木伦,她需要用自己的目光坚定地望着前方的道路,这条路甚至有时候还需要用尽心机摆平那些本不应该是她这个年纪应该承担的事。

从前的小姑娘不在了,即使没有飞蛾扑火的苦楚,也有化茧成蝶的艰辛。

这一切木伦从奏章中看见了,他的担心又一次化作了惊叹。

他终于平复内心波澜,写道:"知。"

旦夕之间,奏章回到粟水时,合达安正与纪由秉烛夜谈。

几次批复,就只有单单的一个字,这令合达安颇为奇怪。

"父亲,以前可汗的批复也是这般简短吗?"她问道,"没有旁的一字半句,难道他对我就没有别的要求?"

纪由道:"女儿,你就没有发现,可汗最近的理政风格不似从前了吗?"

合达安一愣,想了许久:"女儿不觉得。"

"可汗最擅长的,也是他最高明之处,就是平衡之术。你看,他用我来平衡右相步鹿真,再用丘敦平衡你兄长什锦,就连他的亲生儿子,秃鹿愧与木伦之间,他也是不断地平衡,从来没有刻意表现过喜欢谁或是不喜欢谁。"

合达安想了想,点点头:"父亲,那你说,可汗现在又用谁来平衡我呢?"她一惊,坐直了身子,道,"该不会是……莫图尔?"

纪由摇摇头,她又猜:"难道是匹黎先大将?"

纪由依旧摇摇头,她再猜:"总不会是粟长尹或者上大夫吧?派他们监视我还行,可是和平衡扯不上什么关系。哦,我明白了,是因为兄长在畿和,所以他才不干预我,因为他不惧怕我做出什么违背他的事,对吗?"

纪由浅浅一笑,还是否认:"女儿,你不了解可汗的处政风格,他可以说是保守谨慎,而且疑心很重。可是最近,或者说从你来到粟水之后,他就变得大胆,变得放松,甚至可以说是事事由着你去做,丝毫不干预。"

看合达安犹豫,他接着道:"我再和你说,你招募兵马,此等大事,莫图尔一定上报给了王庭,可是可汗什么也没说。再者,你去魏国的事,可汗也很爽快地答应了。你别忘了你兄长为什么被留在京中,可汗为什么同意我辞官离去,而你又为什么不能回去,就是因为可汗还是害怕你对中原、对故国有怀念之心,害怕你会做出什么利于魏国而不利于柔然之事。"纪由两手一拍,仰了一下脑袋道:"可是你说要去魏国,他轻易地就答应了,这不是打自己的脸吗?"

合达安越听越觉得不对的地方太多太多,多得当父亲说完以后,自己都不知道该问什么,她只呆呆地看着纪由,一句话也说不出。

"其实你不用这么惊惧,并不是可汗有意在压制或者监视你,而只是批阅奏章、处理国事的人,早就不是可汗了。"

合达安惊道:"不是可汗那是谁?"

在她的惊讶一瞬间退去之后,不等纪由回答,她心里一下就明白了,还有谁能如此放纵自己。

"可汗早在两年前就不断出现头疼、呕吐等症状,他曾经在一月之内晕过四五次,只是你不知道罢了。在你来粟水不久之后,可汗就将所有的事都交给了木伦,当然除了调兵遣将这样的大事,其他的木伦都可以做主了。"

合达安低声问道:"父亲,你什么时候知道的?"

纪由目光一闪,拿起桌案上已经快要喝完的茶抿了一口,又示意一旁的侍女添茶。

看着侍女走后,合达安才道:"父亲,什么时候你与那个赛音这么熟了?他可是莫图尔身边的人啊。"

纪由笑问道:"难道乙旃不是?莫图尔那样蛮横的人,一般人不会一心一意跟着他的。至于方才说的,我也是刚知道,否则我早就告诉你了。你若是早点摆平了那个莫图尔,乙旃也不至于受那么大的苦。"

"什么?乙旃怎么了?"

纪由一叹:"合达安啊,你该知道的都知道,不该知道的真的一点也不知道。乙旃一个人在那边怕是吃了不少苦,他不和你说并不代表你就真的能不知道,人家在帮你做事,你怎么能就这么甩手把他撂在那边不闻不问?"

细想那日乙旃来时,确实面带病色,自己问他也没问出什么,谁知道去一趟魏国反而把这事忘了。合达安想到这里,自责、愧疚还有些许埋怨都重重地落在了乙旃身上。

她立刻站了起来,走出帐庭就对莫桑道:"你去把乙旃给我叫回来!"她的声音大而颤抖,"让他马上给我回来!"

莫桑吓得赶紧往外面跑,合达安又一把将她拽回来,由于用力过猛,莫桑一屁股坐在了地上。合达安顾不上扶她起来,直直地冲进马厩,伸手就拉住迎面最近的一匹烈马,翻身坐上之后,就狂奔向莫图尔府邸。

此刻已经是晚上,确切地说,已经到了深夜,沿街店铺皆熄了灯,连牛羊都被赶进了圈中歇息,只有合达安的马在夜色中奔跑,鞭子不断用力抽到它身上,它不习惯地吼叫起来。

合达安心想,一直以来乙旃是什么样的存在?她从未仔细想过,但是直到现在才觉得,自己但凡有事能够想到的除了沉稳不足却忠心耿耿的莫桑,就是这个既聪明又稳重并且如此全心全意对待自己的人。

她对他说过:"乙旃,我从来没有把你当成侍卫。"不知道乙旃听后心里觉得如何,但在合达安这里,乙旃所有的付出换来的也就只有这一句真诚的话了。

合达安想起自己从前对木伦的感觉,那种倾尽了痴情与年华,就换来了百两黄金的痛苦。她越想越觉得不安,甚至是害怕,害怕乙旃会不会同自己一样,就这样选择了离开。

她的马一直吼叫着到了莫图尔府门口,才终于缓缓停了下来。渐渐地安静以后,合达安才留意到,她府里的侍卫很是灵敏地跟在了后面,她冲他们重重地一吼:"回去!都给我回去!"

那几人立刻勒住了马,停在不远处不知向前还是向后。

而这边大统领府前的卫兵,看见这一幕也愣住了,从没见过官员到了别人府前因为侍卫跟着而发火。

就在这一幕僵持一会的时候,府门就由内而外打开了。赛音走出来时,脸上的惊诧比其他侍卫少了几分,他问:"郡主是来找中郎将的吗?请进吧,统领不在。"

本来就有些惊诧的侍卫听见赛音这么说,更是不明不白。合达安顾不上怀疑,她此刻只想把乙旃带回去,其余都不重要。

她三两步跑了进去,赛音跑上前来带着她进去,嘴里还念叨着:"大统领下手是狠点,不过乙旃兄弟身体结实,不出两个月就好了。"

合达安听着胸腔震动得更加剧烈,一向身强体壮的乙旃究竟受了多大的伤,居然要一两个月才好。

她的耐心彻底没了:"少啰唆,快走!"

赛音的确加快了步伐,但嘴里依旧喋喋不休,直到走到里面,才停下来,喘喘气道:"在里面了。"

他先一步进去,里面一男子一见便道:"哟!你溜哪去了?"说完看后面又跟着一人,还是一个女人!他下意识想到了别处,闹腾声就更大了,"乖乖,这小姑娘长得水嫩。"他张着大嘴,吐着舌头,正要如恶狼一般咬着不放时,一个软鞭响响地打在了脸上。

"乙旆！"那人疼得立刻捂着脸，转头想要一顿喊骂，听见女子这样叫了一声，再看乙旆时，他已经收回了软鞭，躬身作揖，回道："郡主，你来了？"

那男子先是愣了下，脸上的表情又麻木起来，惹得他一下摔碎了手中的酒碗，不顾身份不顾已经红肿的嘴，撞撞烈烈地冲了上去，一把抱住了乙旆的腰部，扭曲着身子想要将乙旆摔下去，乙旆坎肩下面的银钉已经将他双臂扎的出血，他却依旧不放手。

赛音早就若无其事地坐在一旁喝酒吃肉，他只专注于自己手上的短刀与桌上的牛羊肉，无心其他。帐中其余士兵有的学着赛音只低头喝酒吃肉，有的看着这个场面欢呼尖叫。

乙旆很是轻松地与他僵持了几下，突然见合达安想要向这边冲过来，手臂立刻使足了劲，将夹住他的人抓了起来，重重按倒在了另一边。

那人碍着嘴疼，将要摔下去的时候将头抬了一下，结果颈脖先一步挨到了地上，颈上的玉项圈瞬间碎成了两截。

他惨然地拾起项圈，恶狠狠地望着乙旆："你……"

"你放肆！"原本侧对着他的乙旆这时候站正了身子，一双眸子散发着比对方更为强烈的怒气，"见到郡主你还敢这般无理？"

碍着乙旆身体阻挡着的缘故，那男子根本看不见他身后的郡主是否生气。反倒是合达安，她什么也没说，也不知道说什么，但是乙旆不知道什么时候又挡在了自己面前。她低了下头，沉默片刻，道："算了，乙旆，和我回去吧？"

乙旆愣愣地望了望她，又不失警惕的用余光看着那个被按在地上却依旧蠢蠢欲动的人。

合达安不顾及旁的，拉着乙旆的衣袖就往帐外走去，多一个眼神也没有留下。

乙旆毫不松懈的眼神一直在他被拉出帐庭才收回，最后还不忘和帐前的侍卫说道："我一会儿回来，别让他们惹事。"

那几个郡主府侍卫依旧在府门外一百米处等待着，不敢离去也没有靠近，当他们见合达安出来的时候向他们挥挥手,她示意他们真的可以回去了,他们又见乙旆跟着她一起,也就安心策马返回了。

合达安翻身上了自己的马,才意识到方才拉乙旆拉得太急,竟然忘了让他去马厩牵马。

她也不愿再回去,索性向他伸出手去:"你上来,我载着你!"

乙旆这时没有由着合达安拉着自己,他低着头后退了两步,咽了咽口中的笑声,又十分严肃地说道:"臣不敢,郡主想要说什么?"

她心道:"乙旆就是乙旆,有什么不敢的?"但是碍着莫图尔府前的侍卫依旧望着这边,她只好改言道:"我有要事与你商量,这里不方便。"

听到"不方便"三个字,那府前的侍卫下意识地把目光转向了另一边,可是同时他们胡乱的思绪又不断促使他们忍不住往这边瞅去,好像他们内心还是渴望知道那个"不方便"背后到底隐藏些什么。

合达安看着那些飘来飘去的眼神觉得实在可气,又不好直接训斥他们,便低头冲一旁的乙旆道:"那你帮我牵下马吧,我们换个地方说。"

她在说最后这句话的时候简直快要被自己憋死了,她堂堂郡主居然要做出如此扭捏的模样,被别人"牵着"走。她无奈地望着前方,尽力不回头去看那些侍卫惊诧乱想的模样,也同时忽略掉了乙旆乐不可支的模样。

乙旆碍着心里高兴,也不知道自己究竟把郡主拉到了哪里,他只看见四周已经没有民帐、店铺,就停下来。

合达安一跃下来,握紧了拳头,恨恨地道:"我再也忍不了了,现在,你跟我回去!"

乙旆淡淡地问:"回去哪里?"

"那还用问?回我郡主府啊。"

"郡主,我现在不能回去!"

合达安眼睛一瞪,见乙旆淡定地看着自己,她瞪得更使劲了:"你说什么?你再给我说一遍?"

乙旆知道合达安生气了,便说得很慢,生怕她因为生气忽略掉了自己所说的任何一字:"郡主,我现在真的不能回去,虽然水晶盐的事我一直没有头绪,但是莫图尔他已经开始重用我了,别的不说,我至少已经可以带兵打仗了。前不久我还打了一场胜仗哪。"

合达安虽气,也明白他的想法。"是啊,这很重要。不过,当初我没有要你投奔莫图尔,是你自己擅做主张,你说你之前有问过我吗?"她越说语气越软,回想着乙旃好像真的问过自己,"你问过我,我答应了吗?"

乙旃脸上浮上了悦色:"郡主没有答应,可是我知道郡主需要啊。"

合达安气道:"我不需要!你马上跟我回去。"

"郡主,没有兵马在手上,您就什么也没有了,即使旁的做得再好也没有用。纵使我没有办法帮您查水晶盐,但起码有兵马在我手上,您就什么也不用怕了。"

合达安听他说出如此推心置腹的一番话,几度哽咽。"乙旃,莫图尔他是什么样的人,你我都知道,把你留在这里真的是我的不对。兵马我们可以自己招买,你不要回去了,千万别回去了。"她顿了顿,"你和莫桑就这样留在我身边就好,真的。"

乙旃脸上的悦色又深了几分,嘴角也随着双眸的温柔渐渐上扬:"郡主,我也想像从前一样,可惜不行,我不想当侍卫。"

"胡说!我从来没有把你当侍卫。"

"郡主自然是没有,可是侍卫就是侍卫,当千军万马冲过来时,我拼尽全力也只能挡住前面的箭雨,却挡不住后面的铁蹄。"他温柔的眸中有种念想在不断燃烧,"我要的,是能够抵挡住刀光剑影,抵挡住任何想要对你不利的人,而这些我一个人做不到,我现在好不容易有机会了,我……我要抓住。"

合达安已经面上僵硬,眼泪流下,只能重复那句:"什么都别说了,你跟我回去。"

乙旃很想帮她擦拭眼泪,可是又不敢,只能将全部动作化作眸中的温暖。"郡主待我如挚友,如果我不能帮助您,只是成天跟在您后面,我会不甘心的。"他笑道,"况且,我现在已经没有太大的危险了,上次的事也不会再发生,我向您保证。"

她止了止眼泪:"我真不像是郡主。乙旃,你回来吧,那些沧慈士兵交给你来带,好不好?"

乙旆淡笑着摇头:"郡主,我心意已定,如果是关心我的话,就不要再阻拦了。我答应你,若非出征在外,我每月一定去一次郡主府,和您还有莫桑一起饮酒吃饭,好吗?"

合达安觉得他已经不像是乙旆了,说话语气反倒是像什锦:"那好,我会派人盯着你,如果你受了委屈一个月……哦不,三天之内你没来告诉我,你就给我乖乖回来,哪儿也不许再去了!"

乙旆笑出了声:"好,我答应您。"他重新去牵马,"郡主,夜深了,我先送您回去。"

合达安依旧不放心:"不用,我跟你回去一趟,我看看刚才那人敢不敢当着我的面把你怎样……"

"郡主,"乙旆笑眯眯的眼睛配合着鲜红与雪白的唇齿,道,"刚才那个不打紧,摔跤是我们军营中常有的,大伙只要一置气,这样一摔,即使流点血也没事。战场上下来的人,这些都没什么的,反倒是他那个摔坏的项圈,恐怕我得用好几个月的军饷买一个新的给他了。"

"你不说我还忘了,既发了军饷,每个月来的时候可别空着手来啊。"

黑夜里,乙旆牵着马儿朝着郡主府的方向走去,合达安坐在上面,乐呵呵地冲他说着话。

第二十二章　千乘万骑

这几日,阳光格外灿烂,百姓进出城门恐怕都要捂着双眼,因为从京都来的士兵,一拨接着一拨,他们身上的铠甲反射的阳光刺眼无比,乍一看上去银光闪闪,一片接着一片。浩浩荡荡几万士兵从平城迁移到了盛乐,扎营在城外,将盛乐围得如同水桶一般。

几夜之后,那样的场景虽然还在,却没有起初那么壮观。

驻守盛乐的大将军裴远亲自持杯,为晋浩送行。

草原上,空中之月很美,溪山上的烈马开始奔驰,水图音河与溪水河比赛似的奔腾。离着溪山不远的一个民族——库莫,他们的呼唤声却久久不断:

"不要攻击我们!"

"我们交出良马,任凭你们挑。"

"我们为你们出征供应食物。"

"拜托你们别攻击我们。"

刚刚从盛乐转战此处的魏国大将军晋浩,疲劳之余,依旧不失大将气势,他听见库莫人的呼喊,从他们贡献出的马匹中选取了几百匹烈马,至于随行的母马,他却选择了三千多匹。经验丰富的库莫人看见此番情景,长长地松了一口气。

他们要赶路了,他们放过我们了。

让合达安下定决心的,并不只是乙旃挨打一事,还有她知道木伦现在正在主持政事。虽然她很生气为什么回复的奏章中永远都是一个字,但是她还是相信木伦不像他父汗那样,起码对于莫图尔这样的贪污之徒,木伦一定不会手软。

她忍了很久,这一次将全部的怒气都发泄在了奏章中:

"臣历经几月查询,发觉西部大将军莫图尔贪污水晶盐,私下卖给周边部落,以权谋私。臣这里有近两年来的产盐记录,上面清楚写道,水晶盐之少,尚不足十分之一,实乃被其贪污所致,望允准臣派人接管盐矿山!"

她写完之后,觉得大快人心,又在首页上大大写道:"粟水郡主,急奏!"

毕竟莫图尔有兵权在手,合达安不得不顾忌,她先是派专人密送奏章,又准备派人到乙旃身边,害怕他再有什么事。

至于派谁去,合达安想到了赛音。

不知道从什么时候开始,合达安觉得赛音与父亲成了朋友,她也清楚这个"朋友"的利弊所在,但是就目前而言,赛音是能护住乙旃的最好人选。

当然,由纪由亲自出面,赛音并没有推辞。

畿和城内,最近几月白日爆竹不断,晚上也张灯结彩。

一位小婴儿诞生在了可汗王庭,她是大王子秃鹿愧与赫泽王妃的第一个女儿,她就如同一条丝带,又一次将原本相爱的两人紧紧捆绑在了一起。这位如同圆月一般的孩子,为可汗王庭带来了一片喜气,就连郁久间可汗的病也有了好转。

郁久间可汗因此对这孩子甚为喜爱,破例将她封为公主,对她的疼爱不亚于对自己的女儿兰溪。他为这位如花一般的孩子取名为琪琪格。

人逢喜事精神爽,只要高兴了,大病也都化为小病,小病也可消了去。

可汗一直以来病重得确实厉害,否则也不会一应事务交于他人,但如今他似好了许多,因为令他高兴令他满意的喜事不止琪琪格公主诞生这一件。

木伦在向可汗一一汇报这些日子的政事时,对于粟水的事他吐露得十分谨慎隐晦。但可汗听后,依旧双目一亮,赞许了许久。原本他安排合达安稍稍疏通阻碍重重的柔然、契丹两国的商业道路,现在不仅疏通了,就连周围几个小部落,也纷纷积极地与粟水往来贸易。

可汗最初的计划得以实现,心中自然大喜。在第二日的朝会上,可汗郑重说起了这件喜事,他宣布要派军队,扩充沧慈士兵的数量,并且令匹黎先大将护送郡主回朝受赏。

当他这样说时,立于下方的什锦胸膛震动如同翻江倒海一般,他低着头,忍住想要喷出的泪水。

一别三年,他日夜都是那么煎熬。

不同于什锦,木伦初听见这个消息虽然也是外淡内喜,但仅仅过了几分钟,喜悦就被一种叫作担忧的情绪压了下去。

站在木伦身旁的右丞相步鹿真,神情也同样淡然,内心失落,他当然不希望合达安郡主回来,让原本已经变得冷漠变得平静的木伦又重新变得热烈而又痛苦,他更害怕再次见到那个与他明争暗斗多年的老对手。

自从纪由离开以后,步鹿真的警惕忧虑之心,比他在的时候还要深。他太了解自己这个老对手,他知道纪由放下了苦心经营半辈子的相位,那必定是有更大的野心与谋划。在这几年的时间里,步鹿真时刻手握大刀似的,但是他并不知道对方的刀何时才会出鞘,何时才会砍向自己,所以他只能苦苦地等待,小心地防备,内心时刻不敢有一丝的松懈。

他确确实实感受到了,敌人明明离自己很远,又分明很近,远近都模糊不清。但有一点他明确,纪由有一日会打回来,只是不知道他什么时候以什么样的形式回来。这感觉,是如此令人抓狂。

自从纪由走后,可汗病危,木伦主持朝中事宜,他步鹿真更是如日中天,在朝中无人能比,更是无人能够与之抗衡。所有人都以为,历经了十几载的这场左右两位权相相争相斗的大戏,终于落幕,而步鹿真就是最后的赢家。但只有他自己知道,纪由辞官走后,留给自己的这份畏惧,是如何折磨着自己,如何让自己日夜不休地害怕。步鹿真甚至有时候会想,如果那个与自己不相上下的左相纪由还在就好了⋯⋯

朝会的气氛依旧充满了喜悦,因为除了郁久间可汗高兴,其余的臣子高兴,原本内心动荡不已的步鹿真,表面上也算是风轻云淡面露悦色。

一股热气这时候随着大帐的帘子掀开进来了,是一个通信兵。

令众人感到意外的是,这个士兵进来时,不是行寻常的躬身礼,而是重重地跪在了地上。这士兵跪倒在地上,身子还在颤抖,因为他进来之前,听见了帐内可汗发出的畅怀的欢笑声,所以他害怕,害怕自己口中想要禀报的急事会惹怒原本欣喜的可汗。可是他不能不报,他又重重磕了一个头,道:"禀报可汗,有魏国军队出现在赤塔附近!至少有两万人。"

士兵说完,脑海里还回味着方才可汗的绵长笑声,他不敢直视前面,目光扫过周围时,他看见大将丘敦望着自己,大将什锦望着自己,俟里发、右相、大王子秃鹿愧都在望着自己。最后他看向郁久闾可汗,他想要看看可汗的眼睛,看看他是不是动怒了,他究竟有多怒,会不会杀了自己。

这时候,大王子秃鹿愧说了一句话:"父汗,边境的士兵这时候才派人禀报,想必是他们魏国人行踪太隐秘,所以才没有被发现。"

"赤塔离畿和只有短短两百里路,而离魏国边境却是四五倍的距离!草原一望无际,这几万魏国士兵是会飞天,还是会遁地?阴山沿线竟无人察觉?粟水东西将领全然不知?就连武川的人马、溪山的驻军都毫不知情吗?这帮人是不是准备看着魏国人打到了我畿和的城门前,还打算隐而不报?"

原本多疑的郁久闾可汗,此时看着满朝官员,刹那间,一股愤怒、悲痛、怀疑回旋在脑中。

"是不是木伦想趁着我病重夺位?"

"是不是秃鹿愧见木伦执政,心有不平趁机想要取代他甚至想要取代我?"

"是不是步鹿真?还是什锦?还是他们中的谁?"

种种猜想都在此时冲入了郁久闾可汗的脑中,有一点十分明确,不管缘由究竟是何,魏国大批士兵居然已经到了赤塔,自己现在才得知,这无论如何都让他无法相信不是有人故意隐瞒。他的目光犀利地扫过所有人,又在所有人身上短暂停留了一下。

他说道:"本汗命令大王子秃鹿愧与丘敦大将率领两万人马,立刻启程奔赴赤塔。"

这时候可汗唯一信任的就是那个丘敦,可是丘敦走了谁来保护自己?畿和城又由谁来保护?他想到了赫泽,还有琪琪格公主,他们是牵住丘敦与秃鹿愧的最佳人选。

他还想到了他疼爱的幼弟匹黎先:"让粟水东部大将军匹黎先率部队立刻回来,另外郡主就不用回来了。"

木伦在这时候站出来说道:"父汗,魏国人不可能无缘无故直接出现在赤塔,儿臣猜测其中有问题,如果把匹黎先将军调回来,怕是中路兵将空虚,若是库莫人再趁机西犯,怕是粟水、武川一带就危险了!"

"不是还有那个西部大统领莫图尔吗,他在那难道是吃干饭的吗?"

"父汗!儿臣今日就想禀报,那个莫图尔贪污粟水山中的水晶盐,甚至将其卖给外族人,此人现在不可用!"

可汗怒气更甚:"那就把他撤下来,不,杀了他吧!至于粟水西部的官兵,就换其他人带,重要的是让匹黎先现在立刻给我回来!"

"父汗!"木伦每说一句,身子就往前移动一寸,本就靠近可汗的他现在几乎站到了他的面前。

"木伦!你想干什么!"郁久间可汗怒指着自己的儿子,可是视线却低了下来,他看着木伦跪在地上,与身后的通信兵不同,他直着身子,只一条腿跪着,另一条腿支着,就像一个将领跪在自己的君王面前一样。

"父汗,儿臣知道您责怪我,这么长时间一直是儿臣替您执政,出了这么大的事,儿臣责无旁贷!"他看着可汗的目光稳而坚定,"可是中路的匹黎先断断不可调回。首先,王兄与丘敦足可以控制住赤塔附近的魏兵,但是魏兵单凭着两万人孤军深入草原直逼畿和,这毫无胜算,他们一定有后路、有援兵,否则不说旁的,就是补给与马也绝对跟不上。如果现在把匹黎先大将军调回来,畿和本就无恙,再多两万兵马也无用,可是武川、粟水一带就空虚许多,如果魏国乘虚而入,父汗,您失去的,就不仅仅只是一个驻地城池,而是半个柔然!"

可汗看着自己儿子,突然有种想要将他揽入怀中的想法,他想到木伦小时候,也是这般不知天高地厚对自己说话,丝毫不知道自己不仅是父亲,还是君王,就像此刻,他丝毫不知道自己现在最应该担心的不是粟水那边安不安全,而是自己现在会不会被疑被贬,原本全揽入的权力现在可能全部失去。

可汗没有立刻说话,他要等着他的儿子说完。

"哪怕是万分之一的可能,魏人真的只有两万部队,等到王兄与丘敦大将正面牵制住他们之后,匹黎先将军再从后面,断其后路,便可全歼魏国部队。不过,儿臣觉得,这种可能根本不存在。只要魏军还有别的援军,匹黎先将军的所在处,前靠溪山,后临水图音河,东部还有一直归顺我们的库莫人,是防御与攻击的最好地段。"

他不再看着他的父汗,将头低了下来,示意他已经说完了。可汗问他:"木伦,你方才说了那样多,为何没听你提到你自己?你呢?你想要做什么?"

"父汗,儿臣还没有想过,但是儿臣听候父汗安排。"

"我不会对你有任何安排。"他说道,"但是你记好,你要好好休息,所有的事,你可以不用管了,你可以起来了我的儿子。"

木伦却没有起来:"父汗,那莫图尔大统领,您……"

"杀了他吧,俟里发,你去做吧。"可汗面上淡漠,"至于这个位置,现在是非常时期,不能无人,轮到谁,就是谁吧。"

可汗所说的轮到谁,就是谁,了解他的人都会知道,谁是能真正号令三军的人,谁就能坐上这个位置,至于这个位置自己满不满意,还是要等这人坐上了之后才知道。

那道关于莫图尔的奏章寄到京城之后,不再像从前那样很快地发回来。

不过也只是晚了一日,可是回复的字数却多了很多,这让合达安看后,心里一惊。

可是当她读完之后,这样的惊惧情绪渐渐变得复杂,昔日耀武扬威的莫图尔,就这样被处死了……

这日,上大夫、粟上尹以及几位粟水的高阶官员,来到郡主府里。莫图尔死后,能坐上他的位置的只有两人,赛音和乙㳺,但是不论是谁,这粟水西部的几万大军还有粟水矿山的盐产,都是这府里人的囊中之物了。

大家如流水般地进出郡主府,甚至不需要做出任何掩饰。只有两个人悄无声息地来,又悄无声息地走了。

一个就是吏史赛音,已经风光无限的他,乔装从后门进入纪由的帐中,两人在帐内谈论了几个时辰。

一个就是中郎将乙旃，月底未到，军饷未发，但是他拿不定主意，于是就悄悄地来询问合达安。

所以，几日后，俟里发返回畿和的时候，就向可汗清楚地说道："粟水西部军队由莫图尔身边的吏史赛音接管，为主将，武官中郎将乙旃辅佐，为副将。"

他顿了顿，又问："大汗，可还需要派人去？"

大汗反问道："匹黎先那边如何？"

"臣来时，匹黎先大将军正整肃部队，若是得到命令，他们随时会出发。"

"哦。"经过深入的思考之后，可汗紧闭着双目，不再说什么，也不愿再想什么，他想要尽力让自己脑海中变得一片空白，哪怕只是短短一刻。

乙旃已经是一月来三次合达安的帐中了，现在他是副将，合达安对他的担忧也就少了许多。

"乙旃，你姐姐阿达慕如果知道了，一定会很高兴的。"

乙旃笑道："我会尽快给她写信的，顺便寄点银子给他们，让他们过得好些。"

"不不不。"她咽下一口茶，连忙放下了手中的茶杯，道，"你应该亲自回去看看她。"

乙旃刚要答应，眼睛一转，便改成了摇头："不行的，郡主。"

"可汗只命我无召不能入京，但是没有要求你。更何况，我琢磨着，你应该回去见见可汗，这副将的位置才能坐得久。"她目光暗了些，"可汗最近重新执政，许多事情我还没有开始放松，就又要谨慎小心了。"

乙旃定定地问："郡主，木伦王子不再主事，你是为他高兴，还是为他惋惜？"

"这个……按他的性子，应该为他高兴，可以自由些；按我的想法吧，我也高兴，起码我不用担心他对我爹……"

"那要是他以后继承汗位了呢？"

合达安想了又想，最后她问乙旃："你觉得我聪明吗？"

乙旃立刻点点头："那当然了。"

"可是我想傻一回，真真切切地傻一回，如果他以后是可汗，愿意放过我爹，我就好好为他办事，倾我所能为柔然赚银子；如果他不放过，我就带着我爹跑，跑得越远越好，就这么简单！"

"啥？就这么简单？"乙旃愣道，"你们不带着我一起跑吗？"

"不了。"她打量了一下虽然坐着却依旧高大的乙旃，"你目标实在太明显了。"

连带着一旁的莫桑，也都哈哈哈笑了起来。

他们聊了许久，乙旃走后，刚出了府门，又立刻折了回来。

"郡主，我的手下刚才来报，东部大将军匹黎先率领一万兵马在柔然边境做好了布防。"

合达安听完，惊道："什么！出什么事了？"

"别的不知，就听说是对岸的库莫先起的兵，而他们为首的首领您也认识，是库莫的珲野王。"

万万没想到是他！

合达安惊恐万分，一时毫无头绪。

"郡主，我必须马上赶回去，您还是要小心，有事让莫桑第一时间来告诉我。"

乙旃几乎是边跑边说完最后一句，看着他跑走的背影，合达安突然回想起晋浩的话："我不久之后也要去趟柔然，去挑选几匹马。"

她越回想，越隐隐感觉不对劲，晋浩怎会莫名其妙亲自来选马？她不知为什么感到一阵恐惧，后背渐渐发凉，伸手想要握住案上的茶杯，却摸了半天也摸不到。她颤抖着双手，双眸空洞地望着莫桑，她知道自己忽略了至关重要的线索，却不知道究竟是什么。

一下午，帐内都十分平静，没人敢打扰可汗休息。

可是自大王子与丘敦走后，一等就是七日，前方却毫无消息传来。

究竟发生了什么？可汗虽然想要睡着，但是闭着双目怎么也止不住他的胡思乱想，帐外稍有风吹草动，他就立即睁开眼睛，看着帐帘还是重重垂下，又重新闭着双眼，但是听见外面细微的声响，又忍不住睁开眼看。

一下午的时间,可汗这样反复也不知道究竟有多少次,到最后,他实在忍无可忍,就命令侍卫在帐帘下面加了几块重石。

可是到了晚间,汗帐的侍卫还是硬生生推开了这顶帐帘:"可汗,木伦殿下求见。"

"嗯?"大汗坐在案上,困意袭扰,烦恼却久久不退,他挣扎着道,"不见,本汗要休息。"

那侍卫正要退下,又进来了一位,道:"可汗,木伦王子道有急事要见您。"

"我不是说了要让他好好休息吗?让他回去。"

第三个人又闯了进来,此人已经是可汗的侍卫长了,但是他说的,依旧是那句:"可汗,木伦王子有急事,他一定要见您。"

"让他给本汗滚出去,再赖着不走,本汗就要软禁他了!"可汗急了,敲击着案桌,呵斥道。

那三位便齐齐地退了出去。

帐外不远处的木伦焦急得发动一波又一波侍卫去禀报,直到侍卫长回来,说的话却都是一样的。

"父汗无论怎样罚我都好,但是此事太急,我必须……"

木伦的话被中断了,他感到一双手从后面拍住了自己,是右丞相步鹿真:"木伦殿下,我们先回帐,再商议别的。"

"来不及了右相。"

"已经来不及了。"步鹿真面上没显出什么表情,双眸却是沉重至极,"丘敦与秃鹿愧他们已经回来了,已经来不及了。"

木伦倒吸了一口气,提不起自己那失落彻底的心。

"木伦殿下,我们先回帐,一会儿可汗就知道了。"步鹿真老练的脸上依旧水波不兴,"我们回去吧。"

可汗本来就来了困意,经木伦那么一闹,自己的怒气发泄了出来,他一下觉得舒畅了许多,于是在打发了侍卫之后,他就去了后帐,去看望他心爱的兰溪与乐浪别妃。

他还未走到乐浪别妃的帐庭,身后又跟来了一位侍卫。

他已经疲累至极:"你不想活了吗?给我滚,通通滚!"

那侍卫随着声音跪倒在地,抖着身子:"可汗,大王子他……还有丘敦将军,他们回来了。"

草原上的游牧人,忙碌一天之后,到了晚上都已经疲惫不已。每到这时,他们将牛羊群赶回围栏,然后就会想要立刻奔回帐中,呼呼大睡一番。这时候天上的一道流星,璀璨耀眼地划过天际,哪怕只是一瞬间,也会令观者忘记疲倦劳累。

郁久间可汗就如同牧人看见了天空上的流星,他已经完全没有了困意,他甚至已经忘记了他期盼一下午的困意到底什么时候消失的,他只是脑袋一蒙,然后一路小跑回了帐庭。

可汗的身体真的大不如从前了,短短几百米,他跑回去之后,喘着大气,来不及喝一口茶,急急地问道:"他们呢?回来了?他们怎么回来了?"

王庭这边,步鹿真随着木伦进到帐庭中时,两人的神情已经狰狞到了极点。

"丞相,我们必须现在立刻向粟水出兵,再晚一步恐怕……"

"大王子与丘敦这时候回来,证明你我的猜想都是对的,魏国人之所以能躲过我们所有的关卡,让几万大军几乎隔空出现在柔然,就是因为他们根本没有经过阴山,而是绕道库莫,由库莫再转到赤塔。"步鹿真的手划过帐内的地图,"可是他们只有两万多人,不成大器。"

"可是!"木伦接道,"他们若是在库莫留下几万人马,到达赤塔的人马先佯攻畿和,吸引我们的注意力,他们再折回溪山与从库莫出来的魏国士兵会合,然后就可以南下,直逼粟水了!粟水只有四万兵马啊!"

步鹿真见木伦如此焦急,心中暗恨:"木伦殿下,现在要以畿和为重,不要总是因小失大。"

木伦眼神闪烁,依旧语气焦急:"粟水如今是我柔然最为富饶之地,况且武川、溪山也在附近,如果被占领,我们与阴山之间也被隔开了,到时候要怎么办?"

"别急,我的殿下,此刻,可汗已经知道魏国人是佯攻畿和,也一定想得到他们的目标是粟水,你说可汗会怎么办?"

木伦点点头:"那你说,父汗会派谁去救援粟水?"

步鹿真看了看帐外,等了片刻,见还是无人进来,刚想要开口,一个侍卫便箭一般冲进了帐中:"木伦殿下,可汗命你立刻去汗帐!"

秃鹿愧很高兴,因为当他到了赤塔,短短三日内和魏国士兵只有几次零星的局部战争,而且都占尽了优势,这对于许久没有持刀上战场的他来说,简直是大快人心。

所以到了第四日,他和丘敦将军商量着,决定发起一轮较为猛烈的攻击,谁知,在赤塔西部八十里处,当柔然士兵持弓策马到达魏军驻军军营时,却惊讶地发现,那里已经是空地一片。这几万大军,如同从天而降般地出现,又如同能够飞天遁地一般突然消失。

大王子与丘敦都是久经沙场之人,但是当他们带着部队气势汹汹地来到敌人驻营地时,居然见到这样一幅场景,让他们感到就像是倾盆的冷水倒下一般。

他们深觉不对,立即命令副将带领部队沿线追击,他们二人火速返回了可汗王庭。

第二十三章　硝烟鏖战

阴山对岸的一片中原腹地，在某一个阳光艳丽的日子，魏国皇帝拓跋焘面前，毅然立着四位大将。他们岁数不一，样貌不一，却个个眸中刚烈，似乎就要喷出烈火。

他们其中最为年轻的，就是那个大将军晋浩，他领了圣旨，率领六万大军，从平城出发，途经盛乐，绕过阴山，绕过粟水、武川，绕过大半个柔然，来到库莫。

六万人，有两万留在了盛乐，有两万被张念大将调去了赤塔，晋浩自己留下了两万。他振臂一挥，浩浩荡荡的大军便如同离弦之箭，冲向了西部草原。

那西部富饶之地，是库莫人思而不得的胜地，如今，他们夹杂在了魏国的军队中，扩充了魏国的部队，同时也饱了自己的口福，满足了自己的欲望。在他们库莫首领看来，这次的倒戈，是一次崛起，是一次变得强大的契机。所以他们倒戈了，他们不再依靠着东边的柔然，相反他们为魏国士兵提供了后援补给。不仅粮食、良马等倾数献出，甚至还让出了自己的土地，让魏国人停留歇息。

所以，毫不知情的柔然人，才觉得张念大将带的部队，如同横空出世一般，降落在了赤塔。

这场经过魏帝深思熟虑的战役，已经悄然打响。

他们盘算着，假如魏国人能够与柔然东部的库莫族结成对抗柔然的联盟，这无疑对柔然的东、南两侧同时构成了严重的威胁。

他们盘算着，假如库莫真的变成了魏国的第二把利剑，帮助他们夺取柔然阴山北侧的粟水一带，那么他们不仅能够斩断粟水与契丹的商贸往来，甚至还可以将东部所有部落与柔然的联系全部斩断。

他们还盘算着，如果一切顺利，那么他们就大大削弱了柔然的势力范围，割断了柔然的贸易臂膀。

他们盘算了许久,谋划了许久,终于决定倾力而战,将魏国的士兵从平城一直开到了盛乐与库莫一带。

在激烈的战争全面爆发之前,一支强大的军队,从畿和出发,一路策马狂奔,将要到达溪山北侧。

这支木伦带领的一万骑兵,是柔然强大的部队之一,他们曾经西去高车,东打契丹,甚至南下魏国,从草原大漠到中原腹地,都有这支兵马留下的斑斑血迹。

从郁久闾可汗,再到秃鹿愧与木伦,甚至还有什锦,他们都曾经冲在这支骑兵的最前面,南征北伐创下了无数的功绩。

这支一万人的骑兵在这场战役中,人数并不算多,但是他们南下时策马行进的模样,已经显现出了草原霸主的威严!

奔跑在最前面的将官,高坐在马背上,刺目的阳光将他的影子印在了草地上。

原本炙热却充满平静的粟水东部草原,骤然战马嘶叫,杀声震天动地。

就在木伦与他身后的一万精锐骑兵翻越溪山的隘口之时,匹黎先大将军已经与东部的库莫族展开了殊死搏斗。

一向与库莫人比邻而居的匹黎先,最了解库莫人的军事战略以及人马战术,他带领自己两万兵马,全速奔赴战线。

匹黎先为了防止万一,一改常态,采用聚歼平推的战术,命令部队向东南方向疾驰一百公里。他的部队从南绕向东,沿途扫荡了库莫人几十个部落,可是就在迂回到水图音河附近时,一场令人心悸的战斗即将开始。

已经不到两万的粟水士兵,却在水图音河的东部草原遇到了将近四万的魏国士兵,这让匹黎先大惊失色。

硝烟在数百里广阔的平原内升起,并且迅速推向了高潮。

已经听闻风声的合达安,坐在帐中焦虑不已,她只能让那些沧慈士兵尽量维持城中的秩序,起码在魏国大军闯进时,能够阻挡哪怕短短半日。

身在粟水西部的合达安,并不能看见东部草原上的滚滚硝烟,但是她能猜测出来,她青梅竹马的晋浩哥哥,已经身处于烽火深处,刀剑之中,铁蹄之下。

她到父亲的帐中:"爹,粟水已经不安全了,我派人送您回畿和,至少那里还有兄长。"

纪由坐在帐中,双眸直直地盯着一幅字画,那画上有山,有湖,还有碧草上奔跑的烈马。他看得出神,那种喜爱的眼神远远将他置于恐惧之外。

他道:"我哪里也不去,我就待在这里。我哪里也不去。"

旷野之上,年轻的晋浩指挥着部队,对迎面而来的粟水士兵发起了一轮又一轮的攻击,战争变得越来越激烈。

其实,匹黎先并不是没有做好两全的准备,他知道一定有什么特殊的原因,才能让原本一直委曲求全的库莫人突然对柔然发起攻击。所以他采用聚歼平推战术,将原本的两万部队分中、东、西三部,自己带领的部队居中,由老二与副将带队东、西两队,他们三股以半包围的阵型从库莫南侧推进进攻。

匹黎先以扫荡库莫领地并且迂回到粟水水图音河岸为既定目标,半包围的战线中,东西线几乎只是推进,而他带领的中线部队扫过的地方才是重点作战战场。经验丰富的匹黎先,想以这样的策略击退库莫人,并且保住自己三分之二的人马。

一直打到水图音河,这个策略都是正确的。

阵营的那一面,相比于匹黎先,晋浩自是没有他经验丰富。晋浩上任的这两年,与柔然人有过局部的几场战争,他了解游牧民族因为拥有强大的骑兵,作战方式灵活多变,这让习惯两军对垒的魏国军队常常防不胜防。

所以这一次晋浩准备剑走偏锋,与其伤其十指,不如断对方一指,他虽并不知道匹黎先的想法,却恰到好处地将重点放到了对方的中线上,有意无意地保存了对方两翼的人马。在两军将领的战术思想下,一时间魏军的主力全部放在了柔然士兵的中线,而他们西线与东线的战场就几乎没有了太过激烈的战事。

带领中线的匹黎先,见到对面的魏国军队突然大举增兵,他想要收兵回撤,可是身后不知从何处而来的库莫人也步步紧逼。无奈之下,他只能随即改变战术,让自己中线的几千人马从侧后方对魏国军队发动攻击。只是这样一来,原本半包围的三股阵势就被分成了多股,中线的部队也只能孤军深入,再无两侧兵马的援助。

粟水东部的浴血奋战并没有给西部带来平静,战事反而愈演愈烈。

因为原本筹划援助匹黎先的赛音,他的部队尚未到达水图音河岸,身上的刀就不得不拔出,腰间的箭也不得不射出。

从魏国又杀出来两支部队:一支从盛乐而来,由裴远大将军带领;另一支直接从平城而来,由魏国大将军度白带领。后一支魏国部队,早在柔然士兵与魏国士兵在赤塔一战时,就向阴山脚下的怀柔打去,在匹黎先与库莫人相持不下时,他们就翻越到了阴山脚下,直逼粟水而来。

兵出四方的魏国军队,在不同时机不同地点,已经开始向粟水奔驰而去。

这场万事俱备的战争,就差一次酣畅淋漓的胜利了。

在郡主府,不管合达安如何规劝,纪由就是不愿离开,她焦灼的内心已经如同烈火焚烧一般。直到这个时候,合达安才真正了解乙旃说的那句话,没有军队,什么都可以一瞬间失去。

赛音与乙旃参与救援以后,西部就只剩下了城内的沧慈士兵,还有各府的府兵。郡主府的地盘再大,也不能藏人数万;沧慈在一年内充兵再多,也不足以抵挡敌人占领粟水的脚步。

她叫来了曲律、柔然几位大商贾以及滞留在柔然的契丹商人,连同她这几年来收集整理的所有商文,一同"塞进"了大账中。

水图音河上,匹黎先与魏国裴远、度白大将的部队不期而遇,这片草原在他们开打前,曾有那么短暂的平静,但是很快就被打破了。

匹黎先这颗战星,不愿意罢兵而逃,他在这片草原上闪耀多年,最终还是落下了,与他带领的中线所有将士一起,倒在了茫茫战场上。

那余下的东、西路大军,听见主战场的厮杀声消减,直到逝去,个个悲痛惊惧不已,调头而返……

焦月末是最热的时候,由于各府的府兵将府邸围得水泄不通,那些沧慈士兵便开始充当起了城内的禁军。

这时,门外的厮杀声已经不断传来,他们握住剑柄的手越来越紧,炎热天气流下的冷汗也越来越多。

合达安没有留在郡主府,她选择在集市上转悠,她害怕这个她三年来苦心经营的成果,将在魏军进城的一瞬间灰飞烟灭。

除了她,街上几乎没什么人,这个以往繁华的集市变得冷清很多,所以隔着很远都能听见墨顿的呼喊声。

远远看去,他跑得那样急促,嘴里说的什么虽然听不太清,但是表情确是格外狰狞。

"魏军打进来了!"

她想着,自己该怎么办好? 脑海中一片空白:"怎么了? 快说!"

"郡主!"墨顿大喘着气,"木……木伦王子来了。"

已经许久没有人在她面前提及这个名字,合达安惊惧的身子反而颤抖得更加厉害:"你说谁?"

那人清晰而又沉重地说:"赛音主将他们在水图音河遇到两股从魏国来的士兵,幸亏木伦殿下及时赶到,所以……我还听说东部的士兵也随着木伦殿下一起过来了,可能是粟水东部那边失守了吧。"

"他们现在在哪里?"

"听说在水图音河西岸附近扎营,郡主可是要去一趟?"

她尽力克制住情绪,仔细地考虑着:"我要回趟府里,你去请粟长尹与上大夫过来,现在粟水西城这边安全了,他们会来的。"

墨顿正要离去,合达安唤道:"我估摸着魏军人数超过我们,东部才会失守,畿和才会派人支援,所以赛音和乙旃他们怕是回不来了,你替我把我的想法告诉他们,现在城内光靠沧慈是不够的,还需要他们的帮忙。"她细想了想,又道,"派人把大军需要的后援补给安排好,需要的数额你晚点盘点好再报给我。还有,让粟长尹和上大夫与我一起去营地,看看还有没有别的安排吧。"

墨顿记好了她的每一句话,见她点头,便转头离去。

日出时,合达安与上大夫几乎同时到达军营门口。

"怎么,粟长尹呢?"

上大夫从几十人簇拥的队伍中走出,与郡主互施一礼,回道:"他说有礼赠予殿下,恐怕要晚些。"

合达安冷哼了一声,与上大夫并列走了进去。

自进入军营那一刻,合达安便不自觉地四处张望,她日夜想见的人见到自己会有多开心? 会忍不住唤自己的名字,然后跑过来和自己拥抱吗?

离别三年不见,突然一下触动了往事,心中自然伤痛难言。

但是心中纵然翻江倒海,眼中却没有一丝的闪动,面上也犹如井水般平静。

看着她如此平静,木伦的笑意从唇上一扫而过,面上也全是失落的神情。

迎面的两人行礼之后,他便示意她坐下,眼神飘忽不定,嘴上却并未多说。

合达安左侧下方的男子,在他们二人坐下之后瞬间起身,疾步走向殿中,拱手跪了下去,声音浑厚地喊道:"殿下!匹黎先将军面对四万魏国军队毫不退缩,直至牺牲,请您一定为他和那些死去的士兵报仇雪恨!"

合达安看着老二眸中带血,激愤不已,一时有些感慨,那个曾经驰骋东部高原的大将军居然就这么死在了魏国人的刀下。

木伦一扫之前的神情,变得面色冷峻:"你我都不是甘于吃败仗的人,但是现在还不是再次进攻的最佳时机。"

老二刚要开口,上大夫就插口道:"殿下一路奔波而来,看起来很是疲惫,快喝口茶歇息一下吧。"

他说完这话,无视老二那疾恶如仇的眼神,笑眯眯地对着木伦道:"臣已经受郡主之托,将能够筹集到的所有粮食武器全部用于军需。"

"是吗?"他道,"郡主一切可好?"

"臣一切都好。"

木伦又道："纪由一切都好吗？"

合达安点点头："爹爹身体不错。"

木伦还想问时，粟长尹却在此时进来了，他与依旧跪在殿中的老二相视一望，彼此的视线又很快转移开来："殿下，臣来晚了，请殿下恕罪。"

"没事，你起来吧。你们都起来吧。"他道，"你们准备军粮很及时，多谢！还有，恐怕赛音他们是回不去了，现在魏军人数多于我们，北边还有两万的魏军正与王兄还有丘敦在溪山僵持，战局混乱，城内只能你们多加自顾。"

粟长尹与上大夫听完，都愣愣地盯着合达安，这个小姑娘居然与木伦王子所说的不相上下，他们惊诧莫名。

木伦顿了顿，又道："还有什锦，畿和城毕竟不能无人守卫。"

这话是说给合达安听的，合达安听得极仔细，甚至没有看见一位貌美如花的姑娘这时候翩翩地走进了来。

那姑娘走进来，粟长尹见后，满脸笑容地道："殿下，郡主虽然把一切都想得周到，可是毕竟她年纪尚轻，有大顾虑却少些细心，所以臣就想着，殿下车马劳顿，一定需要有人照顾才是。"

最初的一瞬间，听到粟长尹这么一说，木伦看着合达安依旧从容的面孔，便觉得是她有意安排的，但是短短一瞬，这个念头也就打消了。想起几年来看到她的奏章，这个原本敏感细心的女子，在经历了很多之后，已经变成了一个风轻云淡的官场老手，单凭面上已经看不出太大的破绽。

那女子纤细的身姿上下穿着丝绸锦缎，她从珠宝锦衣中伸出雪白的双手端着盛满美酒的酒壶，缓缓呈上。

左右臣下，皆看在眼里，不觉对粟长尹投去了厌恶的眼神，大敌当前，也只有他还有如此的闲情逸致。

木伦没有说什么，只是接过酒壶，沉默地喝着。

众人见情势不对，便也退出，只留下了帐内的那两人。

合达安也跟着退了出去，在出大帐的一瞬间，她本想叫住粟长尹，好好发泄下内心的愤恨,可是自己却被另一个人拉住。

"郡主。"经历几天激战的老二不仅没有疲倦,反而因为匹黎先大将的死变得激烈,"你何时知道有魏军来袭的?"

合达安听完一愣,旋即她明白了老二所想,立刻猛摇着头:"你不要误会,并没有人告诉我,也绝不是我有意隐瞒,是前些日子我去魏国查探商业贸易,偶然听说有魏国军官说要来柔然选几匹马,当时没有细想,后来得知你们战败的消息,才骤然觉得那话中别有深意。"

老二听完,将信将疑,也没有细想,大迈着步子便走了。

等一同出帐的人走得差不多,合达安才拉着一起出来的乙旖问道:"老二方才所想的,是不是也是木伦所疑虑的?"

"在郡主来之前,木伦殿下只是问了方才老二所问的同一个问题。"乙旖道,"郡主一切可好?需不需要我派一队人马过去?"

合达安不禁多了几分愤怒:"不用了,你且顾你的,一切小心。"

乙旖刚走了几步,再回头时,合达安已不见了。

军营前素来无人守候,贺术也来不及通报一声:"郡主来了。"她便紧赶一步跟了上来,正好看见一副如同弱柳一样的身子不偏不倚地想要倒在木伦身上。

她见状脱口就道:"殿下,方才有件很重要的事忘了与您禀报,您是想现在听,还是过会儿再听?"

木伦似醉非醉的模样说道:"你俩下去!"

那女子本是带着一副妩媚的笑容,柔软的身体想要轻倒下去,却一下扑了个空,笑容全僵在了脸上,现在她只能重新挺直了身板,板着脸与贺术也一起退了下去。

直到他二人离开,木伦才突然大笑:"何事?你说。"

合达安脸上挂着愤怒:"没有人事先告诉我魏军会来,是偶然的机会……所以是我猜的!"

木伦虽没听懂,但他并不怀疑,望着合达安定定地道:"我知道。"

"那你是怀疑谁?父亲已经不问政事多年,何苦你还要这样逼他?"

"我没有逼他。"他回道,"现在不是说这个的时候。"

她越发愤怒:"那什么时候说?"

"喂,我方觉得你有些改变,怎么一提到你父亲情绪又变得这么激动?"他从怀中取出一个锦袋,"不说这事了。这是你哥给你的。"

她又变得喜不自禁,上前接过锦袋,紧紧握在手中:"他好吗?"

木伦点点头:"但他很担心你。"看着她笑,又道,"父汗本来打算要你回去,可惜突然打仗了,等打完仗,你亲自回去告诉他你的情况吧。"

合达安还想提父亲的事,却怎么也开不了口,她又问:"这场仗很难打吗?"

"算上水图音河对岸的三股魏军,他们大概有七万人吧,我们硬打不行。如果我绕到后面与南下的王兄他们会合,围攻这七万人,胜算还是很大的。"

"你有把握能够重新占据阴山对岸的怀柔,在他们还没有察觉的时候绕道桑夷再转向他们身后?"

木伦一副蛮不在意的模样笑问道:"你这么聪明,为什么不一起来呢?"

"带上我可以吗?"

他本就没醉,现在更为清醒,一个既不会刀剑,又骑不了快马的女子岂能上战场?"不可以。"他答道,"我会分心的。"

合达安没再说什么,她本是想到对方可能是晋浩,才头脑一热想跟着去,这样听来,自己反倒是让旁人担心了。

"我给你的玉佩可还戴着?"木伦这句话一出口,合达安的思绪就被他拉了回来。她双眸一瞪,半天不知道说些什么。

木伦没让她尴尬,伸手去拽她耳畔的坠子,她下意识退了一步,见他偏移的手伸到了脸侧,才停住不动,任他取下耳朵上的珍珠坠子。

"把这个留给我吧?"

她笑着点头,没再停留,带着三分喜悦七分纠结,起身回府。

自从匹黎先大将军去世以后,悲痛的郁久间可汗举办了盛大的仪式厚葬了自己的这位幼弟。

他原本虚弱的身体在经历这一次打击之后彻底垮了,这下,奏章就交到了右丞相步鹿真的手里。每日王庭有专人送这些缣帛制的奏章去右相府,晚间再由同一人取回。

病情加重的可汗不再过问政事,这些奏章批复后就会直接送往王庭的火炉庭烧毁。

火炉庭是专门焚烧那些已经无用或者不需要批阅的奏章的,自从纪由提出要用缣帛写奏章时,这些东西烧起来就比起之前的竹简更加不留痕迹,就好像国家大事真的能够一把火烧了一样。这一点从可汗再到木伦最后到步鹿真,这三人都没多想。

这一日木伦那道想要绕道魏军后侧与大王子秃鹿愧、粟水三方驱使魏军撤回魏国的奏章发到步鹿真手里,他对战事做了一番部署后,发给木伦,原本的奏章就送往火炉庭焚烧。

谁知到了夜间他突然觉得不对,若是秃鹿愧与丘敦没有将由赤塔转南的魏军击败,木伦又该怎么办呢?

他连夜让人把奏章重新送回来,可是回来的人却道奏章已经进了火炉庭。

当听到这个消息时,步鹿真恍然觉得,自己一直畏惧的敌刀好似早就已经出鞘了。一个更加恐怖的猜想盘踞在他的脑海中。

是那位曾经位居左相的纪由提出的奏折缣制,他为什么要这样提?如果不仅仅为了节省开支呢?如果送往火炉庭的奏章并没有被烧毁呢?如果有人一直把所有人都以为烧毁的奏章送往远在粟水的纪由呢?如果纪由一直知道王庭动向,他怎么会不知道库莫突然西伐是因为有魏军的襄助?那匹黎先为何不知情?木伦与秃鹿愧都不在,京中还剩下谁?什锦?

步鹿真猛然感到一丝寒意冲上心头,他深深地陷入了自己的猜忌中,变得恐惧不安。他不断问自己:"什锦会谋反吗?会吗?"

三赴阴山,两次坐骑旁都是同一人。

合达安不安地问道:"我去真的可以吗?"

木伦心里一紧,不愿把步鹿真传来的消息告诉她,又不愿她再留在粟水:"你必须去。我是说,那里有我们柔然的商贾需要你来安顿。"

合达安并不全信,却还是跟去了。因为木伦并没有给她回绝的余地。她还没有看到墨顿给自己的军需报告,就已经和木伦一起,还有浩荡的一万骑兵奔赴阴山了。

一路行来,木伦对她说的最多的便是:"你在后面跟着就好。"

可是她不甘心,每次落在最后,遇到队伍休整、更换马匹的时候,她就马不停蹄地又跑回到木伦旁边。只是,木伦望望天上的老鹰,看看前方路段,再回头时,她就又不知道掉到队伍哪里去了。

到阴山山路时,她就更加跟不上,甚至累得连力气也使不上了。

她擦拭着已经湿透的衣裳,不甘心地拍了拍马脑袋,又忍不住看看回去的路。

"怎么?你想放弃了?不是一定要跟着来吗?"木伦不知道什么时候又跑了回来。

"哪有?"她的汗不停地从头上流下,连视线都已经遮住了,"你怎么回来了?丢下你的千军万马?"

他呵呵一笑,使劲把她拽到自己后面,又吩咐随后的贺术也把她的马牵着,随后策马重新冲到万骑前面。

从前不是没有一起骑过,但是坐上行军打仗将领的快马,倒是第一次。

他问:"怎么样?像不像在飞?"

迎面的风太大,她只能把身体完全躲在木伦的背后,才能张开嘴回答他:"何止像飞?简直像从空中落下一般。"

他畅怀地笑了:"还是第一次打仗时有人从后面抱住我,真打起来的时候,可要抱紧了,别掉下去。"

"好……"合达安开始感到害怕,双臂抱着他,越来越紧。

一路断断续续的聊天倒是舒缓了紧张气氛,他们心有默契地绝口不提纪由。木伦给她讲述的趣事中,大多都是关于什锦的,还有便是他刻意打趣说到库莫曾经派使者过来想与柔然和亲,将他们的公主嫁给自己。

比起这些,他更喜欢听合达安给他讲述自己与库莫人的惊险故事,还有来回魏国的艰辛苦楚,更有柔然与契丹商人对坐相争的景象。

他听得入了迷,合达安却讲得风轻云淡,他不禁感叹她变了,变得彻底。

一切的风云趣事,在翻过阴山后都不再谈论,木伦只专心指挥队伍,至于合达安,在离怀柔还有些距离的时候,就已经搂着木伦呼呼大睡起来。

本以为一觉醒来,已经面对着在阴山下怀柔城内的惨重杀戮,谁知当合达安隐约听见几声吼叫,随后又是一声制止之后,她大梦初醒似的望了望四周,自己已经身处一个帐包当中。

隔着屏风,看不清外面究竟是谁,只能隐约看见背对自己的人怒指着对面正欢呼雀跃的几人,那几人一下就安静了下来。

都以为她还在睡,说话声音便小了许多,却能听清楚。

一个粗音道:"殿下重新拿回了怀柔,现在就差辗转桑夷,绕道魏军后面,正好与粟水士兵将其前后夹击!"

木伦背对着她,合达安看不见他的面目,只听见他轻而镇定地问:"王兄他们有消息了吗?"

几人中,有一身材最为高胖的人道:"已经派人去了信,与他们对峙的只有两万魏军,怕是不成问题。"

"好。"木伦依旧很轻地道,"你们悄声些,退下吧。和下面的人说,让他们好好休息,好好睡一觉,不要担心别的,一切有我。"

那几人刚一退出,合达安就冲过去,一把抓下他正要喝的水囊,问:"这是哪里?"

"哦,你醒了?"

她惊问:"仗打完了?"

"你睡了大半日,当然打完了。"木伦一边拿回水囊饮着,一边轻描淡写地说着。

看着面色如此清冷的木伦,合达安感到不知身在何处。当初粟水东部失守,面对失败的时候,他也是这样的神情,看不出一丝绝望,现在胜利了,他也好像没有太多的喜悦和兴奋。

"我们不是坐在同一匹马上吗?那我怎么一点也不知道?"

合达安那连夜奔波的衣服上虽然落满尘土,却没有被换下,只是到了帐内,木伦为了她睡得舒服些,才把她的鞋脱了下来。眼下看着惊异凌乱而又赤着双足的她,木伦口中的水还没来得及咽下,只是笑看着她:"你猜。"

之后的一连四天,那个临时的军营只有零星几个人留守,木伦与其余尽数士兵,都再次奔赴了充满硝烟的战场。他走的时候急而决绝,没有带上合达安,甚至也没有说去哪,只是留下了自己的军帐,和足以用上半月多的补给。

整整四日,合达安都待在帐中,望着四方的营帐漫无目地遐想。

直到第五日,木伦依旧没有回来,她变得心急如焚,再也等不下去,揣上几张大饼,牵着匹马大步流星地想要出去。

那帐外的几位士兵见她要离去,想要劝阻又不知道如何劝,脚下止步不前,只拿眼神一刻也不离地跟着。

她上马想要驰去,可是刚跨上马匹,抬头却惊见柔然的军旗就出现在视线里。

一壶热腾腾的奶茶煮得沸腾,木伦喝了一口,很是享受:"苍天赐予我们草原与马匹,还能喝到这么美味的奶茶,真是享受。"

合达安气急的声音甚至帐外的贺术也都能听得清楚:"你这样算什么?"

木伦无奈一笑,将自己的奶茶重新盛满:"来,喝吧。"他柔声道,"热热的奶茶最能让你平静下来。"

奶茶被他体贴地递到嘴边,她便略张口喝了起来,也许因为眼前的人完好无损,也许真的因为这温热的奶茶让合达安心中舒适了一些。

"你这几日照顾好自己了吗?"

她不顾回答,自顾自说道:"这几日我想明白了一个问题。"

"你想明白了什么?你说说。"

"你说这里有柔然的商队,这是在骗我吧?这里哪里有商队?"她焦灼道,"该不会是你和我父亲又要发生什么了吧?"

"你想到哪里去了?我就是想带着你出来逛逛。"木伦一拍双膝,站了起来,从屏风那拿了一件狐皮衣,铺在平整的案上,"我要睡了,你也进去休息吧。"

她还是觉得不安,伸过手去拔出他腰间的匕首,抱在怀里,才放心地走到屏风后面歇下:"没有这匕首,你便不会不等我醒来就走了。"

"你就这么想打仗?"他脱下外衣,人躺了下去,眼却大而无神地睁着,"我记得我第一次打仗的时候,没有经验,跟着我的柔然士兵死了好多,那时候心里真的难受极了。知道吗?合达安,我希望这样痛苦的感觉,你永远也不要有。更何况,与魏国人打仗,你还是能避就避吧。"

安静的夜中,帐内的两人都十分平静。木伦道:"总觉得你过去说得对,我现在是不想看见柔然与魏国打仗,有多少人都想要和平,可是这又有什么办法?这次主动出击的是魏国人,想要阻止他们,停止杀掠,也就只能有其中一方赢了。刚才那话最初不是我说的,是你哥还有丞相,我没想到他们看你看得这么准。"

合达安眨了几下双眼,还是毫无困意,不知道从什么时候开始觉得兵马重要,和平也这般重要,或许有了兵马才有资格谈和平吧。她思绪有些不宁,如果父亲有了兵马他会做些什么?一想到此,一种控制不住的恐惧感由然而生:"你能让这战争什么时候结束?"

"这可是他们挑起来的,我可不会只是把他们打跑了这么简单,我要打得他们长记性!算上上次饥荒的仇,我要狠狠揍他们一顿!"他打了一个哈欠,"况且,我还有更重要的事要完成。"

黑夜里烛火已经燃尽,看不清对方,合达安问:"什么事?"那头已经没有了动静,也不知是疲惫了,还是闭口不回。

次日清晨时分,贺术也进来送早膳的时候,脚步轻轻,面色惊喜,眼神还时不时地朝着案桌旁的地上瞥。

合达安的头轻轻抵在木伦胸口处,模样那般恬静安逸。木伦一手抱着她,低下头去,眼中全是温柔。

合达安睁开眼,下一刻就从地上弹起身子,脱口而出:"殿下恕罪!什么时辰了？"

木伦皱了皱眉，无奈之余似是还有些生气："你是不是当官时日太长了，居然忘了自己还是个女人了？"

现下不到辰时，合达安松了口气，一下又恢复到了素日的模样："木伦，你昨夜嘀嘀咕咕的那些话是什么意思？"

木伦站起来后便动作很快地收拾案桌上的地图，边收拾边问道："什么话？"

合达安一脸严肃："你说什么最担心的事还是发生了？什么战争之后还是战争？"她仔细想了想，又道，"你还说什么将会是大麻烦。这都是什么意思？"

木伦抬了抬眼皮："我昨夜真的说了那么多？看来还真是喝多了。"

"是喝了很多。"她看着他，"到底什么意思？"

木伦沉默了一会儿："你怎么不趁我喝醉的时候好好问问我？现在我醒了，更不会告诉你了。"

"昨夜，你不是不让问吗？"

木伦故作疑虑："我不让你问就不问了？你什么时候这么听话了？"

听他这么一说，合达安心里一热，只能干瞪着他，什么也说不出口。

木伦一边笑着一边上下打量着她，看见合达安一身的薄衣，就指着案桌上放着的食物说："你将这个端到里面去，吃完换好衣服再出来。"

她又惊又喜："你今儿是要带我去？"

他点点头。

"真的？你不怕分心了？"

木伦微微一笑，淡淡问道："合达安，我们今日走一程，等打完了仗，估摸着就能见到什锦了。"

"他不是在畿和吗？"她不敢相信地问道。

"嗯，现在应该在从武川来的路上了。"木伦话说到一半就不说了，"你端着膳食进去吧。"

合达安立刻端起盘子朝里头走去，一边走一边拿起盘中的羊奶糕啃。木伦在后面笑着说："不急，以王兄还有什锦他们的马程，我们已时出发即可。"

她当然不知道,这个夜晚,她熟睡之后,他从她披散在枕的黑发上,取下了黑软的一缕。

因听到要见到哥哥,合达安所有的疑虑都瞬间烟消云散,她很快就换好了衣裳,却并没有立即往外走。

外面,木伦正在和他的亲信说话,她本能地窝在里面没敢出去。

"殿下,属下确信这两日魏军没有太大的动向,自从张念将军从赤塔转到库莫之后,魏军就几乎没有动过。"与木伦交流最多的人,自然还是贺术也。

"魏军原本一共四股人马,现下还有三股,除去留在库莫的两股,应该还有一股。"

一个陌生的声音传来,似是不解:"殿下,赛音将军不动,魏军居然也不动,这也太奇怪了吧。"

另一个陌生的声音:"殿下,除了魏军,库莫人怕也是麻烦。"

"库莫人?乌合之众罢了。"木伦不以为然地说道,"若是真的有什么用,那个晋浩也不会按兵不动。匹黎先大将死后,他就应该乘胜追击,之所以没那么做,还是因为无论从实力还是地形不熟上说,不等到援兵到齐,是没有胜算的。"

晋浩,果真是晋浩。听到这里,合达安头脑中一阵轰轰作响。

"贺术也,依你之见,这场仗有几成胜算?"

贺术也毫不犹豫地回道:"殿下!只要什锦将军的一万骑兵一到,那属下觉得至少有七成把握!"

"好!"木伦赞许道,"不过……"他声音小了,"粟水那边还是要盯住了,要是有人趁火打劫,那咱们的胜算就只有五成了。"

这句合达安没听明白,什么叫作趁火打劫?随即,她又听见外面有人道:"殿下,属下也会派人保护好郡主的,她要是有事,怕是一成胜算也没有了。"

木伦转身看了看内室,那才是最大的后顾之忧。"你明白就好。"他说。

月底至,乙旆如约来到郡主府,与他一同进餐的却只有莫桑。

乙旆年纪渐长,合达安封了郡主后,有心让他独自领事立身,遂年前派他驻守粟水城外的养马场,并约定凡事自主,只每月底回来一趟核对账目,顺便添补给需。

合达安走得急,那日贺术也让莫桑叫出合达安后,二话没说就带她上马出了城,连老爷都没有告诉。不过合达安还是给乙旖留下一封信,信是府上新招的那个相貌丑陋的粗仆转呈的。乙旖打开信,上面只有二字:"等。护。"

乙旖知道她的意思,她当然不希望这场仗打完的时候,城中人心恐慌,田地荒芜,集市凋敝,若是经自己一手促成的繁盛变得满目疮痍,那将是如同刀入心窝般痛苦难受。

城中,许多住户已经迁移,集市上也是冷清一片,埋怨声重重,重要的商贾都被安置在郡主府,集市就更加没有了保障。

"莫桑,曲律也在府里吧?你能帮我叫他来吗?我与他好好谈谈,郡主的事他了解得最多。"乙旖简单说了一下一路上看到的。

除了乙旖和莫桑,曲律是郡主带到粟水的为数不多的亲信之一。

莫桑一副为难,靠近乙旖小心说道:"怕是叫不来了。"

乙旖惊问:"为何?"

"你可知道,自从郡主走后,纪由老爷就发话将府中的人看守起来,每日他都与这些人在帐中议事,不让外人探听,尤其是我。"

乙旖不解:"为何看守?"

"我并不知。老爷命令不让我们擅自出府,我也没能出去询问缘由。"

乙旖深觉不对,又问:"何人看守?"

看着那个貌丑的粗仆抱着柴火蹒跚走过来,又走开,莫桑才说:"是赛音将军的人。"莫桑压低了声音,"这些人中的好几个领事的,虽然他们蒙了脸,别人不知,我可是看出来了,之前郡主被绑架时,我见过他们几个。"

"赛音将军?"

乙旖吃惊:"赛音将军不是早不与老爷来往了吗?"

"一直都有来往!他只是夜间过来而已,我撞见过好几次。每次来时也不通传,还总是顶着斗篷,好像怕别人看到一样。你说,他们这样悄悄地行事,是不是老爷或者郡主的意思?"

乙旇不由得打了一个寒战:"既然我不知,你也不知,那就说明,这件事绝非郡主本意。"

"那就是老爷?是不是因为战事起了,现在城中危机,郡主不在,所以老爷他……"

乙旇摇头道:"你刚才不是说赛音与老爷一直都来往吗?我记得郡主曾经问起过朝中之事,老爷说并无意了解。至于私下里为何这么秘密?"他渐而严肃,声音压得很低,"我觉得事情越发不对了,虽然我相信老爷不会害郡主,但是他或许……"

莫桑见乙旇越来越惊惧,忙问:"或许什么?你说啊!"

"或许,有别的图谋。他是要篡位夺仅吧?"

"夺谁的权?郡主吗?"

"当然不是。"乙旇知道莫桑心思单纯,自己这时候多说反而对她不利,"你就当我们今天什么也没说,郡主不在的日子你一定要像往常一样,切记切记不要因为好奇做傻事!"

莫桑捂住嘴,觉得一股恐惧充斥心头,重重地点了点头。

两人再未多说,乙旇起身离开了。走出府前,他刻意放慢了脚步。一眼望去,四下里各帐紧闭,路上无人,更让他证实了自己的感觉是对的。他心里念叨:"究竟该不该告诉郡主?还是不告诉她,让她就这样待在木伦身边会安全一点?"

他低着脑袋想:"如果有大事,莫桑不安全,我更不安全。我是不是应该写信给什锦将军,以免郡主回来会有事?"

当初老爷自请辞官离京,郁久闾可汗命郡主与父同行,独独留下什锦将军在畿和,说是让他担负京畿重地安全的大任,实则是将他扣留京中为质。无论如何,老可汗都不相信左相会心甘情愿让出相位再无他谋。乙旇已经走到了府门前,还在细想:"可我并不知现在郡主在哪,什锦将军又在哪里。不论郡主或者什锦将军他俩中的谁,恐怕都不愿意老爷有如此之举!"

他实在不安,站在门外马前徘徊不定……

一个高声从远处传来,如此清晰,如此熟悉。

乙旃仿佛置于梦中，当他抬头望去，居然真的如自己所想，那人便是什锦。

"乙旃！"什锦跳下马，满头满脸汗水，不待走近就伸着脑袋，满面疑问地道，"她怎么样了？"

乙旃朝四周一望，见无人，问："少爷？您怎么来了？"

什锦也游目四看，靠近一步说道："父亲来信让我速速赶来，说妹妹病重。可我这一路过来，怎么觉得情形不太对头。这城里人都哪里去了？乙旃，你快告诉我，合达安怎么样了？"

乙旃被他问得一惊："郡主吗？木伦殿下来接她去了库莫。"

"木伦？这么说妹妹没有生病？"什锦来不及多耽搁，大步朝府中迈去。

乙旃脑中一片混乱，处处皆是破绽，却毫无头绪。他不知道从何说起，只能望着什锦一路进去。

一晃什锦在京中已近三年。三年里，他从未被准离开畿和半步。直到数日前，他突然接到父亲密递的手书，说合达安病重，对哥哥十分想念，让他速来粟水一趟。出乎意料的是，他一告假老可汗就恩准了。什锦并不知道，在他接信的同时，老可汗也接到二王子木伦密报，说纪由病重，已闭门谢客，恐时日无多，请恩准什锦来见最后一面，并代转问候。听到这样的话，站在可汗庭前的什锦心里有无数的疑问。

父亲的手书看上去细弱，笔画却依然透出苍劲，这是父亲离开之前与自己的约定。既然父亲没有病，却递信要求速回，他知道必有大事。会是什么呢？他完全猜不透。进了粟水，看到这一路上不同寻常的气氛，长年的征战经验告诉他，最可怕的并不是暴风雨，而是暴风雨之前异样的宁静。

走进府里什锦又释然起来，府上井然有序。他想，也许是自己多虑了，父亲可能是太过思念儿子，所以施计让自己过来。至于妹妹合达安，既然安好，又被木伦王子接走，想来必是木伦殿下也十分思念他所爱之人，于忙碌的战事中抽空过来看一眼以解相思。当初他冒险要去魏国接妹妹，连父亲都不同意，但他还是执意只身前往。木伦殿下听说了他的境遇，不顾众议前来帮助。他记得二王子殿下第一眼见到刚刚站到柔然的蓝天下惊魂未定的妹妹时的眼神，从那时起，这位殿下对妹妹的浓情爱意就从来没有放下过。

他思忖了一会,还是一步步向大帐走去,他以为妹妹也许已经回来,今夜,暖暖的烛光下,案几边应该是坐着他已经数年未见的父亲和妹妹……

"父亲!"他满心欢喜地唤出这个称呼时,眼角却扫到了另外一个人,他的笑容僵在了脸上。

赛音好像并不在意,站起身来拱手道:"赛音恭迎将军!"

赛音与父亲同案而坐,虽然现在的尔绵升纪由已经不是官居一品的丞相,但毕竟长者为上,他们这样并肩而坐,一看便知,二人关系微妙。

什锦不是拘于小节之人,他此刻有更加重要的事:"父亲,这么着急喊我来,是怎么了?"

"将军别急,相老只是事出有因,不得不以此唤你过来,你不必忧虑。"

什锦有些怨尤:"好好的,父亲为何骗孩儿来?"

"孩子,"纪由重而缓地说道,"大汗命你留守畿和,但我知道你有危险了,不得不想办法唤你来,信中不便直言,又怕你不肯来,只得出此下策。"

什锦听着一惊:"父亲,您怎么知道大汗命我留守?您怎知我有了危险?"

"此番与魏军交战,大汗将他最信任的丘敦都派了出去,却把你留在畿和,留在他身边。孩子,你认为大汗和步鹿真可以如此相信你,以至于把他们的身家性命都交给你吗?"

什锦越来越觉得奇怪:"父亲,您究竟什么意思?"

"孩子,你以为魏国人来犯是为了什么?为了那荒瘠的库莫?还是偌大的阴山?都不是!在你面前的这粟水城,哪怕一砖一瓦都是你妹妹的功劳。现在的粟水,富可敌一国,人足可比三城,这样的风水宝地,才是魏国人这次进攻的真正目标。"

什锦却冷静了下来:"父亲,这些大汗知道吗?"

"现在肯定知道了。因为在他知道之前,右相和二王子已经知道了。"

"那父亲……"什锦看了父亲一眼,低着头竭力控制自己的想法,"究竟是谁一直在告诉您这些?您不在京城,有些事就连我都不知道,您是如何得知的?"

纪由不动声色,平稳而冷静地说:"自有人告诉我。什锦,你可知道现在我们都十分危险？可你需要做什么？"

什锦拿捏不住父亲的想法，只能摇摇头："不知。"

"孩子，你必须调动重骑兵，把粟水护住，这样你妹妹的心血才不会被他人夺走。"纪由声音低了几分，"任何人都夺不走。"

什锦差点叫出来："父亲，重骑兵不是孩儿可以任意调动的！"

"不是吧？"赛音立于什锦侧面，目光笃定地望着他，"将军，一直以来，二王子殿下都是把重骑兵交给你去操练的。之前大汗担心害怕部将有异心，总是每隔几年就调换地方指挥官，而自从你领兵重骑兵以来，几年过去了从未调换过。这一回二王子借出征之由，将你调去武川。将军，你不是从京城来的，是从武川。"

木伦征讨魏军，围兵库莫之初，便密信什锦，调了一半重骑兵令他带去了武川草原。木伦说，守住武川，既能够给畿和保障，也能够护住粟水。木伦的信中附有郁久间可汗赐的兵符。

他照办了。但这事，右相并不知，连大汗也不知，那么，父亲如何得知？

"武川离粟水这样近，将军你也不过来看看，这样的好事你也不告诉相老。"赛音盯着什锦的眼睛说。

"我不说自有我的理由。"什锦终于正视了赛音，"你身为西部统帅，如何窥探得京中事？如此伺机，是想造反吗？"

这句话什锦是问赛音，他却不知道另一个人听进了心里。什锦当然不知道父亲的野心，他还以为父亲已经抛下了旧年恩怨。

纪由沉着脸说了句："儿子，你必须要护着你妹妹啊！"

赛音接了一句："将军，如果你不听相老所言，万一可汗知道你兵权擅专，而二王子又不肯替你说明，可汗天颜盛怒之下，会如何处置你？"

"这与你无关！"

什锦恶狠狠地盯着赛音，赛音却满面堆笑地继续说："我当然知道，若是没有二王子的首肯，你应该是不能调兵的。"

"你想怎么样？"

赛音并不理会他的怒视，依旧从容不迫："什锦将军，相老说得对，你要保护相老,保护你妹妹。现下重骑兵兵权在你这里,你就能保护好粟水。然后……"他将目光移开,盯着纪由帐中那幅山水画,突然说,"畿和是不是也有你的队伍?"

什锦片刻间就要崩溃,他血红的眼睛看着纪由:"父亲,您……是要造反吗?"

纪由眉间微微一皱:"孩子,我已经告诉你了,你现在留在畿和很危险,步鹿真已经察觉到了事情不对,若是你不把部队带到粟水来,等他下了命令,你就是死路一条,你妹妹经营的粟水也必将付之东流。"

"粟水本来就是柔然的一城,怎么会付之东流?"

"当然可以不是!"纪由终于把话说开了,"这里可以是第二个京城,甚至可以是第二个柔然!"

什锦此刻已经五内俱焚!

父亲要反了,这是真的。如此看来,赛音按兵不动绝对不是传言。赛音已经决定不动——不对,应该是他已经在后面挖坑设陷,赛音借魏军的手将木伦连同他的部众尽数埋在陷阱里。魏军铁骑压境,踏过木伦之后,下一个就是粟水。到那时,父亲怎么办?妹妹怎么办?

可是,若是自己调兵过来,粟水是守住了,木伦无法脱困。木伦给了自己兵权,自己却无所作为,到那时步鹿真丞相又如何放得过自己?倘若木伦侥幸逃生,能放过自己吗?他更加不能忍受的是,所有这些竟然都在父亲的算计当中!他用父子情分,算计了自己最重要的人帮他造反。

"父亲,妹妹可知道这些?"

"马上就知道了。"

纪由道:"你以为,如果不是我,你妹妹可以安然地做郡主做这么久?我早就和你说过,在这条路上,光凭着聪明是没有用的。"

纪由按了按什锦的肩膀,一副将希冀交付与他的模样:"你可愿帮我?"

什锦不说话了,他知道父亲在等着自己答应,但他万万不能答应。

纪由的声音略略升高:"什锦!"

什锦抬头,看着父亲正用眼睛盯着自己,他说:"父亲……"

门外咣当一响。

纪由叱:"谁?"

赛音已纵身而起,一步闪到帐门前。

帐帘一把掀开,一只托盘和奶壶掉落帐前地垫上,奶茶泼了一地。莫桑跪伏在地:"老爷恕罪,奴才一时失手……"

不远处,那个貌丑的粗仆提着灯笼正费力地提着泔水桶走来,再远处几个兵士巡夜走过。纪由用眼神制止了赛音,他一双深陷的眸子暗了下去:"你先下去吧。"

第二十四章　迟迟泪眼

这夜什锦住在郡主府的帐庭中,许久才浅浅地睡去,可是刚刚不到两个时辰,他又醒了。

是有人来将他唤醒的,这个人就是乙旐。

当什锦睁开双眼,看见面前乙旐恐慌的双目:"少爷,曲律死了!"

什锦一下子坐起来:"什么时候?"

"估计有一段时间了……"

"怎么死的?"

"少爷!"乙旐伸手将他往外拖,"这不重要,重要的是他就死在这府中。您必须马上走,去告诉郡主!"

黑夜中什锦望不见乙旐胸口下面的血迹,但此刻他力气大得惊人,这种力气,像是战场上充满恐惧又将死之人最后的挣扎。

"我不能走,乙旐,起码现在不行。"

"为什么?少爷,您知道老爷他一定是要造反!"

"我已经知道了,而且我知道的一定比你多,所以不能走。"他摸黑中熟练地取出自己的佩剑交给乙旐,"你已经知道了,那你就不安全了,你快逃吧。"

乙旐下意识捂住自己的伤口:"我逃不掉了……"

黑暗中,什锦一惊:"为何?"

"我……得去告诉郡主。少爷,我白日见到您的时候就该告诉您,我不该犹豫,直到晚间看见赛音杀了曲律,我才明白过来,可惜太晚了……"

什锦不太明白他的话,却没有时间再明白:"乙旐,我现在去找父亲,还有那个赛音,你快逃吧!跑吧!千万别回去了。"

乙旃哀怨地看着什锦离开,他没有离开,而是捂着伤口,返回赛音府上……

此时赛音府已经没有了夜间该有的安静,赛音走进来时,手里拿着一把弯刀。

自从白天看到乙旃与什锦在府外碰面的一刻起,赛音就已经动了杀念,而这个杀念,随着夜色的降临就越来越浓。

赛音的副官一刀砍在乙旃的胸口,自己却送了命。吓得一旁那个因毁了面部而包着头帕的仆人丢了手中的托盘。

当赛音提起大刀重重砍在他身上时,本来已经伤重无力的乙旃,顿时鲜血直流,疼得疯了似的大叫。可是还没有等他倒在地上,另一刀又无情地砍了过来。赛音走到乙旃身边,用双脚在他脸上身上乱踩,直到使尽了所有的力气,才意犹未尽地停了下来。

痛苦的叫声响彻天空,赛音府中许多人都清晰地听见了……

合达安"啊"的一声叫出,惊醒了。

隔着帐屏,睡在那一面的木伦也立时醒来,他侧身一跃,匕首已在掌中。因为是两军对峙时期,他不由得警惕起来,双目急急地朝外望去,发觉帐窗下的烛火还在,只是伴着微风轻轻晃动。他又朝内室望去,里面反倒是一片漆黑。

"做噩梦了?"

里面无声。

他又问一句:"说梦话呢?"

里面依旧无声,但他知道,她醒着。他索性也就不再开口说话,起身穿衣。

以往每逢大战,木伦总是睡不深,而今夜,他更是难以入眠,日间有两封密信快马加鞭地到了他手中。

一封来自于王兄秃鹿愧。就在秃鹿愧写这封信的时候,他与丘敦所率领的两万大军已经到达了溪山山下,距离魏军与匹黎先大将军所战的地方还有几十里的路程。

另一封,外封无任何标记,只在封口上用深色的蜡封上印着一小截蜀梨草的叶片,开封叶断。

信内只要一行字:风起树摇。

木伦取了一旁的酒坛,开始独自饮酒。

信中的那四个字,每一个都如锥在心。最担忧的事情还是发生了……他痛饮,却觉得这酒无论如何都饮不醉。

帐里面的人已经静静坐起许久,这时走出来,拿起酒壶,欲再替他斟上一杯。

木伦用手捂住杯口,仰头看着她:"现在什么时辰了?"

"已经过了夜中。"

"哦。"他重新垂下头去,似是不想让她看见自己愁苦的表情,"回去歇着吧,明天可还得赶路。"

合达安如何歇息得下去,她隐隐察觉到了什么,却不愿去相信:"殿下,我陪你喝。"

她伸出去够酒壶的手被一把拦了下来:"不喝了,不然,明晨起不来。"

他似是酒劲上来了,说话断断续续的:"明日……多险……"

她一个字没听懂:"你什么意思?"

木伦将头侧过去:"别问了。去睡!"

她刚要站起,他又突然凑过来,似醉非醉地将她揽入怀中,她便感到唇边一股温热,她麻木地憋着气,直到木伦一片安静之后,她才轻轻将他放平……

魏军在统将晋浩的指挥下,与木伦大战三日。

而距离他们不到三十公里,粟水城内赛音的部队按兵不动。

粟水城里,表面上悄寂无声,实际上,一场拼杀正在暗中展开。

赛音几乎所有的时间,都伫立地城墙上,向一个方向眺望。那里,三十里外的战场上,木伦军队与魏军的厮杀声,阵阵传来。

城下赛音大帐中,帐门紧闭,纪由闭着眼睛,端坐帐中,久久不动。

纪由让赛音按兵不动,是在等。

他在等一个最佳的时机。

即将到来的这场仗,胜负已出,纪由心里明白如镜。三十里外与魏军对峙的战场上,如果木伦输了,那魏军就会继续朝着粟水方向过来,这时候他纪由需要做的,就是铆足了劲对付魏军。如果木伦赢了,在带队返程的必经之路上,他会与赛音的伏军相遇——历经数日血战,给养无继,人疲马累,木伦剩下的兵马当然没有能力能够与赛音的四万大军相抗衡。

无论是木伦还是魏军,在赛音这里,都完全讨不到好处。只不过,相比之下,纪由还是希望对面的魏军不会打过来,自己手里的兵马光对付自己人就行了。他只是需要借魏人之手,将木伦除去。

无论结局是哪一种,他纪由都是稳操胜券。

什锦走进去的时候,脚下十分轻且慢,并不是生怕吵醒父亲,而是他并未想好如何答复纪由的话。事实上,如果现在纪由没有歇息,他在和赛音筹谋大事,那乙旃也就可以安全跑出粟水。凭他的职位和身手,只要出了粟水,他就一定可以设法找到合达安,而只要找到了合达安,那木伦也就知道了。想到此,他深吸了一口气,继续往里面走去。

撩开帐帘,里面点着烛火,但是什锦并不能判断纪由是否睡了,从前他还是丞相的时候,不分白昼黑夜总是习惯让下人在帐中点灯,意味着他随时可能起来,若是有什么人找他,不论白昼黑夜他都接待。

这一点,父亲还是没变,什锦望着烛火抿了抿嘴唇,似在犹豫。

"我的儿子?"

一个声音从内室里面传出,让什锦突冒冷汗,他没睡!

"这么晚了来找我做什么?门口没人吗?"

什锦倒吸了口冷气,仅仅只是听声音,就觉得全身不自在。他明白了短短一日自己与父亲之间已经发生了翻天覆地的改变。他冷静了一下,咬紧牙关,说道:"父亲,是孩儿怕您歇息了,所以没让外头人唤您。"

纪由一个人从内室出来,身上还穿着睡时换下的棉服。

"父亲,赛音将军何时回去的?"

"有一阵了。"

什锦面色更加紧张:"父亲,您和赛音如果还有旁的打算,请一并告诉我吧。"

纪由看了一眼什锦:"你这话是什么意思?我还能有什么打算?"

什锦定了定神,将所有的愤怒与痛恨压了压:"父亲,孩儿的意思是您千万别做让妹妹难过的事,只要是她珍视的东西、珍视的人,您千万不可伤害……"

纪由虽是一脸平静,语气中确是有些生气:"珍视的人?你是说木伦还是乙旃?"

他果断回答道:"自然都是!"

"养不熟的白眼狼!"纪由真的生气了,脸色阴沉,"这么久了,你还是向着木伦?你真不是我的儿子!"

"父亲……"什锦大吼出来,脸上猛然没有一点血色,"您这是造反,孩儿如何向着您?"

纪由愈加愤怒,一拍桌案:"造反?我就是反了!那个郁久闾可汗待我如此无情,我又何必效忠他?你们又何必?"

"父亲!您怎么可以……"

纪由伸出手制止他的话:"儿子,我问你,当初我为何辞官?"

什锦脱口而出:"妹妹一个女子,自然不能孤身来到这里,您是为了保护她。"

纪由摇摇头:"还有呢?"

什锦蹙眉思索了片刻:"畿和城中纷争太多,您是想避开。"

纪由点点头:"可是这纷争究竟是什么,你却不明白。自饥荒一事之后,可汗就对合达安才华颇为看重,契丹之事之后,他就有了立官之意。"

什锦默默看着纪由,等着他说完。

"你还记得你是什么时候升的三品吧?就是你们从契丹回来之后,可汗一方面加封了你,另一方面又准备立新郡主。当初短短一个月内,我尔绵升家有多风光,你可记得?"

什锦明白了:"父亲,按您这么说,如果当初您不辞官,那我们一家三人就同时在朝为官,这对于可汗来说,确实是忌讳。"

"何止忌讳？一人为相，论政治。一人为将，掌军队。还有一人从商，管钱财。如果你是可汗，你会怎么想？这早就不是忌讳了，这是大忌！"

什锦愣了半天，深吸一口气，却点不下去头："可就算这样，您也不能……"

"我当时日夜害怕，不得已辞官，可是可汗可有挽留？我为他辛劳数十年，终究还是得不到半分信任。直到辞官那一刻开始，我就明白我与他之间，是没有半分君臣之谊的。我随女儿来到粟水，他每年只看银两数目，从未关心过我这个年迈老臣的身体状况。更是把你兄妹二人强行分开，这边不让回去，那边不让过来。你说！这不是无情，这是什么？"

什锦无言以对："父亲，在朝为官诸多坎坷，儿子……儿子也是心痛难忍。"

纪由微微恢复了平静，他意识到儿子让步了，顿了顿，又道："还有一事你得知道，木伦曾经向我提过亲。"

什锦轻点了下头。"不难猜测。"他说。

"我对他说要想娶我女儿，就得答应远离朝政纷争。"

"他不肯？"

"他如何肯？"纪由冷笑着，"儿子，这些年，凡是涉及政权上的事，木伦可有让步过？他可有为了你或者为了合达安放弃什么？你们兄妹二人既聪明又看重他，他与你们交好颇有益处，可有过什么大的付出？"

什锦听着心里别扭，苦笑道："父亲，话不能这样说吧？"

纪由叹了口气："孩子，为父这么多年的心血，你从来不曾体察。"

"父亲，除了……除了出兵，其余的孩儿都可以答应您，什么都可以，让我辞官回来与你们二人一起，弄桑耕田我也愿意！"

"旁的不要说，现在：第一，你人若是不在畿和，可汗手里没有了人质，我们在这边也就不安全了。第二，你现在回不去了，步鹿真已经察觉到了，别的不说，就畿和城内的一万兵马，已经不是你能够动的了。"纪由清晰地一字一句言道，"第三，我没让你出兵，我只让你把武川的重骑兵开过来，保护粟水的安全。"

事已至此，什锦确实回不去畿和了。

什锦顿了顿道："父亲，军令下发是非常严密的，这您也知道。木伦虽然让我操练兵马,可是若是真的大战,还是需要郁久闾可汗或者木伦王子亲自批示,再由他们派遣信任的官员按照批示下放马匹辎重,并且监督我行军。说到底,那不是我的私人军队。"

"那不是木伦私下交给你的吗?他交与你的时候怎么说的?"纪由问道,"他是以什么理由交给你的?"

留有一丝期待想要纪由知难而退,什锦当然不会说出实情:"大致意思就是相信我。"

纪由一语中的:"既是相信你关键时候会保护好合达安,那这军队你就动得,就和你的私人军队没两样。"

帐帘再次掀起,进来的人什锦并不认识,径直走过去凑在纪由耳边,小声地说了一句。纪由听后颇为吃惊,但是短暂的吃惊之后,他暗暗叹了口气:"也好。"

这一幕什锦看见却未过问,因为此刻他突然有了疑虑,木伦既然给了一万重骑兵为的就是让自己保护粟水,那为何这次魏军打过来,他不让自己率骑兵过来,而是亲自带着另外一万兵马从畿和过来?

他敏锐地察觉到了什么,脑中飞快地思索着:木伦将自己的兵马与粟水赛音部、大王子秃鹿愧部一并合成三股,为何放着离粟水最近的自己的武川一万重骑兵不用,而是从畿和调一万兵马过来,从粟水绕道敌后,形成合围之势?难道木伦早已预感父亲会有所动作?若真是粟水这边不出兵,那自己的一万重骑兵就有了作用了,可以迅速抵上。

常年的并肩作战让木伦与什锦之间有着某种不可言说的默契,这种默契可以让他们在打仗时候仅仅通过对方的行踪就判断出对方的战略,而这种默契,纪由是体会不到的。

什锦心中五味杂陈,他道:"父亲,现在魏国人来袭,我们确实需要自护,我会将重骑兵带到粟水来的。"

纪由不敢相信地看着他:"当真?"

"当真。"他面露苦楚,"我会让部队驻扎在水图音河以东岸边,然后……"

纪由没等他说完,眼中已经光芒四射,他复问道:"儿子!当真?"

"当真。"他回答道,随后转身朝外走去。

什锦走出帐外,一直埋头向前,走出半里了,两位重装的军士站在他面前。

"大将军——"

什锦沉默地一挥手,二人退下,立刻隐身不见。

他心如刀绞。他没有告诉父亲,昨夜他到之前自己的兵马已经到达,他将一万重骑兵驻扎在赛音兵马东侧。他想,如果到时赛音不出兵,那自己就顶上,与木伦殿下一起,共同抵抗魏军。但是,此刻,他忽然意识到,也许自己的一万精兵,将要面对的,不仅仅是魏军……

这样想着,已回到帐中,天色发白,他脚下绊了一下,差点摔倒,低头一看,地上有一只茶盏,旁边鲜红一摊血。

他一阵惊叫,疯了一样往外跑去。

这一路,他几乎要被自己急促的呼吸逼得崩溃,但他不敢停,他知道自己停下就完了。直到他冲进赛音帐中的一刻,见到的却是已经血肉模糊的乙旃。

乙旃的身后有十几丈的血迹,地上有深深的沟印,十指血肉模糊,想必他是拼尽了力气才爬出来的。他的整张脸成灰白色。

什锦抱着乙旃的尸首大哭了起来,泪如雨下,肝肠寸断。

怀中的乙旃微微动了一下,居然睁了一眼,看见什锦,他从齿缝间艰难说出两个字:"救——她。"然后气绝身亡。

"谁杀了他?"他怒吼道。

什锦吼了几声,四下无回应,他这才发现,偌大的赛音府中空无一人,帐幔一动,一个人影蹒跚着走上来,是那个终日用旧布帕蒙着头的粗仆。

"是,是赛音亲自动的手……"粗仆声音清晰地说。

"他人呢?"

"去城外了。"

"你是谁?"

粗仆褪去头上的包帕,一张满是伤痕的脸,什锦倒吸了一口气:"是你?"

步鹿真轻轻地摇摇头:"老臣老矣,一副皮囊算不得什么。倒是将军,正是青春,韶光无限,不可明珠投暗。"

什锦下意识四下看看。

步鹿真轻轻地挥手:"不用担心,这里只有老仆,没有人能听得见看得见了。"

什锦看到,远近处帐幔下依稀看见几个或倒或坐于地上的人影,他们像是都睡着了。

什锦:"你在这里做什么?"

"有人嘱我将这包东西当面交给将军。"

步鹿真将一锦包递到什锦手中。

什锦打开,是木伦的手书,里面附着木伦的那把匕首,还有一缕黑亮的软发。他认得这两样东西。

什锦一把掐住他的脖子:"你想干什么?"

步鹿真平静地说:"我要救你。"

"什么?救我?你还是想想怎么救你的主人吧!"

步鹿真轻轻摇头:"将军试想,二王子殿下能够算到并留老臣在这里候着将军,会对纪相和赛音的军队全无准备吗?老臣之所以还在这里当面啰唆,全是因为木伦殿下一再求我,说你与他从小一处长大,除了君臣,更是兄弟。"

什锦一手握刀,满头大汗,牙齿咯咯响。

"救你,也就是救殿下。大将军,现在,只有你能救他们。你救下二王子殿下,就保住了柔然军队,也保住了尔绵升郡主。木伦殿下承诺,只要保住了郡主和柔然的军队,他保证你父亲的性命无忧。抑或,将军此刻杀了老臣,马上就是刀光剑影的屠场了,多一个面目不清的老仆从,没有人会注意。"

什锦松了手,泪水哗然而下。

"赛音的队伍昨夜已经出城,时间紧迫,何去何从,只在将军一念之间。"

林中营地,那两位重装的军士看见什锦怒发冲冠地策马而至,不等他们行礼,他已策马而去,马背上的什锦大吼:"传令,全体启程,随我来!"

第二十五章　双凫一雁

杀伐的战场上,血流成河,一批将士倒下,又上来一批。

越来越小的包围圈中,最后的魏国士兵还在顽强抵抗,几十个、十几个,最后只剩下几个。山坡上的柔然将领,骑着马儿,冠压额发,身披银甲,虎视眈眈,蓄势待发。目力所及,已逐渐能看清敌我的差距,尤其当周围零星的魏国士兵纷纷倒下时,位于最中间的魏将再次缓缓起身,他已满身是伤,犹自勉力强支身体,拄剑而立,面对围敌,狰狞张目等待着敌军最后的施令,准备笑赴黄泉。

"如果他不是魏敌,这样的好汉,会是我贺术也愿意终身对饮的朋友。"贺术也在心里想着,口中也这样说了出来。

贺术也缓缓地抬起了右手,手过头顶。

他的身前身后,众将士搭箭上弓,一支支锐利的箭头全部瞄准了那个唯一站立的魏将。

"不许射!"当众人均箭在弦上之时,一声尖锐的女声传来。众人一惊,回望,只见一匹白马奔至,马背上的合达安郡主一脸苍白。她脚踏马镫,手拉缰绳,痛苦万分地挡在众人面前。木伦未发一言,只缓缓抬手,轻轻一挥,山坡上,所有柔然士兵手中的弓弩全部放下。合达安才要下马,却见身边的木伦张弓搭箭,慢慢瞄准,未等合达安惊呼之声出喉,那支箭已然离弦。箭矢笔直飞行,直击魏将右手,"当"的一响,那人手中的剑飞出丈外。众士兵一拥而上,围住了他。

大营中,贺术也言辞激烈:"大敌当前,身为郡主,竟擅自下令放过敌军的将领,这简直……有违军法不说,更是有损士气!"

"你把他关在哪里了?"

"营房里,已经捆起来了,殿下准备怎么处置?"

"别动他,让他活着。"

"殿下?!"

"执行命令!"

"殿下!"

"滚!"

贺术也退出帐营,一副愤愤不平的模样。

木伦坐在案桌前,突然哗啦一声,将桌几上所有的陈设全部扫在地上。

夜色里,一支庞大的队伍,快速游行在黑暗中。

夜幕下,合达安坐在草地上,注视着前方的河流,面色苍白。一阵琴声从后面响起,战场上的音律,没有杀戮,只有思念之情。

合达安回首,木伦坐在身后,拉着狼头琴,目中映着月光,凄凉如水。

琴声停住。她问:"你还是要杀他?"

他淡淡地道:"沙场上的败军之将,部下全军覆没,他就已经死了。"

合达安一怔,闭上双眼,泪水汩汩而出,她缓缓地站起:"我累了,歇息了。"

他不看她的悲痛,只望着河水,在她的身后,又道:"一切,都因为我,还有你。"

她如同受到重击,脚下跌了一下,却没有倒,站好了继续向回走,身形摇晃着。

木伦来到她的营帐时,烛火已熄,他就着夜色看到她在帐内蜷曲而卧,垂着眼帘。他的心也痛得如同蜷在一起,悄然离开。

寅时。合达安捧着茶托站于营牢,却步门口。隔着粗木栅栏的围牢,她依稀看见里面五花大绑的人。贺术也已交代卫兵严密看管,待天亮后大军回程之时,再行处置。

门口的士兵询问了一声:"郡主要进去吗?"她摇摇头,走了,因为无法面对。

身后突然有声音传出:"合达安——"

她停步,听见身后人久违的熟识之音:"公主连一面都不肯与我再见,连一盏茶也不肯递给我吗?"

她缓缓转身,这就面对了他俊逸依然的面孔,一缕干去的血痕挂在额边,添了更惊心的美。她想起两人儿时一同骑马射箭的初犊之好。竹马之情也好,总角之谊也罢,瞬乎而逝,合达安恍如隔世。他突然一笑,她泪水盈眶。

她反身再至,显然是有人交代过的,卫兵并不多问,立刻开门,待她进入后,再将牢门锁上。她缓步而入,二人面对,相跪而坐。

她从壶中斟出一碗茶,端着,递到他面前。茶盏是她回自己帐中拿的,清亮的茶汤盛在细润的瓷碗中,她记得他一向挑剔用具的精致体面,华袍锦衣,一丝不苟。

晋浩一动不动地盯着她,半晌,摇头,后移半步:"败将颜相,不敢劳公主玉手,还是晋浩自己来吧!"

她拔出随身的小刀,割开他一只手上的绳子,想一想,又将两只手都松开。

晋浩端起碗,几口喝完,将空碗递出,她伸手去接——

木伦冲进牢房,看见大开的栅栏,里面空无一人,地上散落着茶碗的碎片。两个守卫分别折了左膀右腿倒地不起,挣扎着报告说:"魏俘持刀挟持了郡主,打伤卫兵,抢了匹马跑出去了。"

木伦夺门而出,一股细沙密密麻麻迎面打来,天际突现一带黄亮。

"不好,沙尘暴!"跟着的贺术也吼道。

"莫让魏俘跑了!"

"须得赶在沙尘暴之前拦住他!"

号声急促中,马背上如脱笼之鹄的男子,回头见闻声而出的士兵们,挟弓上箭,疾马追来。他停马,俯身将她紧紧一抱,再轻轻地放下,继续前奔。

前方,黄龙般的沙尘高过十丈,铺天盖地而来,只有几十米之遥了。

"快啊,若是逃进沙尘暴,就被他逃脱掉了!"

"不行,前面危险,不可再追!"

追兵们拉马止步。

"弓箭手——放箭!"

马背上的晋浩回头,突然持刀刺向马腿,马儿惊跃一跳,前蹄高高抬起,晋浩站在地上,缓缓回头,然后,一步一步向回走。

沙尘暴滚滚推至身后,晋浩却丢下刀,仰天大喝一声,站立不动。木伦站在半坡上,见贺术也一声令下,万箭齐发。

"晋浩哥哥——"合达安伏于地上,望着远处的背影,绝望地呼喊。

乱箭之下,鲜血四溅,晋浩不肯跪倒,强撑着残躯,直到合达安伸手抱住他。

"你为什么回来?你为什么回来?你为什么……回来?"她忍着大恸,凄厉的声音变了腔,分明感觉到他的身体在怀里迅速冷去。

他努力抬头,颤抖地伸出手,似是想为她抹泪,但止不住地颤抖,再一大抖,笑了一笑,手一松,双目紧闭,便去了。

她号啕失声,泪如雨下。

沙尘暴铺天而至,将她与他全部淹没,在昏天黑地狂吼的风沙中,她气竭声嘶地号叫,突然一口鲜血喷出,倒下。

其实到了晋浩离去这一刻,她都不曾把他们之间当成是爱,只是他去了,她还是不信,那个一直被她左右来去的人,就这样无声无息地躺着。十六年,日日骑马射箭,两小无猜,虽谈不上爱情,却是余生道不完的锥心。

半坡上站着的人,也痛心疾首。

沙暴散去,突现的一轮朝阳艳如喷血。

"郡主是我柔然的郡主,当着众将士,护着一个魏国人,这样……"一小股人马在回程的路上,众人皆沉默不语,眼看进入一片谷地,木伦让左扶右靠的众人暂停休息,忍了一路的贺术也才开口。他话未说完,被木伦劈面一掌狠狠打下马:"今日之事,谁再多言一字,军法严处!"

"要军法严处的,是你木伦王子吧!"

话音未落,谷地前方突然出现一队人马,站在队首的赛音一挥手,呼啦啦的队伍从伏身的草丛间跃身而起,黑压压一片。对方显然埋伏已久,这一现身,立时就形成了对峙。

赛音对着众将道:"纪相得到密报,二王子的军队与魏军久战不下,现已叛变,我奉可汗上谕,予以清剿。"

众人大惊,独独木伦淡漠地说:"果然来了。"

合达安惊诧地问道:"什么叫果然,难道你知道?"

木伦惨然一笑。

合达安冲上前:"胡说,二王子殿下与众将士苦战数日,昨日才大败魏军,哪里有叛变之事?一定是消息有误,父亲他搞错了!"

赛音用手中的长矛一指:"郡主被叛将劫持,尔等如果知趣,放还郡主者,饶你们全尸,家眷可免罪。木伦,还是束手吧,你等区区数千疲累对付我四万精锐,如卵击石。"

木伦松开一直紧紧搂着的合达安的手,对贺术也说:"等下一交战,你就带着郡主跑。"

合达安更诧异:"为什么?"

木伦不理,只顾对贺术也说:"你只管按昨晚我对你说的,带着郡主顺着山边向对方阵营前跑,跑得越远越好。他们不会伤你们。"

贺术也:"殿下!"

"我不走!"合达安在马上回望,突然想起,昨夜大张旗鼓地号令班师,今天黎明出发时,她见上路的队伍只有一半的人马,不过四千之数,还问过木伦,他当时面无表情地说,随后就来。此刻她焦急那另一半人马,何时才能跟进。

她想,不来也好,跟来,也只是个死吧。

对面,赛音在喊:"众将听令,以此谷为限,凡非我方人者,一律击杀,不得令叛匪走失一兵一卒。"

赛音的声音冷硬。

木伦大吼:"走!"他一鞭子打向白马屁股,白马高高地腾跃一下,带着合达安纵身跑起来。贺术也紧紧跟上。

他们的身后,一片喊杀声交汇在一起。

被白马驮着跑出小半里,合达安才将头调整过来,数月来的种种,一股脑涌现。

父亲奇怪的隐退和之后的怪异行为,木伦一次次的欲语还休。特别是这几日,几乎每一分钟里,她都感到木伦的身影出现在她身边,却又并不真切。明明赛音的队伍早就到了,为何连日与魏军的血战,近在咫尺的粟水城却一片安静,此刻,却大兵压境地等候在他们返程的必经之路上。以木伦大战之后不足四千的疲累人马,要对抗赛音四万精兵,最后的情形是显而易见的。此刻她毫不怀疑,这是一场蓄谋已久的伏击。目标很明确,就是木伦王子。

是父亲!

是他!她一身冷汗。

她把当年晋浩教给她的骑马的本领拿出来了,她大声地哎哟一声,俯身在马背上,身体放松地垂下。贺术也以为她中箭,加快速度疾驰上前,待他的马头与合达安并驾时,合达安突然纵身一跃,跳上了贺术也的马背。

她身子在马上落座的同时,一只胳膊搂住贺术也,另一手抓过贺术也手中的缰绳,使劲地一拉,马长长一嘶,立定了,随即她双脚暗中用力蹬,拽紧了缰绳,马随即掉头向回跑。

这一切一气呵成,只在眨眼之间。贺术也是历经生死战场的杀伐好汉,却从未与女性如此近距离身体接触,况且还是金贵无比的郡主,他起初大吃一惊,女性的柔软与气息弄得他身体连同头脑都是僵硬的。在最初的愣怔过后,他才发现马已经载着他们二人跑进了血肉横飞的杀场。

合达安跳下马就向木伦跑去,她在贺术也耳边的最后一句话是:"我不能丢下他!"

什锦赶到的时候,战斗已近尾声,贺术也跪倒在地上,身中十箭,兀自挡在木伦身前双手执刀双目圆睁。木伦跪在地上,他的腿上已经中刀,左肩上还插着一支箭,垂下的左手被鲜血浸透,另一只手紧紧护着合达安在身后。几个伤痕累累的士兵拼力将他们围在中间。

刀光剑影中,木伦数次吼她:"你怎么还不走!走!走!"

她歇斯底里:"不!要走一起走!"

贺术也拼力挥剑挡着箭雨和枪刺:"殿下快走!"

木伦艰难向前:"不,他们要的是我,你们走!"

她也吼:"我要和你在一起!"

接着箭羽飞至,士兵们纷纷倒地。赛音持剑而至,眼看长剑即将抵达木伦胸前时,合达安纵身跃起,一把抱住木伦,闭上眼睛——突然一声长啸,一把大刀飞至。赛音的胳膊断下,手一松,剑偏了方向,深深扎入木伦腿边半尺之处的地上。

什锦驱马而至。

马背上的什锦威严地道:"我是大将军什锦,纪由之子。赛音假传上谕,构陷王子,意图谋反,我奉命前来捉拿,众将不要被他迷惑,速速收手,违抗者,立斩!"

合达安惊喜地叫道:"哥哥!"

木伦艰难地抬头:"什锦——我知道你会来……"

赛音大怒,再次出手:"大将军,你要误了大事了!"

什锦还手:"赛音将军,我带来的一万重骑兵,已布阵于你后方的高地,大势已去,你我共事一阵,我相信木伦殿下不会赶尽杀绝,收手吧。"

赛音:"刀已出鞘,箭已飞出,你收得起,我如何收?不是你死,就是他亡!"

赛音奔向木伦,什锦阻拦,三人对阵数十回合。赛音虽也受伤,但是他人多势众,什锦与木伦均伤重不支,摇摇欲倒。

正在紧要关头,队列后方,号角声喊杀声响起。

合达安惊喜地道:"援兵来了!"

赛音一愣:"什么援兵?"

合达安:"二王子殿下预先留下了一半精锐在后方,只等危急时破阵施救。"

赛音与什锦同时一惊,木伦旋即昏迷。

什锦将长刀收起,刀尖挂地,面向木伦,单手伏地:"殿下,还好,我来得不算晚。"

他的背后,赛音捡起什锦放下的长刀,突然向什锦扎去。什锦回身看到了,却并不躲,而是直身端立,正正地吃进了这一刀。

赛音愣了,愤恨交加,颤声道:"大将军,你……糊涂……了!"

身上扎着长刀的什锦缓步向前,一步一步,来到赛音跟前,突然张开双臂,抱住赛音,他胸口的刀,跟着穿进了赛音的胸膛。

什锦的嘴边一股一股向外涌着血,他将刀更深地向赛音胸膛扎进一些:"糊涂的是我的过去……现在……此刻……我是清醒的……"

什锦手捂着胸口,那里,血汩汩地流出来。

合达安完全傻了,她扑向他,大哭:"哥哥——哥哥——不要——你不要再流血了,再流血你就死了……"

什锦艰难地抬起手,他想抚摸下她的头发,但看到自己手中的鲜血,手在挨着她的头边很近的地方停了下来:"妹妹……父亲……他一时犯错……你会向王子殿下求情,放过他……"

合达安拼命点头:"他错了,我会的……"

什锦:"他是爱着……你的……"

什锦将手中布锦包塞进她的掌心,随即,手跟着头一起垂下。

锦包带着血,散开来,里面是一缕黑软的头发。

合达安声嘶力竭:"不要啊!哥哥!"

此时,天边血红的夕阳,倏然落下。

阴山一战,魏军元气大伤,纵使秣马厉兵,无数年不可复原。木伦王子身先士卒,大败魏敌,边境复宁。可汗得报之日,兴奋不已,是日大宴群臣,从将帅到士卒,一齐重重封赏。

众人纵酒欢歌之时,木伦犹自罔顾,只有他知道,席上人头攒动,独少一人。

他起身,正欲暗里退出,身边的步鹿真忽然牵住他的袍袖:"殿下,你看,可汗他——"

木伦转身,见正座上的可汗端坐不动,眼神呆滞,片刻,手中杯盏落地,向后仰倒。

入夜,二位王子及众重臣齐聚汗元帐前。天明时,木伦手执密匣缓步而出,面对众人,跪下,以头伏地。

哭声大起。

七日祭天已经过去,合达安还躺在床上,高烧不退,昏睡不醒。透过屏帐,侍女们无声地看着里面,下了朝的木伦王子一遍又一遍为她换掉头上的冰敷棉帕。步鹿真站在帐庭外,徘徊等待,他知道,她不醒,木伦是不会出来的。

"你醒了?"

"我这是?"她看着自己更换过的寝衣。

"你此刻不是应该在殿庭里吗?"

"是的,现在我已是柔然的可汗。我们终于熬过来了,我答应过你,一定不会再让你受苦!"

合达安听完,虚弱发白的面庞,露出淡淡的微笑,道:"我还能骑马吗?"

木伦的面庞露出忧伤,又很快恢复:"没关系!以后,我骑着马,带着你,带着你走遍草原。"说完,他握住她的手。

侍女缓缓退出内帐。

"殿下,"她道,"您说,您爱戴贤良,敬爱忠臣,那如今,我算不算你的贤良忠臣?"

"算啊!当然,这是当然。"

"那……"她看着他,泪水缓缓流下,半晌开口说道,"您能不能放过我父亲……"

听见她提到纪由,他心里的恨油然而生,但是看着这般虚弱的她,怎么也拒绝不了。

合达安坐了起来,拉着他:"求你,饶过他一命吧,只要让他活着,就好……"她哭得厉害,手紧紧地攥着他。他心疼地看着她,没办法拒绝她,内心的疼痛无法言喻。

看着他的犹豫,她对他说:"臣愿降为庶人,用我过去所有的功劳,去换取父亲的命。若是不行,臣愿一死,给所有人一个交代!"

"你知道我不可能这么做!"

"但若是您赐死父亲,我将变为不孝之女,若是这样,我也绝不苟活!"

木伦流下两行泪:"我原以为,逆犯纪由断不可饶恕,但是你竟然拿自己的命威胁我,你知道我绝对不能失去你的,我还能怎么办?"

合达安垂下头。

"好,我答应你,不杀他,夺去尔绵升纪由一切官职,一应优待取消,禁足于府邸,永不得出。所有奴仆一律发配。"

合达安拖着受伤的身躯,跪地谢他。他将她抱起,道:"现在一切都结束了,你永远不会再离开我了,我们……"

她道:"微臣的心,一直属于殿下,但是,奉老可汗遗言,请殿下将微臣送回魏国,以了老可汗遗愿。"

左相府邸,早已没有了昔日光辉,所有家仆都已发配,府中变得破败不堪,老丞相纪由穿着布衣,站在木台上,看着远处的可汗王庭。

巨大的白色棺木置于院中。

合达安走了进来,纪由没有回头,依旧盯着远处。合达安走到父亲身后:"还记得当日,你带我来这里,为我指着王庭,告诉我,站在这里,是看得最清楚的。我当时没有听懂,以为您对我寄予厚望,万万没想到,这厚望便是把我当成一颗棋子,一颗实现贪婪欲望的棋子。"合达安绝望地看着父亲,纪由依旧目视远处,"甚至,因为您的贪婪,兄长丢掉了性命。事到如今,您还在看着那边,您就不会回头看看我,不看一眼兄长吗?"

纪由转过头,道:"我累了,你有话,明天再说。"

合达安冷笑道:"可惜明日我不能再来烦您了,明日我将回魏国。兄长,我也带走。您……保重吧。"

踏出几步,她没有回头,道:"儿时我与兄长同坐一匹马上,与您并肩走着的光景,我不会忘,这便是我一生最珍惜的时光。"

说罢,她走了,只留下纪由一个人,站在原地,面对空荡荡的庭院和正中巨大的白色棺木。

木伦站在王庭天台上,看着合达安与载着棺木的马车离去。他问道,昨日,她见到纪由,都说了什么,一旁的侍卫一句一句复述。
"这便是我一生最珍惜的时光。"他重复道。

第二十六章　嫁与山河

昔日，兄长、挚友因父离去，我沉痛难忍，毅然断情离去，归居故国。本以为天各一方，再也不见，谁知你竟提出和亲，以换边关安宁，我有何选择？

这夜里的心事无人诉说，合达安只能把它们写在纸上，就当这薄如蝉翼的纸张，是懂她知她的挚友。

我就是走不出父亲带来的无尽苦楚，所以我希望和亲的担子能够重一些，能把我压得喘不过气更好，这样我便无力再顾其他，和亲才变得有意义……

木伦，好久好久不见了，也好久好久没有回去，我已不知，草原上的泉水可还潺湲？水图音河附近的马儿可都健壮？赫泽王妃的小女儿，那粉面如花的琪琪格可又长高了不少？我亲爱的莫桑呢？他们所有人可都还好吗？你可还好？

我还能见到此起彼伏、扬波欢歌的丰盛牧草吗？我还能策马，看看一望无尽的草原吗？或者，我还可以再看一眼，那些我们曾经留下了足迹的地方吗？

你如今是敕连可汗，那我就是可敦王后，有什么不可以？

和亲真是有意义，我终于有理由假装忘记我的苦楚，哪怕只是自欺欺人的假装。所以我便嫁了吧……

魏宫中这两日进了两件宝贝，一件是千斤重的汉白玉马踏祥云，一件是价值千金的汉白玉犬。

这两件宝贝不是日日能见着的,它们同时被运进宫时,引得许多宫女、太监围观。

只可惜这样稀罕的宝贝在宫中待不了几日,就要被送往草原,那里新可汗继位,这两件东西都是送往那里的贺礼。

平淡安静的日子刚过了几个月,就开始变得哄闹繁乱。

不知道从哪里飞来了几十只大雁,徘徊在永巷中,一圈又一圈,不高不低地飞着,就是不愿落下。

它们叫着,可没人敢射下它们。

人们口口相传,这是柔然敕连可汗议婚用的大雁,上百只活着押运过来,当是纳彩的礼物。

长公主进来的时候,合达安正在侧屋中烧着炭火,一旁的食物还没来得及下到锅里去。

"姨母来得这般早,您用早膳了吗?"合达安问道。

长公主走进来时悄声慢步的,她的侍女都留在了外面。

往来路过的永巷宫人,望见门前众人和她们手中之物,都不禁惊呆了。

"你且停手。我带了早膳来。"长公主说完,冲门外喊道,"栖儿,端进来。"

栖儿是长公主贴身宫女的名字,她一唤,这宫女就即刻带着两人进来,将手上的盘子放置在桌上,转身就退了出去。

凑近了看,这盘中有马奶糕、茶糕,还有喜饼。

这喜饼上大大的"喜"字映在合达安眸中,是那样刺眼,那样令她心痛。

长公主道:"不用我说了,你知道我的意思了。"

"不!"她颤了几下,眼中湿润,"我不回去……我不要回去。"

"合达安,"长公主按住了她的肩膀,缓缓道,"你这又是何苦?你娘已经不在了,日子这样凄凉,你待在这里有何乐趣?"

"是没有乐趣,可当初我答应我娘要活着,我便必须得活着,虽然我活得好痛。"

"既如此,你何不嫁给一个在意你的人呢?孩子,一个人在这世上,有人疼你,爱你,想着你,你就不会那么孤独,不是吗?"她用丝巾擦拭着合达安的眼泪,自己却也跟着流了泪,"你命苦,可是你再待在这里只会越来越苦。"

"我不知道怎么回去,不知道怎么面对……"

合达安闭着眼睛,曾经可怕的一幕幕重现脑海……每当漆黑的夜晚,抑或是青天白日,抬头望着太阳,想到曾经,都会觉得可怕,想把自己关起来,却关不住自己的思绪。

她不知道怎样开口向姨母讲述,她只是想着什锦,想着乙旃,想到他们,瞬间就会觉得要崩溃。

长公主见她不说,便开始猜测起来:"如果你没了牵挂,那么嫁了人,你就会有牵挂。如果你觉得活着没有了意义,那么和亲,就是你活下去的意义。"

合达安抬头看她:"有什么意义?"

"半年前的那场战争,让我们大魏损失惨重,需要休养生息,无力再北伐。但北方的柔然不会放弃复仇,他们的新可汗刚刚继位,听说年轻气盛。眼下柔然可汗提出和亲,大魏已经同意,条件是三年不战。这是你的机会,合达安,你要放弃吗?"

合达安沉默半晌:"真能三年不打仗了吗?"

"不能。"

有一丝失落滑过:"那我还去和亲?"

"只是也许——也许吧。但至少能晚些开战。这个谁也说不准,哪怕晚一天,都是你活下去的意义,你作为和亲公主的意义,不是吗?"

合达安没有回答,她拣了一块喜饼吃下,眼泪跟着流下:"我是真的不愿意再看见打仗。"

长公主将她揽入怀中:"从前你娘也是这样,每次打仗,她都呆木地坐在殿中,很痛苦的模样,却又难以言出来。"

合达安投入长公主怀中哭泣:"我知道……我记得……"

这些年，边关战乱一直不断，生灵涂炭，民不聊生，国库空虚。

柔然郁久闾可汗发疾死后，举国悲痛。木伦继位，号为敕连可汗，为这草原也是殚精竭虑。

边关的战士真的打累了，将领也渴望休息。当初郡主勉力开通的丝路商贸，亟待恢复。新可汗木伦提出和亲，魏帝便很爽快地答应了。他上告群臣，下达百姓，手写诏书，加盖朱玺，曰：

  奉天承运，皇帝诏曰，封公主翊之女为西海公主，入嫁柔然，以和安邦定国之亲。钦此。

夜里她在一封绢帛上写道："于是我便嫁了吧……"
到了第二日，她就已经穿上了嫁衣。
蓝天上的白云相依相偎，纳彩的大雁依旧在飞。
魏旗高升，喜衣飘扬。
车轮轧轧，鼓声咚咚。
群臣济济，百姓拥望。
嫁妆数车，逶迤北上。
公主出嫁，前呼后拥……

合达安头上的红纹金凤冠闪闪发亮，手里捧着装着金银米的宝瓶，上面画着和合二仙的图纹，项上的金镶玉双龙戏珠项圈闪闪发光，头上插着的珊瑚头饰一摇一晃地垂下来，敲打着项圈，发出叮叮的声响。

天已然不热，可是厚重的喜服贴在身上，让她觉得内闷外热，刚启程不久，汗珠就从凤冠珠钗中流下。

好在轿中只有她一人，所以她便随意掀起喜服擦了擦。这崭新华丽的喜服其实就是出发前给魏人看的，和亲的公主经过沿途的跋涉换乘，这喜服到了草原也变得皱乱不堪，没什么模样了。只要合达安不在意，木伦就更加不在意。

送亲队伍浩浩荡荡几百人，旅途却并不顺利，翻山越岭，舟车转程，苦不堪言。

他们行走的速度不算很快，但也没几日就到了汴梁。汴梁是魏国北部的最后一座城池，送亲队伍走到这里，便停下来休整，准备次日清晨再出发。就在这里，魏国前不久刚刚经历了与契丹的激战，和亲使团一路前进，还能看见沿街的伤病员。那些人有的因为打仗负了伤，有的则是因为水草污染，中毒染病。

合达安透过车帘看着人心慌乱的街道，心里觉得沉重至极。

一个将领模样的人走过来道："公主，这里到处不干净，为防止公主染疾病，还请公主尽量不要下车，就在轿中休息，一应吃食，末将会派人送来的。"

合达安问道："我们还有多久能到？"

那人回道："明日，我们出了关卡，就是柔然的境内了，到时候会有柔然的骑兵前来接应，大约再走个几日，就到达可汗王庭了。"

合达安"嗯"了一声，没再多问，她早就累得支撑不住，一闭眼就睡了过去。

天黑前有个士兵为她送来了吃食与水。她随便吃喝了些，可能还是太累了，觉得食不知味，并没吃太多，就多喝了些水，又昏睡过去了。

她睡得那样沉，自然不知道天上的美景，很像出嫁前理应有的美景。

畿和的可汗王庭。

这天夜里，王庭中的内官为木伦送去了他们大婚的礼服，幽深的蓝色新郎服正挂在帐庭内，所佩所戴，皆是成双成对。他又让人把婚礼的所有首饰器物都摆放在桌案上，一眼望去金碧辉煌，喜气盈盈。一一查看之后，木伦站在天台，仰头而望。这夜，佳人虽未相见，但天上的星辰已很美。

夜已经很深了，他坐在案桌前面，拿起同心指环摸了摸，又拿起彩绸看了看，连礼香烛他也去试了试香气。

所有物品都过了一遍，就好像在幻想大婚时候的情景一样。

莫桑进来道："大汗，您叫我……"

木伦放下手中物，一副思念而又担忧的模样："莫桑，我在想我到底还应该准备些什么，才能让合达安真正地开心一些。"

莫桑回道："大汗，我知道您担心什么，不过我想，只要郡主见了您，就一定会很欢喜的。"

木伦想了想，缓缓道："听闻中原女子出嫁，都是从父母家出发的，魏国虽然是她的故国，不过她母亲已经去世，我觉得并不算是娘家。"

莫桑虽然有意避讳，却还是旁敲侧击道："大汗，其实郡主并不是一个特别在意这些形式的人，所以不要紧的。"

"要紧！当然要紧！"木伦看出了莫桑的躲避，毅然大声道，"外面有人吗？进来！"

贺术也箭步走进来，木伦道："你去准备，在左相府前加派些人手，再去通知迎魏国和亲使团的人，大婚那日，和亲队伍从左相府绕一下，再到可汗王庭。"

贺术也假装无视一旁莫桑投过来的惊异目光，躬身便退下了。

第二日一觉醒来，合达安觉得口十分干，身体并不感觉冷，手足却是冰凉无比。

她对外面的士兵说："我想喝水。"

那士兵听了吩咐，立刻打水。

有几个人在车轿后面嘀咕："有一个和亲队伍里的人昨夜染病死了，也不知道是什么原因，只觉得他死得蹊跷，除了身体冰冷，并没有旁的问题。"

由于出了事，众人都觉得这里不吉利，便提前几个时辰出发了。

一路上，合达安不住地打着寒战。她想，这是去国离家的表现了。

当送亲的队伍终于到了柔然境内时，他们听见山坡上来迎接他们的柔然骑兵拉奏着狼头琴，琴声缠绵悠长，对于车轿中的人来说最熟悉不过。

当柔然骑兵带着他们进入柔然境内后，便有几人骑马围绕在车轿周围，他们拉琴，唱歌，送祝语，欢声不断。

合达安原本身体不适，听见、看见这些，不觉精神好了许多。

那些魏国的送亲使者看到此景，不禁感叹草原民族的热情奔放，他们中有些人甚至开始羡慕公主能够嫁到这样的多情之地。

只有个别资历较深的魏国使官,他们惊讶之余也觉得奇怪,因为在他们的印象中,从未见过哪个和亲的公主有过这样的待遇,被他国可汗这般用心对待。然而木伦的用心并不止于此。

在车队翻山越岭来到畿和后,合达安好奇地掀开车帘看了看,发现车队并没有径直去可汗王庭,而是绕道去了她曾经居住过的地方。

昔日巍峨的左相府门紧紧关闭,已经许久没有打开,透过府门还能看见里面此起彼伏的帐庭,甚至可以看见那顶大帐还有左右两边白色华丽的侧帐。那是她与父亲、哥哥曾经住过的帐庭,只是已经物是人非。

府门紧锁,府里的人也不会出来,但是外面花团锦簇。

被扶下车轿的合达安从迎接的人当中认出了两个美丽的女人,是乐浪别妃与赫泽王妃。她想要呼唤她们,却又顾忌地压下了。

只见乐浪与赫泽从福箱中各拿起一串福袋,走到合达安面前,为她分系在腰间。

几个年轻的士兵问起领头的:"这是什么意思?"

那领头的说道:"咱们中原的女子出嫁前,都会由父母亲自为孩儿系上福袋,祈祷女儿能够幸福。"

士兵大惊:"可是公主的父母怎么会在这儿?"

那领头的摇摇脑袋,也不明所以。

和腰间的珊瑚宝石相比,暗红的福袋并不显眼。乐浪在她的耳边低声说道:"你快要成为他的妻子了,还是应该让你知道,这锦袋当真承载着人家日日夜夜的担忧。"

合达安虚弱的身体先是跪在府前重重行了一礼,又冲那两人鞠了一躬,重新坐上了车轿。

柔然的子民不认识曾经的粟水郡主,他们伸长了脖子翘首远眺,用陌生的目光看着魏国公主缓缓从车轿中走下。看见这美丽无比的淑人羞涩娇艳的面庞和绯红一片的喜服,他们好像明白了,为什么他们虽遍寻美女,但年轻英俊的新可汗依然钟情一个远在大魏的女子。

侍女们前簇后拥地扶着她走向木伦的大帐，身后拜礼的小伙挥舞着宝剑，身子轻缓似飞燕起舞，宝剑闪晃似银蛇舞动。

木伦箭步从帐中走出，那副无语凝噎的神情，夹杂了多少的悲欢离合！

他们四目相对，然后执手，一同登上了瑶兮台。

四下大臣、百姓欢歌笑语不绝于耳：

> 吉日兮兮，长生天见证，为她戴上同心的指环。
> 吉日兮兮，长生天见证，你们饮下甘甜的湖水。
> 吉日兮兮，长生天见证，你牵起她的手。
> 吉日兮兮，长生天见证，请你在她额上轻吻。

祭司点燃火炬："苍天与大地，山川与河流，请您接受这个美丽的新娘，她将永远属于这里，属于这神圣的草原。

"伟大的神明，请您眷顾瑶兮台上的二人，他们结为夫妇，同生死，共岁月，绝不负。

"伙伴们把酒欢舞，姑娘们唱起歌。"

木伦牵着她的手站到高处，指着脚下恢宏大地："我不知你心里还将我作何想，我待你之心，如同这高山大川，我与你，与天地同生共在。"

"是，嫁与山河。"她说。

当华丽的服饰终于可以换下，合达安便觉得一下身心轻松。

帐外的欢声笑语在帐内听得一清二楚。

合达安穿着雪白丝绸的长裙，那裙子长长的，一直从床上垂铺到地上，她手里的艳红执手被握得湿润。

一个熟悉的声音传来："见过王后殿下。"

合达安循着声音望去，一双圆润的眼睛瞪得老大。她不顾长摆的裙裾，一下从床上站起来，冲过去拥住那人。

"莫桑,你一切都好吗?"

曾经懵懂无知的莫桑也渐渐成为王庭内一个见多识广、可以独当一面的高阶女官了。她抱着合达安的模样还是那样温和,眼中泛泪,口中却吐不出其他话语。

合达安拉着她坐下,细看她的模样,像是过得还算不错,伤感的情绪消去了许多。

"王后殿下。"

听见莫桑唤出这个生涩的称呼,合达安摇摇头笑道:"这些年你对我的称呼一直在变,也真是难为你了。"

莫桑也跟着笑:"有个人希望您今天能全身心地投入与大汗的婚礼,不要有任何的顾虑,所以让我把这个交给您。"她从衣袖中小心地取出一枚同心结,双色编织线缠绕着一颗硕大的福珠,十分精致。

它被小心地放在合达安手中时,她愣愣地盯了许久。同心结,的确是送给新婚夫妇最好的礼物,只是这样的一份礼物竟来自乙族的姐姐,见物如见人,便可想象得到阿达慕是如何流着眼泪把这精致的同心结编制好的。

莫桑轻轻跪下:"王后,故人已去,在的人却都希望您好,所以——"

合达安眼睛又湿了:"快起来——"

莫桑看合达安苦笑着点头,眼里含着泪:"您一定要好好的。"

合达安跟着跪下,狠劲点点头:"我答应你。"

二人泪珠抛落。

莫桑转而说道:"说起来,方才可把大伙惊呆了,没想到过了这么久了,琪琪格公主还能记得您,她还那么小。方才大婚席间,她跑来看您的嫁衣,那般亲热,怕是那些送亲使者会看出什么端倪吧?"

"我会叮嘱他们的,和亲乃是两国大事,由不得他们评说。"

"我方才见大汗在处理,您不用担心。"莫桑丝毫没有避讳,一脸严肃道,"王后,大汗应该快来了,您可要快些准备准备,奴婢先下去了。"

果然,莫桑刚掀开帘子,木伦已站在帐外。

曾经的恩恩怨怨仿佛在弹指之间就已经过去,一切如白驹过隙一般。

梳洗的水已经换了三巡,木伦还坐在屏风前面,一动未动。

合达安洗净了脸上妆粉,端坐在床前。

末了,木伦迈步站在她面前,跪下,将头脸全部埋在她的腿上。

"合达安,合达安,合达安……"

她感到泪水好像快要止不住了,便赶紧抱住了他,任由泪水流到他宽厚的肩膀上。好像因为抱得太紧,木伦觉得心口处有个东西硌着:"你还戴着我的玉佩?"

她抽噎着:"君子无故,玉不去身,就像是此时一样。"

木伦一只手摘下她头上仅剩的一支用来固定黑发的玉簪,一头乌亮的头发垂下,一直落在鲜红的床榻上……

冬季的早晨,一起来便觉得有些寒意,好在阿达慕的那枚同心结就放在床榻旁的木柜上,一见便觉得心暖。

合达安一边为木伦更衣,一边对他说道:"木伦,那些送亲使者是不是还没有走?"

木伦低头笑看着正在为自己穿衣的合达安:"是啊,我留他们在柔然待几日,看看我这草原现在的景象,也好让他们回去在魏国皇帝面前有话可讲。"

他的话没说完,合达安的身子晃晃向后倒去,他惊得一把搂住,才发现怀中的她脸色惨白:"你怎么了?"

合达安扶着他的手站住,连日来总是不时出现的眩晕再次袭来。

定了定神,她白着脸强笑道:"许是路上累了。"

木伦小心地扶她躺到床上:"不要动,好生歇着,我即刻唤太医帮你看看,调理一下。"说完便大步流星去了。

合达安重新睡下了,睡梦中看到木伦方才穿着可汗服去上朝的模样,那君王气势,威严的模样,好看极了……

一觉醒来便觉得精神尚佳,合达安便邀赫泽王妃一同出去策马。

她才出去不久,便有一位老太医前来问诊。

他站在后帐外面吆喝了半天,里面都无人应。天冷至极,奈何奉了大汗的命令,他又不敢走,只能拖着年迈的身子进帐内等着。

"大汗既已迎娶魏国的和亲公主为后,是不是以后对于魏国的事都是以和为上?"

木伦大婚后的第一日,朝上,便有大臣这般询问道。

普通庶民远离朝堂,可是朝堂上的大臣们却人人皆知,如今的王后——魏国的和亲公主,就是从前左相的女儿、粟水的郡主,这般离奇的身世早就让朝野上下议论纷纷。但是在大汗面前,他们只字不提合达安的过往,不论他们茶余饭后说出什么样的闲话,朝堂之上,他们只关心柔然大事,一切以国事为重。

木伦眼神犀利地扫过所有垂头沉思的大臣,严肃道:"王后与我同心同德,她会一切以柔然为先。若是讲和有益,那便和吧;若是无益,那便战吧。无论是战是和,总当以柔然为重。"

秃鹿愧抢先一问:"何为有益?"

木伦答道:"两国是否交战,不在于一场婚姻,而在于他们之间是否有着共存的理由。中原,尤其是中原最为富饶的魏国,他们拥有的文化、手工艺,都是我们要学习的,若是他们肯打开国门,互通贸易,并且毫不忌讳我们柔然人前去魏国学习,那便是真的有诚意,和就是上策。如若不然,便只能战了。"

"可是他们怎么肯轻易打开国门,放我们柔然人随意行走于他们的街巷中,学习他们最引以为豪的文化、贸易?"

木伦凝视的目光并没有散开,只是略微望了望他座下一位特令坐听朝政的老臣——步鹿真:"一个国家如果容不下相邻的国家,那这个国家与相邻的国家势必会有一场战争。"

步鹿真点点头,一股凉气从他的肺部冲了上来,他忍不住轻咳了两声。

"我会将互市要求通过魏国送亲使者带给拓跋焘的,一切等他回复再定。"木伦说完要事,眼角一扬,"退朝吧!"

众大臣便见他心急火燎地走了出去,好像有重要的事去做。

那可怜的老太医,在后帐一等就是两个时辰。帐中虽不甚寒凉,无奈他腹中饥渴,一早即被召来,尚未进早餐。他在帐中四下转着,发现王后的帐庭也甚是素简,桌上还有几块凉去的冻奶酪。到后来他实在忍不住了,便颤抖着手指,拈了一块吞下,倒是醇香美味,入口即化。

一块奶酪才下肚,帐帘突然一掀,只见木伦急匆匆地抱着合达安冲进了帐中。

"王后从马上摔了下来……"

"这——这是怎么说的?……"

老太医一眼看到王后苍白的脸,不由得心中一颤,立刻疾步上前检查一番:"一点皮外伤,倒是不打紧。"

木伦原是急坏了,听见他这样说,便松了一口气,惊吓的神情收敛了许多:"不要紧就好。王后骑马的技术我是知道的,怎么好好的,会从马上掉下?你们怎么服侍的?"

莫桑吓得当即跪下:"大汗恕罪……"

静卧着的合达安伸手阻拦说:"我不过是一时晕闪了一下,大汗不要苛责他们。"

木伦回头对老太医道:"可我总瞧着王后的脸色不好,还是仔细诊一回吧。"

老太医一直盯着合达安的脸看,听见可汗吩咐,老太医又定睛看着:"吹了冷风,是会面色苍白。要是……王后,应该是累了。"老太医伸手为合达安把脉,手指在合达安的脉搏上搭了几瞬,指头轻轻抖了两下。

合达安看着他:"太医等了许久,想必冻着了吧?"

老太医笑道:"王后心明眼亮。确实,方才等候王后,受了些凉风,这会身子还在抖。"

合达安便道:"莫桑,快去为太医倒杯热奶茶,要热热的。"

老太医说:"谢王后关爱,不急,还是待臣医诊疗完了再踏实地坐外头喝吧。"

木伦在一旁道:"也好,太医,你帮王后开些上好的药材,一定是路上劳累,身体支撑不住了,你务必帮她好好调理。"

"是。"老太医先是躬身领命,然后冲木伦道,"大汗,臣为王后开药,她需要好好休息。"

木伦的视线并未在老太医身上停留,只是挥挥手说:"去吧。"

老太医躬身退出了。

木伦转而又温柔地对合达安道:"好好休息吧,朝中还有一些事务要去处理,晚些再来陪你用膳。"

走时,木伦复转身对莫桑等说:"王后的药,务必盯着按时服用。帐内用上炭火吧,仔细别让烟气熏着王后。"他对合达安笑笑,掀帘大步走出。

木伦和老太医出去的模样是那般从容,丝毫没有异样。

见太医和木伦都出去了,莫桑手捂胸口:"王后,天哪,刚才您从马背上掉下,吓死我了。还好赫泽王妃带着公主刚刚离开了,没有看到。"

合达安对着莫桑一笑,没说什么,因为她此刻正因为木伦方才在马场大怒而后怕。闻讯而至的木伦发了那么大火,震怒之下几乎要将马杀掉。她深深后悔,自己不该突然兴起邀了赫泽王妃带着琪琪格一同去策马玩耍。她心中奇怪,怎么才离开草原几个月,这次回来,体力大不如前,稍稍一动便阵阵昏晕?今天在马场上居然摔下马,害得相伴的一众侍人连累受罚,木伦那副盛怒模样令她心里阵阵发热。他对她的心思,她何尝不知?

老太医刚进了汗帐,便立刻匍匐在地,头死死地抵地。

木伦看见太医如此,更是急上心头,但他掩饰得一丝不漏,用厚重的声音道:"你也跟了我多年了,快些说吧,若有一丝隐瞒,你知道我的性子。"

"老臣惶恐,王后她是中毒了。"

"什么?中毒?怎么可能?来人!"他突然离座,大步就要走出。

"大汗……且慢,应该不关下人的事。"

"什么意思?"

"这毒已有些时日了,想来不是进入柔然才中的。"

"什么毒?哪来的毒?"

"大汗恕罪,臣医不知,只知道已经有些时日了,怕是食下了带毒的食物或者水,有几日了,应该是王后在魏国,或者来的路上被人暗算。"

"那你快开方子治啊!"

"大汗恕罪,恕臣医无能,无法确定这是什么毒,只知道这毒已经肠胃进入经络,漫流身体中,怕是只能缓解,不能根治了。"

老太医跪在地上,半天不敢抬头,大帐内死一般沉静。

过了许久,一句仿佛要把人送上断头台的问话传出:"如何缓解?你说。"

"这个……臣会开出方子,每日服药,缓解病痛。王后会日渐衰竭,为抗疲累,应多食些油腻甘甜食物,多休息,还有,绝对不要再骑马了。"

他听见木伦缓而沉重、句句清晰地说道:"你每隔一日为她诊脉一次,然后把情况告诉我。切记,这件事绝对不能有第三个人知道,对她什么也不能说。"

老太医重重磕了一个头:"臣医明白。"

一股热泪涌上,他哑声道:"退了吧。"

老太医再重重叩头,赶紧退下了。

他没走出汗帐几步,便听见里面震怒的声响:"自今日起,你们看好王后,若是她再胡闹出去骑马,本汗就把你们通通杀了!"

老太医吓得赶紧迈起两条老腿哆嗦着快步远去。

木伦一颗心仿佛完全被痛苦侵占着,他跌跌撞撞地走到案桌后面坐下,一言不发。贺术也走进来时,他脸上一片平静。

合达安也跟着进来了。

她一身长袍一直落到后面,头上顶着一颗硕大圆润的宝石,优雅而又庄严。

木伦一见,淡笑道:"果然女子有了妆容与华丽的衣裳,连病态都显不出来。"

她由着木伦将自己拉到一旁坐下:"大汗,您找我有事?"

"也不是什么重要的事,就是你从魏国带回来的茶叶,我自己喝着不香,就想让你来陪我一起品品,否则,真真浪费了这好茶。"

合达安"哼"地轻笑了一声,然后道:"依我看,大汗心中有事,所以才觉得好茶无味。"她望了望汗帐中的一切,"我没记错的话,后帐的人是不能随便来这里的,大汗找我,一定有事吧?"

木伦有些不悦:"难怪我觉得你从方才进来就不太对劲,原来是在意这个。这帐是我整日忙碌的地方,若你不能来,那我岂不是不能日日见你了?"他手一挥,"不用在意那些虚礼!记好了啊,今后这里你随便来,想来就来,想走也可以走。"

她又想笑,却是先低下头,再笑。

"你越来越不对劲了,和以前不一样了!"他急道,"我做了大汗,你就怕我了?"

合达安道:"不是怕您,是因为您是大汗,我要尊敬您。"

"那你也不必事事规规矩矩的。就像从前一样,你要有想法,也要反驳我才对。"

她乐道:"大汗是找我喝茶的,并没有询问我什么事,我怎么反驳?"

木伦脸一红:"茶先不喝了,我想起一件要紧的事,想问问你。今日上朝,有人问我今后对魏国是和是战,我犹豫不定,你怎么看?"

"大汗犹豫,是因为魏国强兵犹在,而柔然也尚存精锐,双方旗鼓相当,所以你不知该不该战,值不值得再战,是吗?"

"打仗我是不怕,就是……怕百姓……怕将士不愿打仗。"

合达安问:"大汗打仗是为了什么?是想要开疆拓土,还是想要掠夺财物牲畜?"

"你这么问,我当然说是为了开疆拓土。"

"您嫌草原不够宽阔,可是中原城池并不能让柔然人随意驰骋,这样的土地,扩了又如何?"

"这话新鲜,可是自古都是弱肉强食,我不打,魏国迟早要与我们打,与其这样,不如先下手为强。"

"可是魏国这次选择和亲,就是选择退,您又为何要去争?"

"难道说,我要由他们挑起战争,然后打不过了就回去?哪有这样的好事?"

合达安没有继续争辩下去,她起身走了两步,背对着木伦,重而缓地道:"我方才说两边旗鼓相当,其实这是违心的话,照我看,柔、魏可算是两败俱伤,因为彼此都在战争中失去了优秀的军官。"

木伦噎住了,一时有些无策。

"大汗,我来和亲之前,曾问姨母,这仗会不会因为和亲就不打了。她说不会,但可以晚些再打。当时我不明白,可是现在我明白了。只要有人,就有纷争;只要有民族、国家,就免不了战争。可是每打一次仗,就要牺牲好多将士,就算是晚点再打,他们也只是晚点再死。就算战乱让骨肉必须分离,那最起码,晚些分离还是好的。"她长叹一口气,"从前我觉得,只要战争结束了,痛苦也就跟着结束了。可是从前我不知道怎样结束,现在依然不知道,但是最起码,晚点打仗,总是好的。"

她似乎有些口渴了,喝了些茶,便不再说话。

木伦听完之后,也没再问,只是坐在案桌前沉思了好久,久得甚至连合达安走了他都没有察觉。

第二日朝堂上,送亲使臣也来了。

"昔日我与兄弟,大捷粟水,南下怀柔,收复阴山,驱走不速之客,还夺取了魏国一位年轻将军的性命。"

秃鹿愧听木伦这样说,再看看吓得发抖的送亲使臣,哈哈一笑。

"但是现如今,我以贵臣之尊,礼待使臣,并送上三车珠宝,以示我对尔等远道送亲的酬谢。"

使臣由惊转乐。

"和亲公主既已嫁入柔然,你们魏帝的意思我也大抵明白,至于我的意思,恐怕就要由另一个人传达给他了。"木伦顿顿,再道,"本汗有一妹妹,名为兰溪,且不论她长得如花似玉,人也冰雪聪明,我相信,她能替我把我的意思清楚地转达给魏帝,使臣意下如何?"

秃鹿愧见使臣一时没有反应过来,终于开口道:"大汗仁义,众位使臣劳苦,理应敬赏。"

经大王子这样一激,使臣赶紧答道:"可汗英明,臣谢之,必将兰溪公主安全带回魏国。"

这场由兄弟二人联手设计的局终于成功,只是除了他们,还有一人格外兴奋,那就是兰溪的母亲,现在已经身为太妃的乐浪。

乐浪帐中的茶依旧醇香,和从前一样。

"我谢谢你,终于达成了我的愿望。"

合达安却道:"我其实并未在大汗面前提及,是大汗自己……"

"我知道。"乐浪说道,"但我还是谢你,大汗是因为你才将兰溪嫁去中原的。总之,达成了我毕生所愿。"

"太妃,为何一定要公主嫁到中原? 您不会思念她吗?"

"当然会,但是,我宁愿她好好的,也不愿我虽天天见她,她却不好。"乐浪眼睛暗了一下,又很快亮了起来,"王后,可否再帮我一个忙?"

"太妃可是想要我多为公主准备些嫁妆? 这个您放心,木伦只有兰溪这一个妹妹,我们都希望她去魏国之后,日子能够好过一些。"

"谢谢你,不过怕是把半个柔然搬过去,我依旧不满足,所以我想请你帮我带个信给盐场的姜诸,我有事求他。"

比起嫁妆,姜诸这个生意人是能够不断给兰溪公主带去银两的,这样细水长流,也是乐浪唯一在公主出嫁之后还能继续为她做的。

合达安想了想,点点头。

兰溪一双清澈的眼睛望着乐浪:"母亲,魏宫是什么地方? 那里美吗?"

"母亲也没有去过,兰溪,母亲只听别人说过。"乐浪的手从兰溪乌黑细腻的发丝中滑过。兰溪问:"别人怎么说的?"

"是你皇嫂讲与我听的,具体我也记不得了。不过,她讲时,着实把我吓了一跳。"

兰溪好像也吓了一跳,凑到母亲跟前,眨着眼睛,问:"为何?"

"你皇嫂说,魏国宫殿里有许多的猛兽,形态不一,却个个生龙活虎,恐怖至极。"

兰溪一听,猛地直立起来:"什么?我要去问皇嫂。"

她提溜着裙摆,一路小跑地出去。侍女们怕她绊着,连忙跟在后面。她就在侍女的簇拥下跑出帐庭,直奔向后帐。

这边的帐帘却迟迟没有放下,里面的人呆呆地望了许久,直到望不见出去的人,也望不见跟着的人,只有偶尔路过的侍卫不自然地往里面看了看,她才命人放下了帘子。

这新婚殿中,有一股浓郁的药味,合达安耸着鼻子仔细闻:"这药中除了黄芪,还有什么?"

正端着药的木伦不自然地斜了她一眼:"亏你从前在南市开过医馆,我见太医放了几十味药,你就只能辨别出一种吗?"

"难为我这鼻子,得了风寒还能这么灵。"

她接过药碗,还未送到嘴边,眉毛就拧到了一起:"不过我也想快些好,因为这药实在是苦,让人喝不下。"

她正想着,莫桑便进来了:"王后,兰溪公主来了。"

合达安深吸一口气,将药碗放下:"知道了,你去取些蜜饯吧。"

莫桑转身的一刹那,兰溪也就跟着跑进来了。

"皇嫂。"她好像看不见木伦,一双稚嫩的眼睛只盯着合达安,"母亲告诉我,魏宫里可恐怖了。到底有多恐怖?那些怪兽会吃人吗?"

她疑惑:"什么?什么怪兽?"

一旁的木伦倒是听懂了,笑说:"哪来的什么怪兽,你母亲逗你玩的,那些都只是石像罢了。"

兰溪半信半疑,侧着脸问合达安:"真的吗?"

她也明白了:"是真的。公主,那些石像怪兽都立在屋檐上面,是用来保护人的,不是吃人的。"

"如何保护？又为何要立在屋檐上？"

"这个说起来复杂。"她回道，"越是尊贵的人，他的屋顶上怪兽就越多。这是中原人的习惯，比如你将来要嫁的人，他的屋檐上就有十头怪兽，他的屋子，也是魏国最大的。"

兰溪听懂了些，又问："那都有什么怪兽呢？"

合达安想了想，道："有龙，有凤，还有狮子和马……"

兰溪觉得稀奇："魏国人都好生奇怪，不过，他们的屋子应该很漂亮吧？"

"是很漂亮，冬暖夏凉，舒服极了。"

"那这样，不如皇嫂和我一起去吧，这样就不会得风寒了。"

合达安被她说愣了，她望望木伦，木伦就哄着兰溪说："你皇嫂去不得。"

"为何去不得？"

"因为你皇嫂必须要和你皇兄我在一起，可若是我也去了，那魏国的屋子恐怕就要被掀翻了。"

兰溪噘着嘴："瞧把皇兄得意的，皇兄是会呼风还是会唤雨？居然能把屋子掀翻了。皇嫂，还是你陪我去吧，你去住几天，等风寒好了再回来。"

合达安摸摸兰溪天真的脸："皇嫂有你皇兄陪着，风寒自然就好了。倒是兰溪，一定要照顾好自己。"她本不想说，奈何就是有一股子难受憋在心里，加上那种深藏的担心，让她最终还是说道，"兰溪，你的嫁妆我会帮你全部准备好的，但是有件事你要记得，从畿和出发时，轿中要备上几天的吃食和水，你一路上就吃这个，直到到了魏国皇宫，你再吃别的。"

两个人听后，几乎同时呆木地看着合达安，她也分别看看他们俩，眼神中一面带着温柔，一面带着温暖。

那碗中的药刺鼻的味道传到了这对夫妇这里，变得锥心刺骨。

木伦心里一酸，也露出温暖的神情，补充道："你皇嫂来时吃了不干净的东西才发了病，你要听话，路上不要吃别人给的东西。"

夫妻二人再次饶有默契地相视一眼，又很快重新看着兰溪。他们也在担心，这个天真无邪的少女，能不能应付未来道路的艰辛。

若不是兰溪今日来,木伦当真觉得自己瞒住了合达安。

兰溪走后,他就小心地喂合达安吃药,但好像苦涩的药都进了自己的嘴里,他只觉得心痛难忍。

一碗药喝下肚,合达安原本平整洁白的眉心挤皱在一起,她问道:"你怎么也这副表情?这药又不是你在吃。"

他说不出半句话,只"我……你……"地支吾了半天。

"木伦,"她冲他笑起来的样子好甜,"不打紧的,只要心中的希望不死,就没什么好怕的,你说对不对?"

他挤出一丝笑容:"对,你说得对。"

"不过,我还是担心兰溪,你说,我要不要多叮嘱兰溪几次?"

"你不用担心,我会让王兄护送她一直到魏国皇帝那里的。"

"大王子吗?"合达安说道,"我听赫泽说起,他最近身体不适,去得了吗?"

"是他自己提议的。我的这个王兄,到底还是最疼兰溪的。况且,这次不是去打仗,不要紧的。"

莫桑不知怎么回事,拿蜜饯拿了许久,一直等到木伦走后,她才进来。

合达安早就觉得口中不苦了,但是心里有事压着:"莫桑,今天是我嫁过来第三天了。"

莫桑回道:"时间很快啊,不过王后怎么不高兴?"

"这蜜饯我不吃了,你去送给左相府吧。"

若不是了解合达安,莫桑真的以为自己听错了,可是后来她想了想明白了,今日原是应该回门的日子,可惜合达安回不去,也只能送盘点心,安慰一下自己。

自大婚以后,每每清晨醒来时,榻旁便已空,木伦好似有意轻声慢步。

合达安总是想着凌晨起来为他稍作收拾,可每早醒来,人早已不见。

这日也是一样,她一望旁边已空,索性就不起来了,身子往里面缩了缩,将被子裹得更加严实。

她这半月里,忙着兰溪的和亲事宜,每日至少都会费神好几个时辰,把所有的清单细细看过,然后又召来女官逐一安排。

短短半月,合达安几乎每日都跑去乐浪太妃的帐中与她商议,有时遇见棘手的事,一天都要几个来回。

乐浪除了关心女儿出嫁之外,偶尔也会留意到合达安越来越差的气色,但大都是在脑子里想想便罢。她是一个曾经侍候两朝可汗的女人,在她眼里,没有比让爱女离开这虎狼之群更为重要的事。她费尽心思为兰溪准备的嫁妆,也足以让兰溪锦衣玉食地在那边过完剩下的大半生。

想到这里时,帐帘被猛然抬起,迎风吹进的寒意传遍帐庭中的每一处。看着莫桑进来,合达安知道自己不能再歇息了,今日虽然春寒料峭,可平静许久的畿和城,也该热闹一番了。

悠扬而又威严的鼓声在黎明时刻就已经响起。

兰溪从帐中走出时,一阵迎面而来的风将她高盘的髻上的发钗吹得珠摇玉荡。

她按照这几日女官喋喋不休讲述的礼仪,慢慢悠悠一步步走着,看着一大群跪在周围战战兢兢的朝臣只觉好笑。

乐浪早就哭得失了往日庄重的模样,她终于盼来了自己想要的结局。

眼下已经是年后酣月,外面天还是那么冷,大风吹起来也觉得刺痛。

木伦轻轻地握起合达安的手,他知道身旁这个脸上涂着厚重脂粉的女子已经病入膏肓……

兰溪一副喜不自禁的模样,丝毫不知以后的艰辛。

她行完礼,竟头也不回地随着和亲使臣走出王庭官道,笑盈盈地准备升轿而去。

"孩子……"乐浪疼爱地叫住了她,又一把将她搂在自己的怀中,"我的孩子啊,娘问你,你知道为什么只有皇帝的屋檐才有鸱吻,而嫔妃甚至皇后,她们的屋檐却只有凤凰吗?"

兰溪戴着华丽的珠翠,她有些吃力地道:"母亲,这头冠好重,压得我好难受,我想快些上车歇息,您怎么还与我开玩笑?"

乐浪强抹了一把泪:"没事,孩子,你上车吧,以后你就会有答案的。"

兰溪看到母亲哭得厉害,反而没有马上离去,她迟疑了片刻,问道:"那您和皇嫂,是不是都知道答案?"

"没有人告诉我们,但我们知道,你以后也会知道的。"

兰溪点点头。

这时候钟鼓的声音已经变得急促,快得让人连呼吸也变得急促。

兰溪必须要走了,她恢复了方才笑盈盈的面目,冲着母亲与天台众人挥挥手,转身离开了。

那个象征尊贵与无上权力的鸱吻只有一个,可是围绕着它的凤凰却有很多。鸱吻一生都在东张西望,可是凤凰一生只能望着鸱吻,哪怕他不看她,她也只能孤独地看着,望着,如此走完一生。

兰溪还不懂,她这一去,几百里的旅途便是她与这里永远的距离。

天台上的众人,带着沉重的心情,一直看着那车辇缓缓地辗过几条街道,最后消失在了众人的视线中。

合达安察觉到一旁的赫泽有些异样,投去询问的目光。

经过了这么些年,赫泽当初随军出入战场的豪迈之气已经渐渐消失不见,也许为人妻母之后,她不再像从前那样无所顾忌。

她此刻只是略微收敛了一下自己闪烁不定的目光,摇摇头便走了,并未多言。

番外　罔顾契丹(一)

一早,木伦睡意蒙眬地睁开双眼,下意识往床里面探了探。

一双好像一夜未眠但又满怀期许的目光向他投了过来,好像能够瞬间将大梦初醒的人一眼望穿。

木伦吓了一跳,睁大了眼睛:"合达安,你在笑?"

合达安一夜未眠,却一直在做梦。

她梦见各类商贩在十里长街川流不息,摩肩接踵,华灯璀璨……

正是因为这些梦,这一夜才显得格外短暂,她不知多少次冲动想要推醒一旁沉睡如熊的木伦,让他起来与自己秉烛夜谈。

最终,她忍了又忍,终于忍到了天明,忍到了他醒来。

"粟水还好吧?"她话音刚落,有那么一瞬间,她看见木伦脸上闪过一丝阴影,可是很快,又像是绽开的花朵,他一下子笑出了声,而且笑声久久不断:"好,比你在时好多了。"

"真的?"她大喜过望,"我们什么时候去看看好吗?"

木伦声音中还带着笑意:"好,你想什么时候看?"

她埋着头,想了很久,等到木伦已经穿好了朝服,她还没有决定下来,只能说:"等你忙完,我们就去,越快越好。"

木伦俯身温柔地在她眉间吻了一下:"好,你想什么时候都可以。"

说罢,他便走了,连早膳也来不及用,只留下合达安在原地呆呆望了许久。

柔然畿和城,大雪后绵延的雪线闪烁着神秘的光芒。

大婚之后,不论合达安如何询问前朝的动荡事,木伦永远都是一副"你别管,有我呢。你别问,我不告诉你"的态度,其他人更不敢多言,所以大事一出,已经过了许久,她都不知道,就如同被雪盖住的土地,看不见天空的模样。

木伦走之后,她闷在帐中幻想,想了许久,突然失落起来。她突然感觉等不到自己去粟水的日子,因为她全然不知木伦何时才能忙完。

粟水,粟长尹在家中正端详着案上的白骆驼皮衣,那稀罕的物件印在粟长尹的双眸中,变得闪闪发光。

当士兵冲进去时,他惊讶的神情望着这些披甲执剑的人,脸上的贪婪还没有完全褪去。

当木伦下令抓捕粟长尹回京的时,汗帐中只有军部统帅阿布干,就连贺术也也被挡在帐外不许进入。

木伦对于贺术也并没有减少一丝的信任,只是他担心心思细腻且问话从来不走寻常路子的合达安会从他口中听出些什么,为了保险起见,他在许多事情上,不想让合达安知道的,也就不会让贺术也知道。

毕竟,和亲之后后帐平静温暖的日子,是他殚精竭虑生活中的唯一一抹亮色。更何况,他早就不允许任何风吹草动对已经久经痛苦折磨,只剩短暂安宁日子的妻子造成一点伤害。

至于粟长尹,从木伦得知盐仓起火那一刻开始,他就已经丧失了生存下去的机会,纵然他自己还天真地以为这并不是一个能够要他性命的错误。

木伦在派遣阿布干暗中抓捕粟长尹前,写信给契丹王,首先对于水晶盐没有按时交货一事道歉,为了恢复两地的经济贸易,他甚至还派人将柔然溪山所产的珍贵战马作为歉礼送给契丹王。

而他的这份道歉信在阿布干走后不到一天就得到了回复,契丹王在回信中说,他会派遣使团来柔然,重新且慎重仔细地讨论双边互市协议。

似乎是因为那些珍贵的战马平息了契丹王的怒气,又似乎是碍于柔然拥有强大的军队,契丹王不得不退让。但更让木伦感到高兴的是,这一次带领使团来的人,是他相识多年且已经久无联系的挚友。

本来大雪几日,天地一色,可是今日傍晚,天地间却有了一团淡淡的落日红色,似乎蒙上一层薄雾,显得无比奇妙而神秘。

王庭的豪华帐殿,已经被大雪压得模糊,分不清楚屋檐的模样。

其中一个殿中,一个卫兵飞快跑出,骑上骏马就奔驰而去。他怀中揣着的信件中写道:"布颜昔班,我的朋友,昔日我契丹一行,你不顾危险给我送信,今日既然得知是你到来,我必然坦诚迎接,沿路无人阻拦,你可放心与我会面。"

番外　罔顾契丹(二)

木伦穿了一身狩猎时穿的骑马装,因为大雪,他还披了一件厚貂皮制成的外衣。

庞大的侍卫队在远远地观望,他从来不让他们在狩猎时候紧紧跟着自己,只有当猎物被射中的时候,他们才可以进入布围区,带走那些箭下的猎物。

年轻的木伦坐在自己心爱的汗血宝马上面,迎着刺骨的寒风,急策一阵,停下来哈哈大笑一番,接着又是急策。

他手一往回拉,马儿彻底停了下来。

纵目四望,他脸上的表情爽快极了,接着仰头面朝苍茫的天空,长长地吼出一声。

一个侍卫这时候也骑马驶来,他手无弓箭,一看便知是来报信的。

"大汗!"他说道,"去抓捕粟长尹的人被杀了。"

木伦猛地一转头:"被杀了?在什么地方?"

"在畿和城外发现了尸体。"

"那粟长尹呢?"

"被劫走了。"他补充了一句,"不知道被什么人劫走的。"

刚才还为了布颜昔班的事欣喜的木伦,内心好像是被一股激流搅动一般,搅得他心烦意乱。他脑海里快速思索着,什么人会劫走粟长尹?又是谁洞悉了自己暗中下令抓捕他的?为什么劫走粟长尹的时间与契丹人来的时间如此接近?

无数的疑问涌上心头,他却不得不当机立断:"通知边境,严查进出人员。"他眼中充满怒气,像是一头被吵醒的雄狮。

侍卫点头并应和一句,刚要离开,又不得不再次掉转马头回来。木伦此刻变得冷若冰霜,方才的模样一扫而空:"你派人去找粟长尹,将他的画像贴满大街小巷,说是死刑犯,谁要是找到了马上送押去官府,必有重赏。"话音刚落,他又刻意重复了一句,"记住,我要畿和所有人都知道,我一定要杀了这个人,并且,找到了也别带来见我,直接杀了。"

这侍卫一哆嗦,抬头看了一眼,又马上转身离开了。

天气一下子变得更冷了,边境上搜查的人一个个缩着脖子,一个劲地哆嗦,也不敢放松警惕。柔然上下人人都在下雪天睁大了眼睛,想要找到那个昔日威风的粟长尹,可是这个人就像是人间蒸发了一样,官府的人找遍了沿途各地,就是没有这个人的踪影。

合达安为了木伦总是忧心忡忡,眉头整日皱着。

乐浪派人来请她过去,她本不想去,可是一位面生的侍女苦苦哀求半晌,她才不得已挪动了步子。在进帐前的一刻,她还在担心木伦,可是进去之后,她却什么都忘了。

"粟长尹……"

粟长尹充满血丝的双眼死死地盯着合达安,因为干渴而开裂的双唇大大地张着,半天才吐出一句话:"要杀我……大汗……要杀我……"

死一样寂静,看着他这副模样,合达安大致已经明白。"来找我做什么?"她双目凝成一股急流,"你就该杀!"

粟长尹一下瘫坐在地上,原本恐惧的面孔一下变得绝望。

"王后,粟水的事你先不要怪他,眼下还有更为重要的事情,这可关系到大汗的安危,你还是先听他说完吧。"

乐浪太妃的话如同一道曙光,又一次给了绝望中的粟长尹一线希望。

粟长尹重新直立起身体,颤颤巍巍地道:"大汗要杀我。我私下里将开采出来的水晶盐卖给了契丹人,我又偷偷将放水晶盐的暗仓烧了,以此制造了水晶盐被盗的假象。"粟长尹不敢抬头看合达安,因为此刻他面对的可不是什么王后,而是曾经在粟水叱咤风云许久的郡主,纵使他埋头低语,可是他确信自己每一句话都如同寒冰一般刺入了这个女人心里。

他不敢停,接着说道:"可是我不知道可汗怎么察觉到的,派人来抓我。"他说到这里,身体抖动得更加厉害了,甚至连声音也变得颤抖,"他们抓了我,试图将我带回畿和。我以为我死定了,可是,在来的路上,有人杀出来救了我。"

合达安一惊,看看粟长尹,又看看乐浪太妃,她很快想到了事情的来龙去脉,联想到了问题的关键所在:"你是说契丹的使团救了你?"

她恍然大悟,大到千军万马,小到一兵一卒,都逃不过木伦精细的眼睛,谁会在这时候劫人犯?又有谁敢在柔然公然掠走他下令带回的重要犯人?即使有人要造反,首先瞄准的对象也不应该是没有兵权的粟长尹。她起初百思不得其解,可是现在她明白了,只有一种可能,就是那些从契丹来的使者,只有他们有理由救下他,并且将他的作用发挥到最大。可是她不明白,以木伦疾恶如仇的个性,将粟长尹抓回来,就绝对不会再放他出来,即使不杀他,恐怕他也只能在阴暗的地牢中度过余生。

既如此,他为何要跑回来,还跑到了可汗王庭?

她没有说话,只看着粟长尹轻轻点了下头,接着道:"因为大汗是暗中抓捕我的,粟水那边还不知道,起码当时不知道,他们要我想办法弄到水晶盐山驻防图。"

那溪山下的粟水,因为有了水晶盐而变得富可敌国,合达安知道,就如同当日父亲纪由一样,那块宝地不知道是多少外族日夜所思想要占领的地方。

可是那里已经是柔然的领地,木伦派人强守在周围,尤其是盐山。

合达安深吸了一口气:"然后呢?"

"他们向我保证只要拿到驻防图,就带我去契丹,给我优越的生活,并且向我保证……"

"你说这些废话做什么?"她早就怒不可遏,"你跑不掉,你自己心里清楚,可是你回来做什么?"

谈话终于到了重点,粟长尹依旧死死地望着合达安,那股视线已经变得炽烈,很明显他在绝望中沉溺了太久,在迫切地寻求一个活着的机遇。"可是大汗突然改了主意,他封锁了边境,契丹人不可能轻易带我走。还有,现在大街小巷都是我的画像,所有人都在找我。"粟长尹话锋一转,"可是他们是来杀可汗的,就连他们自己走不走得掉都是问题,更何况是带着我。"他停了一下,喘着粗气,"他们如果失手了,或者就算得手了,我也跑不掉的。"

帐庭中依然是死一样的宁静,他见合达安迟迟不开口,干脆闭上双目,想要一股脑全部倾泻而出。

"那些来到柔然的契丹人,并不是什么使团,他们是一支军队,只是打着互市的借口来到这里的。虽然我不相信他们真的能够达到他们可怕的目的,但是现在大汗不知道,所有人都不知道。"

合达安觉得胸口的血液一下子变得冰冷,剧烈的疼痛让她喘不过气。

乐浪不知何时坐在了她的身边，一双带有温度的手握住了她的手，帮助她平复快要崩溃的情绪。

过了好一阵，合达安缓和了些，一丝疑虑也就浮现了出来，看向粟长尹的目光依旧冷漠："你是怎么跑掉的？"她充满不解，对方既然如此苦心经营，粟长尹如何能够跑出来？

"他们来到柔然之后，便分为了两股，可惜粟水戒严的速度太快，快得超乎他们的想象，他们原本将我带回去的计划就失败了。"

"是吗？"她终于平静了，她相信粟长尹没有说谎。"所以，你来告诉我，因为你在契丹人那里没用了。"她冷笑道，"粟水戒严，你回不去了，自然拿不到驻防图。畿和这边你又不敢露面，除了回来，其他路都被大汗堵死了，对吧？"

粟长尹抖动着身体，他那颤抖的声音从谈话开始就一直不间断地传出，只是现在已经不再是断断续续，而是像一首悲哀的旋律，回荡在乐浪的帐中。

"我即使去见大汗，他知道了真相也不会放过我，所以……"粟长尹蜷着身子慢慢挪到了合达安的脚下，直到能够抓住她的双腿。

"郡主……"他已经快要窒息，最后哀求道，"求您劝劝大汗，这些年，我也曾呕心沥血过。"

看着面前的粟长尹，合达安生不起任何怜悯，相反，她比任何人都要愤怒，她恨不得一下踢开他求助的双手。

"太妃。"她侧过身去，眼神带有深意，"给你添麻烦了，我没想到他居然能够找上你。"

乐浪如何听不明白，相比粟长尹，她冷静多了。"粟长尹很聪明。"她说，"他通过姜诸找到了我，又通过我，找到了你。"

盐场主为何会搅入这件事中，合达安很清楚，自从兰溪公主嫁到魏国，乐浪和姜诸一直有联系，这成为兰溪在魏国的又一重保障。

而现在合达安已经来不及细想姜诸和乐浪之间到底有什么交易，也来不及琢磨粟长尹又是如何找到姜诸这个从来不问世事的闲散人出来相助的，她隐约能够感到这三人之间非比寻常的关系，但此时，绝不是追究这些事的时候。

因为此时，那把带着怨恨的刀已经刺向了木伦。

番外　罔顾契丹(三)

深夜,一个尖锐的叫声从后帐传来,惊醒了正在熟睡的木伦。

他立刻抱着合达安,低头轻声对她说:"别怕,没事的,有我在啊。"夜色下,合达安看不见木伦眼中的无限温柔,只听见他不停地重复道:"别怕……别怕……"

可她真的害怕,她紧紧抱着他宽阔的双肩:"木伦,我梦见……耶律皋了……"

木伦呆滞了许久。

耶律皋,曾经居住在医巫间山上那位悲哀的皇子,那位最后被太后速率平关押起来的皇子。

东丹炭山汉城对面的医巫间山,已经很久没有主人。

抚着合达安的头,他说道:"他已经死了,没事的。"

"确定……死了?"

"嗯。"他抱着已经放松下来的合达安,依旧轻声地说,"布颜昔班和耶律皋,没有关系的。"

他沉默了一会儿,还想说些什么,却没有说出口,只能紧紧抱着她。

冬春交接,契丹使团到达可汗王庭。

那班人下马迈过官道。在这一头,木伦见到他,赶上几步,上去按住他的肩膀:"布颜昔班,我的朋友,欢迎你来。"

那个眼睛明亮、身板英挺的就是布颜昔班,自有一副大将风范,像极了当年的什锦。

两人坐下后,随后的使团也在侍从们的簇拥下坐下,带着战场的气味,他们锐利的眼光划过大帐中的每一处。

布颜昔班高声令下,一个身材魁梧的大汉便捧着一个马鞍走了上来。

乍一看马鞍,五彩斑斓,金光闪闪。

仔细一看，上面镶嵌有珍珠数百颗，颗颗圆润，另有珊瑚、东珠，就连中间平整的地方，都是由上好的白骆驼皮制成。

席上众人看着这无价之宝都惊呆了，就连木伦也跟着震惊："如此稀罕之物，绝对是我所知最为华丽的马鞍。"

布颜昔班道："此物乃是契丹王赠予大汗的，不过，我一见便知你喜爱。"

他不动声色，稳稳地道："大汗还是王子的时候，我便知道您的骑射功夫，您是草原上出了名的天才，也不知过了这么久，有没有落下。"

木伦哈哈大笑："你想试试？"

后面有一人突然站了起来，行了一礼，道："大汗，属下也想试试。"

随后，接二连三的人站了起来，说起同样的一句话。

木伦一直不语，直到最后，布颜昔班说道："大汗，我们并未带弓箭，您这里这么多弓箭，可否借我等几副？"

他话音刚落，木伦拍了拍大腿，欣喜点头，连忙让下面人准备。

淡红的天边，合达安大步流星走进大帐的时候，帐庭中几乎所有人都低下了头，包括布颜昔班。

欢快的歌声伴着欢乐的宴饮，侍从们川流不息地送菜、布菜、试菜、进菜，众人身边大鼎中的美酒也喝了大半，都有些恍惚。

木伦眼中带着暖意，声中含着笑意，问："王后怎么来了？"

合达安向他行了一个从未有过的大礼，笑着说："我本因为身体不适，不应该来这里，但是听说贵客为大汗送了贵重的礼物，我忍不住前去瞧瞧，结果大吃一惊，如此贵重的礼物，实在难得。"她平静地说，"所以我也选了一些回礼，以表谢意。"

木伦笑得更加爽朗："昨日问你，你说不来，我还遗憾你见不到我的……这就是我的朋友！"

木伦伸出一只手，指着左下方的布颜昔班。

合达安顺着他指的方向，向布颜昔班笑着点点头，对方也略略立起了身体，表示回复。

"你来得正好,我等要出去狩猎,让人给你在旁边搭上一顶帐,你可以好好看看。"

合达安没有立刻回答,她在平息自己心中的惊涛骇浪,倒是布颜昔班先开口了:"大汗,您狩猎总是习惯一旁无外人,让王后在那里,怕是危险吧?"

"你放心吧。"他整个人充满自信,"我是肯定不会伤到她,旁人我也不会让他们伤到她的。你是不知道,因为我不让她出去,她对我可有怨言了。"

合达安这会儿缓了过来:"大汗,您要是狩猎,可不能手下没有分寸,伤了人可就不好了。"

木伦笑得更加厉害,像是半挑衅半幽默地说道:"我能伤到他?我也未必能够伤到他。"

一时无言,她顿了顿,又道:"草原上以弓马定天下,我总是觉得,自己骑马时,还是先保住性命最为要紧,没有了性命,也就什么都没有了。"

木伦听完,惊了一下,沉默了片刻,低声说道:"坐吧。"

侍从用银托呈上礼物在众人面前一一停留,首先就端给了布颜昔班。

木伦话中带着心酸:"你骑马骑得还算不错的,从前什锦不是教过你吗?"

"幸亏学过,否则,可就无颜跟着您打仗了。不过现在好了,不用打仗了,也就落下了,下一次您要是再远征,我可就无法同行了。"合达安接道。

木伦听完,埋着头,不再作声。过了许久,他才抬起头,拿起酒杯一饮而尽。

番外 罔顾契丹(四)

围猎场上几十人策马狂奔。

那人腾空而起,一箭射入马的眼睛,又一箭射入了布颜昔班的胸口。

布颜昔班沉重地摔在了地上。

周围人高声叫好。

布颜昔班到死也不知道原来粟长尹早就逃回了可汗王庭,而游走于粟水的契丹人,早就被步鹿真处理掉了,一并抹掉的,还有许多被收买传递消息的柔然人。

前日,一位老臣去了后帐。

这是合达安第一次与这位老丞相正面交谈,她的内心无比复杂。

但是步鹿真反而一副豁达而又坦然的模样,仿佛过去的事已经不必再提起。他认真看着合达安,许久,方问:"布颜昔班是什么样的人,您听大汗说过吗?"

"听说过。"

步鹿真俨然一位久经沙场的硬汉:"自从上一次,你们几人去契丹后,木伦与他再未见过面,这一次他作为使臣来朝,大汗对他什么态度,您知道吗?"

合达安静静地看着步鹿真,不知道他想要说些什么。

"没有人比我更加了解大汗,他多情,不仅对你,对那个布颜昔班也是一样。这次他来,大汗只惦记昔日手足之情,全然忘了他们两个现在所处的是什么样的境地。"

"丞相怀疑布颜昔班有问题?"

"是一定有问题。"

"是因为粟长尹吗?"

"当然不是,粟长尹卷不起什么大风浪。王后,别说你不记得曾经住在医巫闾山上的那位大人。"

"那位大人?"她迟疑了一下,立刻用手按着胸口,全身瑟瑟发抖,刹那间全明白了,"耶律皋?"

步鹿真目不转睛地盯着眼前的奶茶:"耶律皋到底是不是活着,我不知道,但是有一事你要知道,现在契丹大街小巷都十分尊崇中原文化,丝绸、画像,还有石碑上,都有汉文。"

合达安猛地一下站了起来,取出一旁的画册,那个画着粟水大街小巷的画上,居然真的有汉字。

步鹿真看见了画册:"粟长尹犯了与之前莫图尔一样的错误,将权力与金钱画上了等号。大汗早就疑心,从收集到的证据来看,粟水那边许多从契丹进来的货,也带有汉字,这再度证明了契丹现在正是汉文化兴起的时候。"

"当真?"她一副惊讶。

"你不会不知道吧?现在的契丹王可是一个猛士,对于汉文化一窍不通,也极其抵触,而他的母后速率平也是一样。"

昔日场景历历在目,本是契丹太子的耶律卑因为崇尚汉文化,喜爱诗书而不爱骑射,所以被太后速率平推下皇位,换成了他的弟弟,而让柔然人得知这个消息的,正是布颜昔班。

步鹿真接着说:"一直以来,我没有耶律卑是否活着的消息,但是可以肯定,他的意愿还活着,而他的意愿,绝对不只有推行汉文化这一点。"

合达安的惊乱消失了,换成了一股忧郁:"即使他死了,还有人帮他解决他的私人恩怨。"

"不错。"

"丞相,您知道一切,为何不直接告诉大汗?"

"在契丹使臣来之前,许多大臣上书提议拒绝让契丹来访,可是与契丹的贸易一直都是柔然的重要经济来源。"他意味深长地看了合达安一眼,"还有你曾经呕心沥血的成果。保住与契丹的贸易,一直都是大汗心中所愿。还有,大汗对于救过他命的布颜昔班,也是绝对信任的。"

一股寒意冲上合达安心头。

"所以大汗不接受大家的提议,甚至对那些反复劝阻的人大声训斥责骂,吓得大家都不敢再吱声。"

"可是丞相,您可以说话,大汗很听您的话。"

"王后。"他道,"木伦现在不是王子,如果他是王子,我可以劝,你也可以。可是他是大汗,这时候若是我们再劝,那在改变他的决定之前,首先伤了的是他的威信。"

辗转今日,合达安与木伦的话,没有掀起席上的轩然大波,但搅动得木伦心中翻江倒海。她以这样特殊的方式,既点出了危险,又挽留住了那个名叫威信的东西。

晚春的时候，草原上青草茵茵，牧歌声声，可愤怒却在时光轮转中久久不息。占有绝对军事优势的木伦并不惧怕打草惊蛇，他甚至在命令部队出征前还提前写信给契丹王。

他说："我曾一度对两国贸易充满期待，可你却将它变为来刺杀我的幌子，你既是这般卑劣，就别怪我手下无情……"

第二十七章　宝剑及地

夕阳映红了半边天。

一阵急促的声音传来。

一大群太医跪在帐中,个个畏缩不前,惶恐地低着脑袋。

木伦一遍遍地大声嚷道,声音在金碧辉煌的帐庭中跌宕回响……

最后,他急了,干脆一把抽出放在殿中的剑,怒气冲冲地向为首的太医刺去,愤怒之势,就连一旁的合达安也阻拦不住。

秃鹿愧自听到太医的陈述后,自始至终都没有说话,安静地躺在床上。

直到木伦在一旁大发雷霆,众人已经拦不住时,他才终于开口。

话音刚落,帐中就变得肃穆一片。

众人皆退下,只留下三人。

秃鹿愧强支着虚弱的身子,半靠在床上。

看着他这副模样,合达安也觉得悲痛。还记得初见秃鹿愧时,他生龙活虎地坐于父亲身旁,威严与刚勇,历历在目,与如今面前之人天差地别。

"木伦,我这副模样,倒是吓着弟妹了。"秃鹿愧留意到合达安的目光,叹了一声后笑道。

"王兄,你若是早说你身体这样,我断不会让你护送兰溪的。"

秃鹿愧摆摆手:"魏人好斗,路上又是山高林密,兰溪是你我唯一的妹妹,我若不去,你还能放心谁去?就当是我为你做的最后一件事吧。"

木伦滚下泪来:"若我早知道,绝不会让你去的,绝不会!"

"木伦,是我高看了自己,我以为这身子能够撑得住,谁知道伤病未痊愈,风寒又来。我本想早点回来歇息,可是路上难免遇事,竟然让这小小风寒乘虚而入。大意,我真是大意了……"

木伦发出几乎是命令的语气,大声嚷道:"从今日起,你除了休息,什么都不要做了!我不会让你做任何事的!"

看着木伦流着热泪,自己也终究忍不住,到底快离开这世上,他总是觉得悲痛:"木伦,我自九岁就随父汗征战,戎马一生,我便早知有今日。虽然快了些,不过你不用为我难过,我这一生中,能为柔然做的,我都做了,我死而无憾。只是……"他目光低垂,眼泪滴到枕上,"只是……我还没有看见我的琪琪格嫁人,也不能实现与妻子共度一生岁月的诺言……我……"他哭声越来越大,已经变成嘶声高吼,"我放不下她们。木伦,你要替我照顾好她们。"

木伦也哭得直不起身子:"你不能就这样走了……"

他们久哭不停,还是秃鹿愧率先止住眼泪:"你们知道吗?魏帝很喜欢我们的小兰溪,才去第一日,就将她封为夫人。我听说她居住的地方也很敞亮华丽,最重要的是离着皇帝的宫殿也近。"他终于又展开了笑容,"木伦,看来魏国已经是强烈渴望与我们交和,还要求与柔然进行互市贸易。说起这个,弟妹可是很在行的,假以时日,她会令我们柔然变得很富足的,我相信。"

"假以时日"四个字就如同白刃一般划着木伦原本就已经被折磨得脆弱的内心,他本是冷静了几分,却又再次陷入深深的痛苦之中,只是眼下他已经是欲哭无泪了。

处理完了朝中的事,幽暗的灯光下,木伦在自己的帐中歇息。

烦琐的政务带来的愤懑丝毫也比不上自己的兄弟与妻子已经医药无效,他寻来的太医不敢直截了当地说,他却已然能够听得很明白。

他躺着,觉得闷得快要窒息了,睁开眼,竟是漆黑一片,几乎让人发狂。

他索性起来点起火烛,还温上一坛子酒,苦闷地喝起来。

合达安躺着一动不动,却一点也不像是熟睡的模样。

"我求你了,我们一起迎风策马,一起看草长'鹰'飞,一起共度悠悠岁月,但是你别先离开。"

侧翻过身时,火光下面那瘦弱苍白的脸上存着一丝温暖:"不会的,我每天都在细心调养服药,每到晚上,我都能梦见自己今后想要走的路,我也丝毫不怀疑自己能够坚强地活下去。"

她的话总是带有美好的想象,木伦却真的相信了,哪怕只是一丝渺茫的希望,他也会死死抓住不放,而此刻,已经太累,他真的需要一个理由让自己睡着。

给予这种期许的还有一人,他从来不愿在任何人面前流露出奄奄一息之态,尤其是在他的妻女面前。

琪琪格在父亲的床边左摇又看:"爹,您怎么还在睡啊?"

秃鹿愧不能抱她,只在她脸颊上吻了吻:"爹累了,需要休息。"

琪琪格问道:"那等您好起来了,可以带我去骑马吗?"

"当然可以。"他说道,"女儿,我桌上的那把弓是送你的生日礼物,等我们出去玩时,你把它带着好不好?"

琪琪格双眼放出幸福的光芒:"好啊!"

一旁的赫泽只默默地看着这温馨的画面,说不出一句话。这些天来,她一直企盼着丈夫的病能够出现转机。

她夜夜照顾秃鹿愧睡着之后,都一个人伏着头悄悄哭泣。

可是现在,她一颗惴惴不安的心反而平静了下来,不再是一副失魂落魄的模样。

"女儿,你长大了,要记得以后不论遇见什么样的困难,都不要轻易倒下,你还要保护好你娘。"

琪琪格拨弄着父亲的头发:"爹,那你不用保护吗?"

"爹老了。"秃鹿愧顿了顿,又冲着赫泽道,"今晚你陪着琪琪格一起睡吧,最近总是照顾我,你也没有睡好。"

赫泽哽咽着点点头,抱起琪琪格就往外走去。

她走得急促,头也不回。

"赫泽,你我初见面时打得那样激烈,你败给了我,却依然很高兴,还反过来哄着我。我们成婚之后也是,只是我没想到,我们,就这样哄着哄着,竟然一辈子就没了。"

她走得急,却还是听完了这最后的一句话。

第二日晨光初露,冷雨方停,琪琪格一头钻进赫泽的怀中:"娘,您昨夜为何翻来覆去的?"

"昨夜下了雨,娘觉得冷。"

琪琪格在她怀中动了一下:"昨夜雨很快就停了啊?"

第二十八章　一曲终了

夜里,合达安觉得清冷,她说怕着凉,先去烧一壶奶茶暖暖身子再睡。待木伦睡下后已经久久无声,她才先熄灭了火烛,再洗下脸上的妆粉。

她凑到铜镜前一看,虽看不出面白唇紫,但也能借着窗户透进来的月光看见下垂的眼袋和无神的双眸。

这副病样,看了真让人心里难受。她躺下捂着被子便想睡了,头埋在枕头里就是不抬起。

迷迷糊糊睡到半夜,头还是一直向下捂着,已经喘不过来气,只能仰起脑袋大口喘着粗气。

刚喘了几声,她又赶紧停了下来,怕吵醒身旁的木伦。

合达安起来走动,看见窗外的月亮已经不明,而且斜斜地挂在草原的尽头,便知道已经快寅时,再过两个时辰木伦也该上朝了。

索性今日早起一回,可以为他准备准备。合达安便穿好衣衫,在屏风外面点起几支火烛,精细地画着妆容。

她走出帐时,莫桑也才刚起不久。莫桑惊问:"王后可是又不舒服了?"

合达安摇摇头道:"不是,今儿个醒得早,想去为大汗做早膳。"

莫桑才放下心来,又将自己身上的裹袍披在她肩上,才领她去膳帐。

木伦醒来时看到桌上的饭食,欣喜不已,顾不上穿起七八件的朝服就坐下开吃。

"这味儿真香,你何时会弄这些的?"

"我原是不会,可是回到魏国,就不得不自己动手了,这就会了。"

他夸赞地吃了几碗,眼见到了时辰就准备去上朝。合达安就帮他准备朝服冠饰。

经过几月,这烦琐的衣服穿法她也练得娴熟了,一件一挂地为木伦穿戴着。待她刚系好朝带,就被木伦腾空抱起,径直送到了床榻上。木伦温柔地凝视并亲吻了她。

合达安在他怀中娇声说:"你不让我管理后帐的事务,我虽落个清闲,却也真是无聊极了。"

木伦思索了片刻,笑着说:"你若真是觉得无聊,我就命人在帐中搭个绣绷,你为我绣件夏衣。你绣好时,我也正好可以穿上了。"

合达安笑容一层层漾开,搂着他的脖子开心地说:"好!"

木伦下了朝,便往后帐去:"有一件趣事要说与你听,自从兰溪嫁到魏国以后,魏国与我们的互市也就基本定型了。昨儿个边境的朝臣回来告诉我,现在的边境,可谓是市集日夜开放,庶民来往无阻。除了偶尔有些小的过节之外,已经是繁华一片!这样的景象从前可是想也不敢想的。"

木伦说时面带喜色,边境的烽烟熄灭之后,短短几年已经变得欣欣向荣,一片和平景象。他又道:"我们与中原人本来就是各有千秋,他们有的绢布、丝绸都是我们欠缺的,而我们的马匹、盐还有毛皮则又是他们所必需的,这样你来我往,倒正是让百姓的生活都有了好转。"

合达安听完也觉欣喜,却并未觉得有趣:"大汗,我们柔然人购买魏国的丝绸绢布只为了生活所需,魏国人购买我们的马匹,却是为了增强军事力量,如此算下来,就算民众的生活好转了,却增添了隐患,何趣之有?"

木伦浅笑,方问:"我记得你曾经在粟水,就将那些以烈马换取金马的商人关押待刑,你当郡主几年,那可是最决绝的一次。"

"我当然知道马是赚钱的,可是若为了赚钱而招来了战争,那便是得不偿失了。"

"你放心,这次不会的。"他信誓旦旦地道,"中原人可以用铜钱、金银购买柔然的马匹,那我柔然人也同样可以用他们购买马匹的铜钱铸造兵器,这样一来,两方既是互市,各取所需,同样也是相互威胁,这抵来抵去,也就打不起仗了。"

合达安一听,恍然大悟,也觉得是件趣事,总算笑了。

不仅是合达安听后蓦然大笑,就连已经不问政事的步鹿真,得知这个消息以后,也忍不住请木伦来府中小坐。

木伦大婚后不久,步鹿真也就辞去相位,他闲下来后,便是两耳不闻窗外事,一心只是享茶看戏。

只是他昨儿个偶然上街觉碰见老友,忍不住问了两句,就知道了这事。夜里回去觉得有趣,又想问个究竟,就着人一早请了木伦来府中坐。

今儿个他一改平日的口味,将喝了多年的盐奶茶换成了莲心花茶。

他刚沏上一盏,那花茶还未张开,就听见外面激荡的马蹄声,接着就是旁边侍女皆匍匐跪下。

他也起身迎接,木伦一步踏进了府门,一挥手让所有人起身,又赶紧快步过来扶着步鹿真进去坐下。

木伦乐道:"丞相纵使有心休养,可是依旧为我操碎了心啊。"

"可不是。"他说道,"我总是为了你操心劳神,可是你的心思啊,却总是放在别人身上。"

木伦也并未反驳,将桌上尚未泡好的花茶倒上一杯,一饮而尽,其间嘴角一直上翘,只是奈何口中有水才没有笑出来。

步鹿真见他面笑心不笑的模样,觉得奇怪,方问:"大王子走后,你一直这样低落吗?"

木伦回道:"这互市,也因为王兄才能有今天的成绩,我若让它就这样停滞不前,倒当真对不起他。"停了停,他又道,"我是要亲自去一趟边境。"

"你当然应该去,还在犹豫什么?该不是粟长尹的事让你有什么顾虑?魏国人太狡猾,你可不要轻易上当。"

他道:"魏国人再狡猾,我有我的办法,我知道怎样制衡他们,以换取我柔然的最大利益。"

这对很有默契的师徒,虽见面不多,但三句话便能说个大概。步鹿真一早就知道王后生病,却故意不提,反倒建议木伦离京这段时间,前朝几位老臣暂时主政,至于这后帐,就需要王后管理。

这一点被木伦毫不犹豫地拒绝了。

"大汗,您一副心有所思的模样,是放不下什么吗?"

木伦回道:"丞相,王后病重,后帐也没有什么大事需要她处理的,那些琐事,交付给内官即可。"

"王后已经病了多日了,自从她回来以后,整天只是看花绣草,已经让人议论纷纷,你就算护着她,也不能这样放肆。"步鹿真正言道,"我知道王后有才华,在互市上面是可以帮你的,她如果有可为而不为,那就……"

"丞相。"木伦打断了他的话,"王后真的病重,况且我明明能够处理的事,为什么一定要让她插手?"

看着木伦一副肃穆的模样,步鹿真长叹出一口气来:"也罢,从过去到现在,对于她的问题,你从来都不肯让步。"

两人言归正题,步鹿真道:"这些年来,柔然与魏国纷争不断,要想真正加强双方交流,光靠互市是不够的,你到了边境,还需要多与魏人接触才是。"

木伦道:"丞相安心休养,莫要再操心我了。"

步鹿真微微垂下双目:"我听闻王后在和亲路上食了有毒的水和食物,太医发现时已经是无力挽回……"

提起此事,木伦心中一阵阵发慌。

"王后虽然需要药不离口,但是应该不会有性命之忧,您不必太担心。此去边境,当以大局为重。"他叮嘱道。

木伦低声道:"丞相放心。"说完,便转身离去。

望着木伦的背影,步鹿真长叹一口气,静坐不语。

一道艳丽的风景线呈现在草原大地,清和的初夏之月,是草原上最令人心旷神怡的时候。

这日,王后亲自在天台设宴,这是她大婚之后头一次设宴。

也并不是什么盛大的节日,她将木伦派人从边境带回来的茶叶尽数取了出来,放在一口铁锅之中,煮沸,加上些粟米,分享给后帐的众人。

这加了茶叶与粟米的,称为茗粥。

这茗粥在中原就是奢侈之物。在草原,茶叶本就不多见,就连王庭后帐中,也仅有几人吃过这难得的茗粥。

那北座上的乐浪太妃,打扮得粉艳娇贵,就如同先可汗还在一般。她喝着粥说:"这茗粥喝下去可真是舒服,大汗对王后厚爱,要不是碍着王后有疾怕是这次也会同行吧?"

只是平常女人之间的闲话,合达安不答,倒是赫泽在一旁与乐浪说道起自己曾经与秃鹿愧同行出征的种种。

赫泽身心都好多了,这次天台同宴,她还刻意戴上自己那套最珍贵的白色珍珠环绕、红宝石点缀的冠饰,顺带再插上一支青玉银簪,与乐浪聊天时,头上的珍珠轻轻晃动,美丽异常。

除了赫泽,那些后帐的侍女还有女官、内官,都不忘端详王后的模样。

只见她妆容浓淡有度,衣着庄严而不华丽,首饰更是精而不多,整个人看起来,要比赫泽更淡漠,一颦一笑都端庄有度。

今日众人一聚,原本静悄悄的后帐,也焕发出一线生机。

尽管木伦离开畿和的时候,那里已经是一片初春的气象,但是一路向南,尤其到了阴山山顶,气候就开始变化无常。

在翻越阴山,到达怀柔之前,木伦在城外矗立了许久,遥想当年他与王兄、什锦曾经多次征临此地,为了身后的土地浴血奋战的样子……

今日这里已经成为和平的一角,纵使故人已经不在,但是他们曾经共同经历的气势恢宏的场面仍然清晰地保留在木伦脑海中。

木伦带着这份缅怀踏进怀柔城,他决定在这里主持与魏国互市的事宜,并且举办宴会,盛请两国商人同座商议。

几年前的粟水,就曾经有过这样一次妙趣横生的会谈。

商贾受到邀请,大喜过望,一起拥入了怀柔城中,不仅为了寻求贸易的契机,更是为了目睹柔然敕连可汗的风采。

一些往来这里的外族商人,听到有此宴会,皆纷纷卸下了他们马背上的货物,在这里兜售。

一时间,怀柔城变得人山人海,热闹非凡。

一场华丽的宴会,因为聚集了许多商贾而变得盛况空前。

城内浓郁的商贸气息一直持续了三个多月。

另一方的京都,合达安总是待在帐中,为木伦绣着他的夏衣,这件薄衣已经大致成形,绚丽亮眼,若是再绣上几棵珊瑚,就和平常的礼服没有差别了。

除了绣衣,她便是在帐外侍弄紫藤花,以慰自己的思念之情。

漫长的三个多月里,莫桑总是时刻不离地跟着合达安,一来实在不放心,二来,她得了木伦的严令,绝对不让她去骑马。

可是自从木伦走后,合达安只是偶尔望望草原,呆呆地自言几句,从未提出要去骑马。

暑月将近,互市大小事宜解决得差不多了,是时候可以启程返回了。

木伦案桌上的一角放着一块大雁的翅骨,合达安在临行前对他说:"每日拿在手里擦一擦,你的愿望就会实现的。"

自从他从步鹿真那回去,就一直不说话。知夫莫若妻,更何况,有人疼爱本就是天下第一幸福事,在身边的时候就陪着,不在时,望着信物,也是能够温暖心怀的。

终于要回去了,借着大好的心情,木伦在案桌上,写下这样一句:"日日思念妻,如今即归去。"

赫泽在王庭外等着,夏天风小,热气笼罩,她就站在外面,一动不动。

直到远远看见车驾,她才开始抖动身子,犹豫几下,最终又转身回去。

木伦回来的时候,正是日落时刻,赫泽早已经走了。王庭外面一片寂静,他察觉不到有异,只骑着马儿,一直跑到后帐前。

帐前的莫桑见到木伦,立马上前请安。

"王后在做什么?"木伦下马便问。

莫桑低声回答:"在为您绣夏衣。"

木伦屏退左右,独自掀帘进去。

天暗了,草原高坡处不断点起烛火,一个,两个……最后连成一片。

晚上,正归家的牧民,突然看见一颗耀眼的流星从头顶划过,当他们想要再仔细看时,那流星已无声无息地坠落到了天的另一边,而不远处的月亮露出了脸……